鳳凰專案

看IT部門如何讓公司從谷底翻身的傳奇故事

The Phoenix Project

無極限零件公司

無極限零件公司：管理人員

史蒂夫．馬斯特斯：CEO、代理 CIO

迪克．蘭德里：CFO

莎拉．莫爾頓：零售營運部資深副總

瑪姬．李：零售計劃管理部資深總監

比爾．帕爾默：IT 運營部副總、前中型機技術運維部總監

韋斯．戴維斯：分散式技術運維部總監

布倫特．蓋勒：首席工程師

帕蒂．麥基：IT 服務支援部總監

約翰．佩斯凱：首席安全官 (CISO)

克里斯．阿勒斯：應用程式開發部副總

無極限零件公司：董事會

鮑勃．斯特勞斯：董事長，前主席，前 CEO

埃瑞克．里德：候選董事

南茜．梅勒：首席稽核長

即時公告

8 月 29 日，週五
公司：無極限零件公司 (PAUD)
評等：賣出
目標價：8 美元（現價 13 美元）

即日起，無極限零件公司 CEO 史蒂夫・馬斯特斯辭去其已擔任 8 年之久的董事長職務，已退休的董事鮑勃・斯特勞斯重新出任董事長。20 年前，鮑勃曾經擔任公司的董事長和 CEO。

過去 30 天來，在巨大賣壓下，無極限零件公司的股價暴跌 19%，與三年前的最高價相比，足足下跌 52%，公司持續遭受強大競爭對手的重創 — 一家在預測和及時回應客戶需求方面聲譽卓著的優秀公司。現在，無極限零件公司在銷售成長、存貨周轉率與獲利能力等方面完全屈居劣勢。

長久以來，這家公司不斷承諾將透過密切整合零售與電子商務通路的「鳳凰」專案來回復其獲利能力，縮短與競爭對手的差距，但幾年下來，專案不斷延宕，一般預期，該公司會在下個月的分析師財報電話會議上再次宣佈專案遞延。

據信，韋恩 - 優科豪馬 (Wayne-Yokohama) 等機構投資者近來頻向鮑勃施壓，要求他重新調整董事會，作為讓這家位於埃克哈特格魯夫的公司重新回歸正軌的第一步，另外，越來越多投資者強烈要求推動領導階層大換血，並且全力調整公司的整體策略，像是分拆公司、等等。

儘管馬斯特斯過去戰功彪炳，成就輝煌，帶領無極限零件公司成為一家頂尖的汽車零件製造商與零售商，但我們深信，這家公司早該將董事長與 CEO 這兩個職務拆分開來，無論從內部拔擢或由外部聘任，無極限零件公司需要再次注入活力充沛的領導新血，我們相信莎拉・莫爾頓，零售營運部資深副總，公司的明日之星，正是我們需要的人選，定能擔此重責大任。

據悉，董事會已經下了最後通牒，給予斯特勞斯與馬斯特斯六個月的時間達成顯著的改善，若是做不到，相信該公司將面臨更大的動盪與不安。

— 凱利・勞倫斯，內斯特・梅耶公司的首席產業分析師

第 1 部

第 1 章

9 月 2 日，星期二

「您好，我是比爾・帕爾默。」手機一響，我隨即接起電話。

因為遲到的關係，我的車速超過速限 10 英哩，平常我只超速 5 英哩。我一大早就在診所陪著三歲大的兒子，盡量避免其他蹣跚學步的小孩衝著我們咳嗽，其間還不時受到手機振動的干擾。

今天的問題是間歇性網路中斷，我在無極限零件公司擔任中型機技術營運部總監，負責一個規模不大的 IT 團隊，確保系統平穩有效地運行。無極限零件公司位於埃克哈特格魯夫，是一家年營業額 40 億美元的製造商和零售商。

即使身處一潭死水的技術部門，我還是想要開創自己的一片天，我得密切追蹤網路故障，因為這些故障會干擾 IT 團隊提供的服務，而人們會把服務中斷歸責在我身上。

「嗨，比爾，我是人力資源部的蘿拉・貝克。」人力資源部平時和我聯繫的人不是她，但她的名字和聲音聽起來蠻耳熟的 ...

天呀！我想到她是誰了，差點叫出聲來，我在公司月會上見過她，她是人力資源部的副總。

「早安，蘿拉。」我強顏歡笑地說，「有什麼可以效勞的嗎？」

她答道：「你什麼時候到辦公室？我想盡快和你見面。」

我討厭別人提議見面卻又含糊其辭，我只有在打算責罵某人或者炒人魷魚時才會這樣做。

等等，是不是有人想要炒我魷魚，所以蘿拉才會打電話來？是不是哪一次服務中斷處理不夠及時？身為 IT 運維人員，我和同事們經常開玩笑地說，可別因為某次服務中斷而搞丟飯碗。

我們約好半小時後在她的辦公室見面，但她並未再透露任何細節，所以我用自己最迷人的聲音說：「蘿拉，到底怎麼啦？我的團隊有什麼問題嗎？或者我自己有麻煩了？」我特意放聲大笑，讓她在電話另一頭聽得一清二楚。

「沒啦，沒那種事。」她輕鬆地說，「你甚至可以說那是個好消息，好吧，比爾，待會見。」

她掛了電話，我試著想像這種時候會有什麼好消息，心裡毫無頭緒，我重新打開廣播，隨即聽到我們在零售領域的最大競爭對手的一則廣告，他們正在宣傳其無與倫比的客戶服務以及超級動人的新促銷方案 — 人們可以直接在線上和朋友們一起客製化他們的汽車。

這則廣告棒呆了，假如我不是一個對公司忠心耿耿的人，恐怕馬上就要變節去體驗這項服務了。我們還在困境中苦苦掙扎，他們怎麼就有辦法源源不斷地把一些不可思議的新服務推向市場呢？

我關掉廣播，儘管我們一直戰戰兢兢，努力加班，還是被競爭對手不斷超越，要是行銷部的員工聽到這段廣告，一定會氣得跳腳，這些人大致上都是主修藝術或音樂，而不是擁有技術背景的人員，所以經常會公開承諾客戶一些不可能辦到的事情，接著，IT 部門就得想方設法生出東西來。

困難逐年增加，我們必須使用更少的資源達成更多的績效，既要保持競爭力，又要降低成本。

有時候，我覺得那是不可能的任務，但或許是因為我在海軍陸戰隊擔任中士太久，雖知應該盡可能跟長官據理力爭，但有時候就是忍不住大喊「遵命，長官」，然後硬著頭皮，奮力攻打某個山頭。

我把車開進停車場，三年前，要找到空車位根本不可能，然而，經過幾輪裁員，停車現在完全不是問題。

當我走進蘿拉及其團隊所在的 5 號大樓時，馬上發覺這棟大樓裝潢得非常精緻，我可以聞到新地毯的氣味，牆上甚至鋪著高級護牆板，剎那間，我們辦公室的那些畫作與地毯根本幾十年前就該全部換掉。

那就是 IT 人員的宿命，不過，至少我們沒有淪落到像英國電視劇《IT 狂人》描述的那樣，擠在一個骯髒、昏暗、陰冷的地下室裡工作。

我走進蘿拉的辦公室，她抬頭微笑，「很高興又見面，比爾。」她伸出手來跟我握手。「請坐，我看看史蒂夫．馬斯特斯是否有空過來。」

史蒂夫．馬斯特斯？我們的 CEO ？

她拿起電話撥號，我坐下來，四處打量，上次來到這兒已經是好幾年前的事兒，當時，人力資源部通知我們騰出一個房間充作育嬰室，當時，我們的辦公和會議空間正緊缺，同時又面臨了一個大型專案的截止期限。

我們只不過想要借用一下另一棟辦公室的會議室，但韋斯卻把我們說得好像是一群 1950 年代的瘋狂原始人，很快地，我們兩個都被叫來這裡，上了半天的政治教育課，以及人際關係敏感性訓練。一切拜你所賜，韋斯。

此外，韋斯還掌管公司的網路，所以我對網路故障的處理總是得格外小心。

蘿拉對電話另一頭的人道謝，接著對我說，「謝謝你一接獲通知就馬上趕過來。」並且問道，「家人最近好嗎？」

我的眉頭皺了一下，心想如果我真要哈拉，找誰都比找 HR 強，我敷衍地說著關於全家大小的玩笑話，盡量不去想手頭上的那些緊急事件，最後，我終於按耐不住，不假修飾地說，「那麼，今天上午有什麼我可以效勞的地方嗎？」

「當然。」她頓了一下，接著說，「從今天上午開始，盧克和達蒙不再為公司效命，這件事情鬧到公司高層，連史蒂夫也受到波及，他決定由你來擔任 IT 運維部的副總。」

她臉上堆滿笑容，再次伸出手來，「比爾，恭喜，你是本公司最新出爐的副總，我想祝賀一下是應該的吧？」

該死，我呆若木雞地同她握了手。

不，不，不，我最不想要的就是「升職」。

盧克是公司的 CIO，也就是資訊長，達蒙在他手下，而且是我的直屬上司，負責全公司的 IT 運維，他們都走了，就這麼拍拍屁股走人。

我沒料想到會這樣，完全沒風聲，一點兒風吹草動都沒有。

過去十年來，CIO 每兩年換一次，簡直就像時鐘一樣規律，他們在位的時間僅夠理解各種首字母縮略字的含意，弄清楚淋浴間在哪裡，實施一堆計畫和構想，然後，夢想幻滅，捲鋪蓋走人。

在這裡，CIO 代表「Career Is Over」（職業生涯告終），連 IT 運維部的副總也都幹不久。

我早就看明白，要想在 IT 運維管理的職務上做得長久，一定得有足夠的資歷，才能把事情做好，但是，一定得低調，千萬不能捲入政治鬥爭，以免惹禍上身。我完全不想加入副總的行列，這些人整天忙活的就是把 PPT 檔互相丟來丟去。

為了套出更多內幕，我開玩笑地說，「兩個高階主管同時離開？難道他們三更半夜跑到門市偷錢？」

她大笑，但很快就回復到 HR 那種訓練有素、不動聲色的模樣，「他們各有生涯規劃，想要知道更多，就只能去問他們本人了。」

常言道，假如你的同事主動告訴你他要離職，那多半是自願的，但如果是其他人說的，那一定是被迫的。

所以說，我的上司和他的上司剛剛被炒魷魚了。

這正是我不希望升職的原因，我為自己經營十年的團隊感到非常驕傲，它不是最大的團隊，但到目前為止，卻是最有組織、最值得信賴的團隊，特別是和韋斯的團隊相比。

我想到要去管理韋斯，不禁發出一聲歎息，他哪是在管理團隊 — 韋斯的人馬簡直就是一盤散沙。

我打了一個冷顫，心中暗忖，絕對，絕對不能接受這次晉升。

同時間，蘿拉一直在說話，而我一個字也沒聽清楚，「…所以我們顯然應該討論一下怎麼布達這項人事調整，而且史蒂夫也希望盡快和你見個面。」

「請聽我說，謝謝公司給我這個機會，真的深感榮幸，但我不想接受這個職務，為何選我？我喜歡現在的工作，而且還有一大堆重要的事情沒有完成呢。」

「這件事情無法討價還價」，她說道，看起來似乎很同情我，「這是史蒂夫直接下達的指示，你是他選的，你得自己去跟他談。」

我起身，堅定地重申，「不，我是認真的，謝謝你們考慮我，但我熱愛目前的職務，衷心祝福你們找到另一個合適的人選。」

幾分鐘後，蘿拉帶著我走向 2 號大樓，這是園區裡頭最高的建築，我對自己感到很惱火，居然被捲進這種窩囊事。

如果我現在拔腿就跑，她肯定沒法追上我，但接著呢？史蒂夫會派出一組 HR 人馬佈下天羅地網來逮捕我。

我一語不發，完全失去談話的興致，蘿拉似乎毫不介意，在我身邊輕步快行，低頭看手機，偶爾滑二下。

她連看都沒看就直接到達史蒂夫的辦公室，顯然熟門熟路。

這層樓既溫馨又迷人，1920 年代的裝修風格，這棟建築物就是那時蓋的，深色硬木地板和斑駁的玻璃窗，彷彿穿越時空，回到人們還在辦公室裡穿西裝、抽雪茄的時代，在那個馬車逐漸從日常生活中消失的年代，這家公司開始邁向繁榮 — 無極限零件公司為幾乎所有類型的汽車生產各式各樣的小零件。

史蒂夫的辦公室在樓層一隅，一位幹練的女士端坐門口，年約四十，身上散發著愉悅開朗、有條不紊的氣質，她的辦公桌井井有條，牆上滿是便利貼，鍵盤旁邊放著咖啡杯，上面印著「別惹史黛茜」。

「嗨，蘿拉。」她說，視線從電腦螢幕上移過來，「今天很忙，是吧？這位就是比爾嗎？」

「是啊，正是他本人」，蘿拉笑著回答。

她對著我說，「史黛茜負責史蒂夫的行程，我想你以後有很多機會可以好好瞭解她。我們稍後再談囉。」接著，她就走了。

史黛茜朝我微笑，「幸會！久聞大名，史蒂夫在等你呢。」她指著他辦公室的門。

我一下子就對她產生好感，並且思量著自己剛剛瞭解到什麼，蘿拉今天很忙，史黛茜跟她很熟，史蒂夫把 HR 的電話號碼存成快速撥號，很明顯，在史蒂夫手下工作的人都幹不久。

這下好了。

走進史蒂夫的辦公室，我有點驚訝地發現，他的辦公室看起來跟蘿拉的幾乎一個樣，這間辦公室和我上司的辦公室一樣大 — 準確地說，和我前任上司的辦公室一樣大 — 要是腦子不清楚的話，那以後可能也會變成我的辦公室，不過，我可沒那麼蠢。

或許，我原本預期會在這裡看到波斯地毯、噴泉式飲水器以及四處擺放的大型雕塑，但事實上，只是牆上掛了一些照片，小型螺旋槳飛機的照片，臉上掛著微笑的照片，出人意表，還有一張穿著美軍制服，站在某個熱帶地區的一條跑道上的照片，我驚訝地注意到他衣領上露出的領章。

原來，史蒂夫曾是一名陸軍少校。

他坐在辦公桌前，正在仔細端詳紙本試算表之類的東西，身後有一台打開的筆電，瀏覽器上滿是各種股價走勢圖。

「比爾，很高興再次見到你。」他站起來和我握手，「我們很久沒見面，大概有五年了吧？上次見面時，你剛剛順利完成那個了不起的專案，幫助我們成功收購一家製造商，你這幾年過得不錯吧？」

時間過了那麼久，他竟然還記得我們短暫的會面，這讓我有點受寵若驚，我趕緊微笑地說，「是的，一切順利，謝謝，我很驚訝你還記得那麼久以前的事情。」

「你以為我們會把那樣的獎勵隨便頒給一般人嗎？」他認真地說，「那可是一個重要的專案，為了完成那次併購，我們必須搞定那個專案，你和你的團隊幹得好極了。」

「我想蘿拉已經告訴你，我做了一些人事調整，你知道的，盧克和達蒙已經離職，我之後會安排人員填補 CIO 的位子，但是眼下，所有的 IT 事務都要向我彙報。」

他既直率且有條不紊地繼續說下去，「不過，既然達蒙離開，這個空缺必須被補上，根據我們的研究，你顯然是接任 IT 運維部副總的最佳人選」。

他彷彿突然想到似地說，「你曾經在海軍服務，對吧？什麼時候以及在哪裡服役的？」

我脫口而出，「第 22 海軍陸戰隊，中士，服務軍旅六年，但未參與過實戰。」

軍旅生涯的情景在我的腦海浮現，我當時是個狂妄自大的 18 歲青年，我略帶微笑地說，「軍旅生涯賦予我嶄新的人生 — 感謝陸戰隊，不過，我可不希望自己的兒子經歷我當初那樣的軍旅生活。」

「這我相信」，史蒂夫笑了起來，「我也在軍隊待過八年，比我的義務役期略長一點，但我不介意，只有參加大學儲備軍官訓練團（ROTC），我才付得起大學學費，而且他們待我不錯。」

他補充道，「他們待我可不像海軍對你那樣嬌慣，但我還是覺得沒什麼好抱怨的。」

我笑了，並且發覺自己開始喜歡他，這是我們之間持續最久的一次談話，我突然想到，政客之間的交談是不是都像這樣。

我試圖把注意力聚焦在他為何把我叫過來的這件事情上：他馬上就會要我接受一項自殺式的任務。

「情況是這樣的」，他邊說邊示意我在會議桌旁坐下來，「你一定有意識到，公司必須重新恢復獲利能力，要做到這一點，就必須提高市場佔有率和平均訂單規模。我們在零售領域的競爭對手正在痛扁我們，全世界都知道這件事，所以我們現在的股價只剩下三年前的一半。」

他繼續說，「為了迎頭趕上，我們必須完成鳳凰專案，才能彌補在這幾年競爭中落後的差距，客戶必須隨時隨地都能夠買到我們產品，不論從網際網路，還是從零售店面，否則，我們很快就沒生意可做。」

我點頭表示贊同，雖然身處一潭死水的技術部，但我的團隊已經參與鳳凰專案數年，每個人都知道它的重要性。

「我們已經拖了好幾年，但還是沒能拿出東西來。」他繼續說，「我們的投資人與華爾街正失去耐心，現在，董事會快要對我們兌現承諾的能力失去信心了。」

「跟你明說吧」，他說，「照這樣發展下去，我會在半年後丟掉工作，上個禮拜，我的老長官鮑勃．斯特勞斯回鍋擔任董事長，一群股東正虎視眈眈地打算拆分這家公司，不知道我們還能抵擋多久，岌岌可危的不只是我的飯碗，還有無極限零件公司近四千名的員工。」

我一開始覺得史蒂夫看起來大約五十出頭，但突然之間，他似乎變得更加蒼老。他直視著我，說道，「我會暫代 CIO 的職務，應用程式開發部副總克里斯．阿勒斯直接向我報告，你也一樣。」

他起身踱步，同時說道，「我要仰仗你讓一切回復正軌，我需要一個可靠的、不怕告訴我壞消息的人，最重要的是，我需要一個可以信賴的人來做正確的事情，當初，那個併購專案困難重重，但你始終保持頭腦清醒，維持高度理智，大家都覺得你不僅可靠、務實，而且願意表達真實的想法。」

他很坦率，所以我也直言不諱，「閣下，恕我直言，資深 IT 領導人在這裡似乎很難有作為，預算或人力資源的請求總是被駁回，高層管理人員變動太快，有的甚至屁股還沒坐熱就走人。」

我直接切入重點，「中型機技術運維部對於完成鳳凰專案也很關鍵，我得待在那兒，從頭到尾，仔細盯著那些工作，直至完成，謝謝你考慮我，但請原諒，我不能接受這個職務，無論如何，我向閣下保證，我會認真留意這項任務的合適人選。」

史蒂夫看著我，面容異常嚴肅，「我們不得不削減整個公司的預算，這是董事會直接下達的指示，我也無能為力，但我從來不開空頭支票，我保證，我將全力支持你和你的任務。」

「比爾，我知道你對這個職位沒有企圖心，但公司已經命懸一線，我需要你來幫助我拯救這家偉大的公司，我能仰仗你嗎？」

啊，我的老天哪！

還沒來得及再次禮貌謝絕，我突然聽到自己說，「是的，長官，你可以仰仗我。」

我嚇了一跳，慌了神，我意識到史蒂夫似乎在某種程度上對我施加了「絕地武士控心術」。我強迫自己住嘴，以免作出更多愚蠢的承諾。

「恭喜你！」史蒂夫邊說邊站起來，用力跟我握手，勾住我的肩膀，「我就知道你會作出正確的選擇，我謹代表全體管理團隊，感謝你挺身而出，承擔重責大任。」

我看著他的手緊緊握住我的手，思量著自己到底有沒有退路。

完全沒有，我決定了。

我暗自下定決心，同時說道，「是的，長官，我會全力以赴，還有，能否請你至少解釋一下，為什麼在這個位子上的人都幹不久？你最希望我做什麼？最不希望我做什麼？」

我無奈地笑著說，「就算功敗垂成，我希望自己至少不要重蹈覆轍。」

「說得好，我喜歡！」史蒂夫放聲大笑，「我希望 IT 持續正常運作，這就好比上廁所，我每次上廁所都不必擔心馬桶壞掉，對吧？我可不願見到馬桶堵塞，然後整棟樓氾濫成災。」他為自己的比喻開懷大笑。

很好，在他的心目中，我只是一個職稱好聽的清潔工罷了。

他繼續說，「你的聲名卓著，你指揮著 IT 組織中紀律最嚴明的船艦，所以我會給你整支艦隊，期待你讓它們協力同心，行動一致。」

「我要克里斯聚焦於鳳凰專案的執行，在你們的責任區域中，不許有任何事情偏離鳳凰專案，不僅你跟克里斯要這樣，公司上下所有人也必須如此，這樣說清楚嗎？」

「明白，」我點頭答道，「你希望 IT 系統可靠且有效，讓公司得以仰賴它，你希望盡量減少正常運維發生故障，讓公司得以集中精神，全力完成鳳凰專案。」

史蒂夫點頭，看起來有些驚訝，「完全正確，說得好！正合我意。」

他遞給我一封電子郵件的列印本，CFO 迪克・蘭德里發的電子郵件。

寄件者：迪克・蘭德里

收件人：史蒂夫・馬斯特斯

日期：9 月 2 日，上午 8:27

優先等級：最高

主旨：待處理 — 薪資核算故障

嘿，史蒂夫，本週的薪資計算出現嚴重問題，我們正在釐清究竟是數字有問題，還是薪資管理系統有問題，無論哪種情況，數千名員工的薪資卡在系統裡出不來，他們很有可能拿不到薪資，事態非常嚴重。

我們必須在今天下午5點薪資管理窗口關閉之前解決這個問題，請告知，在新的IT組織中，我們如何因應這個緊急狀況。

迪克

我暗暗吃驚，員工拿不到薪資意味著很多家庭無力償還貸款，甚至沒錢吃飯。

猛然想起，我家的貸款4天內也要繳交，我也難逃影響，逾期繳款會降低我的信用評等，自從佩奇的助學貸款記在我的帳上之後，我們花了好幾年才讓信用評等恢復正常。

「你要我馬上處理這件事，把它搞定？」

史蒂夫點頭，對我翹起大拇指，「請隨時讓我知道進展狀況。」他臉色凝重地說，「負責任的公司要照顧好自己的員工，很多同事都倚賴薪水過日子，別給他們的家庭造成困擾，懂嗎？不然的話，工會可能也會找我們麻煩，甚至引發罷工，重創公司的形象。」

我無意識地點著頭，「恢復重要的企業營運活動，別讓我們登上新聞頭條，瞭解，謝謝。」

說實在，我也不明白自己幹嘛要謝他。

第2章

9月2日，星期二

「談得怎麼樣？」史黛茜的視線離開鍵盤轉向我，親切地詢問我。

我搖著頭說，「真難以置信，他剛剛說服我接受一個我原本不想要接受的新職務，怎麼會這樣？發生什麼事？」

「他可是很會說服人的」，她說道，「不管怎樣，他真的與眾不同，我已經為他工作快十年了，我願意追隨他去任何地方，對了，工作上的事情有什麼我能夠幫上忙的嗎？」

我想了一下，問道，「有個緊急的薪資核算議題需要處理，迪克．蘭德里在三樓，對吧？」

「來，這個給你。」我話音未落，她就已經遞上一張便利貼，上面寫著迪克的辦公室位置、電話號碼等聯絡資訊。

我感激地朝她微笑，「非常謝謝 — 你真是太棒了！」

我一邊走向電梯，一邊撥打迪克的手機。「我是迪克。」他粗暴地說，電話裡傳來他不停敲打鍵盤的聲音。

「我是比爾．帕爾默，史蒂夫剛剛任命我為 IT 運維部的副總，他要我來⋯」

「恭喜」，他打斷我的話，「聽著，我的手下發現一個非常嚴重的薪資核算問題，你什麼時候能夠到我的辦公室一趟？」

「馬上到」，我回答，隨即聽到他掛斷手機的聲音，這是我遇過最冰冷的一次通話。

到了三樓，穿過財會部辦公區，觸目所及都是細條紋的襯衫和漿過的衣領，我看到迪克正在座位上和別人通電話，他見到我，就用手掩住話筒，沒好氣地問，「你是 IT 部門的？」

我點頭，他衝著電話說，「嘿，我得掛了，終於來了一個大概能夠幫上忙的，稍後再打給你。」不等對方回答，他就掛斷電話。

我從沒見過這麼習慣直接掛人電話的傢伙，我鼓起勇氣，準備迎接一場可能連「先互相認識一下」的禮貌性開場白都沒有的對話。

像人質似地，我緩緩舉起雙手，向迪克展示那封被列印出來的電子郵件，「史蒂夫剛才告訴我薪資核算發生問題的事情，我如何以最快的速度掌握這裡的狀況？」

「我們麻煩大了」，迪克回答，「昨天進行薪資核算的時候，所有計時員工的紀錄全都不見，我們相當肯定是 IT 的問題，這個故障讓我們無法發放薪資給員工，這樣便觸犯一大堆州立勞基法，而且毫無疑問地，工會馬上就要呼天搶地了。」

他低聲抱怨了一會兒，「我們去找安吧，我的運營經理，她從昨天下午就開始抓狂了。」

我快步跟上，差點在他突然停下腳步時一頭撞上去，他從會議室玻璃窗朝裡頭張望一下，打開門，「現在情況如何，安？」

會議室裡有兩位穿著講究的女士：一位 45 歲上下，正在研究一塊畫滿流程圖和各種表格的白板；另一位 30 出頭，正在筆電上敲打著鍵盤。大會議桌上報表四散，較年長的女士用一支打開的馬克筆，指著一序列看似可能的故障原因。

她們的打扮，以及焦躁而惱怒的面容，讓我以為她們是從本地會計師事務所聘請來的外部稽核人員。無論如何，我想有她們在總是好事。

安精疲力竭，沮喪地搖著頭，「恐怕沒什麼進展，幾乎可以肯定，某個上游計時系統發生 IT 故障，所有計時員工的紀錄在最近一次上傳中全被搞亂了…」

迪克打斷她的話，「這是 IT 部門的比爾，他說他被派來收拾這個爛攤子，不成功便成仁，我是這麼理解的。」

我說，「大家好，我剛成為 IT 運維部的負責人，關於這個問題，你們知道些什麼？可否從頭跟我說一遍？」

安走向白板上的流程圖，說道，「就從資訊流開始吧！財務系統透過不同管道獲取各個部門的薪資資料，我們匯總全體一般員工與計時員工的數據，包括薪資和稅費，聽起來簡單，實則非常複雜，因為各州的稅率、勞基法等各不相同。」

「為了確保不出差錯」，她繼續說，「我們要保證每個部門的具體數字與最後的總額相符。」

我匆忙地做筆記，她繼續說，「這是一個既繁雜又機械性的過程，之前，一切運作正常，但昨天，我們發現計時員工的總帳資料沒到位，所有計時員工的工時和應付薪資都是零。」

「這個上傳資料的部分已經出過好多次問題。」她顯然很沮喪，「所以 IT 部門提供我們一個可以進行手動修正的程式，那樣的話，我們就不用再麻煩他們了。」

我皺起眉頭，我不喜歡財務部的人在薪資核算應用程式之外手動更改薪資數據，那樣做既容易出錯又非常危險，某人可以把那些數據複製到

USB，或者透過電子郵件發到公司外部，組織的敏感資料就是這樣被洩漏的。

「你是說一般員工的資料都正常？」我問道。

「是的。」她回答。

「但計時員工的資料都是零。」我再次確認。

「沒錯。」她再次回答。

嗯，值得玩味，我問道，「既然之前運作得好好，那你們為什麼認為是薪資核算出問題？以前遇過類似的問題嗎？」

她聳聳肩，「以前從未發生過這種事，我不知道問題出在哪兒 – 本次工資結算期並未安排任何重大變更。事實上，我也一直在問相同的問題，但在得到 IT 部門的答覆之前，我們也只能坐困愁城了。」

「假如問題一發不可收拾，無法及時取得計時員工的薪資資料的話，」我問道，「那麼，備用方案為何？」

「哎呀，那事情就大條了」，迪克說，「如你手上的電子郵件所述，電子支付的最後時限是今天下午 5 點，如果趕不上那個時間點，恐怕就得請 FedEx 把一捆捆的支票快遞給各個部門，再分別發送給每個員工！」

想到這番情境，我不禁眉頭深鎖，財務部的其他人員也顯得憂心忡忡。

「那樣是行不通的，」安說，一邊使用馬克筆輕扣著牙齒，「我們已經把薪資核算流程外包出去，每一期薪資支付，我們都得上傳薪資資料給他們，由他們進行後續處理，在最壞的情況下，我們或許可以下載先前的薪資資料，直接在試算表上進行修改，然後重新上傳？」

「但是，因為我們不知道每個員工究竟工作了多少個小時，所以不知道應該支付給他們多少錢！」她繼續說，「我們不想多發薪資，然而，多發薪資總比意外少付來得強。」

B 方案顯然有很多問題，基本上只能靠猜測來決定員工薪資，而且還會給那些已經辭職的人繼續發薪水，或者漏發新員工的薪水。

為了提供需要的資料給財務部，我們可能必須弄出一些自訂報表，那表示，應用程式開發人員或資料庫維護人員也都會被牽扯進來。

然而，那就等於火上澆油，程式開發人員比網路維護人員更難搞，你要是能夠找出一個不給上線系統添亂的開發人員，我就能夠找到一個朝鏡子哈氣卻不起霧的人。或者，更有可能的是，他們今天也許又放假了。

迪克說，「這兩個選項都很糟糕。我們可以稍微延遲，等拿到正確資料後再發薪水，但這樣做也是有問題 – 哪怕只是延遲一天，工會就會介入，所以我們別無選擇，只能按照安的提議，即使金額不對，也要準時發薪，另外，我們得在下一期支付中把每個人的薪金再調整回來，但如此一來，就有一些財務報表錯誤需要回頭修正。」

他捏了捏鼻樑，繼續滔滔不絕地說，「我們的總帳會出現一堆反常的紀錄，等到 SOX-404 稽核時，就會被稽核人員看見，到那時候，麻煩就大了

「天啊！財務報表錯誤？」迪克喃喃自語，「我們將需要史蒂夫的批准，稽核人員要一直在這裡安營紮寨了，那樣的話，大家正事都別幹了。」

SOX-404 代表 Sarbanes-Oxley Act of 2002（2002 年薩班斯 - 奧克斯利法案，即《2002 年上市公司會計改革暨投資者保護法案》）的簡稱，國會針對安然、世通和泰科電子等公司的財務詐欺事件通過這項法案，根據這個法案，公司的 CEO 和 CFO 必須親筆簽署，確認公司財報的正確性。

沒有人願意每天花半天功夫跟稽核人員談話，並且遵循一個又一個「新鮮出爐」的規定。

我看看筆記，又看看時鐘，時間所剩不多。

「迪克，根據你們所說的情況，建議你們繼續做最壞的打算，為方案 B 備妥一切檔案資料，以防更複雜的局面出現，另外，我希望等到下午 3 點再做決定，回復所有的系統與資料還是有可能的。」

安點頭同意，迪克說，「好吧，你還有四個小時。」

我說，「放心，我們知道情況緊急，若有任何進展，我會立刻並且親自告訴你。」

「謝啦，比爾。」安說，迪克保持沉默，我轉身走出房間。

既然已經瞭解公司如何看待這個問題，我感覺好了些，現在該是深入探查問題的時候，讓我們找出這個複雜薪資核算機制受損的原因。

我一邊走下樓，一邊拿出手機查看電子郵件，發現史蒂夫還沒發出我的晉升公告，之前的冷靜與專注一下子蕩然無存，今天上午，韋斯·戴維斯和帕蒂·麥基還跟我平起平坐，直到現在，仍不知道我已經是他們的新上司。

拜你所賜，史蒂夫。

當我走進 7 號大樓時，忽然覺得，我們這棟大樓簡直是整個公司的貧民窟。

這棟大樓建於 1950 年代，最近一次翻修已經是 1970 年代的事情，很明顯，這棟建築關乎實用，非關美學。7 號大樓過去曾是生產煞車片的工廠，後來改建成資料中心和辦公室，看起來既老舊又荒蕪。

警衛愉快地說，「你好，帕爾默先生，今天上午過得怎麼樣？」

剎那間，我很想請他祝我幸運，這樣他才能夠拿到這個禮拜的正確薪金，當然，實際上，我只是簡單回應他的問候。

我走向網路運維中心（Network Operations Center），我們管它叫作 NOC，韋斯和帕蒂通常在那裡。現在，他們是我的左右手了。

韋斯是分散式技術運維部總監，負責一千多台 Windows 伺服器的技術問題，並且掌管資料庫和網路團隊。帕蒂是 IT 服務支援部總監，管理所有 1 級與 2 級技術支援工程師，這些技術人員日以繼夜地接聽電話，處理故障與維修事件，並且支援公司各個部門提出的需求，另外，她還負責一些整個 IT 運維部倚賴的關鍵流程和工具，譬如工單系統（問題追蹤系統），並且監督及主持變更管理會議。

我走過一排一排的小隔間，與其他辦公室沒兩樣，但與 2 號大樓和 5 號大樓不同的是，我看到牆面上斑駁的油漆，以及地毯上滲出的暗漬。

大樓的這個部分是以前的主要組裝區，在改建時，機油無法完全清除乾淨，不管使用多少密封劑來塗佈地板，機油還是不斷地悄悄滲透到地毯上。

我將這件事情記錄在更換地毯及粉刷牆面的相關預算申請當中，在海軍陸戰隊服役期間，保持營區乾淨整潔不只是為了美觀，更是為了安全。

本性難移啊。

我還沒走到 NOC 就聽到裡頭傳來的喧嘩聲，那是一個巨大的開放式辦公區，沿著一堵牆放置許多長桌，一堆大螢幕顯示著各種 IT 服務的狀態，1 級與 2 級技術支援工程師佔據三排工作站。

這並不是阿波羅 13 號的太空飛行指揮中心，但我就是這樣向親朋好友們解釋我的工作環境。

如果麻煩出現，就必須讓各路利害關係人與技術管理人員協調溝通，直到問題解決，就像現在，十五個人坐在會議桌前，圍繞這一部看似幽浮的灰色古典揚聲器電話，吵雜而激烈地討論著。

韋斯和帕蒂並排坐在會議桌前，所以我悄悄走到他們身後，仔細聆聽。韋斯往後靠在椅背，雙手交疊在肚子上，但未完全交叉。韋斯身高 6 呎 3 吋，體重超過 250 磅，身形遠超過多數人，看起來總是動個不停，而且一想到什麼就馬上脫口而出。

帕蒂則是完全相反的類型。韋斯聲音宏亮、直率、習慣信口開河。帕蒂深思熟慮、善於分析，對流程和步驟一絲不苟。韋斯身材高大，逞強好鬥，有時甚至喜歡跟人爭吵。帕蒂嬌小玲瓏、條理分明、客觀冷靜，大家都覺得她喜歡流程勝過喜歡人，經常試著在混亂的 IT 部門中扮演著維持秩序的角色。

她是整個 IT 部門的門面，只要發生 IT 故障，大家就會找帕蒂，無論是服務中斷、網頁載入過慢，或者，類似今天這種資料遺失或損毀的情況，她都是我們的專業辯護人。

當需要完成自己的工作時，人們也會找帕蒂 — 比如升級電腦、更換電話號碼、部署新的應用程式等，她負責安排所有的工作排程，所以大家總是試著遊說她優先處理自己的工作，然後，她會把任務轉交給實際負責的人 — 這些人基本上不是我的舊部屬，就是隸屬於韋斯的團隊。

韋斯拍著桌子說，「馬上給供應商打電話，告訴他們，立刻提出技術解決方案，不然我們就去找他們的競爭對手，我們可是大客戶！或許，我們早該放棄那群垃圾了，所以請他們好好考慮清楚吧。」

他環顧四周，開玩笑地說，「大家都知道這個說法吧？要想知道供應商有沒有在撒謊，只要看看他們的嘴唇有沒有在動。」

坐在韋斯對面的一個工程師說，「剛才已經和供應商通過電話，他們說，SAN 現場工程師至少還要 4 個小時才能趕過來。」

我皺起眉頭，為什麼討論到 SAN ？儲存區網路（SAN，storage area networks）為許多最重要的系統提供中央化儲存機制，所以相關聯的故障通常是全域性的：不會只有一台伺服器出問題，而會是幾百台伺服器同時發生故障。

韋斯開始跟那個工程師爭論起來，我在旁邊試著好好思考。這個薪資核算故障一點都不像 SAN 出問題，安的言下之意可能是支援每個工廠的計時應用程式出了差錯。

「但是，在我們嘗試回滾（rollback）SAN 之後，資料服務就完全停止運作了。」另一個工程師說道，「接著，螢幕上顯示的全都是日本漢字！嗯，我們覺得那是日本漢字。不管那到底是什麼，我們完全搞不懂那些小圖形，於是，我們就覺得應該把供應商給找過來。」

雖然介入較晚，但我確信大家完全搞錯方向。

我傾身靠過去，低聲跟韋斯與帕蒂說，「可以跟兩位私下談談嗎？一下子就好。」

韋斯轉過身，心有旁騖地大聲說，「你就不能等等嗎？你可能還不知道，我們遇上大麻煩了。」

我緊按住他的肩膀，「韋斯，真的非常重要，這是關於薪資核算故障的事情，還有，我剛剛已經跟史蒂夫・馬斯特斯及迪克・蘭德里談過。」

他看起來很驚訝，帕蒂已經從她的椅子站起來，「到我辦公室談吧。」她一邊帶路一邊說。

我跟著帕蒂走進她的辦公室，牆上掛著她女兒的照片，看起來大約 11 歲，我覺得很驚訝，她女兒看起來真的跟她非常相像 — 勇敢、聰明、令人敬畏 — 就一個可愛的小女孩來說，這有點兒嚇人。

韋斯用生硬的語氣說，「好吧，比爾，什麼事情這麼重要，值得打斷我們處理嚴重等級 1 的服務中斷？」

好問題，嚴重等級 1 的服務中斷是對業務造成巨大影響的嚴重事件，極具破壞性，所以我們通常會丟下手上的一切去解決這類服務中斷，我深吸一口氣，「不知你們是否耳聞，盧克和達蒙已經離職，官方說法是他們決定休息一段時間，我所知道的就這些。」

他們臉上吃驚的表情證實我的猜測，他們完全不知情，我快速地敘述了今天上午發生的事情，帕蒂搖搖頭，發出嘖嘖聲，表示不認同。

韋斯看起來很生氣，他與達蒙共事多年。韋斯漲紅著臉說，「所以我們現在必須聽命於你？聽著，我無意冒犯，朋友，但你是不是跨過界了？這麼多年來，你一直在管理中型機系統，基本上就是一些老古董，你在那兒應該過得蠻愜意的，不是嗎？說真的，你根本不清楚如何運行現代化分散式系統 — 對你來說，1990 年代還算是未來呢！

「說實在話」，他說，「若是你每天像我這樣快節奏地處理那麼多麻煩事兒，我猜你的腦袋早就爆炸了。」

我輕輕吐氣，心裡默數到三，「你們要跟史蒂夫談談你有多想坐我的位置嗎？歡迎之至，悉聽尊便，現在，讓我們先做好該做的事情吧，讓每個人都能夠準時拿到薪資。」

帕蒂迅速回應，「我知道你不是在問我，但我同意薪資核算故障是我們的當務之急，是眼下應該聚焦的地方。」她停頓一下說道，「我想史蒂夫做出正確的選擇，恭喜你，比爾，我們什麼時候能夠討論提高預算的事兒？」

我向她顯露一絲微笑，並且點頭致謝，再次把目光轉向韋斯。

幾秒鐘過去，他的臉上浮現一種令人無法捉摸的神情，最後終於變得溫和一些，「嗯，好吧，我會接受你的提議，去跟史蒂夫談談，他應該有很多事情要跟我解釋。」

我點頭，想到我和史蒂夫打交道的經驗，我由衷祝福韋斯，如果他真的決定要和史蒂夫攤牌的話。

「謝謝你們的支持，夥計們，非常感激。現在，我們對這個嚴重故障 — 或這些故障 — 瞭解多少？ 這一切跟昨天的 SAN 升級有關嗎？」

「不知道。」韋斯搖搖頭，「你進來的時候，我們正試圖弄清楚這一點，昨天薪資核算發生故障的時候，我們正在升級某個 SAN 韌體，布倫特認為 SAN 正在毀損資料，於是建議針對變更的部分進行回滾，我覺得這樣做很合理，但如你所知，最後發生「磚化」(bricking)。」

目前為止，我只在一些小裝置被弄壞時聽過「磚化」的說法，像是手機升級失敗等，然而，把這個術語用在一台價值百萬美元的設備，而且上頭儲存著不可取代的公司資料，真的讓我感覺很不舒服。

布倫特是韋斯的下屬，他一直是 IT 部門進行各個重要專案的中流砥柱，我同他合作過很多次，絕對是一個聰明的傢伙，但他知道太多東西，所以會有點令人生畏，更糟的是，大多時候，他都是對的。

「你有聽到他們說的話吧。」韋斯指著會議桌，關於服務中斷的會議還在繼續，說道，「SAN 無法開機，無法提供資料，而且因為相關訊息都被顯示成某種奇怪的語言，我們的人甚至無法從螢幕上讀到任何錯誤訊息。現在，許多資料庫都發生失敗，當然，薪資資料庫也包括在內。」

「為了處理 SAN 的問題，我們只得把布倫特從鳳凰專案暫時抽調出來，我們答應過莎拉會搞定那個超級專案的。」帕蒂沮喪地說，「這下子麻煩大了。」

「啊，我們到底向她承諾過什麼？」我憂心忡忡地問。

莎拉是負責零售營運的資深副總，也是史蒂夫的下屬，她非常擅長讓別人替她背黑鍋，尤其是 IT 部門的人，多年來，莎拉一直有辦法閃過各種本應由她承擔的責任。

雖然風聞史蒂夫正著手培養她為接班人，但我並不這麼認為，我覺得那根本不可能，我相信史蒂夫不會無視於她的陰險狡猾與詭計多端。

「有人告訴莎拉，我們沒有按時將一些虛擬機器交給克里斯。」她回答，「我們一直全力以赴地準備那些東西，也就是說，在全力投入 SAN 的修復之前，我們一直都在準備虛擬機器。」

克里斯・阿勒斯是應用程式開發部的副總，負責開發公司需要的應用程式與程式碼，隨後再移交給我們運行及維護。現在，克里斯的工作完全以鳳凰專案為主。

我抓抓頭，以公司的角度來說，我們已經針對虛擬化技術投入鉅資，儘管看起來活像是 1960 年代的大型主機作業環境，但在韋斯的世界裡，虛擬化技術已經改變了遊戲規則，突然間，再也不需要管理數以千計的實體伺服器，它們現在全部變成一台大型伺服器裡頭的邏輯實例，甚至可能存在於某處的雲端環境。

現在，建構新的伺服器只需透過應用程式點擊右鍵，佈線？現在只要進行組態設定即可，然而，儘管承諾虛擬化技術即將解決我們遭遇的所有問題，但事實上 — 我們還是沒能及時把虛擬機器交給克里斯。

「如果我們需要布倫特處理 SAN 的問題，那就讓他留在那兒吧，我來應付莎拉」，我說，「但是，如果薪資核算故障真是由 SAN 引起，那為什麼沒有出現更大範圍的故障與失敗？」

「莎拉肯定會大發牢騷，事實上，我突然覺得對你的職位一點興趣都沒有。」韋斯大笑地說，「你可別在上任第一天就被炒魷魚，也許，他們接下來就會找上我囉！」

韋斯停頓一下，若有所思地說，「嗯，關於 SAN，你的看法有點道理，布倫特正在處理這件事，我們去找他，看看他怎麼想。」

帕蒂和我雙雙點頭表示同意，這是個好主意。我們需要確認各個相關事件的正確時間點，目前為止，所有的判斷都只是奠基於道聽塗說上。

這樣無法讓真相水落石出，當然也解決不了服務中斷的問題。

第3章

9月2日，星期二

我跟著帕蒂和韋斯走過 NOC，進入一大片小隔間，最後在一個由 6 個小隔間組成的大工作區停下來，沿著牆面擺著一張大桌子，上面有一個鍵盤和四台 LCD 大螢幕，就像華爾街的交易櫃台，伺服器堆積如山，燈號四處閃爍，桌上佈滿顯示器，展示著圖表、登入視窗、程式碼編輯器、Word 文件，以及無數我不認識的應用程式。

布倫特在視窗中輸入一堆指令，對周遭一切視若無睹，從他的話筒傳來 NOC 電話會議的聲音，顯然，他並不擔心大音量的揚聲器會打擾到鄰座其他人。

「嘿，布倫特，有空嗎？」韋斯大聲問道，同時把一隻手搭在他的肩膀上。

「等一下好嗎？」布倫特頭也不抬地回答，「我現在真的很忙，正在處理 SAN 的事情，你知道吧？」

韋斯抓了一把椅子，「是啊，我們就是來談這件事的。」

布倫特轉過身來，韋斯繼續說，「請再跟我們說一遍昨晚的情況，你為什麼判斷是 SAN 升級導致薪資核算故障？」

布倫特的眼珠子轉了轉，同時說道，「昨晚下班後，我協助一個 SAN 工程師升級韌體，過程比我們預估的還長 — 所有程序都沒按技術手冊走，過程頗為崎嶇，但我們終於在 7 點左右完成。」

「我們重啟 SAN，但隨後所有的自我測試全部失敗，我們大約花費 15 分鐘試著釐清哪裡出錯，就在那時，我們收到關於薪資核算故障的電子郵件，當下我就說“這下子完蛋了。”」

「我們的版本太老舊，SAN 供應商可能從來沒有測試過像我們這樣大幅度的升級路徑，我撥了通電話給你，告訴你我想要停止升級，你批准後，我們就啟動回滾程序（rollback）。」

「然後，SAN 就失敗了」，他攤在椅子上說道，「不只薪資核算伺服器毀了，許多其他伺服器也壞掉。」

「幾年來，我們一直打算升級 SAN 韌體，但總是抽不出時間」，韋斯對我解釋道，「有一次我們差點就升級成功，但當時沒有足夠大的維護窗口（maintenance window），效能每況愈下，直到許多關鍵應用程式開始嚴重受影響，所以昨天晚上，我們終於決定硬著頭皮進行升級。」

我點點頭，接著，手機響起。

是安打來的，所以我把電話切成免持聽筒的模式。

「根據你的建議，我們檢查了昨天從薪資核算資料庫匯出的資料，上一期支付是正常的，但在本期支付裡，所有工廠計時工的社會安全號碼全部亂掉，而且他們的工作時間和薪資欄位全都是零，以前從未見過這樣的情況。」

「只有一個欄位亂掉？」我訝異地揚起眉毛，問道，「你說“亂掉”是什麼意思？怎麼回事？」

她試著描述她在螢幕上看到的內容，「嗯，它們不是數字或字母，有一些心形、黑桃、以及彎彎曲曲的字元 ... 還有一堆標著變音符號的外文字母 ... 而且沒有空格，這重要嗎？」

聽到安試圖把這些亂碼念出來，布倫特竊笑，我嚴正地看他一眼，「我想我們開始可以看到一點端倪了」，我說道，「這是非常重要的線索，你可以把內含損壞資料的試算表寄給我嗎？」

她同意，「話說回來，現在是不是有很多資料庫都還當機？真奇怪，昨晚都還好好的。」

韋斯低聲咕噥，壓住布倫特的話頭。

「嗯，是的，我們已經發現問題，正在著手解決。」我不動聲色地說道。

掛斷電話，我鬆了一口氣，感謝上天保佑緊急支援人員與故障修復人員。

「資料庫裡只有一個欄位損壞？嘿，夥計們，聽起來不像是 SAN 故障。」我說，「布倫特，除了 SAN 升級，昨天還發生過什麼可能導致薪資核算故障的事情？」

布倫特無精打采地靠在椅背上，一邊把椅子轉來轉去，一邊細細思索，「嘿，既然你提到 ... 昨天有個負責開發計時應用程式的人打電話給我，提到一個關於資料庫表格結構的奇怪問題，我正忙著準備鳳凰專案的測試用虛擬機，所以隨便敷衍他一下，以便趕快回來繼續手上的工作，你該不會覺得是他弄壞應用程式吧？」

韋斯迅速轉向揚聲器電話，這部電話原本就已經撥入持續進行中的 NOC 電話會議，他取消電話靜音並且說道，「各位，我是韋斯，我和布倫特、帕蒂以及我們的新上司比爾・帕爾默在一起，史蒂夫・馬斯特斯已經任命比爾掌管 IT 運維部，所以，夥計們，大家都聽清楚喔。」

看來我想要循規蹈矩地宣佈晉升消息的可能性已經越來越低。

韋斯繼續說，「有誰知道某個開發人員變更工廠計時應用程式的事情？布倫特說他接過一通電話，有人問過他關於更改資料庫表格的事情。」

揚聲器電話傳來聲音，「是的，我昨天幫忙某人處理他和工廠之間的連線問題，我確定他是負責維護計時應用程式的開發人員，當時他正在安裝一些約翰要求本週必須安裝及運行的資安應用程式，我記得他的名字叫馬克斯，我還留著他的聯絡資料，就在這裡的某個地方 ... 他說今天就要開始休假，所以急著要把那些工作完成。」

現在，事情終於有點眉目。

開發人員為了順利去度假，硬是塞進某個緊急變更 — 那可能是我們的 CISO（首席資訊安全官）約翰．佩斯凱負責推動的某個緊急專案的一部分。

這樣的情況只是加深我對開發人員的猜疑：他們經常粗心大意地弄壞東西，然後消失不見，徒留運維部的人員幫忙收拾爛攤子。

比開發人員更危險的情況就是開發人員與資安人員聯手，這樣的組合讓大家有辦法、有動機、有機會幫公司添亂子。

我猜想，我們的 CISO 可能逼迫開發部經理必須完成某項任務，導致開發人員又在這個當口火上加油，最後造成薪資核算機制發生故障。

資訊安全部總是帶著他們的「尚方寶劍」，提出各種緊急要求，全然不顧這樣做對其他部門造成的後果，因此，我們有很多會議都不邀請他們參加，只要有他們在，某些事情肯定辦不成。

他們總能提出千萬個理由，指出我們所做的任何事情都會造成資安漏洞，駭客會利用這些漏洞洗劫整個公司，竊取所有程式碼、智慧財產、信用卡號碼、甚至我們的私人照片，這些情況確實具有潛在的風險，但是，從他們那些尖銳刺耳、歇斯底里、自以為是的要求中，往往很難連結到如何提高作業環境的防禦能力。

「好吧，夥計們。」我果斷地說，「薪資核算故障好像是一個犯罪現場，我們就是蘇格蘭警場，SAN 不再是嫌疑犯，但不幸地，我們在偵查過程中意外將它弄殘廢，布倫特，你繼續處理受損傷的 SAN — 顯然，我們得盡快讓它重啟及運行。」

「韋斯與帕蒂，我們的“新嫌犯”是馬克斯和他的經理。」我說，「無論如何都要找到他們，扣住他們，弄清楚他們到底做了什麼，我不管馬克斯是不是在休假，我估計他可能把什麼給弄壞了，而我們得在下午 3 點之前把它修好。」

我想了一下，「我要去找約翰，有人想跟我一起去嗎？」

韋斯和帕蒂爭著要跟我一起去找約翰，帕蒂強硬地說，「理應由我出面，幾年來，我一直試著約束約翰的人，他們從不按照我們的流程來，所以老是惹麻煩，這次又搞這種花樣，我真想看看史蒂夫和迪克會怎麼懲治他。」

這顯然是一個極有說服力的論點，所以韋斯說，「好吧，由你處置，我現在幾乎開始替他冒冷汗了。」

突然間，我對自己的說詞感到後悔，這不是政治迫害，我並非要懲罰或教訓誰。無論如何，我們仍得在時限內把故障的來龍去脈梳理清楚。

妄下錯誤的結論導致昨晚的 SAN 故障，眼下，絕不允許我們再犯這樣的錯誤。

帕蒂和我準備打電話給約翰，我瞇著眼睛仔細端詳帕蒂手機螢幕上的電話號碼，琢磨著是否應該聽從妻子的建議去配一副老花眼鏡，這再一次提醒我，自己即將步入不惑之年。

我撥打號碼，電話一接通，馬上傳來一個聲音，「我是約翰。」

我迅速告訴他薪資核算與 SAN 故障的事情，接著問，「昨天你們有沒有對計時應用程式做過變更？」

他說，「聽起來很糟糕，但我保證，我們並沒有對中型機系統做任何變更，很抱歉，我無法提供更多協助。」

我嘆了口氣，我以為這會兒史蒂夫或蘿拉應該已經發佈我的人事命令，看來，每次跟人打交道前，我都得先介紹一下自己的新頭銜。

我在想，如果我自行發布一則任職公告，事情會不會變容易些。

我再一次簡要重述自己倉促晉升的事情，然後問道，「韋斯、帕蒂和我聽說，昨天你和馬克斯緊急部署了一些東西，究竟是什麼？」

「盧克和達蒙走了？」約翰聽起來很吃驚，「沒想到史蒂夫真的會在合規性稽核（compliance audit）期間解雇他們兩個，天曉得呢？或許，這裡終於要開始有些改變，比爾，你可要從中汲取教訓，運維部的人員可不能繼續在資安方面扯你的後腿！別介意，只是善意的忠告 ...」

「說到這個，我們老是被競爭對手踩在腳底下，我覺得很蹊蹺。」他繼續說，「俗話說，一次是巧合，兩次叫偶然，但事不過三，或許，我方銷售人員的電子郵件系統已被駭客入侵，那樣就能夠解釋我們為什麼搞丟那麼多生意。」

約翰兀自滔滔不絕地說著，然而，我還在想他是否話中有話，盧克和達蒙可能是因為某些資安問題而被解雇，這是有可能的 — 約翰總是同一些頗有權勢的人打交道，譬如，史蒂夫、董事會以及內部和外部的稽核人員。

然而，我很肯定，史蒂夫在談到盧克和達蒙離職的原因時，既沒提到約翰，也沒提到資訊安全部 — 只說必須聚焦在鳳凰專案。

我疑惑地看看帕蒂，她只是翻翻白眼，摸摸耳朵，想當然耳，她對約翰的想法很不以為然。

「史蒂夫有沒有對你描述過公司的新組織架構？」我很好奇地問 — 約翰總是抱怨，資訊安全的優先等級太低，他正展開遊說，希望獲得與 CIO 平行的地位，堅持這樣才能解決某種固有的利益衝突。據我所知，他並未成功。

眾所周知，盧克和達蒙盡可能把約翰邊緣化，不讓他干涉那些幹實事的人，不過，儘管他們不遺餘力，約翰還是設法出現在大大小小的會議裡。

「什麼？我對此 無所悉。」他忿忿不平地說，我的問題顯然命中要害，「一如往常，我老是被蒙在鼓裡，這一次，我恐怕又是最後一個知道的，在你告訴我之前，我還以為自己仍然向盧克報告呢，既然他走了，這下子，我不知道應該向誰彙報，史蒂夫給你打過電話嗎？」

「這超出我的層級 — 我和你一樣毫無所悉。」我裝聾作啞地回答著，迅速改變話題，「關於計時應用程式的變更，你能夠讓我們多瞭解一些內容嗎？」

「我要給史蒂夫打個電話，弄清楚到底發生什麼事，他恐怕已經忘記資訊安全部的存在。」他繼續說個不停，我懷疑我們到底還能不能回到薪資核算的主題。

還好，他終於說，「好吧，是的，剛剛說到馬克斯，我們有一個關於儲存 PII（personally identifiable information）的緊急稽核問題 — PII 就是個人驗證資訊的簡稱，包含 SSN（社會安全號碼）、出生年月日等資訊。歐盟法律禁止我們儲存這類資料，現在，美國很多州也有類似的法律。針對這一點，我們發現嚴重的稽核缺失，我很清楚，必須仰賴我的團隊來拯救公司，避免公司再一次成為街頭巷尾的議論對象，要是出了事，肯定會上新聞頭條，對吧？」

他繼續說，「我們找到代碼化（tokenize）這項資訊的產品，那樣就不必再直接儲存 SSN 了，根據原定計劃，差不多一年前就應該完成相關部署，然而，儘管我不斷催促，事情就是一直完成不了，現在，我們已經沒時間，支付卡產業（Payment Card Industry，簡稱 PCI）的稽核人員本月稍晚要來，所以我必須加速推動計時應用程式團隊的工作。」

我盯著手機，沉默不語。

一方面，我欣喜若狂，因為我們已經在約翰的手上找到還發燙的槍，約翰提到 SSN 欄位，這跟安對受損資料的描述相吻合。

另一方面，我緩緩說道，「你看我理解得對不對 ... 為了修正資安稽核發現的問題，你部署了一支處理代碼化（tokenize）的應用程式，導致薪資核算發生故障，造成迪克和史蒂夫急得快抓狂，是這樣沒錯吧？」

約翰激動地回答，「首先，我相當有把握，那個處理代碼化的資安產品並未引發這個故障，絕對不可能，供應商向我們保證這項產品安全無虞，而且我們核對過所有的參考資料。其次，迪克和史蒂夫當然急得抓狂：遵守資安規定是無可妥協的，那可是法律規定的，我的工作是讓他們不用穿上橘色連身衣，所以我只是盡自己的本分而已。」

「橘色連身衣？」

「就是在監獄裡穿的囚服。」他說道，「我的工作是確保公司遵循相關法律、規章制度以及契約義務，盧克和達蒙過於莽撞，老是亂走捷徑，嚴重影響我們的稽核工作與安全狀況，若非我的努力，我們現在恐怕都已淪為階下囚。」

我想我們只是在討論薪資核算故障的問題，而不是在討論被假想的維安人員逮捕入獄的小說情節。

「約翰，針對任何產品變更，我們都有一套規定的程序和流程。」帕蒂說道，「你一昧規避它們，一次又一次惹出大麻煩，我們還得幫你擦屁股，收拾爛攤子，你為什麼不按照流程走？」

「哈！說得好，帕蒂，」約翰哼了一聲，「我確實有按照流程走，知道你們的人是怎麼告訴我的嗎？他們說下一個可能的部署窗口大概要等 4 個月，嘿，可是稽核人員下週就要來了！」

他堅決地說，「我可不能被你們那套官僚程序捆手綁腳，如果站在我的立場，你們鐵定也會做同樣的事。」

帕蒂臉變紅，我平心靜氣地說，「按照迪克的說法，我們只剩不到 4 小時來回復計時應用程式，既然知道發生過一個影響 SSN 的變更，我想我們已經找到問題的關鍵。」

我接著說，「幫忙進行部署的馬克斯今天休假，韋斯或布倫特會和你保持聯繫，瞭解關於這個代碼化產品的更多細節，我相信你會盡力協助他們，這很重要。」

約翰同意，我向他道謝，接著說，「等等，還有一個問題，你們為什麼認定這個產品並未引發故障？你們測試過這個變更嗎？」

電話那頭沉寂片刻，然後，約翰回答，「沒有，我們無法對這個變更進行測試，因為沒有測試環境，是的，你們幾年前就提出預算申請，但是 ...」

我早該知道的。

「嗯，算是好消息。」約翰掛斷電話之後，帕蒂說，「也許不太容易修復，但至少終於知道怎麼回事。」

「變更時程表裡有約翰的代碼化變更嗎？」我問。

她冷笑一聲，「那正是我一直想要告訴你的，約翰鮮少遵循我們的變更流程，大多數人也不怎麼守規矩，這裡就像蠻荒的大西部，我們大部分時間都在胡搞蠻幹。」

她語帶防衛地說，「我們需要更完善的流程，並且獲得高層更多的支持，包括 IT 流程的相關工具與訓練，大家都以為只要把自己的工作幹完就算萬事大吉，這樣的想法讓我的工作變得困難重重。」

在我之前帶的團隊中，變更作業總是紀律嚴明，人人都得嚴格遵循，絕對不會有人在未通知其他人的情況下進行變更，而且我們竭力確保自己的變更不會給其他人帶來麻煩。

我不習慣這樣胡搞瞎搞。

「我們沒那種閒功夫每次出狀況就仔細詳查。」我惱怒地說，「給我一份過去三天所有變更事項的清單，若無準確的時間點，就沒辦法搞清楚前因後果，最終可能造成另一個服務中斷。」

「好主意，」她點頭同意，「若有必要，我會給 IT 部門的每個人寄一封電子郵件，弄清楚他們最近做過哪些事，從中找出未被列入既有時程表的事項。」

「給每個人寄一封電子郵件？什麼意思？難道你們沒有提交變更的系統嗎？就像工單系統（問題追蹤系統）或者變更授權系統？」我目瞪口呆地問，這就好比蘇格蘭警場發送電子郵件給所有倫敦人，試圖找出誰曾經出現在犯罪現場附近。

「噗，你在做夢吧。」她像看一個菜鳥那樣看著我 — 在某種程度上，我想自己確實是個菜鳥。「多年來，我一直試著讓大家使用我們的變更管理流程和工具，但就像約翰那樣，根本沒人在用，我們的工單系統也一樣，總是有一搭沒一搭的。」

事情遠比我以為的還要糟糕。

「好吧，該怎麼做就怎麼做。」我無法掩飾心中的沮喪，最後說道，「務必讓所有開發人員、系統管理員及網路維護人員全力支援計時應用程式，給他們的經理打電話，告訴他們務必讓我們知曉每個變更的情況，無論那些變更看起來多麼無關緊要，對了，也不要漏掉約翰的人馬。」

帕蒂點頭，我說，「聽著，你是變更管理經理，有些事情需要改善，我們必須更確切地掌握狀況，那表示，需要某種功能完善的變更管理流程，讓每個人提交自己的變更事項，好讓我們更完整地掌握真實的情況。」

我很驚訝，帕蒂看起來垂頭喪氣，她說，「我已經試過這樣做，告訴你，變更諮詢委員會（Change Advisory Board，CAB）總是開個一、二次會，但過不了幾週，大家就會推說自己太忙，不再參加會議，或者，因為時間緊迫，他們不待獲得授權便逕自進行變更，不論何種情況，變更諮詢委員會都會在一個月內變得形同虛設。」

「這次不會。」我堅定地說，「即刻發送會議通知給所有技術主管，並且聲明每個人都必須出席，不能與會者務必派代表參加。對了，下次會議何時召開？」

「明天。」她說。

「好極了，」我熱切地說，「我很期待這次會議。」

最後，過了午夜，我終於回到家，經過漫長且充滿失望的一天，我精疲力竭，地板上散落著氣球，餐桌上放了半瓶酒，牆上貼著一張蠟筆畫，上頭寫著，「恭喜爸比！」

今天下午，我給妻子佩奇打電話，告訴她升職的事，她顯得比我還高興，堅持要請鄰居們過來，一起小小慶祝一番，結果，我這麼晚才回到家，錯過自己的晉升派對。

下午 2 點，帕蒂成功證實，在過去三天內進行的 27 項變更中，只有約翰的代碼化變更和 SAN 升級才有可能導致薪資核算故障，然而，韋斯及其團隊還是不能讓 SAN 恢復正常運行。

下午 3 點，我不得不告訴安和迪克這個壞消息，我們別無選擇，只能實施 B 方案，當然，他們的沮喪和失望是顯而易見的。

直到晚上 7 點，計時應用程式才回復正常，半夜 11 點，SAN 終於恢復正常。

晉升 IT 運維部副總的第一天，我的表現並不太好。

下班前，我給史蒂夫、迪克和安寄送一封簡單扼要的狀態報告，保證我將不惜一切代價防止這類故障再次發生。

我上樓，刷完牙，在上床睡覺前，最後再查看一次手機，小心翼翼，以免吵醒佩奇，我看到一封公關部經理寄來的電子郵件，主題是「壞消息，我們明天可能要上新聞頭條了 ...」，我在心裡咒罵一聲。

我坐在床上，瞇著眼睛看著附件的新聞報導。

> 埃克哈特．格魯夫《先驅時報》
>
> 無極限零件公司弄錯薪水，本地工會領導人表示這個錯誤「不合情理。」
>
> 汽車零件供應商無極限零件公司未能正確發放薪酬給員工，公司內部備忘錄顯示，一些雇員根本沒有收到薪資，這家總部設在本地的公司承認，沒有發放正確的薪資給一部分計時員工，還有一部分計時員工根本沒有收到任何工資。無極限零件公司否認本次事件與公司的現金流有關，而是把過錯歸咎於薪資核算系統發生故障。
>
> 這家成功企業市值一度高達 40 億美元，但最近幾個季度深陷營收減少與成長衰退的困擾，公司的財務困難 — 有人把這些問題歸咎於高層管理人員的嚴重失職 — 導致努力養家活口的本地員工未來恐怕工作不保。
>
> 根據備忘錄，不論導致薪資核算故障的原因為何，員工可能都得等待數日或數週才能拿到正確的薪酬。
>
> 內斯特．梅耶斯公司的首席產業分析師凱利．勞倫斯表示，「這次事件不過是這家公司近年來一連串管理階層錯誤的又一個例子罷了。」
>
> 《先驅時報》致電無極限零件公司的 CFO 迪克．蘭德里，請他就薪資核算事故、會計錯誤以及管理階層失職的問題發表意見，但並沒有接到任何回應。

在一份以無極限零件公司名義發佈的聲明中，迪克．蘭德里對這個「小故障」深表遺憾與抱歉，並且誓言不再讓同樣的錯誤發生。

《先驅時報》將持續追蹤這個事件的後續發展。

我筋疲力盡，熄了燈，暗自決定明天要向迪克請罪，我閉上眼睛想要入睡。

一小時後，我仍然眼睜睜地盯著天花板。

第 4 章

9 月 3 日，星期三

早上 7 點 30 分，我一邊喝咖啡，一邊開筆電，希望在 8 點開會前處理完所有的電子郵件和語音訊息，我目不轉睛地盯著螢幕，在晉升後的 22 個小時裡，我已經收到 526 封新郵件。

我的天哪！

我略過所有關於昨日事故的訊息，有點驚訝，竟然看到來自幾個供應商的恭賀電子郵件，並且希望同我見個面，吃個中飯，他們怎麼知道我升職？我敢肯定，公司內部大多數人都還不曉得。

我讀了一封艾倫發來的郵件，她是我的前任上司的助理，現在被派來輔助我，她在郵件裡對我表示祝賀，並且詢問何時方便會面，我回覆，今早可以和她碰個面，喝杯咖啡。我給 IT 技術支援服務台發了一封信，授權艾倫存取我的行事曆。

桌上型電話閃爍不停的紅燈引起我的注意，上面顯示，「上午 7 點 50 分，62 則新的語音訊息。」

我驚訝地張大嘴，僅僅把這些語音訊息聽一遍都需要一小時，我可沒有那個時間，我再次給艾倫發郵件，請她把語音訊息全部檢查一遍，把需要處理的留言記錄下來。

在點擊傳送之前，我又迅速補充一句，「若有任何史蒂夫或迪克發來的訊息，請立刻撥打我的手機。」

我拿起筆記本，匆忙趕往第一個會議，就在此時，手機振動起來，嗯，是一封緊急電子郵件：

寄件者：莎拉·莫爾頓

收件人：比爾··帕爾默

附件：史蒂夫·馬斯特斯

日期：9月3日，上午7:58

優先等級：最高

主旨：鳳凰專案的新紕漏

比爾，如你所知，鳳凰專案是本公司目前最重要的專案，我聽到一些令人不安的傳言，說你在阻礙鳳凰專案的發布工作。

我想不用我來提醒你，我們面臨的競爭異常激烈，競爭對手的動作不斷，我們的市占率也不斷遞減中，我需要每個人都保持緊迫感，特別是你，比爾。

我們要在今天上午10點召開緊急專案管理會議，請務必參加，並且準備好針對那些不可接受的延誤提出解釋。

史蒂夫，有鑒於你已向董事會作出承諾，我瞭解這個專案對你非常重要，請儘管來參加吧，我們期待你的先知灼見。

此致，莎拉

喔，不。

我把這封電子郵件標記為高優先等級，轉發給韋斯和帕蒂，這個世界一定有哪裡不對勁，一半郵件都是緊急事件，事情全都那麼重要，這可能嗎？

我打韋斯的手機。「我剛收到你轉發莎拉的電子郵件，」他說，「全是廢話。」

「怎麼回事？」我問。

他說，「我敢肯定是因為布倫特沒為鳳凰專案的開發人員完成那些組態工作。由於開發人員無法實際告訴我們到底需要什麼樣的測試環境，所以大家都在瞎忙，我們已經竭盡全力，但是，每當我們完成並且交付某項工作，他們就說我們做得不對。」

「他們是什麼時候告訴我們這件事的？」我問。

「兩週前。這是開發部的典型惡習，這次甚至更糟，為了趕上最後期限，他們幾乎已經崩潰，直到現在才開始考慮測試和部署的事情，很明顯，他們想讓我們背黑鍋，希望你也跟我一樣穿上防火內衣，莎拉顯然打算在會議上點燃火炬，意圖把我們扔進火堆裡。」

開發部和 IT 運維部之間的工作交接總是一團混亂，這讓我大感驚訝，不過，有鑒於兩個部門之間持續不斷的衝突，這或許根本不值得大驚小怪。

我回答，「嗯，大致瞭解。聽著，你務必親自掌控這個開發規格說明書的議題，我們必須搞定這件事 — 掌握每一個關係人，不論是開發人員，還是運維人員，把他們集中在一間會議室，直到弄出白紙黑字的開發規格說明書為止。鳳凰專案太重要了，絕對不能搞砸，我們擔待不起。」

韋斯說他正在密切處理這件事。我問，「除此之外，莎拉還會對我們使出什麼手段？」

他停下來想了一會兒，最後說，「我想應該不會，薪資核算故障的事件正是解釋布倫特無法順利完成工作的好理由。」

我同意他的觀點，感覺上該考慮的都已經考慮了。我說，「10 點見。」

不到一小時之後，我頂著烈日走向 9 號大樓，很多行銷部的人員把 9 號大樓稱作「家」，令人驚訝的是，周圍還有一小群 IT 部門的人也正朝著那邊走，為什麼？

接著，我突然想到，若無 IT 部門的參與，大部分行銷專案是無法完成的，高感度行銷（high touch marketing）需要高科技的支援，不過，假如有那麼多 IT 部門的人被指派到這些行銷專案幫忙，難道不應該讓他們來找我們嗎？

我猜想莎拉偏愛的行事風格一定是：像蜘蛛那樣結網而待，並且享受著公司裡頭各種小昆蟲送上門來的感覺。

一進會議室，我就看到專案管理辦公室的負責人柯爾斯頓・芬格爾坐在會議桌的上位，我很欣賞她，有條不紊、冷靜客觀、富責任感，她在五年前剛進我們公司時，就把組織的專業化程度提升到全新的層次。

莎拉坐在她右邊，身體往後靠在椅背，在她的蘋果手機上點來點去，對其他人視若無睹。

莎拉與我同年：39 歲，她對自己的年齡有著很強的戒心，總愛說些似是而非的話語，讓別人以為她遠大於實際的年齡，但又稱不上說謊。

是啊，又是莎拉另一件令人惱火的事情。

會議室擠了大約 25 個人，很多業務線的負責人均到場，其中有一些是莎拉的下屬，克里斯・阿勒斯也在，克里斯比我稍微年長，看起來體格精實健康，他經常跟別人開玩笑，但也會在別人沒有按時完成工作時嚴加懲戒，眾所周知，他是一個幹練且嚴謹的管理者，他必須如比，才能夠管好底下將近兩百名開發人員。

為了支援鳳凰專案，最近兩年，他的團隊人數增加 50 人，很多來自外包公司。克里斯經常被要求使用更短的時間、更少的經費，完成並且交付更多的產品。

他手下的幾個經理也在場，韋斯也在，坐在克里斯右邊，找空位時，我發現每個與會者都顯得異常緊張，我隨後就知道究竟是什麼原因。

原來，史蒂夫就坐在會議桌旁唯一一張空椅子的右邊。

似乎每個人都盡量不去看他，我心平氣和地在史蒂夫旁邊坐下。此時，手機振動，韋斯發來一則訊息：

該死，史蒂夫從未參加過專案管理會議，這下麻煩大了。

柯爾斯頓清了清嗓子：「第一項議程是鳳凰專案，壞消息，大約四週前，這個專案從黃色轉為紅色，我個人的看法是，要想如期完成恐怕很困難。」

她以專業的口吻繼續說道，「提醒大家，上個禮拜，鳳凰專案第 1 階段的關鍵路徑（critical path）上有 12 項任務，目前只完成 3 項。」

會議室一片歎息聲，幾個人開始竊竊私語，史蒂夫轉身看我，「你說呢？」

我解釋，「關鍵的人力資源是布倫特，大家都知道薪資核算故障的事情，布倫特全力協助修復薪資核算故障的事情，他的工作量已經滿載，這個突發事件是完全始料未及的，但顯然是我們必須處理的，毫無疑問，大家都知道鳳凰專案的重要性，現在，我們正在盡力確保布倫特能夠繼續聚焦於此。」

「比爾，謝謝你提出這麼超級有創意的解釋」，莎拉立刻回答，「這裡真正的問題是，你們這些人似乎還不理解鳳凰專案對公司究竟有多重要，在市場上，競爭對手正把我們逼上絕境，關於他們那些新服務的廣告，相信大家都已經耳聞目睹，透過實體門市與網路商店的創新服務，他們再次重創我們，挖走一些我們最大的合作夥伴，我們的銷售團隊開始驚慌失措，我不是在放“馬後炮”，但他們最新的產品發佈明明白白地告訴我們，不能再用慣常的商業思維來行事了。」

她繼續說，「聽著，比爾，為了提高市占率，我們必須確實完成鳳凰專案，但基於某些原因，你和你的團隊一直在扯後腿，你是不是分不清楚輕重緩急？或者你還不習慣支援這麼重要的專案？」

儘管做足心理建設，我還是感到怒火中燒，或許是因為她當著史蒂夫的面狐假虎威，盛氣凌人地對我說話，或許是因為她在同我說話時卻連瞧都不瞧我一眼，而是在觀察史蒂夫的反應，又或許是因為她根本就是在指責我工作不力且能力不足。

現場鴉雀無聲，我強迫自己深吸一口氣。

我的怒氣消散，這不過是一齣辦公室政治戲碼，雖然不喜歡，但也只能如實接受，當年晉升為上士時，我差點兒就決定終身報效海軍陸戰隊，如果玩不起政治，你就別想在海軍陸戰隊裡成為高級軍官。

「有意思。」我對莎拉說，「你來告訴我哪個比較重要吧：是給員工發薪水，還是完成鳳凰專案？史蒂夫叫我即刻解決薪資核算故障，就這個故障處理的優先等級而言，你怎麼會跟史蒂夫不同調呢？」

一聽我提到史蒂夫，莎拉的表情馬上就變了，「好吧，或許如果 IT 部門一開始沒有造成這個故障，你就不用在這兒吹噓你們對公司的承諾與豐功偉業。無論如何，我不認為你和你的團隊靠得住。」

我緩緩點頭，不落入她的圈套，「我期待你提出任何建議，莎拉。」

她看看我，又看看史蒂夫，顯然覺得無法在這個話題上再做文章，她轉了轉眼珠，我看到韋斯搖著頭，對這場討論感到不可置信，一反常態地保持安靜。

莎拉接著說，「我們已經為鳳凰專案投入超過兩千萬美元，而且已經延宕將近兩年，我們必須趕快把鳳凰專案推出市場。」她看著克里斯，問道，「有鑒於比爾部門的延誤，最快何時可以正式上線？」

克里斯從桌上的文件抬起他的視線，「自上週討論後，我深入研究過，如果加快進度，而且比爾團隊提供的虛擬環境能夠如預期般運作，我們可以在週五起的一週之內上線。」

我瞠目結舌地看著克里斯，他剛剛信口開河地隨意確立一個上線日期，全然不顧我在部署之前需要完成多少工作。

往事突然浮現，在海軍陸戰隊裡，我們為所有高階軍官舉行一個儀式，大家聚在一起喝啤酒，看《星際大戰：絕地歸來》，每當阿克巴上將哭喊「那是陷阱！」時，我們就放聲大笑，喊著要重播那句經典台詞。

這一次，我笑不出來了。

「都給我等一下！」，韋斯突然拍桌大喊，「你們到底想要幹什麼？兩週前，我們才剛拿到部署鳳凰專案的規格說明書，你們的人到現在還沒告訴我們到底需要什麼樣的基礎設施，所以我們根本連需要的伺服器和網路設備都沒辦法訂購，還有，供應商已經告訴我們交貨需要三週的時間！」

他轉向克里斯，憤怒地指著他說，「喔，我還聽說，你們的程式碼的效能糟糕透頂，我們需要用到最熱門、最快速的硬體設備才跑得動，你們理應支援每秒 250 個交易的處理速度，現在卻連 4 個都處理不了！我們需要用到很多設備，以致於必須多買一個機架才能安置這些硬體，而且為了及時拿到機架，可能還得支付訂製費用，天曉得，預算最後會爆成什麼模樣。」

克里斯想要辯駁，但韋斯毫不留情，「我們根本還沒拿到上線與測試系統的具體組態規格，喔，你們不再需要測試環境？因為趕不上進度，你們甚至還沒對程式碼做過任何實測！」

隨著這些尖銳的話語被說出來，我的心情極度緊繃，我見過這樣的場景，情節很簡單，首先，接到一個日期驅動的緊急專案，由於高層對華爾街或客戶做出承諾，發佈日期不能延遲，然後，增加一群開發人員，耗盡時程表的所有時間，所以沒時間測試或演練部署，接著，由於沒人願意錯過或耽誤部署日期，在開發部門後面的人員只得不計後果地猛抄捷徑。

結果絕對不理想，通常，這個軟體產品會很不穩定，很不好用，連那些曾經強烈需要這些產品的人們最終也會認為它根本不值得上市，最後，IT 運維部總是得通宵達旦地解決問題，每隔一小時重啟一次伺服器，盡一切努力向世人隱瞞糟糕透頂的不堪真相。

「各位，我能理解大家想要盡快讓鳳凰專案上線的心情。」我盡可能平靜地對史蒂夫和克里斯說，「但是，根據韋斯所言，我認為鳳凰專案現在實在太不成熟，我們還不知道達成運行目標需要哪些設備，也沒做過任何壓力測試來驗證我們的假設，而且似乎還沒有足夠的文件說明，可以幫助我們在上線環境中執行這個專案，更別說是完整的監控和備份。」

我用最具說服力的聲音繼續說，「我和大家一樣急切地想要將鳳凰專案推入市場，但是，如果使用者體驗太差，最終只會把客戶推到競爭對手那邊。」

我轉向克里斯，「你們不能這樣自掃門前雪，丟出有問題的東西，然後在停車場相互擊掌，慶祝自己趕上最後期限，韋斯已經說了，你們丟過來的可能是個爛攤子，而我們的人就得沒日沒夜，努力加班，收拾殘局。

克里斯激動地回答，「少跟我說什麼"丟出有問題的東西"那種屁話，我們以前邀請過你們來參加我們的架構和計畫會議，但你們的人真正與會的次數用一隻手就可以數出來。還有，通常，為了從你們那兒拿到我們需要的東西，我們總得等上好幾天，甚至好幾個星期！」

接著，他雙手一攤，擺出一副無能為力的樣子，「聽著，我也想要更多時間，但是打從一開始，我們就知道這是一個日期驅動的專案，那是我們共同作出的商業決策。」

「沒錯！」我還來不及回應，莎拉就大聲說，「這正表明，比爾及其團隊對緊迫性缺乏必要的認知。比爾，追求完美是成事的大敵，我們可沒閒工夫為了迎合你的黃金標準而精雕細琢。我們需要創造止現金流，若不搶回市占率，就無法做到這一點，而要搶回市占率，就必須趕快部署鳳凰專案。」

她看看史蒂夫，接著說，「我們瞭解什麼是風險，對吧，史蒂夫？你在向市場分析師推銷鳳凰專案時，甚至在 CNBC 的採訪中，都已經做了非常棒的說明與保證 — 我想我們誰都不願意因為一再推遲發佈時間而丟盡臉面吧。」

史蒂夫點點頭，摸著下巴，坐在座位上，一邊前後搖晃，一邊細細琢磨，「我同意，」傾身向前，最後說道，「我們已經向投資者與市場分析師承諾會在本季發佈鳳凰專案。」

我驚訝得合不攏嘴，莎拉駁斥我的所有觀點，把史蒂夫引上一條不歸路。

我惱怒地說，「有沒有人覺得這很奇怪？我們曾經在這裡討論過在所有門市前面安裝飲水機的事情，當時我在場，我們給負責團隊九個月時間規劃部署，整整九個月！而我們所有人都覺得那是合情合理的。」

「現在，我們討論的是鳳凰專案，它影響銷售系統當中成千上萬個節點，以及所有後台訂單輸入系統，這可比安裝新的飲水機複雜上萬倍，對公司業務的風險也大很多，你們卻只給我們一週的時間來規劃和實施部署？」

我舉起雙手懇求史蒂夫，「這樣不會太輕率、太不公平嗎？」

柯爾斯頓點頭，但莎拉不屑一顧地說，「比爾，你說得很感人，但我們討論的不是飲水機，而是鳳凰專案，另外，我相信決策已定，不容討價還價。」

史蒂夫說，「是的，決策已定，比爾，謝謝你告訴我們你對風險的看法。」他轉向莎拉，「上線日期是哪天？」

莎拉馬上回答，「9 月 13 日，下週六，鳳凰專案將於前一天下午 5 點完成部署。」

史蒂夫在筆記本背面寫下日期，並且說，「很好，隨時讓我掌握進度，需要協助的話儘管開口。」

我望向韋斯，他用手比劃出飛機在桌上墜毀起火的樣子。

在廊道上，韋斯說，「會開得不錯啊，老大。」

我笑不出來，「剛才到底怎麼啦？我們怎麼會陷入這樣的困境？究竟有沒有人知道，要發佈這個專案，我們需要做多少事？」

「沒人知道，」他厭惡地搖著頭說，「開發部甚至還沒跟我們就如何移交達成共識，以前，他們總是指著某個網路資料夾說，「部署它」，他們提供給我們的操作說明少得可憐，教堂門口的棄嬰身邊的紙條都比那個詳細。」

聽到這種恐怖的比喻，我搖搖頭，但他說的沒錯，我們這次麻煩大了。

他繼續說，「我們得組織一支龐大的隊伍，克里斯的手下也得加入，一起想辦法完成這項任務，每個分層都會遇到問題：網路、伺服器、資料庫、作業系統、應用程式、第七層交換器 — 全都一團糟，在接下來的九天裡，所有人都得熬夜加班。」

我不開心地點著頭，這種全員出動的工作狀態正是 IT 人生的一部分，但是，一想到又得因為其他人疏於計畫而必須奮力拼搏，我還是覺得相當惱火。

我說，「召集你的團隊，請克里斯也召集他的團隊，別再透過電子郵件或工單系統（問題追蹤系統）來做這件事了，我們得讓大家共聚一堂。」

「說到承擔責任，」我說，「克里斯說我們部門的人從不參加鳳凰專案的架構和計畫會議，他是什麼意思？真的是那樣嗎？」

韋斯沮喪地轉了轉眼珠，「是啊，他們部門的人通常會在最後一刻才邀請我們參加，說真的，誰能在不到一天的時間內準備妥當呢？」

過了一會兒，他又說，「不過，說句公道話，我們確實提早收到過一些大型計畫會議的通知，但是，有一個應該參加會議的關鍵人員卻總是沒辦法與會，因為他老忙著處理各種升級工作，或許，你猜得到是誰 ...」

我嘆了一口氣，「布倫特？」

韋斯點頭，「對，我們需要他在會議上告訴那幫該死的開發人員，實際的工作是如何開展的，哪些東西會在上線時不斷故障，當然，諷刺的是，由於他忙著修補已經發生的故障，所以根本沒辦法去開會，告訴那些開發人員什麼東西會發生故障。」

他說得對，除非打破這個輪迴，否則，我們會一直陷在這種惡性循環中，布倫特必須和開發人員協同合作，從根本上解決問題，這樣我們才不用疲於奔命，不斷在滅火，然而，由於布倫特一直在滅火，所以無法參與相關的工作。

我說，「為了做好這次部署，我們必須精銳盡出，因此，布倫特必須出席會議。

韋斯顯得侷促不安，我問他，「怎麼了？」

「我想這會兒他正在處理網路中斷的問題呢。」他回答。

「不能再這樣下去，」我說，「他們今後得在沒有他的情況下解決問題，誰要覺得有疑問，儘管來找我。」

「好吧，你說了算，老大。」他邊聳肩邊說著。

專案管理會議結束之後，我沒有心情和任何人說話。我坐在辦公桌前，對著無法開機的筆電發牢騷，硬碟指示燈不停閃爍，螢幕上空無一物，我抓起桌上擺在佩奇和兩個兒子合影照旁邊的空馬克杯，走向轉角的咖啡機。

回到辦公桌時，螢幕上顯示一個視窗，告訴我即將安裝一些非常重要的更新，我坐下來，點擊「是」，耐心看著進度條在螢幕上龜速爬行，突然間，我看到了可怕的「當機藍螢幕」，這下子慘了，我的筆電徹底鎖死不能用。

即使重啟電腦，情況還是一樣，我沮喪地喃喃自語，「開什麼玩笑！」

就在此時，我的新助理艾倫從拐角處探出頭來，揮著手說，「早啊，恭喜升官，比爾！」她注意到我筆電上的藍螢幕，同情地說，「喔，看起來不太妙。」

「嗯，謝謝你。」我一邊說，一邊和她握手，「是啊，你可以找個電腦工程師來看一下這台筆電嗎？鳳凰專案有一大堆事情需要我們處理，我必須使用這台筆電工作。」

「沒問題。」她點頭微笑地說，「我會告訴他們，我們的新副總快急瘋了，下令盡快修好他的筆電，跟大家一樣，你需要一台可用的電腦，對吧？」

「事實上，」她補充道，「我聽說今天很多人遇到類似的問題，我會確保你的筆電優先被處理，你可沒時間慢慢排隊。」

還有更多筆電死當？再次證明，今天全世界都在跟我作對。

「對了，針對鳳凰專案，我需要有人幫忙協調一些緊急會議，你現在有權限存取我的時程表嗎？」我問。

她轉了轉眼珠，說道，「沒有，我正是為這件事而來的，我本來想看看你能否把接下來幾天的時程表列印出來，看來這顯然已經不可能，等電腦工程師過來，我會請他做這件事，不過，有時候，電子郵件管理員得花上幾週的時間才能抽出空做這些事。」

幾週？怎麼可以，我瞄一眼手錶，意識到我得晚些時候再處理這件事情，我已經遲到了。

「你盡力而為吧。」我說，「我要去參加帕蒂的變更管理會議，有事的話，請打電話給我。」

我匆匆趕到會議室，遲到 10 分鐘，本以為會看到一群人不耐煩地在等我，或者會議已經開始進行。

然而，只有帕蒂一人坐在會議桌旁，在她的筆電上狂敲鍵盤。

「歡迎光臨 CAB，比爾，希望還找得到空位。」她說。

「人都到哪兒去了？」我問。

我百思不得其解，在管理中型機團隊時，我的團隊從來不會錯過變更管理會議，那是我們協調及安排所有工作的場合，可以確保大家不會手忙腳亂。

「我昨天就告訴過你，這裡的變更管理是很隨意的。」帕蒂嘆了口氣說，「某些小組擁有自己的變更管理流程，就像你的中型機小組，但大多數小組什麼也沒做。昨天的服務中斷恰恰證明，我們必須在公司的層次上建立一些機制，現在的情況就相當於左手幾乎不曉得右手在做什麼。」

「那麼，問題出在哪裡？」我問。

她噘起嘴唇，「我不懂，我們送很多員工去參加 ITIL 培訓，學習最佳工作實務，我們延請一些顧問，幫忙把工單系統更換成符合 ITIL 的變更管理工具，大家本該透過這個工具提交變更需求，它會按照規定進行審查，但兩年過去，我們只是在文件上留下一套無人遵循的好流程，以及一個無人使用的工具，當我纏著大家去使用它們時，得到的只是抱怨和藉口。」

我點點頭，ITIL 代表資訊技術基礎架構庫（IT Infrastructure Library），規範許多 IT 最佳實務和流程，大家都知道，這個 ITIL 計畫已經進行數年，但一直在原地踏步。

韋斯沒來，我覺得有點惱火，我知道他很忙，但即使不來，他手下怎麼沒有人抽空來參加呢？這個制度的落實必須由上而下，貫徹執行。

「好吧，以後誰再有抱怨或藉口，就叫他來找我。」我語氣堅定地說，「我們要重啟變更管理流程，我會全力支持。史蒂夫要我確保大家都能夠專注於鳳凰專案，SAN 故障之類的失誤讓我們搞砸鳳凰專案的交付，我們正在為此付出代價，要是有人不想出席變更管理會議，那他們顯然需要我親自來特訓一下。」

聽到我提及鳳凰專案的事，帕蒂顯得一臉茫然，我把韋斯和我一上午的遭遇告訴她，我們就像被一輛大巴士輾壓過，莎拉和克里斯操控著方向盤，史蒂夫則坐在後排，鼓勵他們重踩油門。

「這樣不好。」她不以為然地說，「他們甚至輾過柯爾斯頓呢？」

我默默點頭，但不願多說什麼，我很喜歡電影《搶救雷恩大兵》的一句臺詞，「在一個指揮系統中，抱怨對上，不對下。」

我請她演示當前的變更流程，以及這個流程如何透過一些工具自動化，聽起來沒什麼問題，但要想知道這個流程是否有效，只有一個辦法。

我說，「本週五相同時間再安排一次 CAB 會議，我會給所有 CAB 成員發送電子郵件，告訴他們必須出席這次會議。」

回到辦公室，我看到艾倫在我的辦公桌旁，彎著腰在我的筆電旁寫便條紙。

「一切還順利嗎？」我問道。

她被我的聲音嚇了一跳，「喔，天啊，你嚇到我了。」她笑著說，「工程師試了整整半小時，還是無法啟動你的筆電，所以給你弄了另一台代用品。」

她指著辦公桌另一端，我過了一會兒才反應過來。

我的替代筆電看起來幾乎被使用了快十年 — 是我原來那台的兩倍大，三倍重，電池是用膠帶粘上去的，由於經年累月的摧殘，鍵盤上的字母有一半已經被磨光。

有一瞬間，我懷疑這是不是一齣整人大爆笑。

我坐下來，開啟電子郵件，但速度實在太慢，有好幾次我還以為它當機了。

艾倫滿臉同情，「電腦工程師說，今天他們只能拿出這一台了，兩百多個人遇到同樣的問題，許多人還拿不到替代電腦呢！顯然，因為某些安全補丁的關係，和你原本那台同樣型號的筆電都發生故障。」

我都忘了，今天是「補丁星期二」（Patch Tuesday），約翰及其團隊從我們的主要供應商那裡拿到安全補丁，接著全面更新，約翰再一次給我和我的團隊帶來大麻煩。

我只是點點頭，感謝她的幫助。在她離開後，我坐下來給所有 CAB 成員寫一封電子郵件，我往往要等上十秒鐘，才能看到從鍵盤上按下的字母顯示在螢幕上。

> 寄件者：比爾・帕爾默
>
> 收件人：韋斯・戴維斯、帕蒂・麥基、IT 運維部管理人員
>
> 日期：9 月 3 日，下午 2:43
>
> 優先等級：最高
>
> 主旨：CAB 會議，週五下午 2 點，所有人都必須參加
>
> 我今天出席了本週的 CAB 例會，除了帕蒂，我是唯一到場的人，我深感失望，特別是想到昨天剛發生過一個與變更相關而且完全可以避免的故障。
>
> 即日起，所有經理人員（或其指定代表）都必須參加表定的 CAB 會議，履行應盡的職責，我們將重啟無極限零件公司變更管理流程，並且嚴格貫徹及實行。
>
> 任何規避變更管理制度的人員都將受到嚴格處分。
>
> 週五下午 2 點有一場 CAB 會議，請務必出席，到時候見。

如有任何疑問或想法，請打電話給我。

感謝大家支持。

比爾

按下傳送按鈕之後，足足等了15秒鐘，電子郵件才被寄出，幾乎同時間，我的手機響起。

韋斯來電，我說，「我正準備給你打電話呢，關於筆電的事情，我們得為經理人員和員工們準備替代電腦，那樣他們才能幹活，你聽到了嗎？」

「是啊，我們正在做這項工作呢，但我不是為這件事給你打電話的，也不是為鳳凰專案。」他說，聽起來讓人有些氣惱，「聽著，關於你剛剛發出的變更管理流程的相關信件，我知道你說了算，但是，你最好知道，上一次我們實行這個荒唐的變更管理流程時，IT運維部直接癱瘓，沒有人，真的沒有半個人，能夠把一項變更給搞定，帕蒂堅持要給大家編號，等著她手下那群死腦筋的傢伙授權及排程我們的變更，實在既荒唐又浪費時間。」

韋斯口沫橫飛地說著，「她要求我們使用的那個應用軟體簡直就是垃圾，要申請一個5分鐘就可搞定的簡單變更，卻得花20分鐘才能填妥全部欄位！我不曉得究竟是誰設計了那個流程，但我真的覺得，那些流程設計者一定是認為，反正大家都是按時間領薪資的，所以寧可坐著嘴砲，也不肯真的去幹實事。」

「最後，網路維護團隊和伺服器團隊群起抗議，拒絕使用帕蒂提供的工具。」他繼續激動地說，「然而，約翰不斷提出相關的稽核發現（audit finding），並且報告前CIO盧克，就跟你一樣，盧克說只要是團隊一份子就得遵行這個政策，威脅我們誰不遵守就解僱誰。」

「我的手下把一半時間都花在文書工作，以及參加那個該死的CAB會議。」他繼續說，「還好，最後終於不了了之，偃旗息鼓，約翰蠢斃了，搞不清楚實際上大家都不再參加那個會議，甚至連他自己都已經有一年多沒出席那類會議了！」

真是有意思。

「你說的我都聽到了。」我說，「我們不能重蹈覆撤，但也不能再遭遇薪資核算故障那樣的災難，韋斯，我需要你參加會議，也需要你幫忙提出解決方案，否則，你也會變成我的麻煩之一。我可以指望你嗎？」

我聽到他大聲嘆了口氣。「好吧，當然可以，不過你也得做好心理準備，要是我看到帕蒂又想弄出讓大家絕望無力的繁文縟節，可別怪我，我可不吃那一套。

我嘆了口氣。

以前，我只擔心 IT 運維部遭到開發部、資訊安全部、稽核部門及業務部門的攻擊，現在，我開始意識到，我手下的主要管理人員似乎也正鬥得不可開交。

我們究竟要付出什麼樣的努力，大家才能和平共處呢？

第 5 章

9 月 4 日，星期四

清晨 6 點 15 分，我被鬧鐘驚醒，我一整個晚上都緊咬牙關，下顎因此有些疼痛。鳳凰專案即將上線的慘澹前景一直在我的腦海盤旋不去。

一如往常，我在起床前快速瀏覽手機，看看有什麼壞消息，一般情況下，我會利用大約 10 分鐘的時間來回覆電子郵件 — 把幾顆球從自己的場地這半邊丟開，總是讓人感覺不錯。

看到其中一封郵件，我猛然坐直身子，結果吵醒佩奇，「喔，天啊，怎麼啦，還好吧？」她半夢半醒，急切地問我。

「史蒂夫又發來一封新郵件，等一下，親愛的 ...」我一邊對她說， 一邊瞇起眼睛仔細看郵件。

寄件者：史蒂夫 · 馬斯特斯

收件人：比爾 · 帕爾默

副本：南茜 · 梅勒，迪克 · 蘭德里

日期：9 月 4 日，早晨 6:05

優先等級：最高

主旨：緊急 — SOX-404 的 IT 稽核結果審查

比爾，請盡快研究這件事，關於 SOX-404 稽核合規的重要性，我想不需要我來提醒你。

南茜，請和比爾．帕爾默密切合作，他現在掌管 IT 運維部。

史蒂夫

>>> 以下為轉發郵件內容

為了對即將到來的 SOX-404 外部稽核做好準備，我們剛剛完成第三季的內部稽核，我們找到一些非常重大的缺陷，需要跟你討論，有鑒於這些稽核發現的嚴重性和緊迫性，我們今天早晨必須跟 IT 部門碰個面。

南茜

確實，我的時程表出現一個從上午 8 點開始，為期兩個小時的會議，發起人是首席稽核長南茜．梅勒。

該死，她精明過人且很難應付，當年，在那次併購整合過程中，我親眼見識到她把對方的經理盤問得啞口無言，當那個經理陳述公司業績時，她連珠炮似地不斷拷問，活像神探可倫坡、至尊辯護律師馬特洛克以及疤面煞星的綜合體。

那個經理很快就崩潰了，俯首承認誇大自己部門的業績。

回想起那次會議，我冷汗直冒，雖然我沒做錯什麼事，但考慮到郵件中蘊含的語氣，她顯然正熱切地追蹤某些重要的事情，而史蒂夫把我扔到她的獵殺路徑上。

過去，我一直把中型機技術團隊管理得井井有條，稽核部門無從干涉過多，當然，還是有許多質問與文書要求，需要我們花費數週收集資料並且準備答覆，偶爾，他們也會發現一些缺失，但通常都能很快修正。

我樂於相信，我們建立了一種互相尊重的工作關係，然而，這封電子郵件似乎透漏著某種不祥的徵兆。

我看看手錶，距離會議開始還有 90 分鐘，而我完全不明白她要討論些什麼。

「該死！」我咒罵一聲，輕推佩奇的肩膀，「親愛的，你今天可以開車送孩子們上學嗎？發生一件很糟糕的事情，牽涉到首席稽核長和史蒂夫，我得打幾個電話，現在就得趕去辦公室。」

佩奇氣惱地說，「兩年來，每週四都是你送孩子們上學的！怎麼今天我也得早起！」

「很抱歉，親愛的，這件事情真的很重要，公司 CEO 史蒂夫．馬斯特斯要求我好好處理，你知道他嗎？就是那個經常上電視，還在公司假日聚會上長篇大論的傢伙，我可不能再犯一次昨天那樣的錯，還有，前天晚上的報紙頭條…」

她一言不發，一陣旋風似地衝下樓去。

我終於找到上午 8 點開會的會議室，立刻感受到一陣肅殺之氣，會議室裡鴉雀無聲，完全沒有與會人員陸續進場時常有的閒聊寒暄。

南西坐在會議桌的上座，旁邊坐著另外四個人，約翰拿著從不離身的黑色三孔活頁夾坐在她旁邊。一如往常，我對他的年輕樣貌感到驚嘆。約翰年約 35 歲，一頭厚實捲曲的黑髮。

約翰看起來神色憔悴，像很多大學生一樣，在加入無極限零件公司之後的三年間，他的體重持續上升，多半是因為屢屢失敗的資安整肅行動所引致的壓力所造成的。

在會議室的所有人中，約翰最容易讓我聯想到布倫特，不過，約翰不像布倫特那樣老穿一件 Linux 廣告 T 恤，而是穿著略顯寬鬆的筆挺襯衫。

韋斯顯然是會議室裡最不修邊幅的人，但他顯然毫不在意，最後一個是我不認識的年輕人，大概是某個 IT 稽核人員。

南西首先發言，「為了對即將到來的 SOX-404 外部稽核做好準備，我們剛剛總結第三季內部稽核的結果，情勢很嚴峻，IT 稽核人員提姆發現很多 IT 控制問題，數量之多，簡直讓人瞠目結舌，更糟的是，其中有很多都是三年來不斷重複出現的問題，如果繼續放任不管，這些稽核問題將迫使我們做出這樣的結論：公司不再有能力確切掌握財務報表的正確性，這可能導致外部稽核師在向美國證券交易委員會提交的公司 10-K 檔案中做出負面的註解。」

「雖然這些只是初步的稽核發現，但由於情況相當嚴重，我已經口頭通知了稽核委員會。」

我的臉色發白，雖然不甚理解全部的稽核術語，但心中明白這有可能毀掉迪克的生活，並且意味著可能會有更多負面新聞登上頭版。

因為我能理解情勢的嚴峻，南茜滿意地點點頭，「提姆，請向大家說明一下你的結論。」

他拿出一大疊裝訂好的文件，給每個與會者都發了一份，「我們已經針對無極限零件公司所有關鍵財務系統的 IT 常規控制做出稽核結論，一個四人團隊耗時八週以上，終於完成這份妥善整理過的報告。」

我抬起手上這疊足足兩吋厚的文件，天哪，他們是從哪裡找來這麼大的釘書機？

那是一份列印出來的 Excel 試算表，每頁都有 20 列 8 號字體的內容，最後一頁的編號是第 189 頁。我不可置信地說，「這裡頭的問題一定超過一千個！」

「很遺憾，確實如此。」他回答，露出一絲沾沾自喜的滿足感，「我們發現了 952 個 IT 常規控制缺陷，其中 16 個為重大缺陷，2 個為潛在重大缺陷，對此，我們感到相當憂心，有鑒於外部稽核即將展開，你們必須盡快提交矯正計畫。

韋斯俯身端詳文件，一隻手放在前額，一隻手快速翻閱，「這是什麼狗屁東西？」

他展示其中一頁，「第 127 條，不安全的 Windows 作業系統 MAX_SYN_COOKIE 設置？你們是在開玩笑嗎？別說我沒提醒你們，我們可是有正事要幹的，如果這真的對你們稽核派對有影響，那只好抱歉了。」

韋斯總能說出人們心裡想著卻不敢大聲說出的真心話。

南西嚴肅地回答，「可惜，在這當口，控制審查與測試的階段已經結束，我們現在要你們提交的是“管理答覆函”」。你們必須調查每一個稽核發現，然後制定一份矯正計畫，我們會對這個計畫進行評估，然後提交給稽核委員會和董事會。」

「在一般情況下，你們可以有幾個月的時間來準備管理答覆函，並且實施矯正計畫。」突然間，她的臉上露出一絲歉意並且繼續說，「不幸的是，根據稽核測試時程表，在外部稽核人員進駐之前，我們只剩下三週的時間，真的很抱歉，在下一輪稽核週期裡，我們保證會為 IT 部門留下更充裕的時間，但是這一次，我們要求你們答覆的時間是 ...」

她看看時程表，說道，「週一開始一週內，絕對不能再晚，你覺得你們有能力辦到嗎？」

喔，該死。

只有六個工作日，把整本文件讀完就得花上三天。

長久以來，我一直相信，稽核人員代表一種公正客觀的力量，現在，連他們也來給我添堵？

我再次拿起那一大疊文件，隨機翻閱幾頁，其中很多項目都跟韋斯之前讀到的那個相仿，但也有一些提到不恰當的安全設定、存在鏡像登錄帳號、變更控制議題以及責任劃分的問題。

約翰打開他的三孔文件夾，火上加油地說，「比爾，我向韋斯和你這個職位的前任者提出很多相同的問題，但他們說服 CIO 簽署一份管理豁免聲明，宣稱他接受這些風險，並且不做任何改善，考慮到其中有一些是不斷重複出現的老問題，我想這次很難只是口頭談談，就能敷衍了事。」

他轉向南西，「在先前的管理制度下，IT 控制顯然不具優先權，不過，既然輕忽資安問題的那些傢伙都已經捲鋪蓋走路，我相信，比爾會更謹慎，更小心。」

韋斯用睥睨的眼神看著約翰，我無法相信約翰居然在稽核人員面前大放厥詞，這種情況發生過好幾次，讓我懷疑他究竟是站在哪一邊。

約翰無視於韋斯和我的存在，對著南茜說，「我的部門正著手修復一些其他的控制項目，我想我們做得還不錯，值得為此受到表彰。首先，我們已經在關鍵財務系統上完成 PII 的代碼化（tokenization），因此，我們至少已經躲過這顆子彈，那個稽核發現目前已經結束。」

南茜冷淡地說，「有意思，PII 的問題不屬於 SOX-404 的稽核範圍，所以，從我的角度看，把時間投注在 IT 常規控制上可能更有價值。」

等等，約翰的緊急代碼化變更根本沒有任何目的？

如果真是這樣，我和約翰確實需要好好談一談，過些時候。

我慢慢地說，「南茜，我真的不知道週五能夠給你什麼，我們已經疲於應付薪資核算故障之後的回復工作，還要全力支援即將來臨的鳳凰專案發佈，這樣說好了，在這些稽核發現中，哪些是最重要、最需要我們回應的？」

南茜對提姆點頭示意，提姆說，「當然，首先是潛在的重大缺失，列在第 7 頁，這項稽核發現指出，財報應用程式的變更可能未經授權或測試就直接上線，有鑑於詐欺因素或其他原因，這可能導致某種未被察覺的重大錯誤，管理部門根本沒有任何防範或發掘這類變更的控制措施。」

「此外，你們團隊無法提供變更管理會議的任何會議記錄，但根據你們的基本政策，變更管理會議本應每週召開一次。」

我盡可能不讓人覺察地偷偷皺皺眉頭，回想起昨天沒人參加 CAB 會議，以及在薪資核算故障中，我們確實忽略了約翰的代碼化變更，最終還把 SAN 弄癱瘓。

如果我們對那些變更一無所知，我真的很懷疑，假如有人停用某項控制功能，並且啟動價值一億美元的假交易，那樣的話，我們能否發現這個「微小」的變更。

「真的嗎？真是難以置信！我會深入探究這個項目。」我回答，希望自己的語氣表現出恰如其分的驚訝與氣憤，我假裝在筆記本上詳細記錄，同時隨意圈圈劃劃，然後點點頭，示意提姆繼續說下去。

「其次，我們發現，在很多案例下，開發人員對上線應用程式與資料庫擁有管理者等級的存取權限，這樣做完全違反權責分離的要求，增加詐欺事件發生的風險。」

我把目光投向約翰，「真的？一點都沒錯，讓開發人員在未經允許的情況下擅自變更應用程式？聽起來確實是嚴重的安全風險，假如有人脅迫某個開發人員，譬如說，馬克斯，逼迫他做什麼未經批准的事情，那可怎麼辦？針對這點，我們是不是應該有些作為，對吧，約翰？」

約翰的臉漲得通紅，但他非常客氣地說，「是的，當然，我同意你的觀點，並且樂於協助與配合。」

提姆說，「很好，下面請看第十六項重大缺失。」

半小時後，提姆還在滔滔不絕，我憂愁地凝視著那一疊稽核發現，其中大部分內容就像資訊安全部提供我們的報告那樣龐大而無用，這也是約翰惡名昭彰的原因之一。

我們如同轉輪上的倉鼠，陷入永無止境的痛苦循環：一季接一季，資訊安全部永無休止地發出各種安全漏洞修復任務，塞滿每個人的收件匣。

提姆終於說完了，約翰自告奮勇地說，「我們必須為這些脆弱的系統加上補丁，如果你們需要幫忙，我的團隊經驗豐富，這些稽核發現是彌補一些重大安全漏洞的好機會。」

「聽著，你們這兩個傢伙根本不知道自己在要求什麼！」韋斯衝著約翰和提姆說，他顯然已經氣急敗壞，「運行製造 ERP 系統的一些伺服器已經使用超過二十年，如果壞掉，公司有一半業務就會停擺，這些伺服器的供應商幾十年前就已經停止營運！這些設備太過脆弱，一不湊巧，哪怕只是瞪它們一眼，這些老機器都會崩潰，只能寄望巫術和咒語讓它們成功重啟，若是按照你們打算的那樣大動干戈，它們恐怕沒死也半條命！」

他俯身向前，雙手撐在桌上，用手指著約翰的臉說道，「你想自己給它加上補丁，很好，但我希望你簽署一份文件，指明若是因為你按下某個按鈕而導致全公司業務停擺，你會搭飛機去各個廠區，在所有工廠經理面前卑躬屈膝，誠心道歉，好好解釋他們為何沒有達成生產目標。就這麼說定喔？」

我詫異地瞪大眼睛，約翰居然傾身靠向韋斯的手指，並且憤怒地回覆：「喔，是嗎？如果我們搞丟應該嚴加保護的客戶資料，因而上了新聞頭條，那又該怎麼辦？你會親自向幾百萬個隱私資料被賣給俄羅斯黑手黨的家庭謝罪嗎？」

我說，「冷靜，大家都是為公司好，關鍵是，在有限的時間內，我們能夠做什麼，以及哪些系統真的可以加補丁。」

我看著那疊文件，韋斯、帕蒂和我可以把每一項議題的調查任務分配下去，然而，誰會真正做這件事？我們已經為鳳凰專案忙得不可開交，這個龐大的新專案恐怕會成為壓垮駱駝的最後一根稻草。

我對南茜說，「我馬上召集人手，我們會提計畫，但無法保證屆時一定能夠完成那份回覆函，無論如何，我保證盡力而為，這樣可以吧？」

「正是如此。」南茜友善地說，「本次會議的目的就是認真檢查初步的稽核發現，並且確認下一步的工作。」

休息時，我請韋斯留下來。

約翰注意到，也跟著留下來，「這簡直是一場災難，我的工作目標和獎金現在都跟能否順利解決 SOX-404 和 PCI 的合規性稽核綁在一起，就因為你們運維部的人員沒辦法把自己的爛攤子收拾好，我也快跟著倒楣了。」

「彼此彼此」，我說。

為了讓他別再煩我，我說，「莎拉和史蒂夫決定把鳳凰專案的部署日期提前到下週五，他們打算跳過所有安全稽核，或許，你現在應該趕快去跟克里斯和莎拉好好談談。」

不出所料，約翰氣極敗壞地衝了出去，砰地一聲把門甩上。

我精疲力盡地靠在椅背上，對韋斯說，「這個禮拜真是諸事不順。」

韋斯冷笑一聲，「我早說過，這兒的辦事節奏會讓你暈頭轉向的。」

我指著那堆稽核發現說，「我們本該把所有關鍵人力都投注到鳳凰專案，但那玩意兒把每個人都扯進去，我們根本沒有閒置的人手可以應付稽核工作，對吧？」

韋斯搖搖頭，一反常態地臉色鐵青。

但如你所言，他們已經被分派到鳳凰專案，要把他們重新調派回來處理這項工作？」

老實說，我真的不知道應該怎麼辦。韋斯盯著一頁文件，端詳了好一會兒，「順便一提，我覺得這裡頭有很多工作都需要布倫特。」

「喔，天哪。」我嘀咕著，「布倫特，布倫特，布倫特，布倫特！要是沒有他，我們就什麼事都幹不成了嗎？看看我們！我們應該就承擔的義務與擁有的資源展開全面性的管理檢討，但我們老是在談一個人！我不在乎他有多能幹，但如果你是說，我們的部門沒有他就幹不了任何事，那麼，問題就大條了。」

韋斯略顯尷尬地聳聳肩，「他無疑是我們最好的員工之一，真的很聰明，幾乎對公司的每件事情都瞭若指掌，而且，他真的瞭解各個應用程式如何在整個公司的層面上協同運作，這樣的人才可不多，見鬼了，這個傢伙可能比我更瞭解這家公司。」

「你是個資深經理，在你身上發生這種事情是不可接受的，我也一樣！」我語氣堅決地說，「你還需要幾個像布倫特那樣的人？1 個、10 個或 100 個？我會請史蒂夫優先處理這些事，我需要你弄清楚我們究竟需要哪些資源，如果要向史蒂夫申請更多資源，我可不想反反覆覆，回頭發現不夠，再卑躬屈膝地爬回去求他再多給一點。」

他滾了滾眼珠說，「聽著，我現在就能告訴你接下來會發生什麼事，我們向管理階層陳述目前的狀況，他們不僅會駁回我們的要求，還會把我們的預算再削減 5%，過去五年來，他們一直是這麼幹的，同時，大家還是會繼續跟我們東要求西要求，不斷增加工作到我們的工作清單。」

他憤怒地補充道，「如你所知，我也想過聘用更多像布倫特那樣的人，但是，由於沒拿到預算，我只得削減一大群職務，才得以再聘用四個和布倫特經驗相當的超級資深工程師，你知道後來發生什麼事情嗎？」

我揚起了眉毛。

韋斯說，「有一半人在一年內主動離職，另一半則遠遠達不到我要求的工作效率，雖無數據證明，但我估計布倫特的進度甚至比以前更落後，他抱怨說自己得花很多時間培訓和幫助新人，還得參與所有工作，搞得分身乏術。」

我回答，「你說別人“增加工作到我們的工作清單”，那麼，現在這份工作清單是什麼模樣？能夠給我一份副本嗎？誰有這份工作清單？」

韋斯慢條斯理地回答，「嗯，有商業專案及各種 IT 基礎設施專案，然而，還有很多工作並未被記錄下來。」

「多少商業專案？多少 IT 基礎設施專案？」我問。

韋斯搖搖頭說，「我一下子也說不上來，我可以從柯爾斯頓那裡拿到商業專案清單，但我不確定是否有人能夠回答你的第二個問題，那類專案都沒有經過專案管理辦公室（Project Management Office）的控管。」

我感到心頭一沉，若對工作需求、優先等級、工作進度、可用資源全都一無所悉，怎麼可能管好生產工作？我突然對自己沒在上任第一天問清楚這些問題而感到後悔莫及。

我終於開始從一個經理人的角度來思考問題了。

我打電話給帕蒂，「韋斯和我剛剛被稽核部門整慘了，他們要求我們從下週一開始的一週內作出回應，我需要你幫忙弄清楚我們的工作職責有哪些，這樣我才能就增加人手的事情和史蒂夫深入談談，你現在方便說話嗎？」

她說，「正合我意，來吧。」

韋斯把那一大疊稽核報告重重砸在桌上，簡要地向帕蒂說明稽核報告的事情，她聽完吹了一聲口哨。

「說實話，真希望你也在場，實際面對那些稽核人員。」我說，「最主要的議題大多關乎缺乏健全的變更管理流程，我想你最後可能會變成稽核人員最好的朋友。」

「稽核人員有朋友？」她大笑了起來。

「我需要你協助韋斯，在週一前估計出修正那些稽核發現需要多少工作量。」我說，「但現在，讓我們先討論一件更高層面的事情，我想試著列個清單，寫出我們所有的工作與任務，這個清單會有多長？如何做才能將它列出？」

我向帕蒂轉述了韋斯的話，她聽後回答，「韋斯說得對，柯爾斯頓有正式的商業專案清單，當中的每個專案多少都跟我們有些關係，另一方面，我們有自己的 IT 運維專案，通常由技術預算所有人管理 — 那些專案並沒有集中管理的清單。」

帕蒂繼續說，「我們還負責技術支援服務台的所有來電，無論是索取新設備，還是要求修理什麼，然而，那個清單也是不完整的，因為很多業務部門的人會直接去找他們喜歡的 IT 人員解決問題，那些工作全未記錄在冊。」

我緩緩地問，「你是說我們一直都不知道真正的任務清單為何？真的假的？」

韋斯語帶防衛地說，「以前從來沒有人問過這件事，我們一直聘用聰明的人才，直接向他們交辦特定領域的工作職責，除此之外，我們就不用管太多。」

「嗯，我們得開始有些不同的作為，要是我們連現有的任務都不清楚，就無法合理地給下面的人交辦新任務！」我說，「最起碼，預估一下修補那些稽核發現需要的工作量，然後告訴我，每個人力資源手上有哪些任務，我們必須如何進行工作調配。」

我想了一下，又補充道，「關於這點，針對每個被分派到鳳凰專案的人也要做同樣的處置，我估計我們已經不堪負荷，但我想要弄清楚究竟超載多少，我要先發制人，告訴大家我們手上的專案已經飽和，那樣的話，如果我們沒有按時完成及交付某個任務，他們就不會大驚小怪了。」

韋斯和帕蒂看起來很吃驚，韋斯首先發言 ，「但 ... 但那樣的話，我們幾乎得跟每個人都談過一次！帕蒂可能樂於拷問每個人到底做了哪些變更，但是，我們無法若無其事地浪費最精銳員工的寶貴時間，他們手上可都有一堆正事要幹！」

「是的，我知道他們得幹正事。」我堅定地說，「我只需要一行簡要的文字敘述，說明他們手上有哪些工作，以及他們認為完成這些工作需要多久時間。」

意識到這件事可能引發的問題，我補充道，「一定要告訴大家，這樣做是為了幫助大家爭取更多資源，我可不希望有人誤以為我們想要外包工作或者解雇人力，好嗎？」

帕蒂點頭，「我們早該這麼做，我們的緊急任務總是不斷在累積，以致於原有的任務不斷往後拖延，直到有人朝我們大吼大叫，根本不能理解我們為何還沒有完成並且交付某件工作。」

帕蒂在她的筆電上打字，「你想要一份清單，簡明扼要地列出我們的關鍵人力資源承擔哪些工作與任務，他們正在做什麼以及要花多久時間來完成，我們會從鳳凰專案與稽核矯正的人力資源著手，最終拓展到整個 IT 運維部，我的理解對嗎？」

我微笑，為帕蒂如此簡明扼要地擬定整個計畫而由衷感到高興，我知道她會表現得很棒，「完全正確，如果你和韋斯能夠查出目前哪些人力資源已經過度消耗，以及我們還需要多少新的人手，那就更好，如此一來，我們就有理由向史蒂夫申請更多人力。

帕蒂對韋斯說，「這件事情應該相當簡單，我們可以進行一些 15 分鐘的簡短訪談，從技術支援服務台與工單系統擷取需要的資料，並且跟柯爾斯頓拿專案清單 ...」

令人驚訝的是，韋斯居然同意，並且補充道，「還可以透過預算編列工具，瞭解我們已經提過多少人力和硬體方面的需求。」

我站起來，說道，「很棒的想法，夥計們，我們在週五之前安排一次會議，仔細研究你們的調查結果，掌握真實的數據，我想要在週一和史蒂夫碰個面，好好談一談。」

帕蒂朝我翹起大拇指。現在，我們總算有些進展了。

第6章

9月5日，星期五

在又一場沒完沒了的鳳凰專案狀態會議上，我意識到開發人員的進度甚至比我們擔心的更加落後，如同韋斯的預言，越來越多的工作被推延到下一個釋出版本，包括幾乎所有測試工作。

這就意味著，當上線環境爆發問題時，就得由我們運維人員去發掘問題出在哪兒，而非品保部門（簡稱 QA）。

這下好了。

在討論暫停時，我看了看手機，有一封帕蒂寄來的電子郵件，她希望見面討論一下人力資源的問題，並且承諾會有一些讓人大開眼界、意想不到的事情被顯露出來。

我打開試算表附件，發現內容詳盡，令人讚嘆，但手機螢幕太小，一下子看不明白，我回覆帕蒂，說馬上就去，並且請她通知韋斯到那裡和我碰頭。

到達時，我驚訝地看到韋斯架起一台投影機，在牆上秀出一張試算表。這次開會是要具體分析當前的情勢，而非只是一群人埋頭苦幹，不斷地應付突發的狀況。對此，我深感興奮。

我抓了一張椅子坐下，說道，「好，你們準備給我看些什麼？」

韋斯首先發言，「帕蒂做得很棒，把這些內容全部匯總起來，我們發現 — 嗯，一些很有意思的事情。」

帕蒂解釋，「我們訪談，收集數據，然後分析，目前，這些資料僅針對關鍵人力資源，但我們已經從中挖掘出一些問題。」

她指著試算表當中的一列，「首先，我們手上專案繁多，柯爾斯頓說目前她手上共有 35 個正式的商業專案，每一個都有我們的人參與其中。另一方面，在 IT 運維部內，已經確認 70 多個專案，隨著訪談範圍擴大，專案數量也持續增加中。」

「等一下。」我真的被嚇一跳，從椅子上坐直身子說，「IT 運維部有 150 名員工，對嗎？如果你們已經發現超過 105 個專案，那就是說，平均而言，每 1.5 個人就有 1 個專案。你們不覺得那樣太多了嗎？」

韋斯回答，「確實如此，而且我們知道專案數量被低估，所以最後可能是 1 個人 1 個專案，那樣太誇張啦。」

我問，「這些內部專案的規模多大？」

韋斯在試算表上切換不同的工作表，顯示整理好的專案清單，並且標註估算的人週（man-week）數量。「合併及升級電子郵件伺服器」、「升級 35 個 Oracle 資料庫實例」、「安裝支援的 Lemming 資料庫伺服器」、「虛擬化及移植主要商業應用程式」等。

我低聲輕嘆，雖然有些是小專案，但多數是大專案，估計至少需要三個人一整年的工作量。

帕蒂看到我臉上的表情，說道，「我當時的反應也是這樣。我們承擔大量專案，再檢視一下我們有多少人力，由於無法簡單將工作人員隨機分配到特定專案中，實際的狀況還會稍微更困難些。」

她繼續說，「我們檢視了哪些人被分派到哪些專案，以及他們還有哪些其他任務與餘裕，而這些就是我們的研究結果。」

當韋斯切換到試算表中的另一個工作表時，我的心情一沉。

「情況不妙，啊？」韋斯說，「我們的大部分人力資源都被配置到鳳凰專案，請看下一行：稽核合規修復是第二大專案，即便我們全心投入，也得耗費核心人力資源一整年的時間！順便一提，布倫特也包括在內。」

簡直難以置信，我說，「開什麼玩笑，即便擱置稽核發現之外的所有專案，我們的關鍵人力資源也會被佔用一整年？」

「沒錯，」帕蒂點頭說，「確實難以置信，不過這恰恰顯現出應付那一大疊稽核發現需要耗費多少心力與成本。」

我俯看桌面，無語問蒼天。

在史蒂夫第一次找我談話的時候，要是有人拿這些數字給我看，我必定會像一個受驚嚇的小男孩那樣，驚聲尖叫，奔出史蒂夫的辦公室。

我想，現在也不算太晚，但想到那樣的場景，我不禁笑了出來。

我帶著訓練有素的冷靜說，「好，瞭解真相總好過一無所知，接著說吧。」

韋斯再次檢視試算表，「第三大專案是事故及故障修復工作，目前為止，它佔用我們的人員大約 75% 的工作時間，由於這類工作常常涉及關鍵業務系統，所以事故處理的優先等級往往比包括鳳凰專案與稽核發現矯正在內的其他工作都要高。」

「順便一提，你知道昨天我們和布倫特談話時發生什麼事？由於他得去幫忙修復某個服務中斷，我們只好把訪談時間調動兩次，所以，實際的情況就是，我們干擾布倫特處理鳳凰專案的工作，而服務中斷又干擾到我們！」他笑著說。

我也跟著笑了起來，但猛然停住，「等等，什麼服務中斷？我怎麼沒聽說？我們不能再這樣管理組織了！」

「嗯，是另一個 SAN 故障，但不要緊。」韋斯回答，「幾個月前，有個磁碟壞掉，因此，SAN 在沒有備援的情況下運行，後來，另一個磁碟也損毀，整個儲存機制就當掉了，在我們設法將 SAN 救回來時，布倫特就得幫忙回復一些資料庫。」

我憤怒地喊道，「該死，韋斯，那完全是可以避免的！叫個菜鳥每天檢查一下日誌，看看有沒有磁碟發生毀損，你甚至可以讓他直接查看磁碟，把所有指示燈號全部數過一遍，所以才會有一種東西叫作預防性維護，那是有道理的！我們需要布倫特為鳳凰專案效力，而不是處理這種小事！」

韋斯語帶辯解地說，「嘿，實際情況可要複雜一點，我們早就訂購了替換磁碟，但訂單卡在採購部好幾個禮拜，我們只好以賒賬的方式，請供應商先拿一台來，這不是我們的錯。」

我發怒了，「韋斯，聽著，我不管！我才不管什麼採購部，我不管你那笨頭笨腦的供應商有多好，我要你把份內的工作做好，確保不再發生這樣的事情！」

我深吸一口氣，意識到自己的沮喪並不是因為磁碟故障，而是因為我們總是無法把精力集中在對公司最重要的事情上。

「聽著，現在讓我們把這件事放一邊。」我回頭再看看韋斯，說道，「不過，關於安排人手每天檢查 SAN 的事情，我是認真的，下週找個時間，你、帕蒂和我一起開個會，徹底弄清楚這些服務中斷的原因，我們一定要想辦法減少故障維修方面的工作，那樣才能順利完成專案工作，要是我們無法搞定鳳凰專案，恐將危及整個公司的生死存亡。」

「好的，明白了，我會試著在鳳凰專案上線之前搞定。」韋斯悶悶不樂地點著頭說，「而且，今天下午我會弄好 SAN 那件事。」

「好，繼續看試算表。」我說。

帕蒂憂愁地在一旁看著，「你是對的，在所有訪談中，一個不斷出現的議題就是，幾乎每個人都很難完成他們的專案工作，即便有時間，也得全力優先處理其他的承諾與任務，業務部門的人不斷要求我們的人為他們處理各種狀況，尤其是行銷部的人。」

「莎拉？」我問。

「當然，但不只有她。」帕蒂回答，「公司的所有管理人員幾乎都是直接去找自己喜歡的 IT 人員處理事情，不是請求他們幫忙，就是強迫他們做事。」

「我們要怎麼做才能改變這裡的遊戲規則，並且獲得足夠的人力資源，以便恰如其分地完成所有專案呢？」我問，「我們應該要求史蒂夫怎麼幫我們？」

韋斯向下捲動試算表，「根據粗略估算，我們可能需要多招 7 個人，3 個資料庫管理員、2 個伺服器工程師、1 個網路工程師，還有 1 個虛擬技術工程師，當然啦，你也知道，找齊這些人馬需要一定的時間，上任之後，還要經過 6 到 12 個月才能完全勝任工作。」

當然，我知道新進人員不會馬上發揮生產力，但是，當我聽到韋斯指出，即使史蒂夫批准招聘人數，發揮實際戰力依然遙不可及，真的非常令人沮喪。

那天稍晚，我走去參加我們的第二次 CAB 會議，心中抱著希望，如果我們能夠讓原有的變更流程真正運作起來，或許很快就可以解決最大的稽核問題，並且獲得一些運維上的勝利。

另外，我對帕蒂和韋斯能夠攜手合作感到相當滿意。

我走近會議室，聽到裡頭在大聲爭吵。「…然後，那個工程師就這樣被解雇了，他只不過做了份內的工作，那是我們最好的網管人員，根本不應該由你來決定！」

沒錯，是韋斯在大呼小叫，接著，我聽到帕蒂激動地回答，「什麼？是你在解雇書上簽字的！怎麼突然間就變成我的錯？」

我就知道，事情哪會這麼順遂。

然後，我聽到約翰說，「那原本是正確的決定，一個涉及變更控制的稽核發現近三年來反覆出現，大剌剌地在稽核委員會的眼皮子底下晃蕩，下一次要是再這樣，那可能就不是解雇一個工程師那麼簡單了，明白我的意思吧。」

等等，是誰邀請約翰參加這個會議？

不等約翰把事情搞得更糟，我快步走進會議室，興高采烈地說，「大家午安！準備審查變更事項了嗎？」

十四個人轉頭看我，來自不同工作小組的技術主管們大多出現在會議室，韋斯怒氣沖沖地站在他的座位後面，帕蒂則雙臂交叉地站在會議室前側。

約翰坐在會議室最後面，打開他的三孔文件夾，顯然是個不速之客。

我用雙手端著那台古董筆電，一不小心，砰的一聲，撞到桌面，電池突然掉下來，膠帶再也沒辦法固定住，然後，磁碟停止轉動，發出一陣刮擦聲。

韋斯的怒容一下子煙消雲散，「哎呀，老大，好裝備啊，這算什麼玩意兒？一台 Kaypro II ？我都快三十年沒見過這種型號的電腦了，如果你需要一張 8 吋軟碟片來加載 CP/M 的話 — 我家閣樓上還有一張呢。」

兩個工程師暗暗竊笑，指指點點，我朝韋斯微微一笑，感謝他活化了僵固的氣氛。

我站著，對大家說，「我來說明一下為什麼把大家叫到這兒來，鳳凰專案現在迫在眉睫，你們應該明白，若非必要，我絕不會在這兒浪費大家的時間。」

我繼續說，「首先，再也不允許出現導致週二的 SAN 事故和薪資核算故障之類的事件，一開始只是一個中等規模的薪資核算故障，最後卻像滾雪球般地，演變成非常嚴重的烏龍 SAN 事故，原因為何？因為我們根本沒有就計畫或實作中的變更進行溝通，這樣絕對行不通。」

「其次，約翰是對的，昨天，我們花了整整一上午的時間跟稽核人員討論他們找到的一大堆缺失。」我繼續說，「這些問題可能影響公司的季度財報，迪克．蘭德里已經抓狂，很顯然，我們需要強化及落實變更控制流程，身為經理人與技術主管，我們一定要研究出如何建立一套可長可久的有效流程，在完成各項工作的同時，避免烏龍事故發生，並且讓稽核人員不要再來煩我們。如果想不出可行的方案，大家就別想離開這個房間，明白嗎？」

看到大家都被震懾住，我覺得很滿意，接著開放大家討論，希望每個人暢所欲言，「那麼，我們的主要障礙是什麼？」

一名技術主管馬上回答，「我先說，那個變更管理工具根本沒法用，必填欄位實在太多，而且大多數情況下，在「受影響應用程式」的下拉清單裡，根本沒有我要的選項，所以我早就不再提交變更請求。」

另一個技術主管大聲抱怨，「他沒有開玩笑，要是按照帕蒂的規定，我就得在一個文字方框裡手動輸入上百台伺服器的名稱，基本上，那個欄位根本沒有那麼大的空間！要怎麼把一百台伺服器的名稱塞進一個只能容納 64 個字元的文字方框？說真的，這個表格是哪個白癡設計的？」

再一次，不懷好意的訕笑聲又再度響起。

帕蒂漲紅了臉，她喊道，「使用下拉清單才能保有資料完整性！我也很想隨時更新應用程式清單，但我沒有資源，誰會隨時更新應用程式目錄和變更管理資料庫呢？你們以為那會像變魔術般地自動更新嗎？」

「帕蒂，問題不單是工具，而是整個該死的流程。」韋斯宣稱，「我的手下提交變更申請之後，必須等待一輩子才能獲得批准，更別說是排進時程表，業務部的人虎視眈眈地盯著我們盡快搞定那些破爛事兒，我們可沒辦法在那邊等你囉哩囉嗦地抱怨我們沒有正確填好表格。

帕蒂怒氣衝衝地說，「根本是屁話，你自己也明白，你的手下老是破壞規矩，譬如說，每個人都把所有的變更請求標示為「急件」或者「緊急變更」，然而，那個欄位是為真正緊急的事件而設計的！」

韋斯反駁，「我們必須那樣做，只有把它們標示為緊急狀態，你的團隊才會看上一眼！誰能為一個簡單的批准等候三個星期？」

一名高級工程師提議，「要不我們再加一個欄位，就叫作“非常緊急”？」

我等待騷動平息，照這樣下去，最後只會一事無成，我克制惱怒地思考了一會兒，最終說，「休息十分鐘。」

重新開會之後，我說，「只有列出接下來一個月我們要授權及排程的變更，大家才能離開這間會議室。」

「如你們所見，我的助理已經拿來一堆空白索引卡片，我希望每個工作小組都把計畫的變更全部寫下來，一張索引卡片記錄一個變更，我希望看到三項資訊：變更的制定者、要變更的系統、以及簡短的概述。」

「我已經在白板上畫了一張時程表，我們最後會根據排定的實作進度，在時程表上發佈經過批准的變更。」我繼續說，「那些就是規則，既簡短又單純。」

韋斯拿起一疊卡片，懷疑地打量著，「真要這樣做？這年頭還有人在用紙卡片？不然用你那台古董筆電？它的歷史大概比紙張還要悠久。」

除了帕蒂，每個人都笑成一團，她看起來很生氣，顯然對事情的發展方向很不滿意。

「我從未見過這樣的變更管理流程。」約翰說，「但我會把自己的變更卡片貼到白板上，譬如說，馬上要進行的防火牆更新，還有過幾天要實施的監控系統變更。」

出乎意表，約翰的自願加入意外激勵了其他人，大家開始在卡片上寫下正在計劃的變更。

最後，韋斯說，「好，那就試試吧，總比使用那個該死的變更管理工具好。」

一名技術主管舉起一把卡片，「我已經把我們準備實施的資料庫變更都寫下來了。」

我點頭請他繼續說下去，他快速念出其中一張卡片，「在 Octave 伺服器 XZ577 上實施供應商建議的資料庫維護指令稿，修復零售商店的 POS 效能問題，這會影響訂單輸入資料庫和訂單輸入應用程式，我們打算在下週五晚上 8:30 展開這項工作。」

我點點頭，他提出的變更清晰明瞭，我很滿意，但韋斯卻說，「那不是變更！那只是執行伺服器指令稿，重新編輯指令稿才算，下一個。」

那個技術主管立刻回答，「錯了，這當然是變更，它會暫時改變一些資料庫設定，我們也不清楚那會造成什麼影響，對我來說，它和資料庫組態變更一樣具有風險。」

究竟是不是變更？我覺得兩邊都有道理。

經過 30 分鐘的爭論，我們還是沒能弄清楚「變更」的定義。

重啟伺服器是變更嗎？是的，因為我們不希望有人隨意重啟伺服器，尤其是那些執行關鍵服務的伺服器。

那麼關閉伺服器呢？基於相同的理由，這也是變更。

那麼，開啟伺服器呢？我們一致認為那不算變更，也就是說，除非有人找到例子，證明打開一台重複的 DHCP 伺服器，會造成全公司的網路癱瘓 24 小時。

半小時後，我們終於在白板上寫出，「"變更" 就是對應用程式、資料庫、作業系統、網路或硬體進行的實體、邏輯或虛擬的操作，而且，這樣的操作可能對相關的服務產生影響。」

我看看錶，驚訝地發現我們已經在會議室裡呆了將近 90 分鐘，卻連一個變更都還沒通過，我敦促大家加快速度，但是，直到兩小時的會議結束，我們也只通過 5 個變更，並且把它們貼在白板上。

出人意表，除了我之外，其他人看起來一點都不沮喪，每個人都積極參與討論，連帕蒂也一樣，大家都在熱切地討論提出的變更可能存在哪些風險，甚至發現有一個變更根本是不必要的。

我深受鼓舞地說，「好的，我們會在週一把剩下的搞定，大家盡快把所有卡片交給帕蒂。帕蒂，處理這些卡片的最好做法是什麼？」

她簡要地說，「我稍晚會設個籃子，現在，請先把它們堆在桌子前邊。」

結束時，好幾個人在離開會議室前對我說，「這個會開得真棒。」「希望我們有更多的時間來討論變更的事情。」「我對週一充滿期待。」

只有帕蒂落在後頭，雙臂交叉，說道，「我們付出很多血汗和淚水，才打造出原有的變更管理政策，大家還是把它丟到一旁，你覺得這一個為何不一樣？」

我聳聳肩，說道，「我也不曉得，但是，在建立一個有效的系統之前，我們會不斷地嘗試，而且我會確保大家持續做出貢獻，一起邁向目標，不只是為了符合稽核要求，我們也需要一些方法來妥善地計畫、溝通、實作變更，我可以向你保證，要是不改善我們的工作方法，我很快就會捲鋪蓋走路。」

她指著舊有的政策文件說，「我們不應該把這些工作成果全部丟到一邊，我們花了幾週的時間設計政策，花了數十萬美元聘請顧問，修改相關的工具。」

她輕輕抽泣起來，我提醒自己，為了讓這套流程融入整個公司，她已經奮戰了很長一段時間。

「我知道這套流程包含許多很好的內容。」我滿懷同情地說，「但是，我們得面對現實，正如稽核人員指出的，沒有人真正遵守這套流程，我們也知道，大家為了完成自己的工作，一直在胡亂應付這套系統。」

我誠摯地說，「我們恐怕得重新開始，但需要你的經驗和知識才能夠達成目標。這依然是你的流程，而且我明白，這對我們的成功至關重要。」

「好吧。」她無可奈何地嘆了口氣，「我想我更關心公司的生死存亡，而不是使用或不使用原來的流程。」

她神情一變，說道，「我把會議結果和提交變更請求的新操作指南詳細寫下來，如何？」

那天下午稍晚，我又回到鳳凰專案的戰情室，帕蒂來電，我跑到走廊上接聽，「什麼事？」

她的聲音聽起來焦躁不安，「我們遇到麻煩了，我本來以為會收到 50 個變更，但現在大家已經提交了 243 個，我持續收到電子郵件，說他們下週需要更多卡片 ... 我想我們下週會有四百多個變更要實施！」

天哪，四百個？在這四百個中，有多少個是高風險的，可能嚴重影響鳳凰專案、薪資核算應用程式，甚至引發更糟糕的問題？

我突然想起在海軍陸戰隊擔任靶場安全官的往事，作為靶場安全官，我要對靶場裡每個人的安全負責，我想到一個可怕的場景，四百個無人監督的十八歲少年跳下卡車，衝進靶場，起鬨喊叫，拿著步槍對著天空瘋狂掃射 ...

「嗯，至少大家都遵循流程。」我緊繃地笑著說。

我聽到她笑著說，「收到這麼多變更請求，要怎麼在週一之前全部審核過？要不要在全部審核完畢之前，暫時停止提交變更？」

「絕對不行，」我立刻說，「再沒有比阻止人們去做他們理應做的事情更能毀掉大家的熱情和支持，我不認為我們還有第二次機會讓事情走上正軌。」

「寄一封電子郵件，讓大家在週一之前提交下週所有的變更，週一的變更不必經過審核，但其他幾天的變更則需要審核，沒有例外。」

我隔著手機就能聽到帕蒂打字的聲音，「瞭解，我可能需要一些人手在週末幫忙整理所有的變更卡片，老實說，我真的被那麼多變更嚇到了。」

我也是。

「好極了。」我迅速回答，完全沒有吐露內心的憂慮。

第 7 章

9 月 5 日，星期五

我回到辦公桌，尋找一直放在桌上的頭痛藥，此時，我的手機響起，「我是帕爾默。」我一邊說，一邊翻找抽屜。

「你好，比爾，我是史黛茜 — 史蒂夫的助理，真高興終於找到你了，有一位名叫埃瑞克．里德的人來了，他以後可能會成為公司董事會的新成員，他想和全體 IT 管理人員談一談，不知道你現在能否抽出一小時的空檔。」

「稍等，我看看行事曆。」我回答。

這台舊筆電的螢幕解析度實在太低，看不了每週視圖，我切換到每日視圖，筆電顫動著，呼呼作響，螢幕上一片空白。

我放棄等待，誠摯地說道，「嗯，我知道這很重要，但能不能等到週一再說？你絕對想像不到今天我是怎麼過的。」

她馬上回答，「但願能等，不過，他只有今天在，而且據我所知，鮑勃·斯特勞斯，也就是新任董事長，還有史蒂夫，他們都很緊張，擔心埃瑞克可能不接受加入董事會的邀請，他顯然是那種技術高手，鮑勃和史蒂夫想方設法請他來，要把他挖過來，無論如何，他堅持要在離開之前會見一下 IT 領導團隊。」

「好的，我馬上到。」我說，抑制住一聲嘆息。

「好的，我們幫他安排在我旁邊的那間會議室，趕快過來吧，這裡有很多非常棒的咖啡和甜甜圈喔。」

我笑著說，「嗯，這是我今天聽到的第一個好消息，馬上過來。」

我走進 2 號大樓的會議室，朝史黛茜揮揮手，心裡琢磨著自己怎麼就這樣被拖進這個奇怪的世界，我還不習慣被捲入董事會的政治漩渦。

正如史黛茜所言，窗戶旁邊有一台很大的手推車，上頭準備了四種咖啡和六盒汪達爾甜甜圈，汪達爾是城裡的名店，隨時都大排長龍。

有個人跪在手推車前，把甜甜圈從盒子裡放到兩個大盤子上，他穿著皺巴巴的卡其褲及寬鬆的牛仔襯衫，我從來不知道汪達爾甜甜圈還有提供外送服務。

我拿杯子倒咖啡，打量著各式各樣的甜甜圈，說道，「嗯，我老婆和我都是你們店的忠實粉絲，當年我們談戀愛時，幾乎每週五晚上都會一起去排隊 20 分鐘，買一份甜甜圈，現在，有孩子之後，她就叫我去幫她買，或許，我可以帶一份回家給她。」

我拿了一個佈滿果脆圈的大型巧克力甜甜圈，以及一個上頭撒滿糖霜、配上培根的巨無霸甜甜圈，再帶上三個看起來很美味的其他甜甜圈。

外送員站起來，微笑看著我說，「是啊，我明白，我尤其喜歡這些甜甜圈，以前我從沒吃過這樣的東西，來到這兒之後，我大概已經吃過五個了，然而，這對我的低熱量膳食計畫不太好 ...」

他伸出手說，「你好，我是埃瑞克。」

我的媽呀。

我往下看，我的一隻手端著咖啡，另一隻手托著一只滿滿當當的盤子。

「喔，天啊。」我急忙把所有東西放到身後的桌上，然後轉身和他握手，說道，「很高興見到你，我是比爾 — 比爾．帕爾默。」

我再次打量他，他留著小鬍子，身高大約六英呎，身材微胖，灰白色的頭髮長及肩膀，當他站著時，看起來甚至更像哪家快遞公司的送貨員，根本不像是個可能成為公司董事會成員的人，更別說是什麼「技術高手」。

我再看他一眼，更正自己的觀點 — 外送員顯然不會穿著皺成那樣的衣服。

「別擔心，」他愉悅地說著，又拿了一個甜甜圈，放進托盤，指著桌子，「請坐，我原本打算趁這次來，跟每一位 IT 領導人都談談，當然啦，我一定得和史蒂夫，還有你們的 CFO，叫什麼的？達倫？戴爾？管他的 – 他們看起來都是很好的同事，或許有些盲目，不過 ...」

他做了個不屑的手勢，「我也跟開發部的人員談過，嗯，凱利？凱文？我接下來還會跟資安部的吉米談談，還有零售部的西維亞。」

他居然把每個人的名字都搞錯，我努力掩飾苦惱的神情。

「瞭解 ... 那麼，目前為止，你的印象如何？」我小心翼翼地問著。

他停止咀嚼，把一些碎屑從鬍子上撥掉，停下來想了想，說道，「看起來你們過得很糟糕，IT 運維部似乎和所有主要工作都脫離不了關係，包括公司的首要專案，所有高階管理者都快為了這個專案急瘋了，因而不斷地向開發部的人員施加壓力，不計一切代價地要讓它快快上線。」

他看著我的眼睛說，「你們正遭遇到難以根絕的 IT 可用性問題，導致公司高層頻頻登上新聞頭條，現在，稽核人員又對你們步步緊逼，這表示，後續可能出現更多頭條新聞，甚至有可能在季度財報上出現負面評註，更何況，任何洞悉鳳凰專案內情的人都知道，這方面還會有更多壞消息 ...」

聽著他的話，不知是因為憤怒，還是因為困窘，我覺得自己的臉漲紅了。

「你的情況看起來不太妙，夥計。」他說，「至少在一個有可能成為董事會成員的人看來是這樣的，他們希望我監督並且評估你的表現。」

我噘起嘴唇，抑制想要辯解的衝動，我實事求是地說，「三天前，史蒂夫要求我承擔這個職務，儘管百般推辭，他最終還是說服我接受這個重責大任，接著就發生很多意想不到的事情 ...」

他端視我片刻，然後放聲大笑，「是啊，我相信！」他直率地說，「哈哈！意想不到的事情，那麼，要讓一切重回正軌，你有什麼計畫？」

我抬頭看了一下，思考著要怎樣描述本週以來我推出的那幾項矯正措施，我回答，「說實在話，我還在摸索，我被一個又一個的緊急狀況追著跑，只知道我們的工作需要更嚴明的紀律，我正試圖弄清楚這裡的工作流程，據我瞭解，我們必須改進這些流程，不能再這樣手忙腳亂。」

我想了想，說道，「那只是為了讓我們從救火模式中解脫出來，我還在設法為一個從天而降的稽核矯正專案提供足夠的資源。據我所知，我們的進度已經嚴重落後，今後我們需要更多人手或者大幅提升效率，才能完成承諾交付的工作。」

埃瑞克皺起眉頭，說道，「"嚴明的紀律"是嗎？我猜你以前是海軍陸戰隊吧？上士？不對，你太年輕，中士，對吧？」

我驚訝地眨著眼睛，說道，「是的，海軍陸戰隊中士，你是怎麼知道的？」

「碰巧猜到。」他伶牙俐齒地說道，「再說，你看起來也不像是化學工程師或稽核人員。」

「什麼？」我問。

「你說得對，只有掌握戰術，才能實現戰略目標。」他說，忽略我的問題，「但是，有鑒於他們運作公司的方式，海軍陸戰隊的那一套在這兒不管用。海軍陸戰隊的指揮系統只有一個將軍，但是這裡有十個將軍在發號施令，而且他們全都有公司每個二等兵的直撥電話。」

我緩緩地說，「等等，你的意思是嚴明的紀律無關緊要？」

「當然重要，」他嚴肅地說，「但你面臨的是更嚴峻的問題，而這個問題與你所說的“效率”和“流程”毫無關係，當前的困難在於，你顯然並未真正理解“工作”是什麼。」

我盯著他看。

這個跳樑小丑是誰？剎那間，我在想能不能請韋斯或帕蒂來打發這個傢伙，然而，史蒂夫顯然希望我親自處理這件事。

「我當然知道工作是什麼。」我慢條斯理地說，「我們每天都在工作，如果我們無法讓一切運作順暢，完成業務部門要求的工作，我就要捲鋪蓋走路了。」

「那麼，確切地說，你對“工作”的定義是什麼？」他問，滿臉好奇。

「好吧，我可以告訴你，史蒂夫不止一次明確地告訴我，我們必須順利推出鳳凰專案，我認為這就是我們的工作。」

他抬起頭，看似自言自語：「是的，確實是一種工作，但你還遺漏了 IT 運維部承擔的另外三種工作，對我而言，那就意味著，你根本還不明白解決專案成果交付、故障處理、稽核合規等問題所需的工作內容。」

他站起身來，說道，「拿著你的東西，咱們出去兜兜風吧。」

我又困惑又惱怒地看了看手錶，現在是下午 4 點 17 分，我有太多事情要做，不能再浪費任何時間和這個傢伙混在一起了。

接著，他就逕自走了，我望向走廊，但已不見他的蹤影，我疑惑地看看史黛西，她指著電梯，我跑過去，趕緊追上他。

他已經走進一台剛好開門的電梯，他轉過身來，幫我擋住門，「你可能甚至沒看過工作是怎麼完成並且提交給公司的，如果沒見過，那麼，你就沒辦法管理它們 — 更不用說組織、排序以及確保你擁有足以完成工作的資源。」

我皺皺眉，回想起最近一次和韋斯、帕蒂開會的場景，他們好不容易列出我們部門在組織中所涉及的職責清單，我說，「這是什麼？某種智力測驗嗎？」

「是的，可以這麼說。」他回答，「不過別擔心，不只是你，史蒂夫也得通過屬於他的智力測驗，迪克也一樣。」

我跟著他坐上一輛租來的藍色迷你汽車，經過五分鐘，我們來到 MRP-8，那是公司的製造廠，規模相當龐大，可能比我們辦公大樓還要大四倍，但這個工廠的狀態很好，顯然最近才經過翻修和擴建。

一名年近六旬的女警衛向我們打招呼，「午安，里德博士，見到你真高興！最近過得好嗎？好久不見了。」

埃瑞克熱情地和她握手，眨了一下眼睛回答，「很高興再次見到你，多蘿西，我們來這兒四處看看，還能到貓道（catwalk）上嗎？

她用戲謔的語氣笑著回答，「貓道一般是不對外開放的，不過，既然是你想上去，那絕對是可以破例的。」

我疑惑地看著埃瑞克，之前他好像連一個正確的名字都記不住，現在卻又能夠記起一個多年未見的警衛的名字，而且從來沒有人提過什麼里德博士。

我們爬了五層樓梯，到達俯瞰整個工廠的貓道，看起來至少有兩個街區那麼大，並且向四面八方延伸。

「看下面，」他說，「這棟建築物的兩側都是卸貨平台，原料從這邊送進來，成品從另一邊運出去，訂單從那邊的印表機列印出來，要是你在這兒站得夠久，就可以看到所有 WIP 逐步移向工廠的另一側，並且在那兒變為成品，準備運送給客戶。工廠新手可能不瞭解，WIP 就是“在製品”（work in process）或“在製品庫存”（簡稱庫存）。」

「數十年來，」他繼續說，「這個工廠裡頭到處都是成堆的在製品，藉由大型堆高機的幫助，它們可以被堆得很高很高，有時甚至看不到建築物的另一側，事後想來，我們現在知道在製品是引發常態性交貨延遲，品質問題以及稽查人員每天都得調整優先等級的禍源之一。這家公司居然沒有因此倒閉，真是不可思議。」

他伸出兩條臂膀大動作地比劃著，「在 1980 年代，這家工廠受益於三場具有學理基礎的偉大管理運動，你或許聽過這些管理運動：約束理論

（Theory of Constraints）、精實生產或豐田生產系統（Lean production/ Toyota Production System）以及全面品質管理（Total Quality Management），雖然每個運動的起源各不相同，但全都贊同一個論點：在製品是隱形的殺手。因此，管理任何一家工廠的最大關鍵之一，就是任務與原料的發佈 / 釋出機制，沒有這項機制，就無法控制好在製品。」

他指著離我們最近的卸貨平台邊上的一張辦公桌說，「看到那張桌子沒？」

我點點頭，同時也毫不避諱地看看手錶：下午 4 點 45 分。

他對我的不耐煩並不以為意，繼續說道，「我來給你講個故事吧，幾十年前，有個名叫馬克的人，他曾經是那邊第一個工作站的主管，就是下面那張桌子旁邊的那個工作站，那些架子上放著新進工作的資料夾，那些資料夾看起來就跟當年一模一樣，是不是很神奇？」

「總之，」他繼續說，「有一天我看到馬克拿出資料夾開始幹活，我問他，"你為什麼選擇處理這項工作，而不是別項工作？"」

「你知道馬克怎麼回答嗎？他說，「選擇最先到達這個工作中心的工作呀，我們完全開放，一視同仁。」

他不可置信地搖搖頭，「我簡直不敢相信，我告訴他，"你的工作站只不過是 20 個操作步驟中的第一個，你在做決策的時候，完全不考慮其他十九個工作站有沒有空嗎？" 他回答，"是不考慮，20 年來我都是這樣幹的呀。"」

他大笑，「我想，對他而言，這種選擇工作執行順序的做法似乎合情合理，他讓第一個工作站保持忙碌，這就類似先進先出的排程法，但現在，大家顯然都知道，不應該根據第一個工作站的效率來安排工作，而是根據瓶頸資源能夠支援的速度來安排工作。」

我一臉茫然地看著他。

他繼續說，「由於馬克那樣安排工作，因此，在瓶頸處的庫存不斷堆積，工作也從未能按時完成，每天都有緊急事件，幾乎每個禮拜我們都得連夜把好幾千磅的成品運送給憤怒的客戶，所以合作的航空貨運公司多年來一直授予我們年度最佳客戶的獎項。」

他停頓一下，接著再強調，「創造約束理論的艾利·高德拉特告訴我們，在瓶頸以外任何地方做的改進都是假像，令人驚訝，但千真萬確！在瓶頸之後做的任何改進都是徒勞無功的，因為只能乾等瓶頸把工作送過來，而在瓶頸之前做的任何改進只會導致瓶頸處堆積更多庫存。」

他繼續說，「就像高德拉特的小說《目標》裡寫的那樣，在這兒，我們的瓶頸是熱處理爐，後面的塗料固化室也形成一個約束點。在我們停止釋出新的工作時，幾乎快看不見發生瓶頸的工作站，因為它們已經被淹沒在一大堆在製品中，甚至堆疊到我們現在站的位置這麼高！」

我不由自主地和他一同笑了起來。事後看來，這是顯而易見的事情，但我可以想像，對馬克而言，當時並非如此。「謝謝你給我上了一堂歷史課，但我已經在商學院學過這些道理，我不明白這些東西和管理 IT 運維部有何關係，管理 IT 運維部和管理工廠並不一樣。」

「喔，真的嗎？」他轉向我，眉頭緊蹙，「我來猜猜，你會說，IT 完全是知識工作，你們的工作就像手工藝家的工作那樣，因此，工作標準、工作程序說明以及其他你所鍾愛的“嚴明紀律”等條條框框全無用武之地。」

我皺皺眉頭，不明白他是想說服我相信一些原本已經相信的事情，還是想讓我接受什麼荒謬的結論。

「如果你認為 IT 運維部沒有什麼可向工廠運維部學習的，那你就錯了，大錯特錯。」他說，「身為 IT 運維部副總，你的工作是確保形成一條迅速、可預測、流暢的計畫工作流，為公司創造價值，同時盡量降低非計畫工作的衝擊與干擾，那樣的話，你才能夠提供穩定、安全、可預期的 IT 服務。」

我仔細聆聽，心理琢磨著是否該把這些話記下來。

他仔細打量著我，「好吧，看得出來，我們還沒準備好討論這個議題，在你對工作的內涵取得更清楚的理解之前，任何關於工作控制的討論都會讓你茫然無措，正所謂夏蟲不可以語於冰者。」

「不過放心，」他指著工作發佈台說，「為了達成目標，你最終必須弄明白，在你的部門裡，等同於那張辦公桌的角色是什麼，你必須弄清楚，如何控制 IT 運維部的工作導入量，更重要的是，確保約束最嚴重的人力資源只為整個系統的目標來服務，而不是單為一個部門。」

「年輕人，一旦弄懂這些道理，你就能夠踏上理解“三步工作法”（The Three Ways）的征途。」他說，「第一步工作法（The First Way）幫助我們理解如何建立快速的工作流，讓工作順暢地從開發部移動到 IT 運維部，因為那正是公司與客戶之間的銜接。第二步工作法（The Second Way）告訴我們如何縮短及增強回饋循環，因而能夠從源頭開始解決品質問題，並且避免重工（rework）。第三步工作法（The Third Way）告訴我們如何建立一種文化，既能鼓勵大家探索，從失敗中汲取教訓，又能理解反覆與練習是精通工作的先決條件。」

儘管他現在有點古怪，說話的口氣活像電影《功夫熊貓》裡的師父，我仍然聚精會神地聆聽著。紀律嚴明，持續實踐及磨練技能，是我在軍旅生涯中學到並且奉為圭臬的重要經驗，在軍隊中，我率領的士兵們的生命維繫於此；在這裡，我的工作維繫於此，我最熱衷於向 IT 運維團隊灌輸的理念，就是建立那樣的可預測性。

埃瑞克遞給我一張紙條，上面寫著電話號碼，「記住，工作共有四種類型，你已經說出一種，就是業務專案工作，等你想出另外三種，就給我打個電話吧！」

他從口袋裡掏出車鑰匙並且詢問，「要搭便車回辦公室嗎？」

下午 5 點 10 分，我終於回到自己的小隔間，重新登入那台破筆電，開始回覆電子郵件，卻無法集中注意力。

先前和埃瑞克共度的一小時就像進入一個奇異的平行宇宙，又像是被迫看了一場瀰漫著藥物氣息的迷幻電影。

埃瑞克說有四種類型的工作，到底是什麼意思？

我回想起和韋斯、帕蒂一起開會的情景，韋斯提到 IT 基礎設施專案和業務專案各有一份清單，難道，基礎設施專案是另一種類型的工作嗎？

正當我陷入沉思之際，螢幕上突然彈出電子郵件通知視窗，那表示又有一封信件需要回覆。

電子郵件也是另一種工作類型嗎？

我想不是，在工廠裡，埃瑞克揮手比劃的是整個工廠，當他提到「工作」時，似乎不是針對個人或經理人的層面，而是針對整個組織。

我又仔細思量一番，然後搖搖頭，迅速向史蒂夫發送一封電子郵件，說明我已經和埃瑞克接觸過。我敢肯定，在今後十年裡，我會不斷地向朋友提起，自己曾經在一間工廠裡和某個瘋瘋顛顛的神經病有過一次短暫而令人印象深刻的接觸。

我得趕快行動，如果我在週五晚上回家太遲，佩奇一定會大發脾氣，我將筆電從底座上取下來，一陣刺耳的警示聲音突然響起。

「該死！」我大叫一聲，意識到這聲音是從我的筆電上發出的，我一陣手忙腳亂，試著調低音量，又想關閉電源，但都沒能讓聲音停下來。

我發瘋似地按遍筆電上的各個按鈕，又試圖把電池卸下來，但膠帶把它牢牢固定住，我抓起一把開信刀，最後割開膠帶，把電池取下來。

那台筆電終於安靜下來。

第 8 章

9月8日，星期一

為了今天上午與史蒂夫的會面，我花了整個週末準備一份 PPT，儘管如此，我還是覺得自己準備得不夠充分。

我強迫自己放輕鬆，設想自己將與他展開一場既健康且正向的業務討論，並且在會面結束時滿載而歸。我不斷提醒自己，這件事對公司和我的部門來說至關重要，大家都為這件事做了辛苦的準備，現在，成敗維繫於我如何將這一切妥善傳達給史蒂夫。

我到達史蒂夫的辦公室，史黛茜朝我微笑，熱情地說，「進去吧，很遺憾只能給你 30 分鐘的時間。」

我一進門就愣住，莎拉和史蒂夫一起坐在會議桌旁，莎拉正對著史蒂夫說，「…你說的那個關於我們要如何行銷的故事簡直棒呆了，這些傢伙大概是業界最多疑的一群分析師，但他們顯然都興奮不已，而且，你還為鳳凰專案上線時再次安排採訪提供了很好的理由，看起來，鳳凰專案的發展路線圖讓他們留下相當深刻的印象。」

他們正在向分析師描述鳳凰專案的發展路線圖？在那麼多功能因為延遲而必須挪到下一版的情況下，我真的很懷疑這樣給市場亂開空頭支票是否明智。

史蒂夫頻頻點頭並且愉快地回答，「看看這樣能否改變他們對我們的印象，這次訪問安排得不錯，很好，稍後再跟你談談下次訪問的事情。」

莎拉朝著我笑了笑，並且說道，「嘿，比爾，今天來得可真早，啊？」

我耐住性子，不理會她的話語，「兩位早。」我試圖表現出感興趣的樣子，「聽起來，你們剛剛接受一場不錯的專訪。」

莎拉笑得更燦爛了，「是呀，他們對我們的願景感到非常興奮，並且認同我們即將顛覆過去的遊戲規則，此舉必能改變董事會和華爾街對我們的觀感。」

我冷靜看著她，心裡琢磨著，我們向外界做的那些介紹，是否會對克里斯的團隊造成巨大的壓力，迫使他們發佈非常不成熟的功能。

我在史蒂夫對面坐下，無法完全背對莎拉，但是我盡量。

我不想在莎拉離開辦公室之前把我準備的材料交給史蒂夫，但她繼續跟史蒂夫交談，討論剛才的會議，以及如何在下一次跟分析師會談時改變談話的方向。

當他們談話時，我想到的只是她正不斷地消耗我跟史蒂夫會談的時間。

11 分鐘後，莎拉說了個笑話，史蒂夫開懷大笑，接著，莎拉終於離開辦公室，掩上了門，史蒂夫轉向我，「抱歉，剛才一直在忙 — 20 分鐘後，鳳凰專案的下一個分析師簡報就要開始。好吧，長話短說，那麼，你有什麼想法？」

「打從一開始，你就再三囑咐，我必須全力協助鳳凰專案，盡可能讓它成功上線。」我開始說，「經過上週的觀察，我發現我們的資源嚴重不足，我認為鳳凰專案正處於非常危險的境地。」

「我讓手下針對目前的實際工作需求與執行能力做了分析與評估。」我繼續說，「我們已經開始列出手上的所有工作，鉅細靡遺，根據當前的分析，我很清楚地發現，需要處理的 IT 工作遠遠超過我們的交付能力。我已經讓大家更具體地呈現工作的流程，那樣的話，我們就能在更透明的前提下，決定何人該在何時展開何種工作。」

我用最鄭重的語調說，「但有一件事非常明顯，我們的人手絕對不夠，無法完成並且交付所有的任務與工作，若不削減專案清單，就得增加人手。」

我設法重述那些思慮縝密、條理分明的論點，那可是我花了整個週末不斷演練的成果，我繼續說，「另一個重點是，有太多不同的專案令我們分心，你一直明確地要求，鳳凰專案是最重要的，然而，我們似乎無法持續將資源聚集在鳳凰專案上，比方說，上個禮拜四，內部稽核人員交給我們一大堆調查結果，要求我們必須在一週內展開調查並且完成回覆函，然而，這樣做就會嚴重影響到鳳凰專案。」

我一邊說，一邊觀察史蒂夫，目前為止，他一直面無表情，我平靜地看著他說，「透過這次會議，我希望弄清楚，相對而言，鳳凰專案和稽核發現何者優先等級較高，並且討論一下專案數量的問題，以及如何恰如其分地為這些專案配置人手。」

我在心裡暗暗得意，覺得自己幹得不錯，自認為是有能力、有熱情的管理者，冷靜且努力地選擇如何為公司提供最好的貢獻，而不做任何道德性批判。

史蒂夫生氣地回答，「什麼優先等級高不高？要是我跑去跟董事會說，我要在銷售和行銷之間二選一，然後問他們到底應該先做哪一個，絕對會被滿屋子的人笑死，廢話，兩件事情我都得做，你也一樣！生活艱難，現實殘酷。鳳凰專案是公司的首要任務，但那並不表示你可以不管 SOX-404 稽核的那些麻煩事兒。」

我在心裡默數到三才開口，「很明顯，我表達得不夠清楚，鳳凰專案和合規專案都需要某些關鍵人力資源，比方說，布倫特，單是合規專案就會耗費這些人一整年的時間，但我們需要他們專心從事鳳凰專案，此外，我們的基礎架構非常脆弱，一天到晚發生故障，這方面也經常需要同一批人力才能回復正常運行，假如今天發生和薪資核算故障類似的服務中斷，我們恐怕就得請布倫特暫停鳳凰專案與合規專案的工作，全心處理緊急故障。」

我堅定地直視著他，說道，「我們也考慮過其他資源運用方案，包括招聘新人、調配人手等，但遠水救不了近火，如果鳳凰專案確實是首要任務，我們就得擱置一些合規矯正的工作。」

「不可能，」我話音未落，他就緊接著說，「我已經看到那一堆稽核發現，如果不矯正那些問題，我們一定會陷入水深火熱的困境之中。」

事情顯然沒有按照計畫走，「好吧 ...」我緩緩地說，「我們會盡全力，但我要鄭重聲明，我們的人手嚴重不足，無法以高品質的水準完成其中任何一項工作，更別說是全部了。」

我等著他同意我的觀點，幾秒鐘過後，他終於點了點頭。

我意識到這也許是我能夠得到的最好答覆，於是，我指著交給他的第 1 頁文件，說道，「我們往大一點的方向考慮，討論一下專案需求和生產能力，目前，我們透過柯爾斯頓的專案管理辦公室支援超過 35 個業務專案，根據目前的統計，另外還有 70 多個較小的業務專案與內部專案，以及其他尚未經過統計的專案。IT 運維部只有 143 名員工，根本沒有辦法完成承諾的工作。」

我指給他看第 2 頁文件，說道，「如你所見，我和我的團隊想要申請增加六個人力最吃緊的職務。」

我直接講結論，「我的目標是提高我們的生產能力，避免再次陷入這樣的困境，並且盡一切力量完成這些專案，我希望你即刻批准這些職務，那樣的話，我們就可以開始招聘人手，像布倫特那樣的人才可不容易找，我們必須盡快動手。」

按照我的演練，史蒂夫這時應該會仔細盤算，問我幾個問題，然後我們會就如何達成最佳方案展開深入的討論，也許，他還會拍拍我的肩膀，讚許我分析得相當透徹且精闢。

但是，史蒂夫甚至連我的文件都沒有拿起來，只是看著我說，「比爾，鳳凰專案已經超支一千萬美元，我們必須馬上變成正現金流，你擁有全公司最昂貴的人力資源，因此，你只能好好運用現有的人馬。」

他雙臂交叉繼續說，「去年，我們找來一些 IT 分析師，仔細比較我們公司和業界的差距，他們認為，我們在 IT 方面的投入比競爭對手都要高。」

「你可能認為，對一家擁有三千名員工的企業來說，增加六名員工不算什麼，但是，相信我，公司的每一筆開銷都受到密切的關注，如果不能填補盈利缺口，我就必須進行另一波裁員，你打的如意算盤會讓公司再多花二百萬美元的人力成本，這是行不通的。」

接著，他改用一種比較同情的語調說，「我給你的建議是，去找你的同儕，提出充分的理由說服他們，如果你的理由確實合情合理，他們應該會答應騰出一部分預算給你。不過，我要把話說清楚，任何預算增加都是不可能的。如果真的會有什麼調整，我們可能還得從你的部門裁掉幾個人。」

在週末，我花了好幾個小時來預演最壞的情況，顯然，今後，我應該多針對一些更悲觀的場景進行演練。

「史蒂夫，我不知道怎樣才能把話說得更明白。」我有些絕望地說，「處理這些工作不是變魔術，加諸我們肩上的所有工作，都是由活生生的人力來完成的，合規矯正之類的工作在被釋出時，完全沒有考慮大家手頭上有哪些工作正在進行，比如說鳳凰專案等。」

既然我已經沒有什麼可以損失，索性豁出去，希望他能夠恢復一點理智，我說，「如果真的想要透過鳳凰專案追上競爭對手，你肯定不會像現在這樣做，在我看來，你似乎只是莽莽撞撞地衝進槍戰現場，不僅時機太慢，還發現自己只帶了一把破刀。」

我期待他作出一些回應，但他只是靠在椅背上，兩手交叉放在胸前，「大家都在全力以赴，所以你最好趕快回到自己的崗位上好好幹。」

就在此時，莎拉開門進來，「嗨，史蒂夫，抱歉打擾，與下一位分析師的會談兩分鐘後就要開始囉，我可以撥號了嗎？」

該死，我低頭看看錶：9 點 27 分。

她甚至連我的最後三分鐘時間都搶走了。

我被徹底打敗，最後說，「好吧，瞭解，繼續努力，我會持續跟你報告最新狀況的。」

史蒂夫點頭表示感謝，我離開房間帶上門時，看到他轉向莎拉。在離開的路上，我把耗費整個週末準備的簡報文件扔進史黛茜的垃圾桶。

在前往 CAB 會議的途中，我試圖揮別失敗的懊惱感受，在步入被帕蒂命名為「變更協調室」的會議室時，我還在思考怎麼把這個壞消息告訴韋斯和帕蒂。

我一看到變更協調室的情形，所有關於史蒂夫的負面念頭全都煙消雲散。

現在，牆上的每個區域幾乎都佈滿白板。在兩堵牆面的每一個白板上，索引卡片幾乎覆蓋了每一吋空間，不只如此 — 有些地方，白板上還加裝鉤子，每個鉤子上都懸掛著十張卡片。

會議桌上還有二、三十堆卡片。

在桌子的另一側，帕蒂的兩個手下背對著我們，正在仔細研究一張卡片，一會兒之後，他們用膠帶把這張卡片粘在面前的另外兩張卡片之間。

「天哪。」我說。

「我們遇到一個問題。」帕蒂在我身後說。

「找不到地方放置更多白板嗎？」我半開玩笑地說。

帕蒂還沒回答，我就聽到韋斯走進會議室並且說道，「見鬼了！」他說，「這些卡片是打哪兒冒出來的？都是這個星期要做的嗎？」

我轉身問他，「吃驚嗎？大部分卡片都是你們團隊交上來的。」

他環顧所有的白板及桌上的卡片，說道，「我也知道我的手下真的很忙，但是，這裡恐怕有幾百個變更啊。」

帕蒂把她的筆電轉過來，展示開啟的試算表，「從上週五下半天開始，已經有 437 個要在本週進行的變更被提交。」

韋斯難得啞口無言，最終搖搖頭說，「我們現在要檢查並且批准所有這些變更嗎？這個會議只安排一小時 — 但檢查這些東西需要幾天幾夜哩！」

他看著我說，「聽著，我並不是說不應該這麼做，但如果以後每週都要這樣做 ...」

韋斯再次無言，對眼前的一堆工作感到不知所措。

說實在話，我深有同感。很明顯，讓所有管理人員每週提交變更只是第一步，我沒料到，在收集完資料，要實際處理及批准變更時，這個流程竟然會土崩瓦解。

我強顏歡笑地說，「這是好的開始，很多事情都一樣，黎明之前總是黑暗，我們已經獲得各個技術經理的熱烈支持，現在，讓我們想辦法持續進行審查並且妥善安排時程，大家有什麼建議？」

帕蒂首先發言，「嗯，沒有人規定我們必須審核所有變更 — 或許，我們可以把一部分變更審核委託給代理人。」

聽著韋斯和帕蒂來回交換意見，我接著說，「讓我們回歸目標：讓左手和右手知道彼此的狀況，以便在服務中斷時及時掌握態勢，並且提供稽核人員一些證據，說明我們確實正在處理變更控制的問題。」

「我們必須聚焦於最具風險的變更。」我繼續說，「80/20 法則在這裡可能同樣適用：80% 的風險是由 20% 的變更造成的。」

我再次盯著眼前成堆的卡片，隨機挑出幾張，試著尋找靈感。

我拿起一張卡片，上面畫著大大的皺眉表情，我問道，「PUCCAR 是什麼？」

「那是一支沒什麼價值的應用程式。」韋斯厭惡地說，「PUCCAR 就是 Parts Unlimited Check Clearing and Reconciliation，無極限零件公司支票清算及核對應用程式，差不多是二十年前安裝的，我們叫它“麻煩鬼”，因為每次只要進行一點小變更，它就會崩潰，而且沒有人知道該怎麼修，原本的供應商在網路泡沫期間關門大吉，但我們一直沒能爭取到資金來把它替換掉。」

我問，「既然知道它那麼容易崩潰，幹嘛還要動它？」

韋斯馬上回答，「我們也不想，但有時候業務規則改變，我們就得給它上補丁，這支應用程式運行在一個不再維護的作業系統上，所以前途總是充滿未知⋯」

「很好！這是一個有風險的變更。還有收到其他類型的變更像 PUCCAR 那樣嗎？」

隨後，我們整理出一疊將近五十張的卡片，全都是涉及“彩虹”、“土星”、“泰瑟槍”這類應用程式的變更，還有那些影響網路及某些共用資料庫的變更，可能對公司某些部分產生重大的影響，甚至對公司業務產生嚴重的衝擊。

「光是看到這些卡片就讓我心跳加速。」韋斯說，「這些是我們在這兒挑出的一部分危險變更。」

他是對的。我說，「好的，把這些變更標示為“易碎品”，它們具有高風險，必須經由 CAB 批准。帕蒂，開會時，這樣的變更應該放在卡片堆疊的最上面。」

帕蒂點頭，一邊做筆記一邊說，「瞭解，我們得預先定義好高風險的變更類型，這類變更只能在變更請求已經被提交，並且通過審核之後，才能進行排程與實作。」

我們很快列出十大最脆弱的服務、應用程式和基礎架構，可能衝擊其中任何一個的變更請求都會立刻被標上記號，交由 CAB 詳細審查。

帕蒂補充道，「我們必須針對這些變更建立一些標準流程 — 比如說，我們希望什麼時候實作這些變更 — 同時要求關鍵人力不僅要關注這些變更，而且必須隨時待命，以防事情出差錯 — 甚至供應商出問題。」

她似笑非笑地補充道，「你知道，這就好比是在機場跑道上安排好消防隊和救護車，隨時待命，準備在飛機降落起火時噴灑泡沫滅火劑。」

韋斯笑了起來，語帶嘲諷地補上一句，「是啊，就 PUCCAR 而言，還得讓法醫備妥一堆運屍袋。另外，還需要一位公關人員，隨時準備處理業務部門的憤怒來電，他們會說有些客戶對我們噴灑的泡沫滅火劑嚴重過敏。」

我笑了，說道，「很有趣的想法，我們還是讓業務部門來決定要使用何種泡沫滅火劑，把所有責任全部攬在身上是毫無道理的，我們可以提前向業務部門發送電子郵件，詢問他們何時實施變更最合適，如果我們能夠提供資料，說明先前的變更產生的結果，他們甚至有可能撤回變更請求。」

帕蒂一邊打字，一邊說，「瞭解，我會請人針對這類變更做一些報告，說明變更的成功率以及關聯的故障時間，這應該有助於讓業務部門在掌握更多資訊的情況下做出更全面的變更決策。」

我對帕蒂的想法深感激賞，並且確信我們已經走上正軌，「好，現在，還有四百張卡片要處理，有什麼建議嗎？」

韋斯有條不紊地檢視了那些卡片，在身旁堆起兩大疊，並且從較厚的那疊抽出卡片，說道，「這一堆是我們經常在做的變更，比如這個，把月度稅表上傳到 POS 系統，我想我們不需要暫停其中任何一項變更。」

「另一方面，這堆變更是類似“增加 Java 應用程式伺服器執行緒緩衝池的容量”、“安裝金桔供應商應用程式熱補丁以解決效能問題”以及“將肯德基資料中心的負載平衡器重設為預設的雙工設定。”」

「我怎麼知道這都是些什麼玩意兒？」韋斯說，「這些隻言片語無法讓我對整體情況取得實際的觀點，我可不想像海鷗一樣，飛過人們頭上，拉完屎就飛走，你明白我的意思嗎？」

帕蒂興奮地說，「好極了！前一種是低風險變更，ITIL 稱之為“標準變更”。對於先前已經多次成功實施的變更，我們只需預先批准即可，無論如何，仍然需要提交，但可不經由我們排程。」

大家點頭贊同，她繼續說，「還剩下大約兩百個中等風險的變更，仍得好好檢視一下。」

「我同意韋斯的觀點」，我回應道，「對於這些變更，我們應該相信經理們知道自己在幹什麼，但我希望帕蒂能夠驗證一下，人們是否適切地通知了所有可能受影響的人，而且那些人全都表示“可以開始”。」

我想了一會兒，然後說，「以約翰進行代碼化處理的應用程式為例，我預期他在向我們提交變更請求之前，必須先得到應用程式與資料庫負責人，以及業務部門的認可，要是有做到，對我來說就已足夠。我覺得我們的職責就是要確保所有細節都有被注意到，現階段，我比較關心流程的完整性，而不是過於考慮實際的變更。」

帕蒂邊打字邊說道，「確認一下我這樣理解對不對：對於“複雜的中等變更”，我們決定，變更提交者有義務諮詢可能受影響的人員，並且獲得其認可。做完這些之後，他們就可以提交變更卡片，接受我們審核並且安排實施時程。」

我微笑著說，「太棒了，韋斯，你覺得可以嗎？」

他最後說，「我想應該沒問題，試試看吧。」

「很好。」然後我對帕蒂說，「你能夠幫忙確認變更申請人都能事先完成這套流程嗎？」

帕蒂微笑著說，「十分樂意。」

她抬頭看著白板，一邊沉思，一邊用筆輕敲桌沿。她說，「今天是週一，我們說過，今天提出的變更需求都要實施，我建議把寬限期延長至明天，並且在週三召開一次 CAB 會議，安排其餘的變更，這樣應該就可以讓每個人都有足夠的準備時間。」

我看看韋斯，他說，「這個建議很好，但我已經在考慮下一週的事情，我們應該請大家繼續提交變更請求，並且從 19 日（禮拜五）開始，每週安排一次 CAB 會議。

韋斯已經提前計畫第二週的工作，帕蒂和我一樣高興，她不再抱怨，而是說，「我會在二、三個小時內把操作指南送給大家。」

她打完字後補充道，「還有最後一件事要說，我們現在必須耗費包括我在內的三個人力，以手動方式處理這些工作，成本實在太大，我們終究得想想辦法，以自動化的方式來處理這項工作。」

我點頭說，「毫無疑問，現在這種做法並非長久之計，然而，讓我們弄好幾次 CAB 會議，敲定確切的規則，我向你保證，針對這件事情，我們會從長計議的。」

會議結束，大家滿面春風地離席，對這個團隊來說，這可是破天荒的頭一遭。

第 9 章

9 月 9 日，星期二

我正置身於預算會議中，這是我參加過的預算會議中最殘酷無情的一次。迪克坐在後排聚精會神地聆聽著，偶爾出面主持一下大局，大家對他唯命是從，因為他將對年度計畫做出第一輪削減，莎拉坐在他身邊，在她的蘋果手機上點來點去。

手機已經持續振動一分鐘了，最後我終於接起了電話，一定是十萬火急的事。

手機顯示，「嚴重級別 1 的事故：信用卡處理系統故障，所有門市全部受到嚴重影響。」

我的天呀。

我知道自己必須離開這個會議了，儘管這樣一來，每個人都會想方設法竊取我的預算。我站起來，費力抓緊那台笨重的筆電，避免零件掉落，當我快要走出去時，莎拉說，「又出事了嗎，比爾？」

我做了個鬼臉，說道，「沒有我們搞不定的事情。」

實際上，任何一個嚴重級別 1 的故障當然都是「大問題」，但我不想讓她有機可乘。

到達 NOC 時，我抓了一把椅子在帕蒂旁邊坐下，她正在主持電話會議，「大家注意，比爾也來了，目前的進度是，我們已經確認訂單輸入系統無法使用，並且發佈一個嚴重級別 1 的事故。我們剛剛設法驗證了先前究竟做過哪些變更。」

她停下來，看著我說，「而且，我不敢肯定我們真的能夠搞清楚。」

我提示每個人，「帕蒂剛才問了一個相當簡單的問題，那麼，在今天實施的所有變更中，哪些變更有可能導致這個服務中斷？」

現場一陣沉默，令人頗為尷尬，眾人不是低頭不語，就是心存懷疑地左顧右盼，每個人都在躲避別人的目光。

我正想開口，突然有人說，「我是克里斯，我之前告訴過帕蒂，現在再對你說一遍，我手下的開發人員沒有做過任何變更，請把我們從你的黑名單上劃掉，故障可能是某個資料庫變更引起的。」

坐在會議桌末端的某個人憤怒地說，「什麼？我們什麼都沒改 — 嗯，至少沒改過任何可能影響訂單輸入系統的東西，你確定不是作業系統的補丁又出狀況？」

接著，隔著兩個座位遠的某個人坐直身子，氣呼呼地說，「絕對不是，近三週以來，我們都沒有安排過針對這些系統的更新，我賭五十美元，故障一定是網路相關的變更引起的 — 他們的變更老是惹麻煩。」

韋斯在他的眼前拍打著雙手，大聲說道，「搞什麼名堂，各位！」

看上去又惱火又無奈，衝著會議桌對面的一個人說，「你也需要為尊嚴而戰嗎？看起來每個人都要輪過一遍。」

坐在韋斯對面的顯然是網路運維部的主管，他高舉雙手，顯得既委屈又憤慨，他說，「你知道的，每次服務中斷，網路運維部總是首當其衝，倍受指責，實在不公平，我們這會兒根本沒做任何變更。」

「證明給我看。」資料庫經理挑釁地說。

網路運維部的主管漲紅了臉，用尖銳的聲音說，「胡說八道！你這是要我證明我們沒做過任何事，那你又如何提出反證？再說了，我估計問題根本出在防火牆變更，過去幾週以來，大部分的服務中斷都是這類變更造成的。」

我知道我可能應該出手終止這種瘋狂的狀態，但是，我強迫自己靠在椅背上，繼續隔岸觀火，用一隻手遮住嘴，掩蓋怒容，同時防止自己說出魯莽的話語。

帕蒂顯得很憤慨，她對我說，「約翰的團隊沒派人來參加這個會議，所有防火牆變更都是他們在處理的，我來想辦法聯繫他。」

我聽到揚聲器電話傳來一陣用力敲打鍵盤的聲音，接著有人說，「嗯，現在有誰能夠試一下嗎？」

眾人的筆電鍵盤上響起一陣敲擊聲，他們正在試著進入訂單輸入系統。

「等一下！」我從椅子上跳起來，指著揚聲器電話大聲說，「剛才是誰在說話？」

一陣尷尬的沉默，「是我，布倫特。」

天哪。

我再次強迫自己坐下來，做一次深呼吸，「布倫特，謝謝你的主動積極，不過，對嚴重級別 1 的事故來說，我們得在採取行動之前先行通告和討論，我們最不願見到的，就是情況變得更糟糕，以及事故緣由變得更複雜…」

我話還沒說完，桌子另一端有人一邊看著筆電一邊打斷我，「嘿，系統重啟成功，幹得好，布倫特。」

喔，天呀。

我沮喪地緊抿嘴唇。

顯然，連缺乏紀律的烏合之眾也有走運之時。

「帕蒂，把會議結束。」我說，「我要馬上和你跟韋斯談談，在你的辦公室。」我起身離去。

在帕蒂的辦公室裡，我一直站著，直到他們兩個人都把注意力集中到我身上，「讓我把話說清楚，針對嚴重級別 1 的事故，我們不能憑感覺做事，帕蒂，從現在開始，作為處理嚴重級別 1 之事故的召集人，在電話會議中，你首先必須釐清所有相關事件的時間線，尤其是變更。」

「我要求你負責收集這些資訊，既然變更流程也歸你管，這件事情應該不難。這些資訊應該由你提出，而不是電話會議上那些粗魯的傢伙，明白嗎？」

帕蒂回頭看我，顯然很沮喪，我忍住，態度沒有軟化，我知道她一直努力不懈地工作，而且，我最近給她的擔子比以往都更沉重。

「是的，完全瞭解。」她語帶疲憊地說，「我會寫好流程文件，並且盡快實施這個流程。」

「這還不夠，」我說，「我要你每兩週主持一次排查故障與實戰演習的會議，務必讓每個人都養成運用合理方式來解決問題的習慣，並且在會議之前，就把時間線搞清楚，如果不能在預先安排好的狀況演練中完成任務，那又怎麼指望大家在緊急狀況下能夠這麼做呢？」

看她一臉沮喪，我把手搭在她的肩頭，說道，「聽著，我非常感謝並且讚賞你最近的表現，這是一件很重要的工作，如果沒有你，我實在不知道我們應該怎麼辦。」

接著，我轉向韋斯，「馬上叮囑布倫特，在緊急情況下，每個人都必須把他們想到的變更提出來討論，更別說是實際實施的變更。雖然無從證明，但我估計是布倫特造成這次服務中斷，他意識到這一點之後，隨即撤銷變更。」

韋斯想要回答，但我打斷了他。

「嚴格制止這種行為。」我指著他，堅決地說，「不准再出現未經授權的變更，也不准在服務中斷期間再出現未公開的變更，管好你的手下，辦得到嗎？」

韋斯顯得有些嚇到，他仔細端詳我的表情，「好的，我這就去，老大。」

整個週二深夜和週三凌晨，韋斯和我都戰戰兢兢地待在鳳凰專案的戰情室，距離部署只剩三天，日子一天天過去，情況卻越來越糟。

回到變更協調室反而讓人鬆一口氣。

當我走進變更協調室時，大部分 CAB 成員都在，索引卡片不再亂七八糟地堆成一堆，它們有的掛在牆上的白板，有的整齊地擺放在房間前方的桌上，貼著「待定變更」的標籤。

「歡迎參加變更管理會議。」帕蒂開始講話，「正如白板顯示，標準變更已經全部安排妥當，今天，我們要審核並且排程所有的高風險變更和中等風險變更，還要查看變更時程表，進行必要的調整 – 我現在不會透露太多，不過，我認為你們將看到一些需要注意的問題。」

帕蒂從第一堆挑出第一張卡片，說道，「第一個高風險變更是由約翰提交的，是針對防火牆的變更，準備在週五實施。」她隨後將被徵詢過意見並且簽字的人名通通念出來。

她提示韋斯和我，「比爾，韋斯，你們同意把這個放到白板上，作為週五要實施的變更嗎？」

看到這個變更已經得到充分審查，我滿意地點頭。

韋斯說，「我也是，嘿，不賴啊，批准第一個變更用了 23 秒，比上次的最短時間少了 59 分鐘！」

稀稀落落的掌聲響起，帕蒂並不失望，她甚至用更少的時間審核其他 8 個高風險變更，當她的一名手下把這些卡片貼到白板上時，掌聲更加熱烈一些。

帕蒂從另一堆中等風險變更的卡片中挑出一張。「總共 147 個標準變更被提交，我要讚揚大家均遵守流程，並和需要徵求其意見的人們溝通過，在這些變更中，有 90 個已經被排入時程表，貼在白板上，我已經將它們列印出來，供大家審閱。」

她轉向韋斯和我，說道，「我從中抽取 10% 的樣本，大部分看起來都蠻不錯的，我會繼續追蹤問題的發展趨勢，以防當中有一些需要進一步審查，如果沒有異議的話，我想我們已經完成中等風險變更的審核。事實上，還有一些更緊迫的問題需要我們處理。」

韋斯說，「我不反對。」我朝帕蒂點頭，示意她繼續，但她只是朝白板做了個手勢。

我想我知道問題所在，但我默不作聲，一名主管指著一個方框說道，「週五總共安排多少個變更？」

答對了。

帕蒂的臉上閃過一絲微笑，說道，「173 個。」

從白板上可以清楚地看到，將近一半的變更都安排在週五，剩下的變更又有一半安排在週四，其他則零零散散地安排在上半週。

她繼續說，「並不是說在週五實施 173 個變更不好，我擔心的是，變更衝突以及可用資源發生牴觸，週五也是部署鳳凰專案的日子。」

「假如我是空中交通管制人員，」她繼續說，「我就會說，空域太過擁擠，十分危險，有人願意更改飛行計畫嗎？」

有人說，「如果大家不介意的話，我有三個變更今天就能做，我可不想在鳳凰專案航班降落時靠近飛機場。」

「是啊，嗯，算你走運。」韋斯喃喃自語，「有些人週五必須在場，我已經能夠看到火焰從機翼上冒出來了 ...」

又有兩個工程師要求把他們的變更往前挪幾天，帕蒂讓他們走到白板前，移動自己的變更卡片，同時檢驗這不會干擾已經排定的其他變更。

15 分鐘後，變更白板上的卡片分佈得更均衡，大家都盡可能讓自己的變更遠離週五，就像生活在林地的動物逃離森林大火那樣，我有點高興不起來。

看著變更卡片移來移去，又有另一件事情開始讓我煩惱，困擾我的不只是腦海中關於鳳凰專案的慘烈狀況，還有一些關於埃瑞克和 MRP-8 工廠的事情。我持續盯著那些卡片，心裡有些忐忑不安。

帕蒂打斷我的注意力，「嗯，比爾，我們需要審視的變更就這樣了，本週所有的變更都已經批准並排程完畢。」

我試著重新調整自己，韋斯說，「帕蒂，你把這件事情組織得棒極了，你也知道，我原本是吵得最凶的反對者之一，但是 ...」他指了指白板，「這些東西真是了不起。」

大家都低聲表示贊同，帕蒂有些臉紅，「謝謝，我們還是第一個禮拜執行真正的變更流程，而且這是迄今為止最多人參與的一次，不過，大家先別驕傲，下個禮拜繼續努力，好嗎？」

我說，「確實如此，帕蒂，謝謝你為此付出那麼多心血，請再接再厲。」

休息時，我留在會議室裡，凝視著變更白板。

會議期間似乎有什麼在我腦海中閃過幾次，這是否就是埃瑞克說被我忽視的那個部分？某些和工作相關的內容？

上週四，韋斯和帕蒂列出當前所有專案的清單，總共近一百個，這個清單是透過訪談所有一線員工而手動產生，基本上，那些專案涵蓋兩種類型的工作：業務專案和內部 IT 專案。

看著牆上的變更卡片，我意識到，眼前又是另一類我們以手動方式產生的工作，根據帕蒂的說法，這是本週正要進行的 437 個離散「工作」片段。

我體悟到變更正是第三種類型的工作。

當帕蒂的手下把變更卡片從週五移到本週稍早時，他們正在改變我們的工作時程，每一張變更卡片都定義出我的團隊某一天要進行的工作。

當然，這些變更的每一個都比一整個專案要小得多，但仍是一種工作，然而，變更和專案的關係是什麼？它們同等重要嗎？

還有，難道在今天之前，這些變更真的完全沒被追蹤或記錄在某個系統中嗎？更確切地說，這些變更都是從哪兒冒出來的？

如果變更是一種不同於專案的工作，是否意味著我們實際要做的不只是那一百個專案？這些變更當中有多少是為了支援那一百個專案的某一個？如果連一個專案也未支援，那麼，該變更是否真有必要？

假如我們擁有的人力資源恰好足夠承擔所有專案工作，這是否意味著我們可能沒有足夠的時間來實施全部的變更？

我懷疑自己可能碰觸到某種恢宏而深遠的洞察與視野，埃瑞克問過我，在我的部門裡，哪些部分相當於工廠的工作發佈台，變更管理和這個有關係嗎？

突然間，我為自己這一連串的荒唐問題笑出來，感覺自己好像加入了單人辯論俱樂部，或者，埃瑞克誘哄我鑽進某種哲學性的牛角尖。

我思考了一會兒，覺得自己瞭解到變更代表著另一種工作類型，這是很有價值的，只是我還不知其所以然。

現在，我已經找到四類工作當中的三類，剎那間，我很想知道第四類工作到底是什麼。

第 10 章

9 月 11 日，星期四

第二天清晨，陽光明媚，我又回到鳳凰專案作戰室。每天一早，柯爾斯頓都會給我們一份關於鳳凰專案最重要任務的綱要，由於茲事體大，分派的任務通常還得由負責的經理報告「完成」。

就此而言，沒有人想要得罪柯爾斯頓，或者史蒂夫。

今天的壞消息來自品保部門的總監威廉．梅森，他是克里斯的下屬，顯然，他們新發現的故障仍然比處理中的故障多出一倍。

在汽車組裝時，若有零件掉下來，那可不是什麼好兆頭，難怪所有人都為部署日期提心吊膽。

在琢磨著如何才能化解掉一部分風險時，我聽到柯爾斯頓三次點名布倫特，韋斯只能再次解釋為什麼有些事情未能如期完成。

莎拉坐在會議室後方說，「韋斯，你的手下又一次阻礙我們的進度，你有什麼人事方面的問題需要在這兒說明的嗎？」

韋斯的臉漲得通紅，他正要回答時，我迅速插話，「柯爾斯頓，還有多少其他任務被指派給布倫特？」

柯爾斯頓立刻回答，「截至今天為止，尚有五項任務需要解決，其中三項是上週三指定的，兩項是上週五。」

「好，交給我吧。」我說，「等這個會議一結束，我就去調查進展狀況，今天中午以前，我會提交一份進度報告和更新後的完成時程表給你，若有什麼需要配合，我會告訴你的。」

我走向 7 號大樓，前往布倫特的小隔間，一路上不斷地提醒自己，我的目標是觀察並且試圖理解，畢竟，從我接受這個新職務以來，這個傢伙每天都會出現在辦公室的對話中。

或許，布倫特實際上並不像我們想的那樣聰明絕頂，也可能他是一個技術界的愛因斯坦，根本別指望能夠找到和他水準相同的員工，另外，還可能他是故意讓自己顯得無可或缺，以免其他人搶走他的工作。

但布倫特看起來既專業又聰明，和我曾經共事過的許多高級工程師並無太大差異。

我走近他的辦公桌，聽到他一邊打電話一邊敲擊鍵盤，面前四台顯示器，戴著耳機，正在對某個終端應用程式進行輸入。

我待在他的小隔間外，側耳傾聽。

他說，「不，不，不，資料庫正在運行，沒錯，我知道，它就在我面前 ... 是的，我可以進行查詢 ... 對 ... 對 ... 不對 ... 我告訴你，一定是應用程式伺服器 ... 它在跑嗎？好的，我看看 ... 等一下，讓我試著手動同步，馬上試 ...」

他的手機響起，「稍等，我有另一通電話，待會兒再打給你。」

他在便利貼上寫了些東西，顯示器上已經有另外兩張便利貼，他把這一張貼在旁邊，惱火地接起手機，「是，我是布倫特 ... 什麼服務中斷？重啟過嗎？聽著，我現在正為鳳凰專案的事情搞得焦頭爛額 — 晚些時候再答覆你好嗎？」

我正在心裡默默贊許他，只聽他說，「嗯哼 ... 我哪知道他是誰，什麼，什麼副總？好吧，我去看一下。」

我輕嘆一口氣，在一個沒人的小隔間坐下來，觀看本日上演的精采連續劇，「布倫特的一天」。

他又打了五分鐘電話，直到某個關鍵產品資料庫完成備份並且開始運行，才終於掛斷電話。

我很感謝，也很肯定，布倫特似乎非常盡心盡力地幫助每個人解決 IT 系統的問題，但讓我失望的是，大家似乎都把他當作免費的私人電腦特工，代價是嚴重損害鳳凰專案。

布倫特從顯示器上扯下一張便利貼，拿起電話，不等他撥號，我就站起來說，「你好，布倫特。」

「啊！」他嚇了一跳，大叫一聲，「你在那兒待多久了？」

「就幾分鐘，」我坐到他身邊，帶著最友善的笑容說，「足夠看你幫兩個人解決問題，令人敬佩，不過，我剛參加完柯爾斯頓的鳳凰專案的每日快速會議，目前，你有五項任務發生延誤。」

我把專案管理會議上提到的五項任務拿給他看，他迅速答道，「這些我都已經完成一大半了，只需幾個小時不受打擾，我就能夠靜靜地完成它們，假如可以的話，我會在家裡把這些東西搞定，但是，網路連線實在太慢。」

「剛才是誰給你打電話？找你有什麼事？」我皺著眉頭問。

「通常是在修復某個東西中遇到問題的其他 IT 人員。」他滾了滾眼珠子說，「要是有什麼東西壞掉，我顯然是唯一知道問題出在哪兒的人。」

「我以為韋斯已經找了很多人來替你處理其中一部分問題呢。」我說。

布倫特又翻了個白眼，說道，「本來是這樣想沒錯，但多數人都還有別的責任，而且在有需要時，他們總是沒空，其他人則在先前人力縮編時被弄走，因為他們不夠忙碌，相信我，沒什麼大差別，反正大部分故障最後也都是由我來處理。」

「你每天要接多少通電話？有沒有記錄下來？」我問。

「你是說，就像記錄在我們的問題追蹤系統那樣嗎？沒有，為每一通來電開一張工單所耗費的時間會比解決問題本身還要多。」布倫特不屑一顧地說，「每天的來電數量都不一樣，上週比平常多一些。」

我終於明白了，我敢打賭，要是有人現在打電話來大吼大叫一通，或者打著某個大人物的嚇人名號，布倫特馬上就會被拖過去，花費幾個小時不停地幫其他人解決問題。

「在接最後一通電話時，你本來是想要推掉這個活兒的，為什麼後來又決定幫忙，而不是讓他們自己想辦法呢？」我問道。

他回答，「她告訴我，物流部副總已經抓狂，抱怨無法建立補貨訂單，如果不能馬上修好，門市的熱銷產品就有斷貨的風險，我可不想成為門市大缺貨的罪魁禍首。」

我噘起嘴，公司高階管理人員強迫我的工程師為他們服務，根本是胡鬧，不管如何，損害鳳凰專案可不是他們擔待得起。

我站起身說，「好，從今爾後，你只做鳳凰專案的工作，史蒂夫・馬斯特斯說過，這是每個人的當務之急，現在更是如此，這個專案需要你，不管是誰想要再給你指派什麼其他任務，我要你斷然拒絕。」

布倫特看起來喜憂參半，也許是想到那個物流部副總。

我補充道，「如果有人為了鳳凰專案之外的事情和你私下聯繫，你就把他們推給韋斯，讓他去對付那幫混蛋。」

他半信半疑地說，「嗯，非常感激，但我不認為這種做法真的能夠持續有效，這裡的其他人似乎還跟不太上整個系統的工作節奏，他們最終還是會來找我。」

「嗯，他們必須學著搞清楚狀況。如果有人給你打電話，就讓他們去找韋斯，要是誰有疑問，就讓他來找我，總之，你用電子郵件發一封休假訊息，就說除了鳳凰專案，你不會再針對其他事情作回覆，有事請找 ...」

在我的提示下，布倫特微笑地接著說，「韋斯。」

「是吧？你已經掌握訣竅。」我微笑地回應。

我指著他的桌上型電話，「無論如何，務必設法改正大家直接來找你幫忙的壞習慣，我允許你把電話設成靜音，把留言提示訊息改成 – 你沒空，請和韋斯聯繫，隨便怎麼樣都可以。」

意識到自己站在這兒也會讓布倫特無法專心處理鳳凰專案，我馬上說，「不，我會讓我的助理艾倫幫你把留言提示訊息改掉。」

布倫特又笑了，他說，「不，不，不，我自己來就可以，但還是謝謝你的好意。」

我把自己的手機號碼寫在一張便利貼上並且遞給他，「這件事情就讓艾倫辦，我們需要你專心處理鳳凰專案的任務，如果需要幫忙，就給我打個電話。」

他點頭同意，我準備返回 9 號大樓，但又回頭問他，「嘿，下個禮拜找個時間，我請你喝杯啤酒好嗎？」

他同意，笑得很開心。

我一離開這棟大樓，就給帕蒂打電話，她接起電話，我說，「去找韋斯，在鳳凰專案作戰室外和我碰頭，我們必須改變工作流轉到布倫特那兒的方式，現在就去。」

我們三個人坐在鳳凰專案作戰室走廊對面的會議室裡。

「和布倫特談得怎麼樣？」韋斯問。

當我告訴他，由於那些故障修復的雜事，布倫特根本無法從事鳳凰專案的工作，他的臉色發白，「他參加過所有的緊急會議！怎麼可能認為有什麼事情比鳳凰專案更重要！」

我說，「問得好，布倫特為什麼會丟下鳳凰專案，而跑去做其他事情呢？」

韋斯沉默片刻，「大概是因為有哪個像我這樣的人對他大吼大叫，說一定得他幫忙才能完成手頭最重要的任務，而且這很可能是真的：因為有太多事情，布倫特似乎是唯一知道實際如何運作的人。」

「換作是我，我會試著說服他，說這個活兒只需耗費他短短幾分鐘的時間 ...」帕蒂說，「或許，事實如此，但所有人的請求加總起來，積沙成塔，自然就耗掉或切割掉布倫特的所有時間。」

我說，「流程是用來保護人的，我們得想出保護布倫特的辦法。」然後，我說出自己已經讓布倫特把每個向他求助的人都轉交給韋斯的事情。

「什麼？你要我鉅細靡遺地幫布倫特管理時間？我可沒空去當他的秘書，或者負責什麼技術支援服務台哩！」他喊道。

「好吧，對你來說，還有什麼比確保你的人力資源能夠如實完成鳳凰專案的關鍵工作來得更重要？」我問。

韋斯面無表情地回頭看了我一會兒，然後，他笑了，說道，「好吧，你是對的。嗯，布倫特是個聰明人，但也是我所見過最不擅長把事情寫下來的人，跟你說一件事，讓你知道這有多麼不可思議：好幾個月前，我們花了三小時處理一個嚴重級別 1 的服務中斷，盡量不去驚動布倫特，最終卻還是一籌莫展，並且把事情越弄越糟，所以我們還是把布倫特拉了進來。

韋斯搖頭，開始回想，接著說道，「布倫特坐在鍵盤前，好像進入出神的狀態，十分鐘之後，問題解決，系統重啟，大家都感到輕鬆愉快，然而，隨後有人問他，「你是怎麼做到的？」我對天發誓，布倫特只是茫然地回頭看著他說，「不知道，我就是那麼做了。」

韋斯拍了一下桌子說，「啊，那就是布倫特的問題所在，究竟應該如何以白紙黑字記錄某項工作的處理方式？難道是記錄“閉上眼睛，進入出神的狀態”？別鬧了！」

帕蒂笑了出來，顯然也回想起這件事，說道，「我不認為布倫特是故意那麼做的，但我在想，布倫特是不是把知識看作一種權力，也許，他下意識地不願意把那些知識交出來，這確實讓他成為一個幾乎無可取代之人。」

「也許是，也許不是。」我說，「不過，聽聽我的看法。每當我們讓布倫特處理某個他人無法處理的修復工作時，他就變得更聰明，整個系統就變得更愚笨，這樣不行，我們得終止這種惡性循環。」

「也許，我們可以成立一個 3 級工程師的人力資源庫，由他們處理流轉過來的工作，但是得把布倫特放在資源庫之外，這些 3 級工程師要負責完成所有的故障處理，而且他們會是唯一能夠接洽布倫特的人 — 在規定條件下。」

「如果他們想和布倫特討論事情，必須先經過韋斯或我的同意。」我說，「他們會負責將學到的東西記錄下來，永遠不准讓布倫特重複解決相同的問題，我每週都會逐項檢查這些議題，如果讓我發現布倫特針對相同問題出手兩次，這些 3 級工程師與布倫特都要受懲罰。」

我補充道，「根據韋斯描述的情況，我們甚至不應該讓布倫特碰鍵盤，他可以告訴大家應該輸入什麼，然後待在旁邊看，但在任何情況下，都不准他做出一些我們無法在事後留下記錄的事情，都聽清楚了嗎？」

「好極了。」帕蒂說，「每解決一個問題，我們的知識庫就會多一篇關於如何解決某個疑難雜症的文章，而且能夠進行修復的人也會越來越多。」

韋斯看起來並不完全信服，但最終還是開心地笑著說，「我也喜歡這個主意，我們要像對待漢尼拔．萊克特【譯註】那樣對待他 — 在需要他時，就給他穿上拘束衣，緊緊綁在輪椅上，再慢慢地推出來。」

【譯註】 Hannibal Lecter，電影《沉默的羔羊》中絕頂聰明的變態殺人魔。

我笑了。

帕蒂補充道，「為了進一步防止這個現象，我們應該記錄每一次按鍵輸入及終端期程，或許，我們甚至得找個人拿著錄影機緊跟著他，並且啟動稽核記錄，確切掌握他究竟改變了哪些東西。」

我喜歡這個主意，雖然聽起來有點兒極端，但我感覺到，為了擺脫當前的困境，確實有必要採取一些非常的手段。

我語帶試探地說，「也許，我們可以取消他的上線環境存取權限，如此一來，他若想要完成工作，就只能告訴 3 級工程師們應該怎麼做。」

韋斯放聲大笑，「要是現在真的就這麼幹，恐怕他會辭職。」

「那麼，我們可以把哪些人放進這個 3 級人力資源庫？」我問。

他猶豫了一下，說道，「喂，我們在一年前招聘了兩個人，原本就是打算給布倫特當幫手，有一個現在正在打造伺服器建置標準，我們可以暫時請她放下那塊工作，還有另外兩個工程師，我們幾年前就決定要對他們進行交叉輪值培訓，但一直沒有契機進一步推動，把他們調配過來，那樣的話，就有三個人了。」

「我會定義布倫特的新程序。」帕蒂說，「我很樂意透過你和韋斯去找布倫特解決問題，但我們怎麼樣才能勸阻物流部副總之類的人不再直接找布倫特呢？」

我立刻回答，「誰要那麼做，就把他的名字記下來，我會打電話給他們的上司，要他們不准再犯，然後，我會讓史蒂夫知道，這些人是怎麼干擾鳳凰專案的。」

「好吧，試試看吧。」她說，「你知道，我們已經有了“大棒”（stick）政策，那“胡蘿蔔”（carrot）呢【譯註】？怎樣才能激勵布倫特和其他工程師遵守這個新流程？」

【譯註】 stick and carrot，大棒加胡蘿蔔，表示懲罰與獎勵，軟硬兼施的意思。

「也許我們可以送他們去參加各種他們有興趣的會議和培訓，等這些資深工程師們到達布倫特的等級，或者，立志成為布倫特那樣的人才，他們就會希望加強學習，並且分享自己的成就，至於布倫特，我們讓他休假一週，擺脫所有的工作羈絆，如何？」韋斯提議。

「天啊！」韋斯搖著頭繼續說，「我想，三年來，布倫特都沒有徹底放下工作，好好休息一天，我想，我們主動提議讓他休假，他會感激涕零的。」

「就這麼幹，夥計們。」我說，想像著那樣的場景，我不禁露出微笑。

趁我還記得，我補充道，「韋斯，我希望布倫特提交每天的時間表，也希望他透過工單系統來處理每一項工作，那些內容必須被記錄在案，以利日後分析，任何佔用布倫特時間的人都要向我說明，若非合情合理，我就會報告史蒂夫，接著，那個人及其經理就得向史蒂夫提出解釋，他們為什麼認為自己的專案與任務比鳳凰專案更重要。」

「太棒了。」帕蒂說，「我們上週經手的變更、事故和其他升級流程，比過去五年都還要多！」

「也是正是時候。」韋斯如釋重負地說，「幫個忙，別把我說的話告訴任何人，我得維護自己的名譽。」

第11章

9月11日，星期四

那天稍晚，吃午餐時，我忍不住大聲咒罵，本想趁著午休，利用幾分鐘寶貴的空閒來處理一下電子郵件，但我忘了，那台破筆電若是在擴充底座上開機，馬上就會當機，本週以來，我已經是第三次做這種蠢事了。

我已經有點晚吃午餐，又碰到該死的當機，等到可以登入，午休時間都已過了大半。

我看看四周，在辦公桌上找到一張便利貼，我在上頭寫下幾行大字，「不要在筆電還接著擴充底座時開機!!!」，為了防止自己一再做出這種浪費時間的蠢事，我將這張便利貼直接貼在擴充底座上。

我正為自己的好點子感到沾沾自喜，帕蒂打電話來，「你有空談談嗎？我在變更時程表上看到一些非常奇怪的內容，你得好好瞧瞧。」

我走進會議室，看著掛在牆上的變更卡片，現在，我對它們已經很熟悉，收件籃裡滿是卡片，桌上還有更多卡片，整齊地疊放成好幾堆，帕蒂正咬著指甲，在筆電上仔細端詳。

帕蒂看起來疲倦不堪。她說，「我開始覺得這整套變更流程根本是浪費時間，組織這些變更，並與所有利害關係人溝通，需要三個人全時投入，現在，依我所見，這可能毫無用處。」

多年來，她一直捍衛著這個流程，看到她突然開始輕視它，真的令人擔憂。

「哇，」我在她面前揮舞著雙手，說道，「來聊聊吧，我覺得你已經做得相當出色，我可不希望我們又走回老路，幹嘛這麼憂心忡忡？」

她指著週一和週二的變更方框，說道，「每天結束時，我的手下都會結清排定的變更，我們原本打算將所有未完成的變更打上標記，好將它們重新排程，並且保證變更時程表能夠及時反映實際的情況。

她指著一張卡片的一角，說道，「我們在已經驗證為完成的變更卡片上打勾，然後標示它是否導致服務故障或服務中斷，從上週五開始，在已經排定的變更中，有 60% 都沒有實施！也就是說，我們辛辛苦苦審核及安排這些變更，到頭來卻發現它們根本沒完成！」

我能瞭解帕蒂為何如此憂心。

「它們為何沒能完成？你們怎麼處理那些未完成的變更卡片？」我問。

她撓著頭，「我打電話給變更申請人，試圖問清楚來龍去脈，他們的理由五花八門，有二個人說，他們無法找齊執行變更所需的人員，另一個人則在變更途中發現，記憶體管理人員沒有按照先前的承諾完成 SAN 擴展，所以他只得乖乖花兩個小時撤回變更。」

一想到浪費的時間與心力，我輕嘆一口氣，繼續聽帕蒂說下去，「還有一個人說，因為在進行變更時發生服務中斷，所以她無法實施變更，另外，還有很多人說，嗯 ...」

她看起來有些不自在，所以我督促她繼續說下去，「好吧，他們說，他們需要布倫特參與一部分變更，但他沒空。」她不情願地說，「在某些情況下，布倫特的參與是本來就計畫好的，但在另外一些情況下，他們一直到開始實施變更才發現自己需要布倫特幫忙，但他沒空，他們只好放棄實施那個變更。」

帕蒂的話還沒說完，我已經一肚子火了。

「什麼？又是布倫特？怎麼回事？布倫特到底是怎麼在每個人的工作中都插上一腳的？」

「該死！」我突然想到發生什麼事，大聲喊道，「是不是因為我們讓布倫特專心從事鳳凰專案，才造成這個問題？新政策有錯嗎？」

過了一會兒，她說，「嗯，這個問題很有意思，要是你堅信布倫特應該只為最重要的專案服務，那麼，我認為新策略是正確無誤的，我們不應該把它改回去。」

「同樣應該注意的是，直到最近，布倫特都還在幫別人實施變更，但這些依賴關係都沒有記錄在案，或者，更確切地說，他試圖協助，但實在太忙，以致於無法幫助每個人，所以很多變更都無法順利完成，即使按照以前的方式也一樣。」

我拿起電話，按下快速撥號鍵，打給韋斯，請他過來參與討論。

過一會兒，他來了，他坐下來，看著我的破筆電說，「老天，你還帶著那個破玩意兒四處趴趴走？我想我們還有幾台八年舊的老筆電可以給你用，起碼比你這台骨董還要新。」

帕蒂沒有理會他的議論，快速向他說明情況，對於她的意外發現，韋斯的反應和我差不多。

「你是在開玩笑吧！」他憤怒地說，用手掌拍著額頭，「我們或許應該允許布倫特協助別人實施變更？」

我迅速回答，「不，那不是解決問題的辦法，我也提出過那樣的建議，但是帕蒂指出，這樣做就意味著，被卡住的變更比鳳凰專案更重要，事實並非如此。」

我在心裡自言自語，「不知怎麼的，就和我們破除大家在修復故障時老愛請布倫特幫忙的壞習慣一樣，我們也必須對實施變更做同樣的處置，我們必須把這些知識全部傳承給實際從事這項工作的人，如果他們對此無法心領神會，那樣的話，恐怕就是那些團隊的技術能力有問題。」

沒人搭話，我試探性地補充，「就讓那些原先要幫布倫特處理故障修復的 3 級工程師來解決這些變更議題，如何？」

韋斯立刻回答，「或許可以，但這並非長久之計，我們得讓從事這些工作的人們明白他們究竟在做什麼，而不是讓更多人去囤積知識。」

我仔細聆聽韋斯和帕蒂的意見，大家集思廣益，設法降低另一種對布倫特的依賴，此時，又有某個念頭開始困擾我，埃瑞克把在製品稱為「沉默的殺手」，工廠控制在製品的能力不足，是造成常態性延誤與品質問題的根源之一。

我們剛剛發現，60% 的變更沒有按照排程被完成。

埃瑞克當時指出，工廠裡不斷增長、堆積如山的工作說明了工廠經理沒能控制好在製品。

我看著時程表，今天的變更卡片堆積如山，就像有一輛巨型鏟雪車把它們不斷地朝前推去，突然之間，那看起來就像是埃瑞克在工廠裡描繪的景象那樣，詭異地呈現了我的組織的狀態。

IT 工作真的可以類比工廠的工作嗎？

帕蒂打斷我的沉思，問道，「你在想什麼？」

我回頭看她，「在過去幾天裡，排定的變更只完成 40%，其餘 60% 都轉到下一輪，我們可以假定，在釐清如何傳承布倫特的知識之前，這樣的情況還要持續一段時間。」

「本週，我們有 240 個變更沒有完成，如果下週再進來 400 個新變更，到時候，時程表上就會有 640 個變更！」

「我們這裡就像是變更的貝茲旅店【譯註】。」我難以置信地說，「變更跑進來，但永遠出不去，不出一個月，我們就會背負著幾千個爭先恐後等待完成的變更。」

【譯註】 一部美國的恐怖電視連續劇。

帕蒂點頭同意，「那正是困擾我的事情，用不了一個月，就會有數千個變更 — 我們已經追蹤記錄了 942 個變更，到下週，待定變更即將達到一千個，我們就快沒有地方張貼和放置這些變更卡片了，所以說，既然這些變更都不會實施，我們為什麼還要自找那麼多麻煩呢！」

我盯著那些卡片，希望它們告訴我答案。

不斷增長的庫存困在工廠裡，堆高機已經不能堆得再高了。

不斷增長的變更困在 IT 運維部裡，直到沒有地方張貼變更卡片。

工作在熱處理爐之前不斷堆積，因為馬克坐在工作發佈台前面派發工作。

工作在布倫特前面不斷堆積，因為 ...

因為什麼？

好，如果說布倫特是我們的熱處理爐，那麼，誰是我們的馬克？是誰批准這些工作進入系統的？

嗯，是我們，或者，更確切地說，是 CAB。

該死，那不就意味著，我們是咎由自取？

但變更總是要完成，不是嗎？所以它們才被稱作「變更」，再說了，你怎麼對漫天而來的工作說「不」呢？

看著卡片不斷累積，若不好好處理，我們擔當得起後果嗎？

然而，我們何曾問過，是否應該接受這些工作？又是依據什麼來做決定？

再一次，我還是不知道答案，更糟的是，我感覺到埃瑞克恐怕不是一個語無倫次的瘋子，或許他是對的，也許工廠管理與 IT 運維之間真的存在某種聯繫，也許工廠管理和 IT 運維實際上面對著類似的挑戰和問題。

我站起身來，走向變更白板，心裡開始自言自語，「超過一半的變更沒有按照排程完成，帕蒂驚慌失措，甚至開始懷疑整個變更流程是否值得我們投入那麼多時間。」

「更且，」我繼續說，「她指出，由於布倫特不知為何老是介入其中，間接導致很大一部分變更無法完成，這多多少少是因為我們指示布倫特拒絕參與所有跟鳳凰專案無關的工作。無論如何，我們認為撤銷這個政策絕對是錯誤的。」

我的思緒跳躍，跟隨著內心的直覺，「我敢打賭一百萬美元，撤銷這個政策肯定是錯誤的，正因為有了這個流程，我們才能首次意識到有多少已經排定的工作沒被完成！放棄這個流程只會讓我們無法瞭解及掌握實際的狀況。」

因為覺得自己確實有抓對方向，我堅定地說，「帕蒂，我們必須更深入理解，什麼工作會變成布倫特的任務，我們必須知道哪些變更卡片涉及布倫特 — 或許，甚至可以把這一點作為大家提交卡片的另一項必填資訊，或者使用其他顏色的卡片 — 你自己想想看，你得列出一張清單，表明哪些變更需要布倫特做哪些事，並且設法改由那些 3 級工程師滿足清單上的需求，如果做不到，就試著賦予它們不同的優先等級，分類交由布倫特處理。」

我越說越有信心，深信我們正沿著正確的道路前進，此刻，我們或許還沒能夠解決問題，但至少即將獲得一些有用的資料。

帕蒂點點頭，擔憂與失望的表情一掃而空，「你要我把湧向布倫特的變更任務先攬下來，仔細過濾，並且在變更卡片上做一些標示，甚至要求所有新卡片都必須標注這一項資訊，等我們弄清楚和布倫特相關的變更是什麼，有多少，並且確定它們的優先等級，再把結果回饋給你，對嗎？」

我點頭微笑。

她在筆電上飛快地打著字，「好，我明白了，我不確定我們會得到什麼結果，但已經比我之前想的都好太多了。」

我看著韋斯，「你看起來很擔心 — 有什麼話想說嗎？」

「啊 ...」韋斯終於說，「實際上沒什麼要說的，只不過，這種工作方式和我在 IT 部門見過的做法相當不一樣，我無意冒犯，但你最近是不是吃錯藥了？」

我淡然一笑，「沒有，不過我確實跟一個語無倫次的瘋子談過話，就在俯瞰整個工廠作業的貓道上。」

然而，關於 IT 運維部，假如埃瑞克的在製品論述是正確的，那他還說對了哪些事兒？

第 12 章

9 月 12 日，星期五

週五晚上，7 點 30 分，鳳凰專案的部署工作如期展開之後的兩個小時，進展並不順利，我開始將辦公室裡的披薩味與一場徒勞無功的死亡行軍聯想在一起。

IT 運維團隊下午 4 點就在這裡全體集合，嚴陣以待，但我們無事可做，因為克里斯的團隊沒有發出任何指令，他們到最後一刻都還在變更。

在發射太空梭的當口，他們還在安裝零件，這可不是什麼好兆頭。

下午 4 點 30 分，威廉衝進鳳凰專案戰情室，他暴跳如雷，因為沒有人能把鳳凰專案的所有程式碼送進測試環境中執行，更糟的是，鳳凰專案正在運行的少數幾個部分也未能通過各項關鍵測試。

威廉把重要的軟體缺陷報告送給程式開發人員，而他們大多已經回家，克里斯只得打電話把他們通通叫回來，而威廉的團隊只能枯等開發人員把新版本交給他們。

我的團隊可沒無所事事地乾坐著，相反地，我們一直熱切地配合威廉的團隊忙上忙下，設法讓鳳凰專案在測試環境下跑起來，這是因為，假如他們無法在測試環境下順利執行應用程式，我們就無法在實際的上線環境中部署及運行應用程式。

我看看手錶，接著把目光移到會議桌，布倫特與另外三個工程師正和 QA 部門的人員擠作一堆，他們從下午 4 點起就開始拼命工作，現在已經顯得很疲倦了，很多人在筆電上使用谷歌進行搜尋，另一些人則按部就班地四處調整伺服器、作業系統、資料庫以及鳳凰專案應用程式的各種設定，設法把事情搞定，開發人員向他們保證過，東西絕對沒問題。

幾分鐘前，有個開發人員居然走進來說，「嗯，它已經在我的筆電上跑起來了，這會很難嗎？」

我們的兩個工程師和威廉的三個工程師開始端詳那個開發人員的筆記型電腦，設法弄明白它和測試環境有什麼不一樣，同時間，韋斯開始飆髒話。

在會議室的另一頭，工程師正在跟某人講電話，他激動地說，「是的，我們複製了你給的那個檔案 ... 是的，就是版本 1.0.13... 啊？那個版本是錯的？你說這話是什麼意思 ... 什麼？什麼時候改的？再複製一次，重新試試 ... 好吧，嗯，但我跟你說，應該不會有什麼作用 ... 我覺得是網路問題 ... 啊？你說我們得打開防火牆埠口，什麼意思？見鬼啦，你幹嘛不早兩個小時告訴我們？」

接著，他猛力掛上電話，用拳頭狠狠捶了一下桌子，大吼，「白癡！」

布倫特從開發人員的筆電上抬起頭來，疲累地揉著眼睛說，「讓我想想，前端程式無法與資料庫伺服器對話，結果是因為有人沒告訴我們必須打開某個防火牆埠口？」

那個工程師餘怒未消，狠狠地點頭說道，「我簡直不敢相信，我竟然跟那個蠢貨打了足足二十分鐘的電話，而他竟然一點都沒想到根本不是程式碼的問題，真是糟糕透頂（FUBAR）！」

我繼續靜靜聆聽，但點頭同意他的判斷，在海軍陸戰隊裡，我們經常使用「糟糕透頂」（FUBAR）這個字眼。

大家的脾氣越來越暴躁，我看看手錶：晚上 7 點 37 分。

該是對我的團隊進行一次管理大考驗的時候，我集合韋斯和帕蒂，並且看看四周，尋找威廉，我發現他的視線正越過他的一名手下的肩膀，凝視著什麼，我請他加入我們。

他一時之間看起來有點困惑，因為我們平時很少交流，但隨即點頭表示同意，跟著我們來到我的辦公室。

「好吧，各位，告訴我，你們對目前的形勢有什麼看法。」我問。

韋斯率先開槍，「那些人說得對，這簡直就是糟糕透頂（FUBAR），直到現在，我們還無法從開發人員那裡拿到妥善的版本，在先前兩個小時裡，我已經兩次看到他們忘記把很多關鍵檔案交給我們，沒有那些檔案，程式碼肯定不能正常執行，如你們所見，我們仍然不知道如何組態測試環境，好讓鳳凰專案順利運作。」

他再次搖頭，「根據我在先前半小時看到的情況，我認為我們實際上已經在開倒車了。」

帕蒂只是反感地搖搖頭，揮揮手，沒作任何補充。

我對威廉說，「我知道我們以前沒怎麼合作過，但我真的很想瞭解你的看法，以你的角度看，事情發展得怎麼樣？」

他往下俯視，緩緩吐一口氣，接著說，「我真的毫無頭緒，程式碼改變得太快，我們完全跟不上，若要打賭的話，我會說鳳凰專案將毀在上線環境中，我和克里斯談過好幾次停止發佈的事情，但他和莎拉完全把我壓得死死的。」

我問他，「你說你們“跟不上”，那是什麼意思？」

「一旦在測試中發現問題，我們就把問題送回開發部，讓他們去解決。」他解釋道，「然後，他們會送回新版本，問題是，把所有東西都設置妥當並讓它運行起來，大約需要半個小時，接著，執行冒煙測試又需要三個小時，偏偏，在這段時間裡，我們很可能會從開發部那邊收到另外三個版本。」

我對冒煙測試的說法報以傻笑，這是電路設計師使用的術語，那個產業有個說法，「打開電路板，只要沒冒煙，基本上就能用。」

他搖搖頭說，「我們目前還沒通過冒煙測試，而且我擔心的是我們根本沒有做好版本控制，面對不停變動的版本，我們已經搞得一團混亂 － 我們在記錄完整發佈的版本編號方面做得真的太馬虎，每次解決某些問題，卻又弄壞別的東西，所以，他們現在送來的都是單一檔案，而不是整個套件。」

他繼續說，「目前情況太過混亂，即使出現奇蹟，鳳凰專案當真通過冒煙測試，我敢肯定，我們絕對沒辦法再重現，變動的部分太多了。」

他摘下眼鏡，作出結論，「恐怕每個人都得通宵加班，我認為真正的風險在於，明天上午 8 點門市開始營業時，鳳凰專案恐怕無法運轉起來。那可是個大問題。」

這只是輕描淡寫的說法，如果明早 8 點還沒完成發佈，門市裡頭用來幫客戶結帳的銷售節點系統（POS）就無法工作，那就表示，我們無法完成任何一筆客戶交易。

韋斯點頭說，「威廉說得對，我們整晚都得待在這裡，而且，效能比我原本預想的還要差，我們至少需要另外二十台伺服器來分擔負載，我不知道在這麼短的時間內要去哪兒找那麼多伺服器，我已經叫人趕緊去找備用硬體，也許，我們還得調用正在線上運行的伺服器呢。」

「現在停止部署還來得及嗎？」我問，「究竟到哪個時間點之後就不能再回頭？」

「問得好，」韋斯緩緩回答，「我得和布倫特確認一下，不過，我認為現在停止部署是沒有問題的，然而，等我們開始轉換資料庫，讓它同時能夠從門市 POS 系統和鳳凰專案接受訂單時，事情便沒有轉圜的餘地，按照現在的速度，我想這可不是幾個小時就能夠搞定的。」

我點點頭，我已經得到我需要知道的資訊。

「各位，我要給史蒂夫、克里斯和莎拉發一封電子郵件，看看能否推延部署時間，然後，我會去找史蒂夫當面談清楚，也許，我能夠為大家多爭取一週的時間，不過，天曉得，多爭取一天是一天，有其他意見嗎？」

韋斯、帕蒂和威廉一言不發，只是陰鬱地搖搖頭。

我轉向帕蒂，「好好跟威廉合作，想辦法在發佈過程中更妥適地統籌協調，瞭解開發人員的運作方式，好好扮演空中交通管制員的角色，確保每個東西都貼好標籤，註明版本，然後讓韋斯和團隊知道哪些事情發生改變。我們必須更清楚地掌握狀況，而且要有人在當中維持秩序，確保大家按照流程辦事，我希望不論是部署新程式碼，控制每小時的例行發佈，還是文件說明與記錄等工作，都只能是單一入口，明白嗎？」

她說，「樂意之至，我會先從鳳凰專案戰情室開始，必要的話，我會一腳踹開門，然後說，"我們是來幫忙的 ...。"」

我向他們點頭致謝，然後埋首筆電，撰寫電子郵件。

> 寄件者：比爾．帕爾默
>
> 收件人：史蒂夫．馬斯特斯
>
> 副本：克里斯．阿勒斯、韋斯．戴維斯、帕蒂．麥基、莎拉．莫爾頓、威廉．梅森
>
> 日期：9 月 12 日，晚上 7：45
>
> 優先等級：最高
>
> 主旨：緊急 — 鳳凰專案部署遇到大麻煩 — 建議推延一週
>
> 史蒂夫，
>
> 首先，容我說明，我和其他人一樣殷殷盼望鳳凰專案順利上線，我完全瞭解這件事對公司無與倫比的重要性。
>
> 但是，根據我所見到的情況，我相信在明天上午 8 點的最後期限到來時，我們無法啟動鳳凰專案，這裡存在著極大的風險，甚至可能影響各個門市的 POS 系統。
>
> 在和威廉討論之後，我建議將鳳凰專案的上線時間推延一週，提高達成目標的可能性，並且阻止一場在我看來幾乎註定發生的大災難。

我認為，我們目前面臨的問題，其嚴重程度就和“1999年11月感恩節玩具反斗城”的列車事故相當，也就是說，多日的服務故障與嚴重的效能問題將使得我們流失顧客，丟掉訂單。

史蒂夫，幾分鐘之後，我會在電話中跟您報告。

此致

比爾

我花了點時間整理思緒，然後給史蒂夫打電話，他立刻接起電話。

「史蒂夫，我是比爾，我剛剛給你、莎拉和克里斯寄了一封電子郵件，真的不誇張，這次發佈的進展真的糟糕透頂，這會讓我們搬石頭砸自己的腳，威廉也同意我的觀點，現在，我的團隊非常擔心，發佈工作根本來不及在東岸時間明天上午8點門市開始營業之前完成，那可能會讓實體門市無法銷售商品，並且導致網站服務中斷多日。」

「現在阻止這場列車事故為時未晚。」我苦苦央求，「失敗的代價就是我們無法接受訂單，無論實體門市或網路服務都一樣，更且，這個失敗可能也意味著危及並且損壞訂單資料與客戶紀錄，也就是說，客戶會流失，相反地，推延一週只不過讓客戶感到失望，但他們至少還是會回來的！」

電話裡傳來史蒂夫的喘息聲，然後他回答，「聽起來很糟糕，但事已至此，我們別無選擇，只能繼續下去，行銷部已經買下週末的報紙廣告，宣告鳳凰專案正式上線，這些廣告已經買好，付完款項，並且正在寄往全國各地千家萬戶的半路上。我們的合作夥伴皆已準備就緒，蓄勢待發。」

我驚訝不已，簡直目瞪口呆，說道，「史蒂夫，情況必須多糟糕，你才肯推延這次發佈？我告訴你，這次發佈是非常魯莽的冒險！」

他沉默片刻，說道，「跟你說吧，要是你能說服莎拉推延發佈，那麼，事情就有轉圜空間，否則，請繼續努力吧。」

「開什麼玩笑？她正是造成這場自殺式混亂的始作俑者。」

我想都沒想，就狠狠掛斷史蒂夫的電話，有一剎那，我考慮回電致歉。

雖然非常不情願，但我還是覺得自己必須奮力為公司做出最後一搏，阻止這個瘋狂的行動，換言之，我必須親自跟莎拉談。

回到鳳凰專案戰情室，這裡悶熱異常，擠滿人群，由於緊張和恐懼，大家不停地冒汗，莎拉獨自坐著，在筆電上快速地敲擊鍵盤。

我大聲對她說，「莎拉，能不能談談？」

她指了指身邊的椅子說，「當然，怎麼了？」

我壓低聲音說，「我們到走廊上談吧。」

我們沉默地走到外面，我問她，「從你這兒看，發佈工作進行得怎麼樣？」

她含糊地說，「你也知道，要想成就大事，總得經歷一些曲折，對吧？就技術層面而言，難免有一些始料未及的事情發生，想要做煎蛋捲，總得打破幾個蛋吧。」

「我想，跟你們平常的發佈相比，這次的情況糟糕不少，我相信你已經看到我的電子郵件，對吧？」

她只是說，「是啊，確實如此，你看到我的回覆了吧？」

該死。

我說，「沒看到，不過，在你說明之前，我想要確認你是否充分理解這次發佈將給公司帶來多大的影響和風險。」然後，我幾乎逐字逐句地重述了幾分鐘前對史蒂夫說的話。

不足為奇，莎拉毫無所動，我的話音剛落，她就說，「一直以來，我們都為鳳凰專案而賣力工作，行銷部準備妥當，開發部也準備就緒，除了你之外，所有人都已經蓄勢待發，我以前就告訴過你，追求完美是成事的大敵，但你顯然把它當成耳邊風。聽著，我們必須繼續向前邁進。」

我居然浪費那麼多時間對牛彈琴，連我自己都感到詫異萬分，我只能搖頭嘆息地說，「不，缺乏競爭力才是成事的大敵，記住我的話，由於你的愚蠢決定，我們將要耗費好幾天，甚至好幾週的時間來收拾殘局。」

我衝回 NOC，讀了莎拉的電子郵件，越加惱火，我強壓住立即回信、火上澆油的衝動，同時抑制住刪掉這封電子郵件的衝動 – 說不定，爾後，我還得利用它來證明自己的清白呢。

寄件者：莎拉．莫爾頓

收件人：比爾．帕爾默，史蒂夫．馬斯特斯

副本：克里斯．阿勒斯，韋斯．戴維斯，帕蒂．麥基，威廉．梅森

日期：9 月 12 日，晚上 8:15

優先等級：最高

主旨：回覆：緊急 — 鳳凰專案部署遇到大麻煩 — 建議推延一週

每個人都已經做好萬全的準備，唯獨你沒有，行銷部、開發部、專案管理部、等等，都全力以赴地為這個專案拼搏，現在，該是你付出心力的時候了。

必須繼續前進！

莎拉

突然，片刻之間，我感到一陣慌張，我已經好幾個小時沒給佩奇任何消息，我連忙給她發了一則簡訊：

晚上情況更糟，我至少還得在這裡多待幾個小時，明天早上再跟你聯繫。愛你，親愛的，祝我好運。

有人拍了我的肩膀，回頭一看，原來是韋斯，他說，「老大，我們遇到一個非常嚴重的問題。」

他的神色慌張，令我心驚膽跳，我立刻起身，跟隨他走向房間的另一側。

「還記得我們說過，晚上 9 點就是再無轉圜餘地的時間點嗎？我一直在追蹤鳳凰專案資料庫轉換的進展情況，它比原先設想的還要慢上幾千

倍，早在幾個小時前就該完成轉換，但現在只完成 10%，也就是說，全部資料要到週二才能轉換完畢，我們徹底搞砸了。」

也許是我太累，沒能理解他的話，我竟然說，「這有什麼不妥嗎？」

韋斯試著再解釋一次，「那個指令稿必須在 POS 系統啟動之前執行完畢，現在，我們既不能停止它，也不能重啟它。很明顯，我們無法讓它加快速度，但我想我們可以駭入鳳凰專案，讓它能夠順利運行，但我不瞭解門市 POS 系統 – 我們手頭沒有這個系統，無法先在實驗室裡頭進行測試。」

天呀。

我前思後想，接著問，「布倫特？」

他只是搖搖頭。「我已經叫他檢視好一會兒了，他認為是有人過早打開資料庫索引，因而減慢資料插入的速度，現在我們對此已經無能為力，然而，資料並未發生損壞，我讓他回去部署鳳凰專案了。」

「其他事情進展如何？」我問道，想對形勢有個全面的瞭解，「效能有沒有提高？資料庫維護工具有沒有更新？」

「效能還是很差。」他說，「我認為應該有個嚴重的記憶體滲漏，而且還是發生在沒有使用者的情況下，我的手下懷疑，我們之後每隔幾個小時就得重啟一堆伺服器，才能避免弄出大災難，該死的開發人員 ...」

他繼續說，「我們四處搜刮，又找來十五台伺服器，有些是新的，有些是舊的，都是從公司各個角落搜出來的，信不信由你，現在資料中心的機架上已經沒有足夠空間安置這些伺服器，我們只得大費周章，重新佈線，重新搭架，把各種亂七八糟的東西移來移去，帕蒂剛剛發出通知，請她的人馬全部過來幫忙。」

我大吃一驚，感到自己的眉毛都快要碰到髮際線了，然後彎腰大笑起來，我說，「我的天啊，我們終於找到伺服器，現在卻又找不到地方放置它們，真的太神奇，我們連喘口氣的時間都沒有！」

韋斯搖頭，「嗯，我從我朋友那兒聽過類似的慘烈故事，但我們這次的部署失敗恐怕是空前絕後。」

他繼續說，「最神奇的部分在這兒，我們對虛擬化投入鉅額投資，本該讓我們避開這類麻煩，但是，開發部無法解決效能問題，卻把一切罪過歸咎於虛擬化，因此，我們只能把所有東西都挪回實體伺服器！」

真沒想到，克里斯當初提出這個激進的發佈日期，理由就是虛擬化可以幫上大忙。

我揉揉眼睛，強忍笑意，「開發人員答應提供的資料庫支援工具弄得怎麼樣了？」

韋斯的笑容立刻消失，說道，「根本都是一些垃圾，我們的人很快就得手動編輯資料庫，以便修正鳳凰專案產生的各種錯誤，我們還得手動啟用補貨功能。我們還在摸索，試圖釐清鳳凰專案需要多少這類手動工作，這樣做很容易出錯，而且需要大量人手。」

我眉頭緊蹙，心裡想著這會佔用我們更多的人手，而這些枯燥乏味的重複性工作本該由那個破應用程式來做，缺乏稽核紀錄，未經適當管制就直接修改資料，最讓稽核人員擔憂。

「你做得非常好，當務之急是弄清楚未完成的資料庫轉換會對門市 POS 系統產生怎麼樣的影響，找一些徹底瞭解那項工作的人，問問他們的想法，若有必要，就從莎拉的團隊裡找個專門處理日常零售業務的人過來，要是能夠弄到可以用來登入的 POS 設備和伺服器，由我們自己來看看實際的衝擊是什麼，那就更好了。」

「瞭解。」韋斯點頭說道，「我知道有個人能做這件事。」

「我目送他離開，接著環顧四週，試著想清楚我自己應該怎麼做。

晨光開始映照在窗戶上，照亮堆積如山的咖啡杯、紙張及各種雜物，房間角落，某個開發人員在幾張椅子下睡著。

我剛跑去洗手間洗把臉，刷了牙，感覺精神好些，然而，我已經很多年沒有通宵熬夜。

瑪姬．李是零售計畫管理部的高級總監，也是莎拉的下屬，她正在召開早晨 7 點的緊急會議，會議室裡擠進將近三十個人，她用疲倦的聲音說，「這是史詩般的一夜，我要向每一位戮力達成鳳凰任務的人致敬，非常感謝。」

「大家知道，之所以召開這個緊急會議，是因為資料庫轉換出了問題。」她繼續說，「也就是說，所有門市 POS 系統都會當機，那也表示，收銀機無法運作，換言之，門市人員得手動收錢，手動刷卡。」

她補充道，「好消息是，鳳凰專案的網站已經上線運作。」她指著我說，「我要感謝比爾和 IT 運維部的全體人員，讓此事成為現實。」

我有點惱火地說，「相較於鳳凰專案上線，我寧願那些 POS 系統正常運作，NOC 裡頭已經忙翻天，在過去一小時裡，電話響個不停，因為門市人員全都驚聲尖叫，說他們的系統沒有回應，就像傑里．路易斯（美國著名喜劇演員）在那兒錄製馬拉松式的廣電節目一樣熱鬧。跟大家一樣，我的語音信箱已經被 120 家門市的員工塞爆，單單為了接電話，就得抽調更多人手才應付得來。」

彷彿為了強調我的觀點，桌上有一部手機適時地振動了起來。

「我們得採取主動。」我對莎拉說，「我們得向每個門市人員發送一份摘要，盡可能簡潔快速地說明發生的事情，並且針對沒有 POS 系統的情況提出更具體的操作指示。」

有一瞬間，莎拉看起來有點茫然，接著她說，「好主意，不如由你來寫這封電子郵件，剩下的再交給我們處理？」

我目瞪口呆地說，「什麼？我可不是門市經理！讓你的團隊來寫吧，克里斯和我可以幫忙檢查它的正確性。」

克里斯點了點頭。

莎拉看看四周，「好吧，我們會在接下來的幾個小時內拿出一些東西。」

「開什麼玩笑？」我大喊，「東岸的門市再不到一小時就要開門 — 我們現在就得拿出東西來！」

「我來處理。」瑪姬舉起手說，她打開筆電，即刻開始打字。

我用雙手夾緊頭部，試試能否緩解頭痛，我真的不知道這次發佈還會變得多糟糕。

週六下午 2 點，事情越發不可收拾，越變越糟，嚴重程度不斷突破我原本以為的底線。

現在，所有門市皆以手動備援模式運營，所有銷售都以手動方式透過信用卡刷卡機來處理，一疊疊複寫紙被放在鞋盒裡。

各家門市經理已請店員跑去當地的辦公用品店，為刷卡機準備更多複寫紙，還叫員工跑去銀行換零錢。

使用鳳凰專案網站的客戶抱怨，網站不是當機，就是慢到不行，我們甚至登上推特熱門話題榜，在看過我們的電視和報紙廣告後，所有原本興致勃勃，準備嘗試新服務的客戶都開始抱怨這個 IT 大失敗。

那些線上訂購成功的客戶則在去門市提貨時才發現有問題，我們發現，鳳凰專案似乎隨機遺失交易，在某些情況下，它又會從客戶信用卡上扣掉兩倍乃至三倍的款項。

因為我們很可能已經無法保證訂單資料的完整性，財務部的安憤怒地介入當前這一團混亂，現在，她的團隊已經在走廊對面成立另一間戰情室，接聽門市來電，處理問題訂單，中午時分，數百名怒氣沖沖的客戶從各個門市發來的傳真，已經堆成了一座小山。

為了支援安，韋斯帶來更多工程師，為安的員工建立一些工具，處理因為失敗交易不斷累積的工作。

第三次走過 NOC 會議室時，我覺得自己精疲力盡，幫不上任何人的忙，此時，差不多已經下午 2 點 30 分。

韋斯正在和房間對角的另一個人爭論不休，待他結束後，我對他說，「面對現實吧，這將是一場持久戰，你得想清楚要如何堅持下去？」

他打著呵欠，並且回答，「我想辦法睡過一小時了，哇，你看起來累斃了，回家休息一下吧，這裡的事情我會處理的，如果有事，我就給你打電話。」

我累得無力辯解，謝過他後，隨即離開。

手機突然響起，我被驚醒，趕緊抓起手機，時間是下午 4 點 30 分，電話是韋斯打來的。

我用力搖搖頭，讓自己清醒一些，然後接起電話，「如何？」

我聽到他說，「壞消息，簡單說，推特上瘋傳鳳凰專案網站正在洩露客戶的信用卡號嗎，他們甚至貼出螢幕快照，很明顯，當你清空購物車時，期程崩潰，並且顯示上一個成功訂單的信用卡號碼。」

我馬上跳下床，奔向浴室沖澡，「打電話給約翰，他這下頭痛了，關於這一點，可能有一些相關的協定，涉及大量文書工作，甚至還有法律問題，或許還有律師。」

韋斯回答，「我已經和他通過電話，他和他的團隊正在路上，他已經氣炸了，他的聲音聽起來活像電影《黑色追緝令》（Pulp Fiction）裡的那個傢伙，他甚至引用電影裡主人翁為了報復與洩憤，把人暴打一頓時所說的臺詞。」

我笑了，我喜歡約翰·屈伏塔和山繆·傑克森的戲，我實在不想把我們這位溫文儒雅的 CISO 和充滿暴力的混混角色聯繫在一起，但是，常言道，咬人的狗不露齒。

我迅速沖完澡，跑進廚房拿了幾根兒子最愛的乳酪棒，驅車趕回辦公室。

上了高速公路，我打電話給佩奇，她立刻接起電話說，「親愛的，你上哪兒去了？我在上班，孩子們都在我媽那裡。」

我說，「其實，我剛剛在家裡待了一小時，我一上床，倒頭就睡，但後來韋斯來電，很明顯，鳳凰專案應用程式正在展示每個人的信用卡號碼，這可是超級無敵嚴重的安全漏洞，所以我得立刻趕回辦公室。」

我聽到她不以為然地嘆了口氣，說道，「你已經在那裡工作十多年了，從來沒有像現在這樣加班過，我真的不清楚，對於你這次的升職，我該慶幸，或該惋惜。」

「我也是，寶貝 ...」我說。

第 13 章

9 月 15 日，星期一

到了週一，鳳凰專案的危機已經演變成一場公關醜聞，登上所有技術網站的頭版，江湖傳言，華爾街日報的人想要對史蒂夫進行一場公開採訪。

我好像聽到史蒂夫提到我的名字，不由得全身一顫。

我腦子一片空白，環顧四周，意識到自己正在上班，而且一定是在等待鳳凰專案狀態會議開始的時候不小心睡著了，我悄悄瞄了一眼手錶，上午 11 點 04 分。

我得看看手機，才能弄明白今天是週一。

有那麼一會兒，我失神地回想著週日去過哪兒，但是看到史蒂夫漲紅著臉，對整個會議室的人發表演說，我又重新集中注意力。

「…別管這是誰的錯，我可以肯定，在我任內，絕對不會再發生這種事，但此刻，我不管未來會如何 — 我們現在正在把客戶和股東的事情給徹底搞砸，我只想知道，要怎樣才能擺脫困境，回復正常的業務運營。」

他轉向莎拉，指著她說，「除非你的每個門市經理都說他們可以正常交易，否則你絕對難辭其咎，手動刷卡？當這裡是什麼？第三世界國家？」

莎拉冷靜答覆，「我完全理解這有多麼不可接受，我保證，我全部的手下都明白他們的責任與義務。」

「不，」史蒂夫迅速而陰沉地回答，「說到底，你才是最應該勇於任事、積極負責的人，別忘了這一點。」

我心中著實感到一點寬慰，琢磨著史蒂夫是否已經擺脫莎拉的魔咒。

他再次把注意力轉向整間會議室，嚴肅地說，「只要有門市經理提到總部沒有即時支援，每個部門都必須在十五分鐘內派出人手來處理，我要你們騰出時間，沒有任何藉口。」

「我指的是你們幾個，莎拉、克里斯、比爾、柯爾斯頓、安，還有你，約翰。」他叫到誰就指著誰。

幹得好，約翰，你終於引起史蒂夫的注意，時機還挑得真夠好。

他繼續說，「我兩小時後回來，我現在得和另一個記者通電話，就是為了收拾這個爛攤子！」

他用力甩上門，牆壁被震得晃了幾下。

莎拉打破沉默，「好吧，你們都聽到史蒂夫說的話，我們不僅要讓 POS 系統啟動，還必須解決鳳凰專案的可用性問題。媒體瘋狂地緊盯著我們，密切關注著訂單介面遲緩與期程逾期的問題。」

「你瘋了嗎？」我身體前傾，說道，「我們能讓鳳凰專案苟延殘喘幾乎已經算是奇跡，韋斯說過，我們每個小時都必須主動將所有的前端伺服器重啟一遍，他可不是在開玩笑，我們絕對不能再引進新的不穩定因素，我建議，每天只能進行兩次程式碼發佈，並且嚴禁所有影響效能的程式碼變更。」

讓我驚訝的是，克里斯立刻附和，「我同意，威廉，你怎麼看？」

威廉點頭說，「完全同意，我建議通知開發人員，提交的程式碼必須標注缺陷編號，並且對應到某個效能問題，沒有標注的程式碼提交都要退回。」

克里斯說，「你覺得這樣 OK 嗎，比爾？」

我對這個解決方案非常滿意，連聲說，「好極了。」

儘管韋斯和帕蒂看起來也很高興，對開發部突然這麼配合，確實感到有些受寵若驚，然而，莎拉卻不滿意。她說，「我不同意，我們必須對市場有所回應，而市場告訴我們，鳳凰專案太難使用，我們承受不起這個專案被搞砸。」

克里斯回答，「嗯，可用性的測試與驗證應該發生在幾個月前，如果一開始沒弄對，後面就無法做出實際的東西。讓你的產品經理們修正他們的模型與提案，等度過這次危機，我們會立刻將它們合併進來。」

我贊成他的立場，說道，「我同意。」

「你提的都是一些很好的觀點，我批准了，」她說，顯然意識到自己無法贏得這場爭辯。

我不確定莎拉是否有權在這兒批准什麼事情，不過，幸運的是，話題很快回到如何恢復 POS 的功能。

我把自己對克里斯的評價提升了好幾個等級，但我依然認為他曾是莎拉的幫兇，不過，暫且按下，觀其後效，再下定論。

離開鳳凰作戰室之後，我看到安跟她的團隊在走廊對面的房間中處理問題訂單，我突然好奇心起，很想看看他們是怎麼幹的。

我敲門進去，嘴裡還嚼著剛才從會議室拿的走味貝果，從週六起，披薩、甜點、焦特可樂、咖啡就源源不斷地被送進來，讓全體人員能夠堅守崗位，心無旁騖地處理手上的工作。

出現在我面前的是一幅繁忙喧鬧的景象：從門市發來的傳真在桌上堆積如山，十二個人魚貫而行，從一堆走到另一堆，每一份傳真都是一個問題訂單，等著被送給一群抽調過來幫忙的財務人員和客服代表，他們的工作是針對傳過來的每一筆交易去除重複或者撤銷操作。

在我面前，四個財務人員坐在另一張桌子旁邊，在十鍵計算機和筆電上，手指飛快地敲擊按鍵，他們正透過手動方式把訂單製成表格，設法計算出這個災難究竟有多大規模，並且仔細對帳，查找錯誤。

他們不斷更新牆上的總計，目前為止，重複付款或遺失訂單的客戶已達五千人，此外，還有大約兩萬五千筆交易需要調查。

我難以置信地搖搖頭，史蒂夫說得對，我們把客戶的事情徹底搞砸了，真的是難堪透頂。

另一方面，我不得不佩服財務人員處理這個爛攤子的手法，看起來有條不紊，每個人各司其職。

耳邊又響起，「鳳凰專案再傳事故，啊？」

是約翰，他跟我一樣冷冷地看著這幅景象，他嘴巴並未說，「我早就告訴過你了」，但差不多就是這個意思，當然，他手上還是拿著那個無處不在的黑色三孔文件夾。

約翰用手掌拍拍臉，「假如這件事情發生在競爭對手身上，我肯定笑翻，我再而三地跟克里斯說，真的存在這樣的可能性，但他不聽，現在，我們正為此付出代價。」

他走近一張桌子，看起來憂心忡忡，當他拿起一疊文件時，我看到他的身體驟然緊繃，翻著文件，面如土灰。

他走回我身邊，低聲說，「比爾，我們遇到大麻煩了，出去說吧，現在。」

我們來到屋外，「看看這張訂單，」他低聲說，「有看出問題嗎？」

我端視那張紙，那是一張訂貨單的掃描副本，歪歪扭扭，解析度很低，採購的內容是幾種汽車零件，總金額為 53 美元，看起來合情合理。

我說，「有話直說吧！」

約翰指著掃描的信用卡與客戶簽名旁邊的潦草的手寫數字，「那三位數字是信用卡背面的 CVV2 碼，用以防止信用卡詐騙，根據支付卡的業界規範，我們不可以儲存或提交磁條卡第二磁軌上的任何資訊，哪怕只是持有這項資訊，都自動視為持卡人資料被洩露，並且必須受到處罰，甚至可能登上新聞頭條。」

啊，別，別，別又來了。

他好像瞭解我的想法，繼續說，「是的，沒錯，但這次更糟糕，不只登上本地新聞，不難想像，史蒂夫即將出現在各地媒體的頭條，每個顧客、每家門市都能夠看到，然後，他要飛到華盛頓特區，參議員伯丁將代表所有義憤填膺的選民對他嚴詞拷問。」

他繼續說，「這件事情真的很嚴重，比爾，我們必須立刻把這些資訊全部銷毀。」

我搖頭說，「不行，我們得把那些訂單全部處理完，才不會跟客戶多收錢，甚至收雙倍，我們必須這麼做，否則，就會從客戶那兒收取不該收的錢，最後還得退款給他們。」

約翰把手放在我的肩上，說道，「這看起來可能很重要，但其實只能算是冰山一角，因為鳳凰專案洩露了持卡人資料，我們的麻煩大了，同樣糟糕的是，罰款金額係根據受影響持卡人的數量而決定的。」

他指著那堆檔案說，「這可能會讓我們的罰金翻倍，甚至更糟，你以為稽核人員都是吃素的嗎？這件事會讓他們比現在還要難纏十倍，因為今後他們會永遠把我們歸類為第 1 級商家，甚至會把我們的手續費從百分之三調高到 — 天曉得會調高到多少？那樣的話，零售門市的毛利可能減半，而且…」

他說到一半，打開黑色三孔活頁夾，翻到行事曆的地方，「啊，該死！PCI 稽核人員今天就在現場演練業務流程，他們正在二樓瞭解訂單管理人員的運作情況，他們甚至還要使用這間會議室呢！」

「開什麼玩笑。」我說，恐懼感瞬間襲來，我很驚訝，經過三天持續不斷的疲勞轟炸，我居然還能感到驚慌。

我轉過頭，透過會議室大門的玻璃，清清楚楚地看到全體財務人員都在拼命處理客戶的問題訂單。該死。

「聽著，」我說，「我知道，有時候大家覺得你不是跟我們站在同一邊，但我真的需要你幫忙，你要想辦法阻止稽核人員到這層樓來，最好別讓他們踏進這棟樓。我會給窗戶掛上窗簾，也許還得擋住門。」

約翰注視著我，然後點點頭說，「好，我來應付稽核人員，不過，我還是覺得你沒有完全理解問題的嚴重性，身為持卡人資料的保管者，實在不應該讓幾百個人去碰這些資料，發生失竊和詐騙的風險太高，我們必須立刻銷毀這些資料。」

問題層出不窮，我忍不住苦笑。

強迫自己集中注意力，並且緩緩地說，「好，我會確保財務人員理解並且妥善處理這件事，也許，我們可以掃描所有單據，然後裝船送去某家離岸公司。」

「不，不，不，那樣更糟！」他說，「記住，傳送它們是完全不被允許的，更別說是送給協力廠商，明白嗎？嗯，就是這樣，我們可以發出撇清責任的否認聲明，我會裝作什麼都沒聽到，你得想辦法銷毀所有違禁資料！」

約翰提到撇清責任的否認聲明，不管是出於好心，還是惡意，我真的感到火冒三丈，我深吸一口氣，冷靜地對他說，「別讓那些稽核人員到這層樓來，我會處理信用卡單據的事，好不好？」

他點頭說，「明白，等我把那些稽核人員弄到安全的地方，就打電話給你。」

望著他快步沿著走廊走向樓梯，我不斷對自己說，「他只是在履行職責，他只是在履行職責。」

我低聲咒罵，然後轉身望向會議室，現在，門上懸掛著大大的列印標示牌，上面寫著，「鳳凰專案 POS 復甦戰情室」。

突然間，就像電影《老闆度假去》（Weekend at Bernie's）的場景，在職業殺手的眼皮底下，一群青少年想方設法藏匿一具屍體。接著，我又想到，這是否更像是傳聞中發生在安達信（Arthur Andersen）辦公室的那個規模巨大、通宵達旦的證據銷毀事件，這家負責稽核的會計事務所在安隆（Enron）公司倒閉後受到調查，天呀，我是不是成了銷毀重要資料的共謀？

真是一團糟，我搖搖頭，走回會議室傳達這個壞消息。

我終於在下午 2 點 30 分返回 NOC，並且在回辦公室的路上仔細審思一番這場大屠殺。為了有更多地方可以開會，七張桌子又被添置進來，每張桌子周圍都聚集一些人，空的披薩盒堆滿房間角落，並且散布在四處的桌面上。

我在辦公桌旁坐下來，輕嘆一口氣，稍微釋放身心的壓力。我花了將近一小時和安的團隊一起研究持卡人資料的問題，又花了半小時和他們爭辯，證明這的確是他們的問題，而不是我的問題，我告訴他們我可以幫忙，但我的團隊為了保持鳳凰專案運行已經分身乏術，無法額外承擔更多責任。

我驚奇地覺察，這可能是我擔任這個職務以來，第一次能夠對公司其他人說「不」，要不是我們幾乎獨立擎天地維持住門市訂單輸入系統的正常運行，我懷疑是否真的有人鳥我。

當我陷入沉思時，手機響起，是約翰打來的，我快速接起電話，希望稽核人員的事情有進展，「嘿，約翰，事情進展得如何？」

約翰回答，「不算糟，我已經將那些稽核人員安置在我身旁，就在 7 號大樓，我已經重新安排過，讓所有訪談都在這裡進行，他們不會再靠近鳳凰專案戰情室，而且，我已經明確告訴 9 號大樓的保全人員，禁止他們越過大廳的服務台。」

看到約翰幾乎破壞所有規矩，我啞然失笑，「太好了，謝謝你把事情都處理好，而且，我想你可以幫助安搞清楚怎樣才能遵守保護持卡人資料的相關規定，我已經盡力了，但是 ...」

約翰說，「沒問題，樂意之至。」

他遲疑片刻，說道，「有件事我現在實在不想提，不過，你今天理應向內部稽核人員提交 SOX-404 回覆函，這件事情進行得如何？」

我大笑，「約翰，我們本來計畫在完成鳳凰專案部署後，利用週末完成那份報告，但如你所知，事情完全沒有按照計畫進行，我想週五開始就沒人有空理會這件事。」

約翰用非常關切的語調說，「你知道，整個稽核委員會都盯著這件事，對吧？如果沒能按時完成，我們每個人都會因為嚴重缺乏控制的議題而被舉紅牌，甚至可能延燒到外部稽核。」

我盡可能通情達理地說，「相信我，假如有什麼是我能做的，我一定不會推諉卸責，但現在，我的整個團隊全部沒日沒夜地支援鳳凰專案的復甦工作，即使他們已經完成那份報告，而我只需彎腰把它撿拾起來，恐怕也做不到，真的，我們已經忙翻了。」

當我說出我的團隊已經滿載運作，全無餘力再承擔新任務，而且別人確實相信我的時候，我真有一種如釋重負的感覺。

我聽到約翰說，「嗯，我可以騰出兩個工程師給你，他們或許可以幫忙為矯正工作做一些雜事兒？或者，如果你需要的話，我們還可以把他們放進技術資源庫，幫忙處理復甦工作，他們的技術水準都不錯，而且經驗豐富。」

我的耳朵豎了起來，我們已經配置所有的人力，全心投入這次緊急事件的各種工作，多數人至少熬過一個通宵，有些人在監控脆弱的伺服器和系統，有些人在接聽門市經理的來電，有些人在幫忙 QA 人員建置系統及撰寫測試，還有些人在幫助開發部重現問題與缺陷。

我立刻說，「那是非常有幫助的，請給韋斯發一封郵件，引介一下你的工程師，如果他不急著運用他們的技術，我會給他們分派一些產生矯正評估的任務，只要那不會干擾鳳凰專案的工作。」

「好的，」約翰說，「我等一下就給韋斯發訊息，我會把他和我的決定告訴你的。」

他離開，我心裡琢磨著，說不定，運氣好的話，我們可以找個人來幫忙處理回覆稽核報告的工作。

接著，我懷疑自己是否真的累過頭，我居然在同一天之內找到感謝開發部和安全部的理由，世界真奇妙。

第 14 章

9 月 16 日，星期二

週一深夜，我們終於把局面穩定下來，與克里斯的團隊同心協力，各家門市終於又能使用收銀機，然而，大家都知道這只是臨時性的解決方案，無論如何，至少我們不用再將敏感的持卡人資料保留在手上，這讓約翰大大鬆一口氣。

上午 10 點 37 分，我和克里斯一起站在史蒂夫的辦公室外面，他靠著牆，悶悶不樂地看著地板，安、約翰和柯爾斯頓也在，依序等待，就像一群犯錯的小學生聚集在校長室門口。

通向史蒂夫辦公室的門打開了，莎拉走出來，她的臉色鐵青，簡直快哭出來，她是第一個進去的，而且不到十分鐘就出來。

她帶上門，大大嘆一口氣，對克里斯和我說，「換你們。」

「沒什麼大不了的 ...」我說，同時打開門。

史蒂夫站在窗邊，俯視公司的整個園區，「兩位紳士，坐吧。」

正當我們坐下來，史蒂夫開始在我們面前來回踱步，「我已經和莎拉談過，身為專案領導人，我要她負起鳳凰專案的成敗，我不知道是我自己的領導統御出問題，或者只是莎拉用錯人。」

我的下巴差點掉下來，難道在這次災難中，莎拉又不知怎麼地想出辦法擺脫罪責？這整個災難可都是她的錯！

史蒂夫對克里斯說，「我們為這個專案投入二千萬美元，其中大部分都用在你的團隊，從我的立場來看，入不敷出的部門就該趁早關門，但由於你造成的損害，半個公司都弄得雞飛狗跳，幫你收拾爛攤子。」

他又對著我們兩個人說道，「在景氣好的時候，公司的淨利達到 5%，也就是說，要想賺到 1 百萬美元，就得賣出 2 千萬美元的產品，天曉得，我們在上個週末損失多少營業額，甚至永遠流失多少忠實客戶。」

他又開始來回踱步，「我們對客戶造成嚴重的傷害，他們都是需要開著妥善維修的汽車去上班的人，都是陪伴孩子一起成長的父親，更且，我們還把一些最好的供應商與客戶的事情給撤底搞砸。」

「為了安撫那些實際使用鳳凰專案的人，行銷部正在發放面值 100 美元的優惠券，為此，我們需要花費幾百萬美元，拜託！我們本該從客戶身上賺鈔票，而不是倒過來！」

身為一名前士官，我明白領導者必須在某些時候、某些場合叱責一些人，但這裡的情況也太超過了，「恕我冒犯，長官，難道這些我都不知道嗎？我給你打過電話，說明即將發生的事情，懇求你推延發佈時間，你不僅充耳不聞，還告訴我自己去說服莎拉，對這整件事，你又應該承擔什麼責任？或者說，她是你的大腦，負責幫你思考？」

我邊說邊意識到，這樣直言不諱，吐出真實想法，可能犯下不可挽回的大錯，也許是連續幾週的危機處理讓我肝火過旺，但是，刺激史蒂夫的感覺真是不錯，讓人覺得非常痛快。

史蒂夫停下腳步，指著我的額頭說，「我對責任的理解，比你一輩子所能體認的還要深，我受夠了你學電影《四眼天雞》（Chicken Little）的那一套，整日嚷嚷著天要塌了，事後再開心地說，"我早就告訴過你"，你得帶著實際的解決方案來找我。」

我衝著他說，「差不多兩週前，你的跟班莎拉提出這個瘋狂的計畫後，我就已經確確實實地告訴你會發生什麼事，我跟你提議過一個時間線，本可避免後面發生的災難，你現在卻說我理應做得更好？我洗耳恭聽。」我又刻意恭恭敬敬地加上一句，「長官。」

「好，我來告訴你，我需要你做什麼。」他冷靜地回答，「我需要業務部門告訴我，他們不再受你們 IT 部門的挾制，自我擔任 CEO 以來，這樣的投訴沒有間斷過，IT 部門拖累每一項重要的措施，同時間，眾家競爭對手卻把我們遠遠甩在身後，讓我們備受羞辱，該死，做什麼事兒都有 IT 部門的人在那裡礙手礙腳。」

他深吸一口氣，繼續說，「這些都不是我今天找你們來的原因，叫你們來，是要告訴你們兩件事，第一，托最後這次 IT 失敗的福，董事會堅持要我們好好研究拆分公司，他們認為，把這家公司分開出售會更值錢，我反對這麼做，但他們已經安排一些顧問，開始在公司內部進行可行性調查，對此，我已經無能為力。」

「其次，我不想再和 IT 部門玩俄羅斯輪盤的遊戲了，鳳凰專案恰恰告訴我，IT 部門也許無法勝任我們的發展需求，它也許根本不存在於我們的 DNA 裡，我已經授權迪克，讓他研究外包所有 IT 工作的可行性，並且責成他在九十天內選好供應商。」

外包所有 IT 工作，天哪。

那就意味著，在我部門中的每個人可能都會失業。

那表示，我可能也會丟掉飯碗。

突然間，我驚醒過來，意識到剛才激怒史蒂夫時感受到的得意與自信都只是幻覺，他大權在握，只要大筆一揮，就能把我們的工作統統外包給從地球上不知名角落冒出、報價最低的投標人。

我瞄了克里斯一眼，他看起來和我一樣震驚。

史蒂夫繼續說，「希望你們全力支持迪克。假如你們能在接下來的九十天內創造一些奇跡，我們會考慮保留 IT 部門。」

「謝謝你們，兩位紳士，請把柯爾斯頓叫進來。」他最後說。

「抱歉，我遲到了。」我說，重重地坐在克里斯對面的座位上

與史蒂夫面談之後，我們驚魂未定，決定一起吃個午餐，他面前放著某種水果飲，上頭裝飾著一把小洋傘。我一直以為他喝的飲料應該是粗曠型的風格 — 譬如，藍帶啤酒，而不是單身派對上的混合式飲品。

他幽默地笑著說，「相信我，我可沒心情去計較你遲到十分鐘的這種小事兒，點杯飲料吧。」

佩奇多次告誡我，不能相信這個人。佩奇對人有著敏銳的直覺，不過，當論及與我有關的人時，她就會變得充滿戒心，這一點讓我覺得有些好笑，畢竟，我是一個前海軍陸戰隊員，而她只是一個「好護士」。

「來一杯桶裝的比爾森啤酒，謝謝。」我對女服務生說，「再一杯蘇格蘭威士忌跟水，今天真是糟透了。」

「我也聽說了，沒問題，親愛的。」她笑著回答，又問克里斯，「你要再來一杯邁泰雞尾酒嗎？」

他點點頭，把空杯子遞給她。原來，邁泰雞尾酒就是這個模樣，我從來沒嘗過，我們海軍陸戰隊出身的人，總是很在意別人看到我們在喝哪一種酒。

克里斯端起水杯，說道，「為共赴法場乾一杯。」

我無精打采地笑了笑，同時端起杯子。不過，我覺得應該樂觀些，於是說，「也祝我們早點找到辦法爭取延緩執行。」

我們碰了碰杯子。

「你知道，我一直在琢磨，」克里斯說，「也許，把我們部門的工作全部外包出去，也不算太糟，我一直在從事軟體開發工作，早就已經習慣，大家都希望出現奇蹟，期盼那些不可能發生的事情，人們總是在最後一刻改變需求，不過，經歷了最近這個夢魘般的專案，我想，這或許是生命應該轉彎的地方 ...」

難以置信，克里斯一向充滿信心，甚至有點狂妄自大，看起來真的非常熱愛他的工作，「什麼轉彎？怎麼改變？你想在佛羅里達開一家邁泰酒吧之類的東西嗎？」

克里斯聳聳肩，當他的視線往下時，我能看到他眼睛下方的大眼袋，以及滿是疲憊的神態。「我曾經熱愛這份工作，但過去十年來，整個難度提高很多，技術日新月異，變化之快讓人很難再跟上。」

女服務生端來我們的飲料。在工作日的午餐時間喝酒，讓我感到有些內疚，但念頭一轉，又覺得自己完全有權利這麼做，在過去兩週裡，我奉獻給公司的個人時間已經太多。克里斯痛快暢飲一口，我也一樣。

他繼續說，「程式設計師們，乃至於像我這樣的管理者，每隔二、三年就要學一堆新東西，真的有點瘋狂，有時候是全新的資料庫技術，有時候是全新的編程或專案管理方法，或者新的技術交付模型，譬如說，雲端計算。」

「一個人能夠多少次把自己既有的知識全部放下，追逐最新趨勢？每隔一段時間，我就會捫心自問，「是不是從今年起就不再追逐新技術？我今後的職涯會不會一直在從事 COBOL 的維護，或者變成另一個過時的中階經理人？」

我同情地笑了。我選擇投入不那麼尖端的技術領域，還算怡然自得，當然，那是在史蒂夫把我扔進遍佈鯊魚的巨大水池之前。

克里斯搖搖頭繼續說，「要說服業務部門做正確的事情越來越困難，他們就像走進糖果店的小孩，需求無度，無理取鬧。他們從飛機上的雜誌讀到，可在雲端管理整個供應鏈，每年只要 499 美元，然後，這個想法突然就變成公司的主要方針，當我告訴他們事實並沒那麼簡單，並且闡述完成這項工作需要耗費什麼代價時，他們就不見蛋，到哪兒去了？去找他們的維尼表哥或其他推銷外包服務的傢伙談了，那些人許諾，能夠用十分之一的時間和價格完成這件事。」

我笑了，「幾年前，有個行銷部的人要求我的工作小組，針對一個資料庫報告工具提供支援，那個工具還是他們的暑期工讀生撰寫的，對一支只耗費一個人、二個月的時間就寫好的應用程式來說，那個工具還算不錯，接著，它就開始被應用於日常營運了，然而，到底要如何才能充分支援一個用 Microsoft Access 寫的玩意兒，並且確保它安全無虞？接著，稽核人員發現我們無法保證資料存取的安全性，我們花費好幾週的時間，才終於勉強拼湊出讓他們滿意的東西。」

「這就像是有人免費送你小狗，但後續的吃喝拉撒睡才是重頭戲呢。」我繼續說，「搞死你的不是前期的資本投入，而是後續的運行和維護。」

克里斯大表贊同，「對，完全正確！他們會說，“這隻小狗無法做到我們要求的所有事項，你能夠訓練它開飛機嗎？只要簡單編程一下就行了，對吧？”」

點完餐之後，我告訴他，我接受這個新職位時有多勉強，多不願意，以及對我的部門所承諾的工作職責感到多麼力不從心。

「有意思。」克里斯說，「是的，我們也在苦苦掙扎。我們以前從沒在產品發佈前出現那麼多問題，工程師們一直疲於應付各種故障帶來的版本更新，根本無暇顧及功能開發，而且部署工作需要花費的時間越來越長，以前只要十分鐘就能搞定的東西，現在需要一小時，然後變成一整天，一個週末，乃至於整整四天，我甚至還經歷過超過一週時間才能完成部署的情況，譬如說，鳳凰專案。」

他繼續說，「如果我們不能夠更迅速地進入市場，讓那些境外開發人員建構功能有什麼用？為了每次能夠多部署一些功能，我們不斷地延長部署間隔。」

他笑著說，「我上週參加一個會議，那個專案已經積壓很多待處理功能，產品經理們卻還在討論三年後要發展哪些功能！我們連有效制定一年的計畫都做不到，還說什麼三年！光是嘴炮有什麼用？」

我仔細聆聽著，鳳凰專案的情況是，它整合大量需求，提供市場需要的功能，迫使我們走捷徑，而那些捷徑導致日益惡化的部署工作。克里斯點出一個非常重要的惡性循環，那是我們必須打破的。

「聽著，比爾，我知道現在說這個有點太晚，但晚說總比不說好，我對自己在鳳凰專案大災難中扮演的角色深感抱歉，在柯爾斯頓的專案管理會議的一週前，莎拉找過我，詢問各種問題，她問我，最快什麼時候可以完成程式碼，我壓根沒有料到她會把那個時間理解為正式上線的日期，尤其是史蒂夫也在場，威廉預言這將是一場大災難，我本該聽他的話，是我誤判形勢。」

我凝視著他的眼睛，最後決定相信他，我點頭說，「謝謝你告訴我，別罣礙，事情過了就過了。」

我補充，「不過，別再那麼做了，要是你再這麼幹，我就打斷你的雙腿，然後讓韋斯去參加你的每一次員工會議，我可說不准究竟哪一個懲罰比較刺激。」

克里斯露出微笑，舉起酒杯，「為不再發生這樣的蠢事乾一杯，好嗎？」

好主意，我微笑，把我的酒杯跟他的碰了一下。

我乾了第二杯啤酒，「我真的很擔心，莎拉可能會處心積慮地把所有責任都推給我們，你知道嗎？」

克里斯從他的酒杯往上看著我說，「她就像個不沾鍋，什麼髒污都沾不到她身上，我們應該聯合起來，我會支持你，如果我看到她又想要什麼稀奇古怪的政治手段，我會提醒你的。」

「我也一樣。」我強調了一下。

我看看錶，時間是下午 1 點 20 分，該回去工作了，於是，我示意女服務生結帳，「這頓飯吃得好極了，我們應該多聚聚，每週碰一次面如何？思考一下該怎麼做，才能夠阻止外包所有 IT 工作的那種蠢主意。」

「當然。」他說，「我不知道你是怎麼想的，不過，我寧可敗得光榮，也不願坐以待斃。」

說完，我們握握手。

即使吃了點東西，我還是覺得飄飄然，心裡琢磨著要到哪兒找些薄荷糖，免得聞起來好像我整個上午都呆在釀酒廠一樣。

我看看手機上的行事曆，並且把所有會議都挪到下半週。下午 4 點，我在辦公室，收到一封克里斯發來的電子郵件。

寄件者：克里斯・阿勒斯

收件人：比爾・帕爾默

日期：9 月 16 日，下午 4:07

主旨：鳳凰專案發佈之後舉辦小派對

嘿，比爾…

今天的午餐聚會很不錯 — 聊得很開心。

為了慶祝鳳凰專案完成，我們臨時舉行一場小型即興派對，沒特別準備什麼，不過，我訂了一大桶啤酒、幾罐葡萄酒和簡單的食物，我們在 7 號大樓午餐休息室集合。

希望你們也過來參加我們的派對，在我看來，這仍是我在公司見過的最佳團隊合作。我也為你們部門的每個人都準備了美酒，絕對夠你們醉。:-)

一會見，

克里斯

我非常欣賞克里斯的態度，我想我的團隊也是，尤其是韋斯，我把這封電子郵件轉發給韋斯和帕蒂，請他們鼓勵每個人都去開心一下，這是他們應得的。

過了一會兒，我的手機震動，我看到韋斯發來的回信。

寄件人：韋斯・戴維斯

收件人：比爾・帕爾默，帕蒂・麥基

日期：9 月 16 日，下午 4:09

主旨：回覆：轉寄：鳳凰專案發佈之後舉辦小派對

真是混蛋，我手下的人員大都沒辦法去，我們還在忙著修復那些壞掉的交易資料呢，都是他們的破程式碼造成的。

還有閒功夫慶祝，不錯嘛，「大功告成」之類的，對吧？

韋斯

我嘆了口氣，雖然對於身在樓上的克里斯等人來說，這場危機可能已經過去，但是，像我們這樣待在地下室的人依然水深火熱。

儘管如此，我還是覺得我們部門的人都應該去派對轉一圈，露露臉，為了成就大事，我們必須和克里斯的團隊打好關係，構築一下人情往來，哪怕只是半小時。

我咬緊牙關給韋斯打電話。斯波克曾經說過，「只有尼克森才去得了中國」，也許，我應該學學尼克森。

第 15 章

9 月 17 日，星期三

儘管無法請一整天假，我還是擠出時間帶佩奇出去吃早餐，在我每天將分分秒秒投注在工作上的那段時間，是她獨自一人撐起了這個家。

我們去了「媽媽的家」餐廳，這是我們最中意的早餐餐廳之一，八年前，這家店剛開時，我們就來過了，這家餐廳開的時機很好，而且一直很受歡迎，老闆不僅在本地小有名氣，還寫了一本烹飪書，在新書巡迴簽名會期間，經常可以在電視上看到她。

見她大獲成功，我們非常高興，而且，即使在店裡人聲沸騰時，老闆也能一眼從人群中認出我們，我知道佩奇對此覺得很開心。

佩奇坐在桌子對面，我凝視著她的眼睛。週三早晨，這家餐廳居然這麼熱鬧，有談生意的人，有追求時尚的本地人 — 各類人在早晨做各種事，工作？休閒？放空？我也搞不清楚。

她手裡拿著一杯含羞草雞尾酒說，「謝謝你抽出時間來陪我 — 你確定沒有辦法一整天都陪我嗎？」

一開始，我原本不打算給自己點一杯，因為我不想在工作日喝任何酒精飲品，然而，連續二天，我聽見自己說，「管它的。」

我喝著橙汁加香檳，難過地笑著，搖搖頭說，「但願我可以，親愛的，假如我是在開發部，我就會像克里斯那樣，給整個團隊放一天假，然而，我們運維部的人還得為鳳凰專案大災難收拾殘局，我不知道什麼時候才能恢復正常生活。」

她緩緩搖頭，「真不敢相信，你才上任第三週，就已經完全變了樣，我不是在發牢騷，但我從沒見過你這樣心力交瘁，自從 ...」

她抬起頭來，沉思片刻，回想過去，再次看著我說，「從來沒有！在開車時，有一半的時間，你臉上都是這種心不在焉的神態，其餘時間，你又一直緊咬牙關，好像在腦海裡重演某個可怕的會議，你根本沒在聽我說的話，因為你對工作太全神貫注了。」

我開始道歉，但她打斷我說，「我不是在埋怨你，但我們總得放下工作和孩子，享受一下屬於自己的時間，不要破壞美好的時光。每次想到你在升職前有多快樂，我就不禁想，你為什麼要接受這個職位。」

我緊閉雙唇，雖然過去幾週經歷過那麼多痛苦，我還是覺得，由於我的貢獻，公司的情況已經好轉，而且，雖然工作外包的威脅迫在眉睫，但我仍然為自己挺身設法抵抗而感到自豪。

但五年多來，我是極少數能夠兼顧家庭與事業的人，現在，這個平衡已經完全被破壞了。

一位海軍陸戰隊的同僚告訴過我，他對自己的定位是：養家者，家長，伴侶，然後才是突發事件的應變者，依此順序。

我心裡琢磨著，首先且最重要的是，我最大的責任就是養家糊口，加薪有助於我們付貸款，而且可以讓我們開始為孩子們儲存大學教育基金，我們一直希望能夠這樣，所以我很難放棄現在這個職位，重新回到過去原地踏步、停滯不前的日子。

我們都覺得，與當初買房時相比，這間房子已經貶值。幾年前，我們曾經試著把它賣掉，搬去城市另一頭離她父母近一點的地方，但九個月後，我們打消念頭，停止買賣委託。

藉由職務的升遷，我們可以提早還清第二筆貸款，而且有可能，只是有可能，如果一切順利，或許幾年後佩奇就不用再出去工作。

但是，為此，我不得不日復一日地應付史蒂夫提出的各種不可能的任務，這樣值得嗎？

更糟的是：還得對付莎拉那個瘋子。

「看到沒？你又來了，讓我猜猜，」佩奇打斷我的思緒並且說道，「你還在想著你和史蒂夫一起開的某個會議，還有他怎麼變成一個十足的混蛋，沒有人能夠和他講道理，除了莎拉那個瘋婆子。」

我笑了，「你怎麼知道？」

她也笑了，「簡單，你的視線開始飄移，然後肩膀和下巴緊繃，雙唇抵在一起。」

我又笑起來。

佩奇的表情變得陰鬱，「我真希望他們當初選擇別人來做這份工作，史蒂夫完全知道怎麼讓你乖乖點頭，其實，他只不過是把話說得好像是你有責任拯救他的工作與整間公司。」

我緩緩點頭，「但是，親愛的，現在木已成舟 － 如果他們真的把所有 IT 業務都外包出去，我的部門就有將近兩百人失業，或者換去為某些不知名的外包公司工作，克里斯的部門也會有兩百個人遭殃，我真的覺得我可以阻止這種慘況發生。」

她看起來將信將疑，說道，「你真的覺得你和克里斯能夠阻止他們？聽你的口氣，他們顯然已經下定決心。」

我把悶悶不樂的佩奇送回家，在開車上班前，花了點時間在車道上看手機。

我很驚訝地看到韋斯發來一封鼓舞人心的電子郵件。

寄件人：韋斯・戴維斯

收件人：比爾・帕爾默，帕蒂・麥基

日期：9月19日，上午9:45

主旨：轉寄：喲！變更管理幫助我們死裡逃生！

夥伴們，看看這個，今天早上，一個資料庫管理員把這個訊息發給所有其他工程師。

>>> 以下為轉寄的郵件：

各位，新的變更流程今天早上保住我們的飯碗。今天，有兩組人馬同時對物料管理資料庫與應用程式伺服器進行變更，雙方都不知道對方的動作。

拉吉夫在變更牆上看到潛在的衝突，我們決定先做我的變更，完成之後再打電話給他。

好險，我們原本會把事情搞得一團糟的。

夥伴們，繼續弄好那些變更卡片吧！它們今天拯救了我們！

感謝拉吉夫、湯姆、雪麗和布倫特！

羅伯特

終於，出現好消息，預防措施有個問題，就是你鮮少能夠知道自己究竟避開了哪些災難。

但這次我們知道，很好。

更棒的是，這個消息並非來自經理人，而是來自基層工程師。

當我回到辦公桌時，看到筆電擴充基座上的便利貼，我笑了，我小心翼翼地打開電源，耐心等候幾分鐘，直到登入畫面出現，才把電腦插到擴充底座上。

沒有刺耳的警告聲，完全按照便利貼的提示那樣做，很好。

有人敲門，是帕蒂。

她說，「太好了，終於找到你，現在有空嗎？我想我們又遇到另一個問題了。」

「當然有空。」我說，「什麼問題？讓我猜猜 — 更多人抱怨變更管理？」

帕蒂搖頭，看起來很嚴肅，「比那個嚴重一些，去變更協調室說吧？」

我輕嘆一口氣，每次帕蒂把我叫去那裡，都是因為出現一些棘手的新問題，然而，問題就像雨中的狗屎，單單無視於它們的存在，是絕對沒辦法蒙混過關的。

我站起來說，「請吧。」

當我們來到會議室時，我看著變更白板，有些東西看起來非常不一樣，「啊哈！」我說。

帕蒂和我一起看著變更白板，她說，「啊，很清楚，但還是有一些出乎意料的事情，對不對？」

我只能咕噥一聲作為回應。

在變更白板上，直到上個禮拜四，一切都跟我的印象差不多，每天都有四、五十個變更，每個都標記為「已完成」，但是，之後幾天，幾乎沒有任何變更，彷彿有人把白板上的卡片全都拿掉。

「它們到哪兒去了？」

她指著房間一側的另一塊白板，她稱之為「待重新排程的變更」，下面有個籃子，裡頭滿是索引卡片。

估計大約有六百張。

我開始明白，我問，「這些變更沒有完成的原因是 ...」

帕蒂轉了轉眼珠，「發生鳳凰專案那樣的狀況，事情就會變成這樣，所有原本排定的工作都無效了，幾乎每一個會打字的人都被調去幫忙，直到現在，才能回到原來的崗位，你可以從白板上看到，今天是排定的變更重新開始按照計劃進行的第一天。」

基於某種理由，這似乎很重要。

接著，我突然想到。

我之前打過電話給埃瑞克，告訴他我已經發現四類工作當中的三類：業務專案、內部專案以及變更，他只是淡淡地說，還有一種工作類型，或許，那正是最重要的一種，因為它的破壞性實在很強。

剎那間，突然靈光一現，我覺得自己似乎知道第四類工作是什麼。

然後，突然間，我又茫然了，薄弱的認知一閃即逝，杳無蹤影。

我說，「該死！」

帕蒂疑惑地看著我，但我試圖抓住那片刻的清醒，完全沒有理會她。

我看著變更白板上沒有索引卡片的那個部分，真的好像有一隻巨大的黑手，把我們精心計畫的變更卡片從白板上一掃而空，當然，我們知道那是什麼造成的：鳳凰專案的失敗。

但是，鳳凰專案並不是第四種類型的工作。

也許，我正在尋找的東西就類似暗物質（dark matter），只有在它替換其他物質，或者與其他可見物質相互作用時，才能感知它的存在。

帕蒂稱之為「救火」，但我想那也是工作，顯然，它讓所有人通宵達旦地加班，而且它替換掉所有計劃好的變更。

我轉向帕蒂，緩緩地說，「讓我猜猜，布倫特也沒完成他手上與鳳凰專案無關的變更，對不對？」

「當然沒有！你當時也在場，對吧？」她盯著我說，好像我長了八顆腦袋似的，「布倫特沒日沒夜地投入回復工作，建構各種新工具，維持所有的系統和資料正確無誤，因此，所有其他事情全部被他丟一邊。」

那些救火的工作替代了原本計畫的工作，不論是專案，還是變更，通通都一樣。

啊 ... 我明白了。

什麼可以代替計畫內的工作？

是計畫外的工作。

當然囉。

我放聲大笑，帕蒂擔心地看著我，甚至後退了一步。

難怪埃瑞克說它是最具破壞性的一類工作，跟其他工作類型不同，它並非實質的「工作」，其他三種工作都是基於需求而事先計畫好的。

然而，計畫外的工作阻止你進行其他三類工作，就像物質（matter）和反物質（antimatter），在計畫外的工作面前，所有計劃內的工作都被熾熱的怒火點燃，燒毀周圍的一切，就像鳳凰專案那樣。

在我擔任 IT 運維部副總且為期不長的這段期間，我的很多工作都是在防止發生計畫外的工作：更妥善地協調變更，避免它們失敗，確保對故障與服務中斷做出有秩序的處理，避免干擾關鍵資源，不惜任何代價，讓布倫特不再淪為 ...

我主要是憑直覺在做這些事情，我知道我必須做，因為大家都把力氣耗費在錯誤的事情上，我想方設法採取一切必要措施，防止大家去做彌補錯誤的工作，更確切地說，計畫外的工作。

我一邊大笑一邊揮舞雙臂，好像剛剛在六十碼外射門成功，踢進致勝的一球，我說，「對，我明白了！的確是計畫外的工作！第四類工作就是計畫外的工作！」

當我看到帕蒂顯得既困惑又擔憂時，我趕快將興奮之情緩和下來。

「稍後再向你解釋。」我說，「你剛才究竟想讓我在變更白板上看什麼？」

她嚇了一跳，隨即回神，再一次指著上週「已完成變更」的空白部分，「我知道，當有 60% 的變更沒完成時，你會很擔心，所以我猜想，100% 的變更都沒完成時，你一定會抓狂，對吧？」

「是啊，做得好，帕蒂，繼續保持！」我興高采烈地說。

然後我轉身朝門口走去，伸手拿出手機，我得打電話給一個人。

「嘿！」帕蒂大喊，「你不告訴我發生什麼事嗎？」

我回頭喊道，「稍後！我會的！我保證！」

我回到辦公桌，四處翻找埃瑞克給我的紙條，我肯定沒把它扔掉，但老實說，我當時並不認為自己還會用到它。

我聽到艾倫在我身後說，「需要幫忙嗎？」

很快地，我們兩個人都在我的辦公桌上四處翻找那張小紙條。

「是這個嗎？」她問道，手裡拿著一個從收件箱裡找出來的東西。

我走近一看，是的！正是埃瑞克給我的那張兩吋長、皺巴巴的紙條，看起來就像是一張口香糖包裝紙。

我從她手上把紙條拿過來，高高舉起，說道，「太好了！謝謝你幫我找到它 — 信不信由你，這可能是近幾年來對我最重要的一張紙條。」

我決定坐在戶外講電話，在秋日明媚的陽光下，我看到停車場附近的一張長椅，我坐下來，天空湛藍，萬里無雲。

我打電話給埃瑞克，鈴聲一響，他馬上就接，「嘿，比爾，在鳳凰專案墜毀，並且燃燒得那麼引人注目之後，你們過得還好嗎？」

「是呀，嗯 ... 情況正在改善。」我說，「你或許已經聽聞，我們的 POS 系統當機，還發生小小的信用卡號外洩事故。」

「哈！“小小的信用卡號外洩事故”，我喜歡這種說法，就像是“小小的核子反應爐熔毀事故”，我要把這句話好好記下來。」他嗤之以鼻地說。

他低聲竊笑，彷彿早就預言過會發生這種等級的災難，仔細想來，確實如此，當我第一次在會議室裡遇到他時，他說，「鳳凰專案會清空你的行事曆」。

我意識到，那就和清空變更白板一樣，我為自己沒能早點發現他提示的線索而感到懊惱不已。

「相信你現在已經能夠告訴我總共有哪四種工作類型了吧？」我聽到他在問我。

「是的，我想可以的。」我說，「在工廠裡，我告訴你一種，也就是業務專案，例如，鳳凰專案。」我說，「後來意識到，我沒提到內部 IT 專案。一週之後，我又瞭解到變更也是另一種工作。然而，直到鳳凰專案失敗，我才弄明白最後一種，因為它阻礙了所有其他工作的完成，也就是最後一種，對嗎？救火工作，亦即，計畫外的工作。」

「完全正確！」埃瑞克說，「你甚至使用我最喜歡的字眼來描述它：計畫外的工作，救火是很生動的描述，但"計畫外的工作"更好，或許稱之為"反工作"更好，因為這個用詞進一步突顯出它的破壞性，以及可避免的本質。」

"與其他種類的工作不同，計畫外工作是恢復性工作，幾乎總是讓你遠離目標。因此，知道你的計畫外工作從何而來就顯得格外重要。"

他肯定我的答案，我開心地笑了，甚至很怪異地感到特別高興，因為他的話還證實了我針對計畫外工作提出「反物質」的見解。

他說，「你剛才提到的變更白板是什麼？」

我告訴他，我企圖設置某種變更流程，提升變更會議的商討內容，不要侷限於"變更表格裡有多少個欄位"，促使大家把想要實施的變更寫在索引卡片上，而且我們必須在變更白板上對這些卡片作調整。

「非常好。」他說，「你已經發展出視覺化的工作管理工具，並且讓工作在整個系統中運作起來，這是"第一步工作法"（The First Way）的重點，在開發部與 IT 運維部之間建立快速的工作流，看板（kanban board）上的索引卡片是做這件事的最好機制之一，因為每個人都能夠清楚地看到在製品。現在，根據"第二步工作法"（The Second Way），你必須設法根除計畫外工作的最大來源。」

目前為止，我一直糾結於工作的定義，早已忘記埃瑞克和他的「三步工作法」，我以前對這些話不屑一顧，但現在，我認真聆聽他所說的每一個字。

在接下來的四十五分鐘裡，我發覺自己把短暫上任以來的整段歷程都告訴他，我滔滔不絕地訴說著種種災難，以及我如何試圖平息這一團混亂，只有在埃瑞克大笑不已時才會被打斷。

我說完後，他說，「你比我原本以為的走得更遠：你已經開始著手穩定運維環境，開始以視覺化的方式管理 IT 運維部裡的在製品，而且你已經開始保護你的約束點 — 布倫特，另外，你還強化了一種紀律嚴明的工作氛圍，做得很好，比爾。」

我皺起眉頭說，「等一下，布倫特是我的約束點？這話是什麼意思？」

他回答，「啊，好吧，如果要討論下一步行動，你一定得瞭解什麼是約束點，因為你必須提高工作流量。現在，這是最重要的事情。」

埃瑞克開始採用一種講課的語調說道，「你說你在商學院學過工廠運營管理，我希望你在課堂上已經讀過高德拉特博士的《目標》，要是你手頭上沒有這本書，那就趕快去找一本，你會需要它的。」

我想我那本應該在我家書房，我快速寫下一張字條，提醒自己去把它找出來。他繼續說，「高德拉特教導我們，在多數工廠裡，總有那麼一小部分資源，不論是人員、機器或原物料，會決定整個系統的產出，我們稱之為約束點（constraint）— 或瓶頸（bottleneck），兩者皆可，隨便你怎麼稱呼它。除非你建立可靠的系統，妥善管理通往約束點的工作流，否則，約束點經常是被浪費的，也就是說，約束點可能在很大程度上未充分被利用。」

「那表示，你並未提供業務部門全部的可用火力，可能也意味著，你沒有償清技術債，因此，隨著時間推移，你遇到的問題與計畫外的工作量會不斷地增加。」他說。

他接著說，「你已經識別出這個叫布倫特的人是回復服務的約束點，相信我，你將發現他還約束了很多其他重要的工作流。」

我試著打斷他，詢問問題，但他兀自滔滔不絕地說著，「高德拉特在《目標》裡描述五個核心步驟，第一步就是確認約束點，恭喜，你已經完成這件事，繼續加油，直到確認那確實是整個部門的約束點，因為如果弄錯的話，無論你做什麼都是無濟於事的。記住，任何對非約束點的改善都只是鏡花水月，懂嗎？」

「第二步是充分利用約束點。」他繼續說，「換言之，確保約束點不浪費任何時間，永遠不要讓約束點因為遷就其他資源而枯等，而是讓它聚焦於 IT 運維部當前對公司其他部門所需完成之工作中優先等級最高的那一項。永遠都要這樣。」

我聽見他用鼓勵的語氣說，「你已經從幾個面向充分運用約束點，做得很好，你已經減少計畫外工作和服務中斷倚賴布倫特的程度，甚至開始想辦法更妥善地利用布倫特來進行另外三種工作：業務專案、內部 IT 專案以及變更。記住，計畫外工作會讓你失去處理計畫內工作的能力，因此，你總是必須不惜一切地設法消除計畫外的工作，墨菲法則確實存在，因此，總是會有計劃外的工作，無論如何，你必須有效率地處理它們。嗯，還有很長的路要走。」

他用更嚴肅的語調說，「不過你已經準備開始思考第三步，也就是讓所有其他活動配合約束點。在約束理論（Theory of Constraints）中，這通常是由名為"限制驅導式排程法"（Drum-Buffer-Rope）的機制來實施的。《目標》的主角，艾歷克斯，發覺速度最慢的童子軍，赫比，實際決定了整支隊伍的前進速度，因而瞭解這個道理，艾歷克斯把赫比調到隊伍前頭，防止孩子們超前太遠。後來，艾歷克斯開始在他的工廠裡根據熱處理爐的工作效率來安排生產進度，熱處理爐就是工廠生產線的瓶頸或約束點，也就是他在現實世界裡的赫比。」

「在《目標》出版整整二十年後，」他繼續說，「大衛．安德森發展出在軟體開發與 IT 運維中使用看板來發佈工作及控制在製品的技術。你可能對此很感興趣，你和潘娜洛普最後也是使用變更白板來解決流程管理的問題。」

「那麼，這是你的家庭作業。」他說，「弄清楚如何根據布倫特來設定工作節奏，一旦將 IT 運維與工廠的工作適切地對應起來，情況就會變得很清楚，你找到答案之後，再給我打個電話。」

「等一下，等一下。」我趕在他掛斷電話前急忙地說，「我會完成家庭作業的，不過，我們是不是沒抓到這整件事的要領？明明是鳳凰專案導致所有計畫外工作的產生，我們現在為什麼要盯著布倫特？難道不應該先跟開發部好好把鳳凰專案的問題檢討一下？畢竟，那才是所有計畫外工作的真正源頭。」

「你現在的口氣聽起來跟吉米沒兩樣，怨天尤人，對無法控制的事情抱怨有何用？」他輕嘆一口氣，「所有問題的根源當然是鳳凰專案，然而，要怎麼收穫就得怎麼栽，你在開發部的同僚賈斯特把所有的工作週期都花費在功能開發上，完全沒用在穩定性、安全性、可擴展性、可維護性、可操作性、接續互通性、等其他類似的美妙軟體特質上。」

「而在生產線的另一端，吉米老是在木已成舟後還不斷想方設法改造生產控管。」他語帶嘲諷地說，「那是徒勞無功，沒有希望，永遠行不通的！你們必須把一些所謂的"非功能性需求"（nonfunctional requirement）的東西設計到產品中，但問題在於，那個最瞭解你們的技術債是什麼，以及如何建構程式碼因應運維需求的人實在太忙了，你知道那個人是誰，對吧？」

我嘟囔地說，「布倫特。」

「對。」他說，「布倫特的問題不解決，你就只能一直派他去參加開發部的設計和架構會議，但他絕對不會出席，因為 ...」

再次收到提示，我馬上回答，「計畫外的工作。」

「很好！」他說，「你在這方面已經進步不少，但在你覺得志得意滿之前，我還是要告訴你，你在"第一步工作法"的面向上還缺少一塊，吉米在稽核合規方面的表現告訴我們一個問題：他無法區分與業務相關或無關的工作，附帶一提，你也有同樣的問題，記住，重點不單是減少在製品，相較於把更多工作投入系統，將不需要的工作從系統中剔除甚至更重要，為此，你得知道，與達成企業目標息息相關的東西是什麼，不論是專案、運營、戰略、合規、安全性等，通通都有可能。」

他繼續說，「記住，重要的是結果，亦即，完成的產品 — 而非過程、控管或任何無關緊要的事情。」

我嘆了一口氣，正當我覺得對約束點的瞭解夠具體時，埃瑞克又再次變得高深莫測，讓人捉摸不住。

他說，「別煩躁，等你弄清楚如何有效控制派送給布倫特的工作量時，就給我打個電話。」隨即掛斷電話。

我還沒回過神，試著再撥兩次電話，但馬上就被轉到他的語音信箱。

我坐在長椅上，身體往後仰，深吸一口氣，強迫自己享受一下和煦的陽光，靜靜地，我聽見啁啾的鳥鳴，以及從公路上遠遠傳來的熙攘車聲。

在接下來的十分鐘裡，我把記得的內容盡可能地寫在筆記本上，試圖把埃瑞克所說的一切拼湊起來。

寫完之後，我走向辦公大樓，給韋斯和帕蒂打電話，我十分清楚自己應該做什麼，並且興奮得摩拳擦掌，躍躍欲試。

第 16 章

9 月 18 日，星期四

我坐在辦公桌前處理一些雜七雜八的枝節瑣事，艾倫跑過來，手裡拿著一份電子郵件的列印本，是迪克發的，警示全體管理人員，公司發票系統發生重大故障。今天稍早，有員工發現，我們沒給客戶開發票，通知付款，這種情況已經持續三天，別的不說，這表示，客戶一直都沒有按時付款，也就是說，到本季末，公司會產生一些現金缺口，銀行的現金存款將低於原本的財務計畫，如此一來，公司在發佈財報時，便會面對各種令人不快的難堪與質疑。

從電子郵件的措辭來看，迪克顯然暴跳如雷，而且，想當然耳，他手下的應收帳款與財務團隊從上到下應該都已經忙翻，全像熱鍋上的螞蟻，疲於應付這個嚴重的故障。

寄件人：迪克．蘭德里

收件人：史蒂夫．馬斯特斯

副本：比爾．帕爾默

日期：9 月 18 日，下午 3:11

優先等級：最高

主旨：即刻處理：由於 IT 故障，可能產生 5 千萬美元的現金缺口。

所有的客戶發票都卡在系統裡或從系統中遺失，我們甚至無法擷取它們，再透過電子郵件手動將發票寄送出去！

我們正在想辦法恢復正常營運，大約 5 千萬美元的應收帳款被卡在系統中，在本季末，這些應收帳款將不會出現在我們的現金帳戶裡。

趕快派你的 IT 人員把它修好，這件事在我們的季報中造成的漏洞將是無法掩蓋的，甚至無法對外解釋。

史蒂夫，打個電話給我，我準備去跳樓了。

迪克

我們在 NOC 會議室全員集合，帕蒂首先描述整個事件，再向大家展示過去 72 小時的所有相關變更，對此，我感到非常滿意。

在她說完之後，我肯定地對整個團隊說，「我首先想到的是弄丟交易的風險，各位女士、各位先生，我再明確強調一次：未經我的批准，什麼都不准碰。我們現在處理的不是一個服務中斷，我們面臨的處境非常艱險，很可能意外弄丟訂單紀錄或應收帳款資料，這讓我膽顫心驚，各位應該深有同感。」

「正如帕蒂所言，我們要弄清楚發票系統故障的時間線，並且推論可能原因。」我說，「這是我們的“阿波羅 13 號時刻”，我就是休士頓地面控制中心的金．克蘭茲，我不想要任何臆測，我要的是基於事實的推論，回到你們的螢幕前，把時間線和資料匯總起來，我希望聽到你們提出關於前因後果的最佳見解。只許成功，不許失敗。」

下午 6 點，帕蒂的團隊彙整多方資料，列出二十多個潛在的故障原因，經過進一步的調查，其中八個被視為可能的原因。

考慮到在他們完成調查之前，聚在一起開會並沒有什麼意義，於是，大伙商定今晚 10 點再次開會。

一方面，我覺得十分沮喪，團隊又陷入另一場危機，我們的時間又被突發的、計畫外的工作給佔據。另一方面，我對井然有序的事故調查深感滿意，並且迅速給佩奇發了封簡訊，告訴她我很快就會回家吃晚餐。

我和格蘭特一起坐在床上，試著哄他睡覺，並且把服務中斷的事情暫拋腦後，我聽見他說，「爸爸，為什麼湯瑪斯蒸汽小火車沒有補給車廂？為什麼？」

我微笑，低頭看著他，對三歲大的兒子想到的問題感到訝異，我們一如往常地共度夜晚的閱讀時光，我很高興又能做這件我每晚都會做的事情，或者說在全力投入鳳凰專案的回復工作之前，我每個夜晚都這樣做。

大部分的燈都關掉了，但還留一盞微亮的小燈，格蘭特的床上有一疊書，今晚，我們已經讀到第三本了。

因為一直在唸書，我感覺有點口渴，很想稍作休息，在網路上搜尋一些關於火車補給車廂的資訊。

我十分欣慰孩子們好奇心強並且熱愛讀書，但有時候，我實在太疲累，以致於在晚讀時間睡著，我老婆走進房間，看到我睡著了，臉上蓋著格蘭特的書本，而格蘭特也依偎在我身旁進入夢鄉。

雖然很累，但能夠早點回家和大兒子重拾晚讀時光的樂趣，還是讓我感到非常欣慰。

「是啊，爸爸，我們得查查。」格蘭特要求，我對他微笑，從口袋裡掏出手機，準備在 Google 上搜尋「蒸汽火車頭補給車廂」。

不過，我先迅速瀏覽一下手機，看看有無客戶發票故障的最新消息。我很驚訝，短短兩週的時間能有這麼大的改變。

在上次導致信用卡處理系統故障的嚴重級別 1 的事故中，電話會議裡烽火漫天，充斥著指責、否認與埋怨，最重要的是，在客戶無法付款時，我們卻湊在一起浪費寶貴的時間。

後來，我們持續進行一連串客觀的事後調查，搞清楚事情的來龍去脈，並且提出預防再次發生類似狀況的辦法，更棒的是，帕蒂率領全體人員展開一系列故障模擬的會議，演練全新的處理程序。

實在太棒了，連韋斯都看到其中的價值。

我很開心地看到，所有電子郵件都反映出一些好消息，包含故障處理團隊提供的許多寶貴的資訊及有效的討論，工作人員持續暢通溝通管道，包括電話會議，網路聊天室等，我打算在晚上 10 點打電話進去，看看事情進展得如何。

現在時間 9 點 15 分，我還有一些時間可以陪陪格蘭特，他應該很快就會睡著。

他輕輕推我一下，顯然希望我在搜索蒸汽火車頭方面能有更多進展。

「對不起，小格蘭特，爸爸失神了。」我邊說邊開啟瀏覽器，我很驚訝，居然有那麼多關於湯瑪斯蒸汽小火車的搜尋結果。湯瑪斯蒸汽小火車是一套叢書，涵蓋玩具火車、服飾、影音產品、彩色繪本等價值數十億美元的特許經營權。我有兩個兒子，似乎注定很快就得每樣都買上兩個。

我正在看維基百科上一條比較可靠的火車相關詞條，手機振動，螢幕顯示「史蒂夫・馬斯特斯來電」。

我輕嘆一口氣，看看手錶，晚上 9 點 15 分。

我最近和史蒂夫的會面和通話次數實在太多，我心中不禁懷疑，這樣的會議不知還能參加多少次。

另一方面，在鳳凰專案的災難發生之後，相較之下，每一個服務中斷和故障都顯得微不足道，不是嗎？

我輕聲說，「等一下，格蘭特，爸爸接個電話，很快就回來。」我從他的小床上跳下來，走到黑暗的走廊上。

還好，幾秒鐘前，我剛瀏覽過關於這次服務中斷的全部電子郵件往來，我深吸一口氣，然後按下接聽鍵。

我說，「我是比爾。」

史蒂夫的大嗓門在我的耳邊響起，「晚安，比爾，打擾了，迪克當然已經告訴過你客戶發票故障的事情？」

「是的，當然。」我回答，對他的語氣感到有些吃驚，「今天下午早些時候，我的團隊通報重大故障，接著，我們就一直在處理這件事，我每個小時都會發送一份狀態報告，今晚稍早，迪克和我通過電話討論了將近 20 分鐘，我知道問題很嚴重，我的團隊正遵循著薪資核算故障發生後制定的流程來處理這件事。流程正順利運作，我感到非常滿意。」

「嗯，我剛和迪克通過電話，他告訴我，你在拖拖拉拉。」史蒂夫說，顯然很生氣，「我大半夜打電話給你，當然不是要跟你閒話家常，你瞭解事情的嚴重性吧？再一次，因為 IT 出問題而影響全公司，現金是公司營運的命脈，若是無法給客戶開發票，通知付款，我們就收不到白花花的銀兩！」

我用以前訓練出來的方法應付這麼氣急敗壞的人，我冷靜地重述了先前說過的話，「如我所言，我今天稍早跟迪克談過，他已經把所有利害關係都強調得非常清楚，我們已經啟動新的事故處理流程，並且正有條不紊地調查造成故障的可能原因，我的人馬正在進行我要求他們做的事情，因為面對這麼多不確定因素，妄下結論真的很容易把事情弄得更糟糕。」

「你在辦公室嗎？」我語音未落，史蒂夫就厲聲詰問。

這個問題讓我措手不及。

「嗯 ... 不，我在家裡。」我回答。

他擔心我把故障處理的事情委交別人處理？為了強調我在本次危機處理過程中的角色，以及我對團隊的期望是什麼，我說，「我十點鐘會打電話到戰情室瞭解進展情況，跟平常一樣，我們已經安排值班人員在現場，而且那些需要守在崗位的人員全都已經各就各位。」

最後，我直率地問道，「史蒂夫，你能告訴我你在想什麼嗎？局勢正在我的掌控之中，你現在還有什麼需要知道的？」

他氣急敗壞地回答，「我需要你保持緊迫感，迪克和他的團隊正在挑燈夜戰，為六個工作日之後就要提交的季報拼盡全力，不過，我想我已經知道事情的結果會如何。」

他繼續說，「我們很可能無法完成已經向董事會承諾的每一個目標：營收、現金、應收帳款 — 所有一切。事實上，我們向董事會承諾的每一項指標都會出差錯！這次事故也許會證實董事會的臆測，那就是我們已經完全失去繼續管理這家公司的控制力！」

現在，史蒂夫幾乎是在咆哮，「所以，比爾，我要你做的就是絕對充分地掌握局勢，別讓我的 CFO 說你在拖拖拉拉，房子已經著火，而我只聽到你在說什麼釐清整體圖像與時間線，你到底是怎麼回事？難道你不敢把人從床上挖起來？」

我再次說，「史蒂夫，假如我認為那有幫助，我一定會讓所有人今晚都在資料中心開夜車，為了鳳凰專案，有些人已經快一星期沒回家了，相信我，我明白房子已經著火，但當務之急是先瞭解通盤的情勢，在派遣救火隊拿著消防水管撞破大門之前，我們至少得派人在前院探察一下情況，否則，最終連隔壁的房子也會燒個精光！」

我意識到自己不自覺地拉高嗓門，而現在已經是孩子們的就寢時間，屋裡本來是非常安靜的，我壓低聲音接著說，「請別忘了，在薪資核算故障期間，是我們自己的行動讓服務中斷更加惡化的，要不是有人弄壞 SAN，讓我們對服務中斷的處理時間整整延長六個小時，或許，我們原本可以在工作日回復薪資核算的，更何況，因為莽撞行事的關係，我們甚至差點遺失薪資核算資料！」

我希望冷靜理智的話語能夠打動他的心，但是他一開口，我的希望隨即落空，他說，「喔，是嗎？我可不認為你的團隊同意你，你跟我介紹過的那個聰明傢伙，叫什麼來著的？鮑勃？不對，布倫特，我今天稍早跟他談過，他對你的做法抱持著懷疑的態度，他認為你目前的處置方式讓實際的工作執行者無法完成自己必須完成的工作，布倫特現在在做什麼？」

該死。

我喜歡開誠布公，總是設法讓全體團隊成員都能觸及我的上司和公司，但這樣做總是有風險。

譬如說，讓布倫特對 CEO 灌輸他的瘋狂見解。

「我希望布倫特在家裡，因為那正是他現在應該待的地方。」我回答，「在我們確切知道哪裡出錯之前，我希望他按兵不動，聽著，問題的根源經常是像他那樣的高手，每次只要讓布倫特接手任何工作，就明擺著我們還是擺脫不了對他的依賴，若是少了他，我們就修不好任何故障！你真的希望永遠這樣下去嗎？」

我懷疑史蒂夫是否還在聽，但仍然開口繼續說，「以目前這種混亂的運作方式來看，布倫特每天都必須修理千瘡百孔的破船，但我非常肯定，布倫特本身也是船身不斷被鑿破的根本原因之一，當然，我這樣說並無惡意，然而，按照我們目前處理工作與修正服務中斷的做法，就是會產生這些永遠擺脫不掉的副作用。」

他沉默片刻，然後堅定而緩慢地說，「很高興你分析得頭頭是道，但我們面對的是失控的野火，目前為止，大家全都按照你的方法行事，但從現在起，要按照我的方法行事。」

「我要你把布倫特召來，我要他捲起袖子幫忙修復這次服務中斷，不只是布倫特，我要所有人的眼睛都盯著螢幕看，所有人的手指都放在鍵盤上，我是柯克艦長，你是斯科蒂【譯註 1】，我現在需要曲速推進（warp speed）【譯註 2】，所以馬上讓你手下那幫懶骨頭工程師給我爬起來！明白我的意思嗎？」

史蒂夫放聲大吼，我只好把手機拿得離耳朵遠一點。

突然間，我感到怒不可抑，史蒂夫又要把事情搞砸了。

我回想起自己的軍旅生涯，最後說，「先生，請容我自由發言好嗎？」

【譯註 1】 在《星際迷航記》中，“進取號”的艦長柯克與輪機長斯科特。

【譯註 2】 在《星際迷航記》中，曲速推進是一種假想的超光速推進系統。

我聽見史蒂夫在電話另一頭輕蔑地哼了一聲作為回應，「好，有屁快放。」

「你覺得我太過小心，還覺得我對該做的事情猶豫不決，但你錯了，大錯特錯，」我非常堅定地說，「若是按照你的提議，基本上就是“全體就位”，然後呢？我敢保證，那樣只會把事情弄得更糟。」

我繼續說，「我試著告訴你，某些事情和鳳凰專案上線之前非常類似，目前為止，我們的服務中斷處理未經充分訓練，更且，現在的情況相當複雜，各種不確定因素非常可能觸發其他地雷，或許，我還無法確切掌握導致客戶發票問題的根本原因，但是，根據我的瞭解，我敢斷定，你的提議絕對是非常糟糕的主意，我強烈建議按照現行的做法繼續進行。」

我屏住呼吸，等待他的回應。

他緩緩地說，「比爾，你這麼想，我很遺憾，但決定權在我，聽清楚，馬上進入一級戰備，去把那些最聰明的傢伙找出來解決問題，在問題解決之前，我要你每兩小時向我彙報一次這個 IT 故障排除的最新進展，明白嗎？」

我未加思索便脫口而出，「我不明白你為何需要我去做這件事，你已經在跟我的下屬直接溝通，手裡又握著決策大權，你自己去幹吧，我不會為這次“糟糕透頂”（FUBAR）的結果背書的。」

在掛斷電話前，我最後丟下一句，「我明天一早就遞辭呈。」

我拭去額頭上的汗水，抬頭看到佩奇瞪大眼睛注視著我。

「你瘋了嗎？你辭職？就那樣？以後怎麼付帳單？」她問道，音調越來越高。

我關掉手機鈴聲，把它放回口袋，說道，「親愛的，我不清楚你究竟聽到多少內容，不過，聽我解釋 ...」

第2部

第17章

9月22日，星期一

從我辭職四天以來，佩奇沒完沒了地焦躁不安，另一方面，我驚訝地發現自己晚上睡得安穩多了，彷彿肩上卸下某種無形的重擔。

沒有電子郵件和緊急事件的干擾，整個週末寧靜平和。直到上週四，我還不停地收到那些訊息，但現在我已經刪除電子郵件帳號，還封鎖掉簡訊。

感覺好極了。

我叫佩奇別把格蘭特帶回娘家，我想帶他去探險，佩奇茫然地笑了笑，然後幫我收拾好格蘭特的湯瑪斯蒸汽小火車背包。

上午8點，我們出門，快樂地走向火車站，幾個月前，我就答應帶他到那兒去，整整一小時，我們目送一輛輛火車離去，我對格蘭特的開心雀躍感到驚奇不已，雖說前途未卜，但能夠與他共處美好時光，我真的覺得好幸福。

我拍下格蘭特開心尖叫，指著過往柴油火車的照片，同時想到，在過去一個月裡，我幾乎沒給兩個孩子拍過任何照片。

正當我們玩得開心時，我的手機響起，是韋斯打來的，我沒有接，讓它轉到語音信箱。

他又打了幾遍，每次都留下新的語音訊息。

接著，帕蒂打來，我同樣讓它轉到語音信箱，電話又接連響了三次，我氣惱地咕噥著，「拜託，你們這些傢伙 ...」

「我是帕爾默。」我接起電話。

「比爾，我們剛從史蒂夫那裡聽到一個消息。」帕蒂說，聽起來好像是用免持聽筒，語調中帶著出人意表的憤怒，她繼續說，「我把韋斯加進來了，我們兩個都非常震驚，上週五沒看到你參加 CAB 例會，就知道事情不大對勁，我實在不敢相信，你居然在這次服務中斷的處理期間辭職 — 而且是在我們已經取得那麼多進展之後！」

「嗯，兩位，這件事情和你們無關。」我解釋道，「史蒂夫與我對如何解決這次重大發票故障發生了無法調和的意見分歧，我相信，沒有我，你們也會做得很好。」

說到最後，我覺得自己有些言不由衷。

「嗯，你走之後，我們徹底搞砸了。」韋斯說，語氣聽起來十分急迫，這證實了我最擔心的事情，「史蒂夫堅持要我們把所有工程師都叫過來，包括布倫特，他要求每個人都要有"緊迫感"，並且必須"手不離鍵盤，人不得空閒"，顯然，我們無法有效整合每個人的力量，而且 ...」

未待韋斯把話說完，帕蒂接著說，「我們無法確定，但至少事實擺明，現在庫存管理系統也完全當掉，沒有人知道工廠與倉庫的庫存量，也沒有人知道需要補充哪些原物料，財務人員準備集體跳樓，因為他們恐怕無法按時完成本季結算與財報。由於這些系統全部當機，沒有人能夠拿到計算銷售成本、毛利和淨利所需的資料。」

「天呀。」我一時語塞，最後終於說出，「難以置信。」

格蘭特抓著我的手機不放，想要藉此吸引我的注意，我說，「嗯，兩位，我正忙著跟我兒子做一些重要的事情，不能說太久，不過請放心，我對我們共同完成的每一件事情都感到非常驕傲，而且我知道，你們一定能夠在沒有我的情況下度過這次危機的。」

「那就是個爛攤子，你也知道。」帕蒂說，「你怎麼能夠眼睜睜地看著我們陷在這樣的困境裡？我們原本計畫要一起完成很多改善，可是，你就這樣一走了之，讓所有事情半途而廢！我一直不認為你是那種會輕言放棄的人！」

「沒錯，在我看來，現在抽身實在不夠厚道。」韋斯附和著。

我嘆了一口氣，我永遠不會告訴他們，我和史蒂夫之間那些令人沮喪、荒唐至極的對話，那是他跟我之間的事情。

「很抱歉讓你們失望，但我不得不那麼做。」我說，「你們可以搞定的，只是別讓史蒂夫或任何其他人把你們管得綁手綁腳，你們是最瞭解 IT 系統的人，所以別讓任何人恣意發號施令，好嗎？」

我聽見韋斯咕噥了一句，「太遲了。」

格蘭特已經試著掛斷我的手機，「夥計們，我得掛電話了，稍後再聊好嗎？加油。」

「好吧，當然。」韋斯說。

「嗯，謝謝你。」帕蒂說，「回頭聊。」

說完，電話就掛斷。

我長嘆一口氣，然後看著格蘭特，放好手機，再次把注意力集中在他身上，想要繼續剛才被打斷的幸福時光。

在開車回家的路上，手機又響起，格蘭特在後座睡著了，這次是史蒂夫打來的。

我現在沒興趣和他說話，就讓電話轉到語音信箱。手機又接連響了三次。

我開車進車庫，下車，把格蘭特從兒童安全座椅上抱下來，盡量不吵醒他，抱著他來到屋前，看見佩奇，我指著格蘭特，用嘴型無聲地告訴她，「睡著了。」我輕手輕腳地走上樓梯，把他放到小床，脫下他的小鞋子。

我鬆了一口氣，帶上門，再次走下樓。

佩奇一見到我就說，「那個混蛋史蒂夫今天上午打電話給我，我差點就把電話掛了，但是他後來給我講了一個很長的故事，是關於他和一個叫作埃瑞克的傢伙一同進行自我省思的前前後後，他說有些事情想跟你說，我告訴他，我會把話帶給你。」

我翻了個白眼，她突然用一種憂心忡忡的語調說，「嗯，我知道你辭職是因為你覺得那樣做是對的，但你和我一樣心知肚明，城裡能夠開出和無極限零件公司同等薪酬的公司並不多，特別是在你升職之後，而且，我也不想搬家，離開我的家人。」

她平靜地看著我說，「親愛的，我知道他是個混蛋，但我們還得賺錢維持生計，答應我，你會拋棄成見，聽聽史蒂夫的想法，好嗎？比爾？好不好？」

我點點頭，走進餐廳，按下史蒂夫的快速撥號鍵。

鈴聲一響，史蒂夫馬上接起手機，「午安，比爾，謝謝你的回電，我先前有幸跟你妻子談了一下，並且告訴她我是怎樣的一個混蛋。」

「嗯，她有稍微跟我提了一下。」我回答，「她說你真的很想和我聊聊。」

我聽到他說，「嗯，我要向你致歉，在你心懷大度地接受我的邀請，擔任 IT 運維部副總之後，我卻一直那樣對待你。當我告訴迪克，我要讓 IT 部門直接向我報告時，他覺得我瘋了，但我告訴他，幾十年前，在我剛升上工廠經理時，我在生產線上工作了一個月，就是為了真正理解每一個員工的日常工作細節。」

「我答應過迪克，我會親力親為，不把問題假手他人，但我沒有履行那個承諾，我很氣自己，而且，我還把 IT 事務全部委交給莎拉，完全是一團糟。」

「聽著，我知道我之前對你不公，尤其是在你達成我們的協議時。你是一個坦率正直的人，而且一直在全力阻止糟糕的事情發生。」

他停了一下，接著說，「聽著，我剛被埃瑞克跟整個稽核委員會狠狠教訓了一頓，他迫使我不斷反思，直到最後瞭解自己的問題，這讓我意識到，多年來，我一直在做一些非常錯誤的事情，但現在，我想要扭轉乾坤，把事情做對。」

「總而言之，從現在起，我想請你繼續擔任 IT 運維部副總，我想要跟你好好合作，就像埃瑞克說的那樣，像一段不和諧婚姻下的夫妻那樣繼續磨合，也許我們兩人齊心協力，就能找出無極限零件公司的 IT 管理問題究竟出在哪裡。」

「我相信，IT 是我們亟需發展的競爭力，我只期望你能再和我共事九十天，給大家一個嘗試的機會，若九十天後，你仍執意離開，那就悉聽尊便，並且可以拿到一年的遣散費。」

我想起自己對佩奇的承諾，慎重地遣詞用字，「就像你說的，過去一個月，你一直都是個十足的混蛋，我反覆地向你提出我的分析與建議，但你每次都當我說的是廢話，我現在為何要相信你呢？」

史蒂夫不停地懇求我回心轉意，四十五分鐘之後，我掛斷電話，回到廚房，佩奇正等著我說明事情的發展。

第 18 章

9 月 23 日，星期二

第二天，我早上六點半就開車出門，參加史蒂夫組織的 IT 領導統御場外會議（off-site），他說這是一次場外會議，儘管會議地點其實是在 2 號大樓。

一大早，我躡手躡腳地走進格蘭特和派克的房間，跟他們道別，我看著熟睡的派克，親吻他，輕聲說，「抱歉，爸爸今天不能帶你去探險了，本來今天輪到你，但是爸爸得回去工作，這個週末，我保證。」

你最好信守承諾，史蒂夫，但願這一切付出是值得的。

會議地點在公司董事會的會議室，上到十五樓，我真的不敢相信這棟大樓和其他辦公室竟然差別那麼大。

克里斯、韋斯和帕蒂已經在會場，手上都拿著咖啡杯和裝滿糕點的盤子。

帕蒂似乎沒有發覺我的出現。

韋斯大聲跟我打招呼，並且嘲弄地說，「嘿，比爾，很高興見到你，希望你今天不會再辭職一次。」

謝啦，韋斯。

克里斯看到我，會心一笑，轉了轉眼珠，做了個喝啤酒的姿勢，我點頭微笑，然後走向會議室後側。

我看到房間後方擺著汪達爾甜甜圈，心情立刻大好，馬上裝了一大盤，心裡正琢磨著一次塞六個到盤子裡是否違反社交禮儀時，有一隻手在我的肩膀上拍了一下。

是史蒂夫。「再次見到你真好，比爾，歡迎你。」他看到我堆滿甜甜圈的盤子，大聲笑起來，「何不乾脆把整個托盤端走呢？」

「好主意！很高興再回到這裡。」我回答。

埃瑞克在我正對面坐下，說道，「早安，比爾。」他身後有一個巨大的行李箱，是他之前拖進來的。

我瞄了一眼那個行李箱，上一次看到沒輪子的行李箱是在我媽家的閣樓上，大概是二十年前的事了。

埃瑞克的頭髮滴著水，把牛仔襯衫的肩部都弄濕了。

他是不是早上太晚起床，來不及擦乾頭髮就從旅館衝出門？還是說，他每天早上都是這副尊容？

史蒂夫到底是從哪裡找到這個傢伙的？

「早安。」史蒂夫對大家說，「首先，非常感謝大家這麼早出席這場會議，特別是，我知道，這兩週以來，你們和你們的團隊一直在加班，宵旰辛勞地工作。」

「哈！」埃瑞克輕蔑地哼了一聲，「這可能是本世紀以來最保守的說法。」

大家都笑得有些緊繃，有點尷尬，笑得稍久，避免接觸彼此的目光。

史蒂夫難堪地笑了笑，「我知道，過去幾週非常恐怖，我現在瞭解，本人必須負起全責，不僅是鳳凰專案的災難，觸發稽核問題的一切，還有前幾天的客戶發票和庫存故障，以及目前在稽核人員手上的那些麻煩。」

他停下來，顯然心煩意亂，需要一點時間平復一下心情。

咦，淚光閃閃的感覺？

現在，史蒂夫顯露出不尋常的一面，我離開後，到底發生什麼事？

他放下一直拿在手裡的索引卡片，聳聳肩，用手比了一下埃瑞克說道，「埃瑞克把 CEO 和 CIO 的關係描述為不和諧的婚姻，也就是說，雙方都感到無能為力，並且覺得自己受到另一方脅持。」

他的手指在卡片上磨來蹭去，「在過去一個月裡，我學到兩件事，第一件，IT 很重要，IT 不是一個可以輕易外包的部門，公司的每一項重大活動都需要 IT 部門的參與和協助，而且，IT 對日常營運的點點滴滴都有著關鍵性的作用。」

他說，「我知道，目前，這個領導團隊的表現對公司的成敗至關重要，絕對超過其他一切。」

「我學到的第二件事情是，我的行動幾乎讓所有的 IT 問題雪上加霜，我否決了克里斯和比爾關於增加預算的請求，我拒絕了比爾提出的推延時程讓鳳凰專案更妥當的請求，在沒有得到我想要的結果時，我還直接插手，介入並且干預大小事項。」

然後，史蒂夫看著我說，「我最對不住的是比爾，他告訴我那些我不想聽的事實與深刻洞察，但忠言逆耳，我充耳不聞，斷然拒絕他，事後看來，他完全是對的，我徹底是錯的。比爾，真的很抱歉。」

我看到韋斯張大嘴巴。

我尷尬透頂，只好說，「沒事，一切都過去啦，就像我昨天對你說的那樣，不用道歉，史蒂夫，但我真的感到很欣慰。」

史蒂夫點點頭，對著手上的卡片端詳好一會兒，「我們面對巨大的挑戰，需要傑出的團隊發揮最佳的戰力，然而，我們還無法完全彼此信賴，我知道，對此，我必須負一部分責任，無論如何，現在正是終結這種狀況的時候。」

「整個週末，我都在反思自己的職業生涯，你們可能也知道，我的職涯隨時可能結束，董事會已經說得很清楚，但我知道，我最值得驕傲的時刻都是在偉大的團隊中經歷的，不論是我的職場生活，或者我的個人生活，都是如此。」

「偉大的團隊並不代表他們擁有最聰明的人力，讓團隊出類拔萃的原因是每個人都互相信任，當那種神奇的動力出現時，整個團隊就會充滿力量。」

史蒂夫繼續說，「關於團隊動力學，我最喜歡的一本書，就是派特里克．蘭西奧尼的著作《團隊發展的五大障礙》，該書提及，想要在團隊中形成充分的互信，你必須展現出自己脆弱的一面，所以，我要告訴你們一些關於我個人的事情，以及究竟是什麼讓我有動力走到今天，然後，我會請你們也那樣做。」

「這可能會讓你們感到不自在，但大家都是領導階層，這是我對你們的一部分要求，如果你們無法為自己做這件事，就想想無極限零件公司的近四千名員工和他們的家人吧，一切都是為了大家的生計與幸福，我不會輕率地看待這個責任，你們應該也一樣。」

啊，該死，這就是「管理工作場外會議」的另一部分內容，我都把它給忘了，盡是一些感性的空話。

每個人都像我一樣，戴上自己的「偏導護盾」(deflector shield)【譯註】，但史蒂夫不顧會議室裡急劇升高的張力，繼續說，「我出身於貧困的家庭，但我是家裡第一個進大學的人，我對此感到非常自豪，在我之前，我們家沒人讀到高中畢業。我在德克薩斯的鄉下長大，我的父母在一家棉織廠工作，放暑假的時候，我和兄弟們還不到可以去廠裡工作的年齡，於是，我們就在田裡摘棉花。」

上個世紀的人們在田裡手工摘棉花？我在心裡琢磨著這是不是真的。

【譯註】 偏導護盾：《星際大戰》中的反制與防衛機制。

「然後，我進了亞利桑那大學，感覺自己來到世界之巔，我的父母沒錢資助我的學費，於是，我在一家銅礦場找了一份工作。」

「當時，不知是否有職業安全暨健康管理局（OSHA，Occupational Safety and Health Administration），如果有的話，那個銅礦場肯定會被關掉，礦場裡頭既危險又髒亂。」他指著左耳說，「某天，炸藥爆炸的地點離我太近，這只耳朵因而失去大部分聽力。」

「最後，我在一家管線製造廠找到一份差事，協助維護設備，事情終於有了轉變，那是人生第一次有人付錢請我動腦筋解決問題。」

「在那裡，我學習管理工作，更重要的是，我希望在大學畢業後從事銷售工作，根據我在這家工廠的所見所聞，那些銷售人員擁有全世界最棒的工作，他們和客戶吃吃喝喝，全都可以報帳，他們在城市之間旅行，並且觀察最頂尖的工廠是怎麼運作的。」

史蒂夫傷感地搖搖頭，「但結局並非如此美好，為了付學費，我參加了預備軍官訓練團（ROTC，Reserve Officers Training CORPs），我頭一次看到來自美國中產階級的孩子們是什麼模樣，另一方面，那也表示，大學畢業之後，我不能直接去一般企業上班，而是要先服完兵役。服役期間，我發現自己對物流充滿興趣，我負責確保各項物資及時到達應該到達的地方。不久之後，大家需要什麼東西都會來找我，我也憑藉著這一點而聲名卓著。」

我被吸引住了，史蒂夫是一個說故事高手。

「然而，一個可憐的鄉巴佬，身邊的人全部來自上層家庭，這是很難熬的。我覺得必須向所有人證明我自己。我當時 25 歲，因為口音和教養的關係，還有一些同袍經常說我頭腦笨、手腳慢 ...」說著說著，他的聲音突然變得有些沙啞。

「這讓我進一步下定決心，一定要證明自己，九年後，經歷一段卓越的軍旅生涯，我準備離開部隊，就在退役前，我的指揮官對我說了一席話，那些話改變了我的人生。」

「他說，雖然我一直保持著卓越的績效，但所有曾經和我共事的人都不想再和我一起工作。他告訴我，假如有「十年混蛋獎」的獎項，我一定十拿九穩，穩操勝算，他還說，如果我想出人頭地，就得改掉這個壞毛病。」

我的眼睛餘光看到韋斯瞄了克里斯一眼，但克里斯完全不理會他。

「我知道你們在想什麼。」史蒂夫說，朝韋斯點點頭，「這是我人生中最受打擊的時刻之一，我意識到自己在生活態度上犯了很大的錯誤，而這個錯誤也嚴重違逆自己的價值觀。」

「在爾後的 30 年裡，我不斷地學習如何打造真正互信互助的偉大團隊，一開始，我是一名原物料經理，接著成為工廠經理，行銷主管，後來又成為銷售運營部的負責人，然後，12 年前，公司當時的執行長（CEO），鮑勃．斯特勞斯，聘請我出任營運長（COO）。」

史蒂夫緩緩吐一口氣，擦了擦臉，突然露出倦意和疲態，「不知怎麼的，就像在部隊時那樣，我再一次走錯路，又變成當初發誓不再重蹈覆轍的那種人。」

他停止說話，環顧四周，沉默好一會兒，大家看著他，他凝視著窗外，明媚的陽光穿透會議室的窗戶，傾瀉而下。

史蒂夫說，「當前，我們面臨諸多需要解決的重大問題，埃瑞克是對的，IT 不只是一個部門，IT 是整個公司需要發展的一種競爭力，而且我明白，如果我們可以重新打造出偉大的團隊，大家都能互信互助，合力擎天，那麼，成功就在不遠處。」

他接著說，「你們願意不惜一切，齊心協力，攜手建立一個大家彼此信任的團隊嗎？」

史蒂夫環顧會議室，我發現，每個人都全神貫注地看著他。

一陣沉默蔓延，令人忸怩不安。

克里斯首先發言，「我願意，在一個糟糕的團隊裡工作，實在太討厭，太痛苦，所以如果你願意幫忙糾正它，我百分之百支持你。」

我看見帕蒂和韋斯也頻頻點頭，然後，每個人都轉過頭來看著我。

第 19 章

9 月 23 日，星期二

最後，我也點了頭。

帕蒂說，「真的，比爾，我認為你在先前幾週幹得很出色，很抱歉我對你的辭職作出那樣的反應。我看到整個 IT 組織的運作已經出現巨大的改變，這原是一個抗拒各種流程的組織，而且部門之間存在著嚴重的分歧與不信任，但是，因為你的努力，這裡已經起了驚人的化學變化。」

「我同意，我想我也很高興你能夠回來，你這個亂提辭呈的軟腳蝦。」韋斯哈哈大笑，「不管我在第一天說過什麼，我真的不想要坐你的位子，這裡需要你。」

我很尷尬，只好微笑著接受他們的讚賞與揶揄，但又不希望他們喋喋不休，只好說，「好吧，謝啦，夥伴們。」

史蒂夫點頭，看著我們之間的互動，最後說，「各位，讓我們依序說說個人的際遇，在哪裡出生？多少兄弟姊妹？和他們相處得怎麼樣？什麼事件幫助你長大成人？」

史蒂夫繼續說，「這個練習讓我們以常人的觀點瞭解彼此，你們已經知道我的一些經歷與脆弱之處，但是那還不夠，我們必須更深入地瞭解彼此，唯有那樣，大家才能構築穩固的信任基礎。」

他環顧四周，說道，「誰要先說？」

喔，該死。

海軍陸戰隊員可不喜歡這種公開表露內心情感的事情，我即刻移開視線，不想先被叫到。

克里斯自告奮勇，我鬆了一口氣。

他開始說，「我出生在貝魯特，家裡三個小孩，排行老么，十八歲之前，我在八個不同的國家生活過，所以我會說四種語言。」

克里斯告訴我們，他和妻子花了五年的時間嘗試懷孕，只得承受不孕症注射治療的苦痛，而且試過三次，皆以失敗告終。

他說，接著奇蹟發生，他們喜獲一對雙胞胎男孩，兩個長得一模一樣，可是，孩子們有併發症，在早產後的三個月裡，都只能和他的妻子一起住在重症加護室，他夜夜虔心祈禱，希望母子均安，不願任何一個失去兄弟而獨自存活，因為他們與生俱來常人所沒有的心有靈犀。

他還說，這段經歷讓他明白，他曾經是一個多麼自私的人，而孩子們的存在讓他瞭解什麼叫作無私。

我驚訝地發覺自己強忍淚水，切身感受到克里斯對孩子的未來所懷抱的那種最真切的企盼，我暗暗察覺，其他人也跟我一樣。

「感謝你的分享，克里斯。」過了一會兒，史蒂夫鄭重地說，然後看看四周，說道，「誰接著說？」

下一個是韋斯，我有點訝異，又覺得如釋重負。

我知道，他訂過三次婚，每次都在最後一刻取消婚約，等到終於結婚，卻又很快離婚，因為他的老婆討厭他那瘋狂的賽車嗜好。

一個體重接近 250 磅的傢伙怎麼能玩賽車？

韋斯有四輛車，即使他不是無極限零件公司的員工，應該也會擠身我們的狂熱主顧之列，他的閒暇時間大多花在他的馬自達米亞塔和舊款的奧迪上，他幾乎每個週末都開著它們出去狂飆。還有，他顯然從孩提時期就開始為減重而奮鬥。另外，他還談到自己曾被逐出家門的事情。

如今，他依然跟體重問題周旋不下，不是為了交友或健康，而是想要迎頭趕上那些骨瘦如柴的亞裔青少年賽車手，他們的年齡比他小一半，更且，他甚至還為此參加過兩次減肥營。

久久一陣沉默。

我緊張得笑不出來。

史蒂夫終於說，「感謝你的分享，韋斯。下一個換誰？」

我緊閉雙唇，帕蒂舉手，我又鬆了一口氣。

我們發現，帕蒂其實是主修藝術的，她居然是我嘲笑了大半輩子的那類人？然而，她似乎非常理性！

她告訴我們一個「聰明波霸四眼妹」的成長歷程，以及自己如何為了尋找人生定位而勇於不斷嘗試。她在大學時期換了五個主修，然後退學跑到喬治亞州的雅典城去當一名創作歌手，在兩年內，她與她的樂團一起到全國各地的俱樂部巡迴演出。最後，她回到學校取得藝術碩士的學位，但是，藝術家謀生不易，在面臨生活逼迫的挫折之後，她應徵了無極限零件公司的工作，而且差點因為一個記錄在案的公民不服從逮捕事件而沒被錄用。

帕蒂說完，史蒂夫感謝她，然後帶著讓人不安的微笑對著我說，「麻煩了，比爾，接下來換你 ...」

雖說早知道會有這麼一刻，我還是感覺一陣昏眩。

整個房間似乎變得有點模糊，我對談論自己感到深惡痛絕，在海軍陸戰隊裡，之所以能夠樹立的個人風格，靠的就是粗暴地吆喝，命令手下做好份內的工作，我的工作就是運用多一點的智慧和大一點的嗓門，讓人人有飯吃，大家都能生存下來。

我不跟同事分享自己的感受。

或者說，我幾乎不和任何人分享自己的內心世界。

我看著面前的筆記本，上頭寫了一些我想要分享的內容，但我緊張地只看到一堆亂七八糟的塗鴉。

會議室內鴉雀無聲，大家都滿心期待地看著我，我發現他們全無不耐煩，相反地，看起來既和善又溫暖。

我看到帕蒂的表情變得充滿同情。

有好一會兒，我緊閉雙唇，接著，突然脫口而出，「對我影響最大的事情？應該是我終於瞭解到我媽媽做的一切都是為了我們，我老爸根本靠不住，他是個酒鬼，要是事情不順遂，所有兄弟姐妹都得躲著他，但是，終於有一天，我受夠了，我決定逃離他們，那時候，我最小的妹妹只有八歲。」

我繼續說，「事實上，逃家被逮到是我這輩子所遇到最好的事情之一，除了回家之外，我沒有其他選擇，所以，我決定加入海軍陸戰隊，那將我帶到一個全新的世界，在那裡，我發覺人生有另一種完全不同的道路，軍旅生涯讓我明白，一個人可以透過做對的事情、照顧好同袍，就能夠獲得獎勵。」

「我學到什麼？我學到的就是，我的人生目標是成為很棒的父親，而不是像我爸那樣的爛人，我要成為兒子眼中真正的男子漢。」我感覺到眼淚從臉龐滑落，擦掉淚水，我覺得很氣惱，我的身體背叛了我。

「這樣你滿意了吧，史蒂夫？」我的怒意超乎自己的想像。

史蒂夫微微笑了笑，點點頭，緩緩說道，「謝謝你，比爾，我知道這個練習對你和大家來說都一樣困難。」

我緩緩吐一口氣，又深深吸一口氣，試圖重新找回某種我未意識到、業已失去的平衡感。

令人不安的沉默持續蔓延。

「我知道我沒什麼立場說話，比爾，」韋斯緩緩地說，「但我相信你老爸一定為你感到非常驕傲，並且明白自己曾經是一個什麼樣的混蛋，跟你比起來啦。」

我聽到會議室爆發一陣笑聲，帕蒂平靜地說，「我同意韋斯的說法，你的孩子們真的非常幸運，難以想像的幸運。」

韋斯咕噥一聲，表示同意，克里斯向我點頭致意，我發現自己哭了，這是近三十年來頭一次。

我感到十分難堪，重整一下儀態，再抬起頭看看大家。

我看到每個人都已經轉移思路，再次把注意力集中到史蒂夫身上，他四下環顧，我鬆了一口氣。

「首先，我要感謝在座各位的真誠分享，跟我一同進行這個練習。」他說，「雖說更瞭解各位總是件好事，但假如不是認為這真的很重要的話，我是不會這樣做的。解決公司的各種疑難雜症亟需充分的團隊合作，而團隊合作需要相互信任。蘭西奧尼教導我們，展現自己脆弱的一面有助於建立信任的基礎。」

「我知道，要說單靠這個會議，大家就能明確知道下一步怎麼做，劃分好責任，並且釐清優先順序，恐怕過於不切實際。」他繼續說，「但我希望我們能夠達成共識，邁向切實可行的解決方案。」

史蒂夫把雙手放在前面，說道，「開始吧，我想要說的是，主要的問題之一是我們沒有遵守自己提出的每一項承諾與時程，IT 部門以外的人們總是抱怨，我們錯過每一個既定的目標和預期，而且都差得相當遠。」

「這讓我覺得，」他環顧四周，「在 IT 部門內，我們可能不擅長對彼此作出承諾，各位有任何想法嗎？」

一陣令人不安的沉默。

「嗯，我不想在小事上孜孜計較。」終於，克里斯語帶防備地說，「不過，如果檢視一下實際的指標，就每個重大專案而言，我們團隊幾乎都是按時完成及交付的，我們是信守承諾的。」

「對，就像你按時完成鳳凰專案那樣，對吧？」韋斯語帶嘲諷地說，「現在，那可成了一件大功勞，聽說，史蒂夫對你們上週的表現深深引以為榮呢。」

克里斯滿臉通紅，雙手在身前揮舞，「我不是那個意思。」他想了一下，補充道，「那確實是一場災難，但嚴格來說，我們確實按時完成工作。」

有意思。

「如果真是那樣，」我進一步說，「那我們對於“專案已完成”所下的定義恐怕大有問題，如果那是指“克里斯完成他的所有鳳凰專案任務”，那麼，事情確實成功，但如果我們希望鳳凰專案上線後能夠滿足企業目標，不會把整個公司推入火坑，那麼，無可否認，它算是徹底失敗。」

「不用再優柔寡斷，思前想後。」史蒂夫打斷我的話，「我已經告訴莎拉，鳳凰專案是公司有史以來最糟糕的專案之一，關於成功與否還有什麼好定義的？」

我琢磨了一會兒，最後說，「我不知道，但這似乎是一種輪迴模式，克里斯的團隊從未將運維部需要做的工作納入考量，即使有考慮，也會把時程表的所有時間全部用光，一點都不留給我們，而我們總是被迫留在火線上，花費很長的時間來收拾殘局。」

克里斯理解地點點頭，說道，「嗯，你跟我正在修正其中一些問題，部分關係到計畫和架構，我們已經討論過應該如何解決，但你低估了你們團隊的瓶頸問題，我們手上還有很多需要部署的其他應用程式，然而，因為你們團隊忙得不可開交，其他排隊等候的部署也因而延誤了。」

他補充道，「任何一星期，我們總有五到六個應用程式小組在排隊等候你的團隊進行部署，要是出了任何差錯，事情就開始堆積，我無意冒犯，然而，當你的人馬處理遲了，那就像是一個關閉的機場，在你發現之前，已經有很多架飛機在空中盤旋，排隊等待降落。」

韋斯大聲抱怨，「嗯，沒錯，就是因為你們製造的飛機在迫降時摧毀機場跑道。」

然後，韋斯舉手表示和解，「聽著，我不是在指責你，克里斯。」我只是在陳述眾所周知的事實，只要部署沒有按照計劃進行，就會影響所有其他人，不論計畫是由你的團隊，還是由我的團隊擬定的，通通都一樣。」

我點頭，同意韋斯的說法，出乎意料，克里斯也點頭。

我回答，「埃瑞克幫助我理解，IT 運維包含四種工作類型：業務專案，IT 運維專案，變更以及計畫外的工作，然而，我們只討論第一種工作，當我們把這類工作做錯時，計畫外的工作便隨之產生。事實上，我們討論到的只是 IT 運維工作的一半。」

我轉身看著史蒂夫說，「我給你看過我們的專案清單，除了 35 個業務專案之外，大約還有 75 個運維專案，變更也積壓數千個，顯然都有實施的必要，除此之外，計畫外的工作越來越多，大多是脆弱應用程式發生故障造成的，包括鳳凰專案。」

我直截了當地說，「有鑒於手上的工作量，我們目前的人力可說是大大超載，而且還沒有適切地把稽核矯正的專案給算進來呢，史蒂夫說這仍然是首要的任務。」

我發現史蒂夫和克里斯漸漸開始理解了。

說到這個 ……

我看看四周，感到有點困惑，「嘿，約翰在哪裡？如果我們要討論稽核合規的問題，他不也應該在場嗎？還有，難道他不是 IT 領導團隊的一員嗎？」

韋斯輕嘆一口氣，翻了個白眼說，「喔，很好，他正是我們需要的人。」

史蒂夫似乎嚇了一跳，他看著先前拿在手上的索引卡片，然後用手指掃過面前一份列印出來的時程表，「該死，我忘了邀請他。」

克里斯咕噥著，「嗯，我們已經完成這麼多事情，或許這算是因禍得福，對吧？」

一陣不安的笑聲響起，但大家都有點尷尬，畢竟，我們是在約翰不在場的情況下取笑他。

「不，不，我不是那個意思。」史蒂夫立刻說，看起來最尷尬的就是這個部分。「比爾說得對 — 我們需要他在場，休息十五分鐘，我讓史黛茜去找他過來。」

我決定散散步，整理一下思緒。

十分鐘後，當我回到會議室時，看到會議室的垃圾又增加不少：裝了半杯咖啡的紙杯，放著剩餘食物的盤子，皺巴巴的餐巾紙。

會議室對面，帕蒂與韋斯正和克里斯熱烈地討論著，會議桌的另一頭，史蒂夫正在打手機，埃瑞克看著掛在牆上的汽車零件圖片。

我正想加入帕蒂和韋斯的討論，卻看到約翰走進會議室，當然，腋下還是那本黑色的三孔活頁夾。

「史蒂夫，史黛茜說你找我？」他說道，並且緩緩地環顧四周，很明顯，在他到達之前，會議早就已經開始，「我錯過會議通知嗎？還是我又被漏掉？」

幾乎每個人都閃得遠遠的，盡量避免與他四目交接，他甚至更大聲地說，「咦，好像有什麼蹊蹺，剛剛有人在這裡亂搞嗎？我是不是錯過什麼精彩的？

克里斯、帕蒂和韋斯停止交談，故作冷淡地回到座位上。

「啊，你到了，很好，很高興你能過來。」史蒂夫平靜地說，「請坐，我們繼續吧。」

「約翰，我忘了邀請你，不好意思，都是我的錯。」史蒂夫邊說邊走向桌首，「我昨天開完稽核委員會的會議之後，拖到最後一刻才著手組織這個會議。在瞭解到我犯了一些錯誤，讓所有 IT 問題雪上加霜之後，我想要召集 IT 領導團隊，看看能否針對我們在專案執行、運行穩定性與稽核合規方面存在的問題，凝聚共識，確立大方向，並且提出切實可行的解決方案。」

約翰疑惑地看著我，抬了抬眉毛。

我很好奇，史蒂夫居然完全沒提到我們「分享脆弱點」的事情，或許，他也知道，要是不能重來一次，倒不如不要提。

我向約翰點頭，表示沒什麼事情。

史蒂夫轉向我說，「比爾，請繼續。」

「說到承諾這個詞，讓我想起上週埃瑞克問我的一些事，讓我覺得很困惑。」我說，「他問我，我們決定是否接受新專案的根據是什麼，我說不知道，他又帶我去 MRP-8 製造廠逛了一圈，幫我引見製造資源計畫協調員，艾麗，問她如何決定是否接受某一筆新訂單。」

我向前翻到那頁筆記，「艾麗說，她會先看訂單，再看物料清單（bill of materials，BOM）和生產途程（routing），在此基礎上，她還會檢視工廠裡頭相關工作中心的負載，然後判斷接下這個訂單是否會損害現有的工作承諾。」

「埃瑞克問我，IT 部門如何進行相同類型的決策。」我回想著，「我當時告訴他，而且我現在也可以告訴你：我不知道。我很肯定，在接下工作之前，我們根本沒有針對處理容量與工作要求進行任何類型的分析，也就是說，我們總是在趕工，老是得走捷徑，那也表示，更多脆弱的應用程式出現在上線環境中，那也意味著，未來會出現更多計畫外的工作及救火的工作，因此，我們一直在原地打轉。」

出乎意料，埃瑞克居然插話，「說得好，比爾，你剛剛描述的是未被償還的「技術債」，源自於走捷徑，短時間內，那樣或許行得通，但是，就像金融債一樣，久而久之，利息越滾越多。如果一個組織沒有還清它的技術債，那麼，組織就必須一點一滴，耗費心力，以計畫外工作的形式來償還那些技術債衍生的利息。」

「正如你們所知，計畫外的工作可不是免費的。」他繼續說，「恰恰相反，它們非常昂貴，因為處理計畫外的工作必須犧牲 ...」

他像教授似地環顧四周，等待答覆。

終於，韋斯開口，「計畫內的工作？」

「沒錯！」埃瑞克愉悅地說，「是的，完全正確，賈斯特，比爾提到四種工作類型：業務專案、IT 運維專案、變更以及計畫外的工作，若不嚴加控管，技術債必將導致公司深陷於計畫外工作的泥淖！」

「聽起來確實是這樣。」韋斯點頭說道，然後緊盯著埃瑞克，「還有，我叫韋斯，不叫賈斯特，我的名字是韋斯。」

「喔，是的，你肯定是的。」埃瑞克欣然同意。

他用演講的語調對其他人說，「計畫外的工作還有一個副作用，當你把所有時間都用來救火時，自然就沒有時間和精力去制定妥善的計劃，而當你們只是被動地應付，就沒有足夠的時間進行繁重的腦力活動，徹底弄清楚是否可以接受新工作，於是，越來越多專案被塞進盤子裡，每個專案的可用處理週期就會變短，那正意味著，會有更多不良的多工處理，劣質程式碼的數量也會增加，也就是說，更多走捷徑的情況會出現，正如比爾所言，"我們一直在原地打轉"，這是 IT 處理能力的死亡螺旋。」

我暗自對埃瑞克給韋斯亂起名字感到好笑，我不清楚他在玩什麼心理遊戲，但聽起來非常有趣。

我不大確定，所以問史蒂夫，「我們可以說"不"嗎？每次我請你優先處理或者推延某個專案工作，你就狠狠教訓我一頓，當大家都習慣相信，說"不"是不被接受的回答，我們就變成百依百順的接單人員，盲目地按照既定的路徑辦事，我不知道我的前任者是否也遭遇這樣的問題。」

韋斯和帕蒂輕輕點頭。

連克里斯也是。

「你當然可以說"不"！」史蒂夫滿臉不高興，氣呼呼地回答，他深吸一口氣，然後才說，「讓我把話說清楚，我需要你們說"不"！絕對不能讓這個領導團隊變成一群接單員，我們付薪水，是請你們動腦筋解決問題的，而不是要大家埋頭蠻幹！」

史蒂夫看起來越發憤怒，他說，「最重要的是公司的存亡！這些專案的結果決定整個公司的生死存亡！」

他直視著我說，「如果你，或任何其他人，知道某個專案會失敗，我需要你們直言不諱，但是，你們的觀點必須有資料作支撐，就像那個工廠協調員給你看的資料，我就需要那樣的資料，如此一來，我們才能弄清楚來龍去脈，不好意思，比爾，我很喜歡你，然而，你不能單憑直覺就否決某件事。」

埃瑞克咕噥一聲，說道，「史蒂夫，這樣的說法相當不錯，讓人慷慨激昂，但是，你知道你的問題在哪兒嗎？公司這些人被專案搞得暈頭轉向，不斷承擔新的工作，卻對成功不抱持任何希望，為什麼？因為你完全不曉得實際的工作容量有多少，你就像是一個不斷在開空頭支票的傢伙，因為你不曉得自己到底有多少存款，而且從來不費心思去看看你的對帳單。」

「讓我講個故事給你們聽。」他說，「告訴你們，在我還沒去之前，那個MRP-8工廠大概是什麼樣子，那幫可憐蟲會收下所有的牛皮紙袋信封，裡頭裝著各種瘋狂的訂單，業務部門會做一些荒謬的承諾，保證在某個不可能的時間點交付某項產品，完全無視於系統既有的一切工作。」

他繼續說，「每天夢魘不斷，在製品堆到天花板，有沒有什麼系統性的方法讓在製品順利通過工廠？天呀，沒有！究竟要先完成哪些工作，端視誰的嗓門最大，最會哭爹喊娘，誰跟專案督辦人員關係最好，或者和高層關係最好，最能夠直達天聽。」

我從未見過埃瑞克這樣生氣勃勃。「在弄清楚約束點在哪裡之後，我們開始回復理智，然後保護約束點，確保約束點的時間絕對不浪費，而且，我們竭盡全力確保工作流動順暢，不致於形成瓶頸。」

然後，埃瑞克平靜下來，淡淡地說，「要解決你們的問題，除了得學會如何說“不”，要做的事情還多著呢，那只是冰山一角。」

我們全都看著他，等他繼續說下去，但是他卻起身走向行李箱，打開箱子，裡頭盡是一堆亂七八糟的東西，有衣服、浮潛呼吸管、垃圾袋、還有幾條四角內褲。

他開始東翻西找，最後拿出堅果燕麥棒，關上行李箱，回到會議桌。

大家眼睜睜地看著他拆開燕麥棒的包裝袋，逕自吃了起來。

史蒂夫似乎跟其他人一樣困惑不解，最後說，「埃瑞克，那是一個引人入勝的故事，請繼續。」

埃瑞克嘆了口氣，說道，「不，我想說的就那麼多了，要是你們還不明白自己需要做什麼，那麼，你們就真的沒救了。」

史蒂夫憤怒地拍了一下桌子。

但我的腦子飛快地在運轉。

我們需要做的不只是更妥善地區分輕重緩急，儘管有些棘手，但我已經知道優先事項是什麼：鳳凰專案，先將稽核發現擺一邊去吧，同時，讓一切保持正常運轉。

我們認為，我們知道約束點在哪裡，就是布倫特。布倫特，布倫特，布倫特。而且，我們已經開始採取必要的措施，保護布倫特免於計畫外工作的衝擊。

我知道，我無法招募更多人手。

我也知道，我的部門的工作負荷已經完全失控。

一大堆工作如潮水般襲捲而來，經過允許進入系統，我沒有天大的本事讓它們大幅減少，因為從來沒有人說過一個「不」字。

這些錯誤在我之前很久就已經鑄成，在克里斯接下專案，並且在執行過程中不得不走捷徑時，就已經埋下禍根。

怎樣才能扭轉這種荒唐的局勢？

有個奇怪的想法在我的腦海中冒了出來。

我又想了一下，聽起來完全不合理，但我還沒發現那在邏輯上有什麼缺陷。

我說，「史蒂夫，我有個想法，不過，請容許我先把整個想法說完，你再作回應。」

接著，我把自己的想法告訴他們。

史蒂夫首先發話。「你一定是瘋了。」史蒂夫說，他一開始只是懷疑，最後轉為憤怒，「你想停止工作？你以為我們是誰？種馬鈴薯的農夫嗎？乾領補助金不種地？」

我還來不及答話，約翰就大聲疾呼，「沒錯，你的想法似乎完全錯誤，值此危急存亡之秋，我們只剩下最後的機會做正確的事情，打鐵得趁熱，對我們來說，這是一場及時雨，我們終於能夠拿到需要的預算，不僅可以做對的事情，還能夠把對的事情做好。」

他開始比手畫腳，口沫橫飛地說，「我們的稽核發現驚動了董事會，這個專案倍受矚目，經不起失敗，也不可再發生一次運行故障，我們應該火力全開，增加必要的安全控制，一勞永逸地解決問題。」

韋斯突然大笑，打斷約翰，「我太驚訝了！我以為你會愛死比爾的想法，我是說，你最喜歡阻撓事情完成，最喜歡說“不”，對吧？對你來說，這應該就如同美夢成真！不是嗎？」

約翰的臉漲得通紅，準備猛烈反擊，但是，韋斯用他巨大肥厚的手掌按住他的肩膀，微笑著說，「嘿，開玩笑啦，別當真，好嗎？」

大家開始竊竊私語，埃瑞克突然站起來，把堅果燕麥棒的包裝紙揉成一團，把它丟向房間另一頭的廢紙簍，完全沒扔準，接著把身體靠回椅背，說道，「比爾，我認為你的提議非常聰明。」

他看著約翰，繼續說道，「記住，吉米，我們的目標是提高整個系統的生產力，而不只是提高任務的完成數量，要是你們連一個可靠的工作系統都沒有，憑什麼要我信任你們的安全控制系統？拜託，這根本就是在浪費生命。」

約翰困惑地回頭看著埃瑞克，「什麼？」

埃瑞克嘆了口氣，翻了個白眼，他沒有回答約翰，而是把目光轉向史蒂夫，「你不是當過工廠經理，你可以把這件事情想成是：在足夠的在製品完成並且離開工廠之前，先凍結原物料的發佈，為了掌控這個系統，我們必須減少移動零件（moving part）的數量。」

史蒂夫似乎未被說服，埃瑞克從座位上傾身向前，單刀直入地問他，「假設由你來管理 MRP-8 工廠，在製品已經堆到天花板，那麼，如果你停止對工廠發佈工作和原物料，那會發生什麼事？」

史蒂夫對於自己變成問題的目標感到有些驚訝，思考了一下，說道，「工廠裡的在製品數量會逐漸下降，因為工作會開始以成品的形式離開工廠。」

「正確。」埃瑞克說，贊許地點點頭，「那麼交期效能可能會如何？」

「交期效能會提升，因為在製品減少了。」史蒂夫說，看起來越來越疑惑且不情願，不知道艾瑞克究竟要把他引導到哪裡。

「是的，非常好。」埃瑞克鼓勵他，「但相反地，如果你允許工廠繼續接受訂單，並且發佈新的工作，庫存水準會怎麼樣？」

過了一會兒，他說道，「在製品會增加。」

「好極了。」埃瑞克說，「那麼，交期效能會怎樣？」

史蒂夫看起來活像是剛吞下什麼不合胃口的東西似的，最後他說，「大家都知道，在生產過程中，在製品增加，交期效能就會下降【譯註】。」

「等一下，」他瞄了埃瑞克一眼說，「你該不會真的認為這同樣適用於 IT 吧？你是說，若是終止鳳凰專案以外的其他一切工作，我們就能夠減少 IT 部門的在製品數量，並且提高交期效能？你真的這麼認為？」

【譯註】 在生產過程中，在製品大量集結意味著設備、原物料等佔用更多空間與資源，造成工作效能變差，交期變長。

埃瑞克把身體靠回椅背，看起來很高興，「是的。」

韋斯說，「難道那樣不會讓我們當中的大多數人閒得發慌，無事可幹？嘿，IT 運維部的 130 個人員坐領乾薪，聽起來不是有點兒 ... 浪費嗎？」

埃瑞克嘲諷地說，「我告訴你什麼叫浪費，超過一千個變更卡在系統裡，看不到完成它們的希望與方法，這不叫浪費？」

韋斯皺起眉頭，接著點頭說道，「確實如此，在帕蒂的變更白板上，卡片數量不斷增加，如果那些是在製品，顯然增加速度已經失控，恐怕用不了幾週，那些卡片也會堆到天花板。」

我點頭。韋斯說得沒錯。

我的想法是，兩週內，IT 運維部和開發部不再接受新專案，而且，除了鳳凰專案以外，停止 IT 運維部的所有其他工作。

我環顧四周，說道，「要是我們在兩週內只聚焦於最重要的專案上，卻還不能產生重大影響的話，那我想我們就只能捲鋪蓋找新工作去了。」

克里斯點頭說，「我認為我們應該試試，我們將繼續手上正在進行的專案，但會凍結鳳凰專案以外的所有部署工作。從比爾的觀點來看，這是最好的安排。毫無疑問，鳳凰專案會是所有人的當務之急。」

帕蒂和韋斯都點頭贊同。

約翰雙臂交叉，說道，「我不確定是否可以支持這種瘋狂的提議。首先，我從沒見過哪家公司做過這樣的事情。其次，我擔心的是，如果這樣做，我們就會失去修復所有稽核問題的機會，史蒂夫之前說過，那些稽核發現同樣可能毀掉公司。」

「知道你的問題是什麼嗎？」埃瑞克指著約翰說，「你從來沒有徹頭徹尾地瞭解過公司的整個流程，我向你保證，你想要實施的控制大多完全沒必要。」

約翰說，「什麼？」

又一次，埃瑞克不理會他的問題，「現在別擔心這個，既是無可避免的事情，那就讓它發生吧，看看我們能夠從中學到些什麼。」

史蒂夫轉向約翰，說道，「我瞭解你對安全問題的關注，但尚待解決的稽核發現並不是公司目前最大的危機，我們面臨的最大威脅是公司無法生存下去，我們必須完成鳳凰專案，重新找回競爭優勢。」

他停頓一下，接著說，「我們讓稽核專案凍結一週，看看是否會讓鳳凰專案的工作產生一些變化，如果沒有，那就把稽核矯正的工作重新擺到首位，好嗎？」

約翰勉強點頭，然後把他的三孔文件夾翻到某一頁，寫下一些筆記，或許是關於史蒂夫的承諾。

「史蒂夫，要做到這一點，我們絕對需要你的協助。」我說，「我的人馬一天到晚都得戰戰競競地應付全公司幾乎每個經理人手上所謂最重要的活兒，我認為，我們需要你向公司上下每個人發一封電子郵件，不只要清楚地解釋這樣做的理由，還得告訴大家，若是擅自把未經授權的工作送入這個系統，就要承擔什麼樣的後果。」

埃瑞克發出贊同的聲音。

「沒問題。」史蒂夫馬上回答，「會議結束之後，我會給你們每個人發一份草稿，大家修改後，我就把它發送給全公司的經理人，這樣可以嗎？」

我盡可能不流露出難以置信的心情，冷靜地說道，「是的，可以的。」

在接下來的一小時中，我們的意見出人意表地一致，IT 運維部會凍結所有與鳳凰專案無關的工作，開發部不會停止鳳凰專案以外的二十多個專案，但會凍結所有其他專案的部署，換句話說，在接下來的兩週內，不會再有工作從開發部流向 IT 運維部。

更且，我們將識別出最主要的技術債領域，開發部會針對它們作處理，減少問題應用程式在上線環境中產生計畫外的工作。

這些會對團隊的工作負荷產生巨大的影響。

此外，克里斯和柯爾斯頓會檢查所有尚未開展的鳳凰專案任務，並且從其他專案裡悄悄地將一些人力資源抽調過來，讓這些任務順利進行。

每個人看起來都是精力充沛，躍躍欲試，準備實現這個計畫 — 連約翰也是。

在大家離開前，史蒂夫說，「感謝各位今天貢獻的好主意，也謝謝你們分享了一些關於自己的事情，我覺得現在更瞭解你們了，而且，雖然比爾的專案凍結計畫很瘋狂，但我想它會發揮作用的，我充滿期待，今後這個團隊還會做出更多偉大的決策。」

「如前所述，我的目標之一是建立一個能夠互信互助的團隊。」他繼續說，「非常有希望，我們已經朝這個方向邁進一小步，我希望大家今後繼續保持坦率真誠的交流。」

他環顧四周，問道，「在這段期間內，還有其他事情需要我做嗎？」

沒有人提出要求，我們就散會了。

正當我們站起身來準備離開時，埃瑞克大聲說，「幹得好，比爾，連我自己都沒辦法做得這麼好。」

第 20 章

9 月 26 日，星期五

三天後，我坐在辦公桌前，試著在筆電上打開一份柯爾斯頓發來的鳳凰專案進度報告，我的筆電氣喘吁吁，一副快斷氣的樣子，我心裡琢磨著，自從約翰的安全補丁鎖死我原有的筆電之後，時間已經過了多少個星期。

取得備用筆電就像買樂透，有個行銷部的經理建議我買通一下技術支援人員，聽起來蠻吸引人的，但我不願意插隊，既然我是負責制定和執行規則的人，就得按照規則行事。我寫下一則記事，要和帕蒂談談，我們亟需縮短這些筆電的備貨與交付時間。

最後，那封電子郵件終於打開了。

寄件人：柯爾斯頓・芬格爾

收件人：史蒂夫・馬斯特斯

副本：比爾・帕爾默，克里斯・阿勒斯，莎拉・莫爾頓

日期：9 月 26 日，上午 10:33

主旨：專案前線捷報！

史蒂夫，

終於有了一些進展，專案凍結行動讓 IT 部門得以聚焦在鳳凰專案上，協助我們突破僵局，我們在這七天裡完成的工作比以往一整個月都還要多。

感謝團隊的每一位成員！

另外：很多專案主管對其專案被暫停感到非常失望，尤其是莎拉・莫爾頓，她認為自己手上的幾個專案應該免於被凍結，我把她的訴求轉交給你。

附件是正式的狀態報告，如有任何問題，請儘管告訴我。

柯爾斯頓

儘管關於莎拉又在搗亂的內容讓我咬牙切齒，但這封電子郵件絕對是天大的好消息。

不管怎樣，我們一直在殷殷企盼著凍結行動的具體成效，這個好消息實在鼓舞人心，尤其是在本週稍早發生的事情之後，由於某個嚴重級別 1 的事故，我們遭遇很大的挫折，那個事故影響所有的內線電話和語音信箱系統，讓銷售和製造部門在整個季度的最後一天陷入癱瘓。

在那個服務中斷發生後的兩小時，我們發現問題是我們的一個網路服務供應商造成的，他們原本應該對我們的上線電話系統進行熱備份，卻意外對系統做了一個變更。

這個服務中斷將衝擊我們的季營收，但不知影響多大，為了避免再次發生這樣的狀況，我們正在組織一個專案，監控公司的各個關鍵系統是否出現未經批准的變更。

韋斯、帕蒂和約翰正圍坐在帕蒂的會議桌旁，討論這個監控專案。

我說，「抱歉打斷一下，我想要跟你們分享一個好消息。」我給他們看了柯爾斯頓的電子郵件。

韋斯把身子往後一靠，說道，「嗯，這算是官方認可，你的專案凍結行動發揮作用了。」

帕蒂看著他，顯得很驚訝，「你竟然懷疑這件事？拜託，我們不是聊過，以前從沒見過大家這麼專注地幹一件事，專案凍結行動在減少優先等級衝突，以及有害的多工處理上，發揮了驚人的效果，很清楚地，它已經大幅改善我們的生產力。」

韋斯聳聳肩，帶著微笑說，「在柯爾斯頓表揚我們之前，這些都只是我們自己的想法。」

他說到重點了，能夠讓柯爾斯頓承認並且感謝我們取得的進展，實在是太棒了。

「順便一提，」帕蒂說，「關於業務經理們大發脾氣的事情，她可不是在開玩笑，已經有越來越多的副總打電話過來，要求豁免他們個人的小專案，或者請求私底下幫他們完成一些工作，不只有莎拉 — 她只不過最明目張膽，說得最直接。」

我皺起眉頭說，「好吧，那是我們的一部分工作，而且是意料中的事情，然而，我不希望有人把這種壓力加諸於我們的團隊成員身上，是不是，韋斯？」

「我已經告訴過每一個團隊成員，放心將那些經理的抱怨都轉到我這兒來，真的不蓋你，我逐個給那些傢伙回電話，把他們全都訓了一頓。」他說。

帕蒂說，「我已經開始擔心，在專案凍結解除之後，我們該怎麼辦？會不會像打開防洪閘門一樣？」

她又一次指出一些重要的事情，我說，「我會打電話給埃瑞克，但在那之前，我們現在如何區分工作的輕重緩急？當我們投入某個專案、變更、服務請求或任何其他工作時，如何確定某個時間點要做什麼事？如果優先等級相同的工作同時出現，那該怎麼辦？」

「那些狗屁倒灶的事情天天在發生！」韋斯一臉懷疑地說，「不就是只留一個專案，而凍結所有其他專案，了不起的地方就在於，大家都不必決定到底要做哪件事，而且不准一心多用。」

「我的疑問不是這個。」我說，「當多個工作流同時進行時，如何決定在特定時點下應該做什麼？」

「嗯，」韋斯說，「我們相信他們會根據手上的資料作出正確的決定，那就是我們為什麼聘用聰明人才的原因。」

這樣不好。

我回想起專案凍結前，自己對布倫特所做的二十分鐘觀察，我問，「那麼，這些聰明的員工是根據什麼資料來決定優先順序的？」

韋斯心存戒備地說，「我們盡可能同時把幾件優先等級相同的事情處理好，生活就是這樣，對吧？優先順序不停變動。」

帕蒂說，「老實說，優先等級 1 是看誰喊得最大聲，關鍵因素是誰的後台最硬、層級最高，另外，我看過很多人員總是優先為某個經理服務，因為他每個月帶他們出去吃一次好料的。」

喔，好極了。有些工程師被威脅，還有一些工程師就像連續劇《陸軍野戰醫院》的馬克斯．克林格下士那樣，在 IT 部門中經營著自己的黑市生意。

「如果真是這樣，我們就不能解除專案凍結，難道你們沒發現，我們完全沒辦法發佈工作給 IT 人員，並且相信工作會妥善被完成嗎？」

我竭力克制無奈的語氣，說道，「帕蒂是對的，在專案凍結終止前，我們還得弄清楚很多事，也就是在一個星期內。」

我決定到外面走一會兒，離下一場會議還有三十分鐘，需要好好思考一下。

我從未如此心煩意亂，當系統同時存在多個專案時，我們如何避免鳳凰專案的工作受打擾，或者確保它的優先等級，不被公司或 IT 部門的其他人所影響。

陽光灑在我身上，時間是上午 11 點，秋天的氣息瀰漫在空氣中，樹葉開始變成橘色或褐色，停車場上出現一堆堆的落葉。

儘管煩躁不安，但我發現，能夠仔細思考需要做哪些工作，如何確定優先等級並且妥適地發佈工作，是一件讓人神清氣爽的事情，片刻間，少了那些不間斷的應急與救火工作，我竟感到十分新鮮，要知道，它們佔據了我絕大部分的 IT 生涯。

我們最近需要解決的問題是如此地…需要智慧。

當初拿到 MBA 學位時，我就認為所謂管理就是要處理這種狀況。

我堅信，如果好好思考，我們就能做出真正的改變，就在此刻，我決定打電話給埃瑞克。

「你好？」我聽到他說。

「你好，我是比爾，有時間聊聊嗎？我對專案凍結有些疑問。」我停頓一下，隨即補充，「更確切地說，對專案凍結解除後會發生什麼事情有些疑問。」

「好吧，差不多是時候了，我還在想，你何時才會想到有個巨大的新問題正在等著你呢。」

我簡單向他報告了柯爾斯頓發出的好消息，並且概述一下目前困擾我們的問題，我們打算發展一個監控專案，以及如何保護系統內的工作順利被執行。

「不錯喔，小子！」埃瑞克說，「顯然，你已經把關於約束點的討論內容付諸實踐，並且盡量保護約束點不受計畫外工作的打擾。你問到的是關於“第一步工作法”以及如何管理計畫內工作流的問題，這些事情非常重要，除非將它們做好，否則就無法落實真正的管理，你能夠辦到嗎？」

他繼續說，「你感到困惑，是因為你發現自己根本不懂工作實際上是如何被處理的。」

我壓抑住一絲不快的嘆息。

「我想該是時候再去 MRP-8 走動走動了，你多久能到？」他問。

我驚訝地問道，「你在城裡？」

「是的，」他說，「我今天下午要跟稽核與財務人員開會，我絕對不會錯過這個會議，你也務必要出席啊，我們準備把約翰的腦袋給砍下來。」

我告訴他，十五分鐘就能到。

埃瑞克在大廳中央等我。

我不敢相信，他穿了一件退色的 T 恤和一件附拉鏈的連帽運動衫，上面的聯盟標誌也嚴重退色。他已經拿到訪客證，正不耐煩地拍著他的腿。

「我盡快趕過來了。」我說。

埃瑞克只是應了一聲，做個手勢叫我跟上他，我們再次爬上樓梯，站在貓道上，俯瞰整個工廠。

「告訴我，你看到什麼。」他指著工廠樓面說。

我困惑地朝下看，不知道他想要聽什麼。我從最明顯的地方開始說，「跟上次一樣，我看到原物料從左邊的裝貨平台運進來，在右邊，我看到成品經由另一群裝貨平台離開。」

出乎意料，埃瑞克居然贊同地點點頭，「很好，兩者之間有什麼？」

我俯瞰全場，感覺有點蠢，擔心自己看起來像是被宮城先生詰問的龍威小子【譯註】，然而，要求會面的是我，所以我只能硬著頭皮說，「我看到原物料與在製品從左邊流向右邊 — 不過，它們流動得非常緩慢。」

埃瑞克從貓道上看過去，說道，「啊，真的，就像一條河流？」

他轉向我，一臉不屑地搖著頭說，「你以為這是什麼，詩歌朗誦課嗎？剎那間，在製品如絲綢般地流過光滑的石頭？說真的，工廠經理會怎麼回答這個問題？工作從哪裡移到哪裡，為何移動？」

【譯註】 請參考電影《龍威小子》。

我再試一次，說道，「好吧，好吧，在製品根據原物料清單（BOM）和生產途程（routing），從一個工作中心移到另一個工作中心，這些資訊全部記在工單（製造工令）上，而工單是由那邊的辦公桌發佈的。」

「這還差不多。」埃瑞克說，「你能夠找出這家工廠的約束點是在哪幾個工作中心嗎？」

我知道，在第一次參訪這家工廠的奇幻旅程中，埃瑞克就告訴過我。

我脫口說出，「熱處理爐和塗料固化室。」

「那裡。」我說，我把工廠掃視一遍，終於認出遠方牆邊一組大型機器，「還有那裡。」我說，指向標示著"塗料室 #30-A"和"塗料室 #30-B"的兩個大房間。

「很好，理解工作流是成功實施"第一步工作法"的關鍵。」埃瑞克說著，同時點點頭，隨後，他更加嚴肅地問，「那麼，現在，請再告訴我一次，在你的部門中，被確認為約束點的工作站是哪幾個？」

我笑了，輕鬆地回答，「布倫特，我們上次不是說過。」

他嘲諷似地冷笑一聲，轉身看著工廠樓面。

「什麼？」我幾乎大喊，「不是布倫特！怎麼會？幾週前，我告訴你約束點是布倫特，你還讚許我！」

「布倫特突然變成機械化的熱處理爐？你的意思是，在你看來，下面那個塗料固化室等同於布倫特？」他說，一副不可置信的模樣，「說實話，那可能是我聽過最愚蠢的事情。」

他繼續說，「那麼，你把手下的兩位經理置於何處，賈斯特和佩內洛普？讓我猜猜，或許，他們相當於那邊的鑽床與衝壓機？或者那台金屬粉碎機？」

埃瑞克嚴厲地看著我，「說正經的，我問的是，你們的約束點是哪幾個工作中心？仔細想一想。」

我完全糊塗了，再一次朝下俯視整個工廠樓面。

我知道，部分的答案是布倫特，但是，當我自信滿滿地脫口說出這個答案時，埃瑞克又一次給我當頭棒喝。

埃瑞克似乎對我舉出具體的人名為答案十分光火，看來布倫特只不過是其中一個部分。

我再一次看著熱處理爐，然後看到兩個穿著連身工作服、戴著安全帽和護目鏡的人，一個站在電腦螢幕前面做記錄，另一個正在檢查裝載托盤上的一堆零件，使用手持電腦掃描某個東西。

「喔，」我自言自語，「熱處理爐是一個工作中心，它和一些工人相關聯，你問我，哪些工作中心是我們的約束點，我說布倫特，那是不對的，因為布倫特不是一個工作中心。」

「布倫特是工人，而不是工作中心。」我重複說道，「而且我敢打賭，布倫特可能是一個支援太多工作中心的工人，那正是他之所以變成限制條件的根本原因。」

「你總算弄明白了！」埃瑞克微笑地說，他比手畫腳地指著下方的工廠樓面，說道，「想像一下，假如下面那些工作中心，有 25% 都只能由一個名叫布倫特的人來操作，整個工作流會變成什麼模樣？」

我閉上眼睛開始思考。

「工作將無法按時完成，因為布倫特同一時間只能待在一個工作中心，」我回答，並且有點激動地繼續說下去，「那正是我們那裡發生的事情，我知道，我們有很多計畫好的變更，如果布倫特不在場，那些工作甚至無法啟動，一旦發生那種情況，我們就得去找布倫特，叫他扔下手上的活兒，如此一來，另一個工作中心又無法運行，要是他能在那兒待上足夠的時間，並且在不受旁人干擾的情況下完成變更，那就算我們走運了。」

「完全正確！」他說。

埃瑞克對我的回答如此肯定，反倒讓我有點兒不安。

「很明顯，」他繼續說，「每個工作中心都由四樣東西組成：機器、人員、方法及評量，譬如機器，以熱處理爐為例，需要兩個人員才能執行預先定義的步驟，顯然，我們還需針對執行方法與步驟所得的結果來進行評量。」

我皺起眉頭，這些工廠用語似乎在我攻讀 MBA 期間曾經留下模糊的印象，但我從沒想過它們竟然適用於 IT 領域。

我想找東西把這些記下來，卻發現筆記本忘在車上，我摸遍全身口袋，在褲子後袋裡找到一張皺巴巴的索引卡片。

我匆忙寫下，「工作中心：機器、人員、方法、評量。」

埃瑞克繼續說，「當然，在這個工廠中，不會有四分之一的工作中心倚賴一個人，那樣太荒唐，不幸的是，你們卻那樣做，所以一旦布倫特休假，各種工作就會停擺，因為只有布倫特知道如何完成特定的步驟 —也許，那些步驟只有布倫特才知道，對吧？」

我點點頭，忍不住嘆一口氣，「你說得對，我聽到手下的經理們抱怨過，假如哪天布倫特突然不在，我們就會陷入停擺，沒有人知道布倫特的腦子裡裝了哪些東西，這也是我成立 3 級工程師人力資源庫的原因之一。」

我簡要地告訴他，我做了一些事情，避免布倫特被計劃外的工作打擾，以及我如何針對計畫內的變更麼做同樣的打算。

「很好，」他說，「你正在把布倫特的工作標準化，好讓其他人也有能力處理，而且，因為你終於把那些步驟確切記錄下來，所以就能夠在一定程度上確保穩定性和品質，你不僅減少需要布倫特參與的工作中心數量，還產生一些將來能夠讓某些工作中心自動化運行的文件。」

他繼續說，「附帶一提，這樣做之前，不論你再聘用多少個像布倫特那樣的人，布倫特都一直會是你們的約束點，任何一個新進人員最後都只能一旁乾坐著。」

我心領神會地點點頭，這和韋斯描述的情形一模一樣，儘管他爭取到額外的人員編制，聘用更多像布倫特那樣的人，卻還是未能提高實質的生產力。

各種片段在我的腦海裡逐漸清晰，慢慢成形。我突然感到一陣興奮，他正在幫我確認一些根深蒂固的直覺，並且為我的信念提供某種理論支撐。

我的欣喜轉瞬即逝，他不以為然地看著我說，「你要問我如何解除專案凍結，但你的問題卻一直把兩件事情給混淆了，除非你能夠在腦子裡把它們區分清楚，否則只會一直在原地打轉。」

他邁開步伐，我匆忙跟上，很快地，我們來到工廠樓面中央的正上方。

「有看到那邊那個閃著黃燈的工作中心嗎？」他一邊指一邊問。

我點點頭，他說，「告訴我，你看到什麼？」

琢磨著怎樣才能和他正常地交談，我繼續扮演傻呼呼的見習生角色，「機械設備的一些零件顯然已經損壞 — 我猜這就是指示燈閃爍的意思，邊上擠著五個人，其中兩個看起來是經理人，顯得很擔心，另外還有三個人蹲在地上，我猜是在查看機器的檢修面板，他們拿著手電筒，還有螺絲起子，肯定有機器出狀況 ...」

「猜對了。」他說，「也許是某台電腦化研磨機故障，維修小組正在設法讓它重新運作，假如每項設備發生故障時都需要布倫特修理，那會發生什麼事？」

我大笑，「每一個服務中斷處理都立刻流轉到布倫特身上。」

「是的。」他繼續說，「先從你的第一個問題開始，在凍結解除後，發佈哪些專案是安全無虞的？若是知道工作如何流經某些工作中心，以及哪些工作中心需要布倫特，哪些工作中心不需要他，你認為答案是什麼？」

我把埃瑞克剛剛說的話慢慢重述一遍，設法拼湊出答案。

「我明白了。」我微笑著說，「發佈那些不需要布倫特的候選專案是安全無虞的。」

聽見他說「答對了，賓果，很簡單，對吧？」我笑得更開心了。

然而，在仔細考慮其中的意涵之後，我笑不出來了，「等一下，我怎麼知道哪些專案不需要布倫特？事情總是做到一半才發現實際上需要布倫特！」

埃瑞克瞪了我一眼，我立刻後悔自己問了蠢問題，「你自己弄得一團亂，搞不清楚狀況，難道還指望我把答案告訴你嗎？」

「不好意思，我會弄清楚的。」我馬上說，「是的，等最後釐清所有真正需要用到布倫特的工作時，我會鬆一口氣的。」

「沒錯。」他說，「你們正在建立 IT 運營部的所有工作的物料清單，只不過這張清單記錄的不是模具、螺絲、腳輪之類的零組件，你們在執行工作之前，必須先分門別類地列出完成工作所需的一切先決條件 — 譬如說，筆電型號、使用者資訊的規格、軟體及需要的授權、以及它們的組態、版本資訊、資安要求、處理能力和連續性需求等 ...」

他話鋒一轉，說道，「嗯，更確切地說，你其實是在建構資源清單，也就是物料清單，以及需要的工作中心與生產途程，一旦備妥，加上工單和你的資源，最終就能釐清你的產能與需求為何，弄清楚是否可以接受新的工作，並且實際為它進行排程。」

不可思議，我想我差不多懂了。

我正要提出幾個問題，但埃瑞克說，「你的第二個問題是，啟動監控專案是否安全，你已經確定這個專案不需要布倫特，而且，你說這個專案的目標是防止服務中斷，從而避免布倫特的工作量暴增，更重要的是，一旦服務中斷真的發生，布倫特花在查找和解決故障的時間也會縮短很多。你已經識別出約束點，盡可能充分利用它，並且讓工作流配合這個約束點，所以，你覺得這個監控專案有多重要？」

我想了一下子，答案相當明顯，我輕嘆一口氣。

我用手指梳理一下頭髮，說道，「你說過，我們經常需要尋找提升約束點的做法，也就是說，我得採取一切必要的手段，為布倫特爭取更多餘裕，那正是監控專案的主要任務！」

我以前居然沒有發現這一點，真是難以置信，我說，「監控專案可能是我們最重要的改善專案 – 我們應該立刻啟動這個專案。」

「正是如此。」埃瑞克說，「適當提升預防性工作是全面生產維護（Total Productive Maintenance，TPM）這類計劃的核心，精實社群（Lean Community）信奉全面生產維護的精神，主張我們應該不惜一切代價提升維護水準，從而確保機器設備的可用性，正如我的一位老師所述，"改善日常工作甚至比進行日常工作更重要"。第三步工作法全然關乎持續給系統施加壓力，從而不斷強化習慣並且改善某件事情。彈性工程（resilience engineering）告訴我們，我們應該例行性地為系統注入一些問題，長此以往，就能提升系統對困難與痛苦的承受力。」

「邁克・羅瑟說，改善什麼幾乎無關緊要，關鍵是要不斷改進，為什麼？因為如果沒有改進，無序的狀態一定會讓情況惡化，也就不可能達到零失誤、零事故及零耗損的狀態。」

一切豁然開朗，我覺得應該馬上打電話給帕蒂，請她立刻啟動監控專案。

「羅瑟將此稱"改善型"（Improvement Kata）。」埃瑞克接著說，「他之所以使用"型"（kata）這個字，是因為他明白，反覆施行形成習慣，而養成習慣才能化為精通，不論是運動訓練、樂器學習、還是特種部隊操練，唯有透過持續練習與操演才能達到精通的地步。研究表明，每天訓練五分鐘比每週練習一次三小時更有效，如果你想要營造出真正的改善文化，就必須建立那些習慣。」

他再次轉向工廠樓面，繼續說道，「離開之前，把你的注意力從工作中心轉到工作中心之間的空間，與調節工作發佈同樣重要的是妥善管理工作交接，特定資源的等待時間，是該資源忙碌時間佔的百分比除以閒置時間佔的百分比，因此，如果某個資源的使用率為 50%，等待時間就是 50/50，或者說 1 個單位，如果這個資源的使用率 90%，等待時間就是 90/10，或者說 9 倍的時間長，那麼，如果這個資源的使用率為 99% 呢？」

儘管不太理解其中的關聯，我還是在心裡盤算著：99/1，我說，「99。」

「正確。」他說，「當某個資源使用 99% 時，那麼，等待時間就是使用 50% 時的 99 倍。」

他誇張地做了個手勢，說道，「第二步工作法的關鍵部分是以視覺化的方式呈現等待時間，那樣就能知道你的工作正在某人的佇列中排隊好幾天 — 或者，還有更糟的情況，工作必須往後退，因為它並未備妥完整的零件，或者需要重新弄過。」

「記住，我們的目標是讓流量最大化，多年前，我們在 MRP-8 遇過這樣的情況，某些零件在組裝時總是不能按時出現，那是因為我們沒有足夠的資源，或者某些任務耗費太多時間執行嗎？」

「不！當我們在工廠裡實際檢視這些零件時，發現它們大部分時間都是在排隊等候，換句話說，“實際加工時間”只佔“總處理時間”的一小部分，我們的專案促進者（expediter）得在堆積如山的工作中搜尋這些零件，敦促它們快點通過工作中心。」他語帶懷疑地說。

「你的工廠也是同樣的情況，務必注意。」他說。

我點頭並且說道，「埃瑞克，我還在想發佈監控專案的事情，人們總是認定自己的專案最特殊、最緊急，需要犧牲一切來處理它，例如，約翰強烈要求的那些緊急稽核與安全性修正專案該怎麼辦？」

埃瑞克專注地看著我的臉，最後說，「還記得這兩週來我一直在講的一句話嗎？」

他看看錶說，「我得閃人了。」

我嚇了一跳，看著他快步走向貓道出口，我趕緊追上。埃瑞克長得人高馬大，約莫五十出頭，儘管稍微有點胖，但是動作快速敏捷。

我終於追上他，說道，「等一下，你是說稽核問題不夠重要，不用解決？」

「我沒那樣說喔。」他停下腳步，轉身面向我，「假如你搞砸了什麼事，讓公司無法遵守相關的法律和法規，那你最好想辦法修正它 — 否則，你就應該回家吃自己了。」

他轉身繼續前進，頭也不回地說，「告訴我，那個叫吉米的首席資訊安全官推行的所有專案當中，有沒有提高通過 IT 組織的專案工作流量？」

「沒有。」我立刻回答，再次衝上前去，跟緊他的腳步。

「它們有沒有提高運行的穩定性，或者減少檢測及修復服務中斷或安全漏洞所需的時間？」

我多思考了一會兒，然後說，「可能沒有，當中很多工作其實都是瞎忙，而且多數情況下，他們想做的工作深具風險，實際上，甚至可能導致服務中斷。」

「這些專案有沒有提升布倫特的生產能力？」

我苦笑，「沒有，恰恰相反，單單稽核問題就足夠讓布倫特接下來忙活一整年。」

「那麼，吉米的專案會對在製品數量產生什麼影響？」他一邊問，一邊開啟回到樓梯間的安全門。

我們走下兩層樓，我有點惱火地說，「在製品會再一次堆到天花板。」

我們回到地面，埃瑞克突然停下來，問道，「好吧，這些“安全性”專案降低你們的專案生產力，而你們的專案生產力是整個公司的約束點，而且，它們還讓你的部門當中最受約束的資源疲於奔命、分身乏術，而且不會對組織的可擴展性、可用性、存活性、持續性、安全性、支持性及防禦性帶來任何幫助。」

他面無表情地問，「那麼，天才，對你而言，吉米的那些專案像是在充分運用時間嗎？」

我正準備回答，他卻打開安全門，兀自走了出去。顯然，這只是一句反詰。

第 21 章

9 月 26 日，星期五

我趕到 2 號大樓參加稽核會議，儘管一路超速，還是遲到 20 分鐘。步入會場時，我嚇一大跳，居然坐了這麼多人。

很明顯，這是一場賭注不小、輸贏很大的會議，充滿微妙的政治分歧。迪克和公司的法律顧問坐在首座。

坐在他們對面的是外部稽核人員，他們對發現財務報告的錯誤與欺瞞負有法律責任，但說到底，他們還是想要留住我們這個客戶。

迪克及其團隊試圖證明，稽核人員發現的問題完全是誤會，他們的目標是表現出極為誠懇的配合態度，但又對於浪費他們的寶貴時間而感到憤憤不平。

全是政治戲碼，但這樣的高賭注政治表演絕對超出我這種薪資階級所能掌控的範圍。

安和南茜也在場，她們和韋斯及其他看起來很眼熟的人們坐在一起。

然後，我看到約翰，他的樣子讓我大吃一驚。

天啊，他看起來糟透了 — 活像是個剛戒毒三天的人，彷彿一聲令下，全會議室的人就會翻臉攻擊他，把他撕成碎片，而且事實可能也差不多。

坐在約翰旁邊的是埃瑞克，一副淡定的模樣。

他怎麼這麼快就到這兒？還有，他是在哪裡換上卡其褲和牛仔襯衫的？在車裡？邊走路邊換裝？

我在韋斯身邊坐下，他朝我靠過來，對著一套裝訂好的文件比了個手勢，輕聲說，「會議的議程是詳細檢查兩個嚴重缺陷和十六個重大缺失。約翰看起來活像是個站在行刑隊前面的犯人，等著被槍決。」

看到約翰的腋下滲出汗漬，我心裡想，天啊，約翰，打起精神，我是運維管理者，所有這些 IT 缺陷恐怕都會算在我的頭上，所以我才是那個暴露在火線下的人，不是你。

然而，和約翰不同，我有一個優勢，那就是，埃瑞克一直安慰我說一切都會順利的。

接著，再一次，埃瑞克又擺出一副袖手旁觀的模樣，有那麼一會兒，我懷疑自己是否也該像約翰那樣剉咧等。

五小時後，會議桌上滿是塗改的紙張和空的咖啡杯，由於緊張激烈的爭辯，房間裡頭充斥著煙硝味。

聽到稽核合夥人（audit partner）闔上公事包的聲音，我抬起頭來。

他對迪克說，「有鑒於這些新資料，看起來，IT 控制的問題確實可以排除在這兩個潛在重大缺陷的範圍之外，而且很快就能夠獲得解決，感謝你提前為我們準備這些文件，我們需要這些資料，以便盡快將這些議題處理完畢。」

「我們會審慎處理這些議題，並且在一、二天內提出回應。」他繼續說，「最可能的是，我們希望對這些新整理的下游控制安排進一步的測試，確保它們到位並且順利運行 — 以便支持你們撰寫的財務報告聲明。」

稽核合夥人站起來，我不可置信地看著他，我們真的躲過這一劫了嗎？我看看會議桌四周，無極限零件公司的所有人員看起來同感驚訝。

一個例外是埃瑞克，他只是贊許地點點頭，顯然對於花費這麼長時間才送走外部稽核人員感到不太爽。

另一個例外是約翰，他看起來心神渙散，雙肩低垂，坐在那裡，我突然有點擔心他。

我正想起身看看約翰，稽核合夥人和迪克握握手，然後，出乎意料，埃瑞克竟然站起來和他擁抱一下。

「埃瑞克，自從在 GAIT 和奧蘭多見過面後，已經好久不見。」稽核合夥人熱情地說，「我確信我們一定會再碰面，但沒想到是在一個稽核客戶這兒！最近好嗎？忙些什麼？」

埃瑞克笑著說，「大部分時間，我都駕著船，快樂出航去，但有個朋友邀請我加入無極限零件公司的董事會，部分原因是，外部稽核人員一直在找公司內部稽核人員的麻煩，那些基層的年輕稽核人員，做事難免有失分寸，唉喲，我早該知道你也參與這件事呀。」

稽核合夥人看起來相當尷尬，接著，兩個人就湊在一起竊竊私語。

在剛才的五個小時裡，約翰、韋斯和我完全被晾到一旁，業務部門的經理們和外部稽核人員展開詳實的討論，闡明 IT 控制問題不會導致未被發現的財報錯誤，他們拿出一份名為《GAIT 準則》的文件，引用當中的一些流程圖。

就像觀看網球比賽，球在公司團隊和外部稽核人員之間來來去去，不時冒出「連鎖」、「重要性」、「控制信賴」等字眼，迪克不斷引用相關商業領域的一些專家觀點來說明：即使有人蓄意讓某個 IT 控制失靈，這種欺瞞行為還是會被下游的另一個控制項逮住。

物料管理、訂單輸入、倉儲和人力資源等部門的經理們紛紛指出，即使應用程式、資料庫、作業系統和防火牆遍佈安全性漏洞並且遭到徹底破壞，每日或每週庫存調和報告仍然可以逮到詐欺交易。

他們一遍又一遍地演示，就算所有的 IT 基礎設施都是用瑞士乳酪做的，任何心懷不滿、違法亂紀的員工或者外部的惡意駭客，都能夠登入，詐欺，然後逃之夭夭，不受任何懲罰。

但是，無論如何，他們還是會查出財務報表當中的任何實質錯誤。

迪克一度指出，有一整個二十人的部門專門負責發掘錯誤的訂單，更別說是詐欺性的訂單，他們並不屬於 IT 控制的角色，而是公司安全防護網的一部分。

每一次，稽核人員都同意（往往很勉強），控制信賴是施加於財務部門的調和工作，而不是 IT 系統，或者 IT 控制的內部。

我是第一次聽到這種事，但我肯定不會和他們抱持不同的意見，事實上，假如閉上嘴巴不吭聲，就能夠讓無極限零件公司躲過所有稽核發現，我絕對樂意裝聾作啞。

「有空談談嗎？」約翰在我身邊用沙啞的聲音問道。

他仍然萎靡不振，不時用手抱著頭。

「當然。」我說著，看看四周，人們大致都走了，只有約翰和我坐在諾大的會議桌旁。遠處的角落，埃瑞克還在跟那個稽核合夥人低聲交談。

約翰看起來糟糕透了，要是他的襯衫再皺一點，或許前面再沾上一、二個污漬，幾乎就能去充當流浪漢了。

「約翰，人不舒服嗎？你看起來不太好哩。」我說。

他的臉色變得很難看，「你知道，過去兩年來，我花了多少政治資本，想讓每個人都去做正確的事情？十年來，這家公司一直在推諉資安方面的工作，我只能背水一戰，我告誡過他們，如果只是口頭猛開空頭支票，遲早是會大難臨頭的，我還說過，至少要試著修復一些系統性的資安問題 ... 我是說，至少應該裝裝樣子，顯得我們真的很在乎。」

我看到埃瑞克從房間另一頭轉過身來看著我們，稽核合夥人似乎沒有聽到約翰說的話，儘管如此，埃瑞克還是勾著稽核合夥人的手，一邊親密地交談，一邊走向走廊，重重地帶上了門。

約翰並未察覺，繼續說，「有時候，我覺得整個公司只有我一個人真正關心系統和資料的安全性，開發部的每個人都對我隱瞞他們的活動，我還得央求別人告訴我他們在哪裡開會，你知道那是什麼感覺嗎？這是什麼地方，國民小學嗎？我只是想幫助他們做好份內的工作！」

我一言不發，他對著我冷笑地說，「別那樣看我，我知道你看不起我，比爾。」

我震驚地看著他。

「我知道，你從來不看我的電子郵件，我只好打電話給你，讓你開啟郵件看一看 — 我知道，因為我總是在我們通電話時收到讀信回條，你這個混蛋。」

啊。

「但有很多次我都是在他給我打電話之前就已經看過他的電子郵件呀，然而，我還沒來得及回答，他就連珠炮似地說，「你們都看不起我，事實上，我管過伺服器，就跟你一樣，然而，我對資安工作抱有強烈的使命感，我想要幫忙逮住壞人，我希望保護公司不被外面的壞人傷害，這是出於讓世界更美好的責任感與使命感。」

「然而，打從我來到這裡，我只能夠跟公司的官僚主義與業務部門不斷周旋，儘管我想要保護他們免於被自己所傷。」他冷笑著說，「外部稽核人員本該給我們施加壓力才對，本該因為我們的不虔誠而痛懲我們這些罪人，你知道嗎？整個下午，我只看到稽核合夥人心慈手軟地縱容我們，那樣的話，資訊安全計畫到底有什麼意義？甚至連外部稽核人員都不在乎！只要打一場高爾夫，一切問題便煙消雲散。」

約翰幾乎是在咆哮，「外部稽核人員應該因為瀆職而受審判！被他們晾在一旁的稽核發現都是最基本的安全環境問題！我們簡直就像泡在滿是風險的化糞池裡，我很驚訝，這個地方如此疏於照料，居然還沒被自身的重量給壓垮，已經很多年了，就等著所有的東西砸在我們的頭上！」

他停下來，低聲說，「可是，一切如故 ...」

就在此時，埃瑞克又走進來，大力關上門，在最靠近門口的椅子坐下，嚴厲地看著約翰。

「你知道你的問題是什麼嗎，吉米？」埃瑞克指著他說，「你就像是個政治委員似的，走進工廠，對著所有組裝線上的工人耀武揚威，像個虐待狂般地干涉每個人的工作，還威脅他們按照你的命令行事，一切就只是為了提高你殘缺的存在感與價值感，多數時候，你弄壞的東西比你修好的東西還要多，更糟的是，你打亂別人的工作時程，他們可是實際從事重要工作的人員。」

這樣說太超過。

約翰氣急敗壞地說，「你以為你是誰？我是在努力保護這家公司的安全，讓那些外部稽核人員無可挑剔！我是在…」

「得了吧，你這個只會幫倒忙的 CISO 先生。」埃瑞克打斷他的話，說道，「你剛才已經看到，用不著你出手，這家公司就能夠讓外部稽核人員離得遠遠的，你就像是一個不曉得自己正在為一架飛機服務的水管工人，搞不清楚自己的職責，更別說是飛行路線，或者航空公司的營運狀況。」

現在，約翰已經面如死灰，驚訝得合不攏嘴。

我正想幫約翰說幾句話，埃瑞克已經站起來衝著約翰大叫，「我要說的就這些，除非你向我證明，你能夠理解剛剛在會議室發生的事情，在沒有你們團隊協助的情況下，公司已經成功躲過 SOX-404 稽核的子彈，如果你弄不清楚這是怎麼發生的、為什麼發生，你就無法對公司的日常營運做出貢獻，這句話應該作為你的工作指導原則：在保護公司時，切勿對 IT 系統做太多無謂的干擾，這才是你真正的勝利，如果你能夠把那些無用的工作從 IT 系統中剔除，那你的成就便會更大。」

接著，他對我說，「比爾，你可能是對的，你們這裡的人似乎確實已經把資訊安全給完全搞砸了。

我從沒講過這種話，我轉頭看約翰，想要表示我不知道埃瑞克在說什麼，但約翰沒理會我，他一臉厭憎地盯著埃瑞克看。

埃瑞克用大拇指指著約翰說，「這傢伙就跟那個 QA 經理一樣，那個 QA 經理讓他的團隊為一個我們已經不再上市的產品撰寫幾百萬個新測試，然後針對一些不復存在的功能整理出一大堆臭蟲報告，顯然，他犯了我們所謂的“範疇錯誤”。」

約翰氣得顫抖起來，他說，「你的膽子真大！我不敢相信，身為董事會成員的候選人，你居然要我們坐視不管客戶資料與財務報表的外洩風險！」

埃瑞克平靜地回頭看看約翰，說道，「你是真不明白嗎？無極限零件公司最大的風險是關門大吉，而你似乎一直想用那些考慮不周且無關緊要的枝微末節，讓它加速倒閉，怪不得你會被邊緣化！其他人至少都在想方設法幫助公司存活下去，假如這是一個“倖存者”（我要活下去）實境秀節目，你肯定早就遭到投票淘汰了！」

現在，埃瑞克正在威脅約翰，「吉米，我家至少有四組信用卡號碼在無極限零件公司的系統裡，我要你保護好那些資料，可是，一旦產品上線，你就只能盡人事聽天命，因此，你必須在建立產品的過程中做好防範措施。」

他把雙手插進口袋，語調稍微溫和一些，「想要來點提示嗎？去 MRP-8 工廠，找工廠安全官聊聊，弄清楚她想要達到的目標是什麼，而且是怎麼做的。」

埃瑞克的表情變得愉快些，接著補充，「還有，請代我問候她，等到迪克說他真的需要你的時候，我會準備好再跟你談談的。」

說著說著，他便逕自走出去。

約翰看著我說，「他到底是怎麼回事？」

我從椅子上站起來，說道，「別放在心上，他也對我說過類似的話。我累壞了，想要回家，我建議你也這麼做。」

約翰一言不發地站起來，一臉平靜地把三孔文件夾從桌上推開，啪啦一聲巨響，文件夾摔落地上，裡頭的東西撒了滿地，現在，幾百頁紙張散落在地板上。

他看著我，冷笑一聲，然後說，「我會回家的，但不知道明天會不會來— 或者，永遠不來公司了，說真的，這到底有什麼意義？」

他隨即走出會議室。

我盯著約翰的文件夾，不大相信他就這樣毫不在乎地丟棄它，兩年多來，他一直帶著它，在他剛才坐的地方前面有一張紙，上面幾乎是空白的，只是潦草地寫了幾行，我在想那會不會是辭職信或訣別書之類的東西，偷偷看了一眼，看起來似乎是一首詩。

一首俳句？

端坐雙手縛

吾力本可解眾厄

奈何眾頑愚

第22章

9月29日，星期一

稽核會議之後的週一，約翰不見了，在NOC，大家開始打賭，猜測他精神崩潰，被解雇，只是躲起來或者發生更糟糕的事情。

我看見韋斯和他手下的一些工程師在狂笑，大概是在拿約翰開玩笑。

我清了清喉嚨，試著引起韋斯的注意，他走過來，我轉過身，背向NOC，不讓別人聽到我跟韋斯說的話，「幫個忙好嗎？關於約翰的那些謠言，別跟著瞎起鬨。還記得在IT領導統御場外會議上，史蒂夫要我們記住的事嗎？我們應該跟他建立相互尊重、互信互助的工作關係。」

韋斯的笑容消失，過了一會兒，終於說，「嗯，知道了啦，剛剛只是開玩笑，好嗎？」

「很好。」我點點頭說，「好吧，就這樣。跟我來，我要跟你及帕蒂討論一下監控專案的事。」我們來到帕蒂的辦公室，她正坐在辦公桌前，在專案管理應用程式中飛快地打字，螢幕上滿滿甘特圖。

「你有半小時的空檔嗎？」我問她。

帕蒂點點頭，我們圍著她的會議桌坐下，我說，「在上週五的稽核會議之前，我跟埃瑞克討論了一下，學到一些東西。」

我告訴他們，埃瑞克認為我們可以發佈監控專案，而且這個專案對於進一步提升布倫特這個約束點非常重要，接著，我試著解釋自己的想法，亦即，根據專案是否倚賴布倫特，來判斷哪些專案能夠安全地被釋出。

「等一下，資源清單和生產途程？」韋斯說，突然顯得半信半疑，「比爾，我們又不是在管工廠，這一點用不著我提醒你吧，這可是 IT 工作，是靠腦子完成的，不是靠雙手，我知道埃瑞克東扯西扯地說過一些聰明的話，但是拜託 ... 這聽起來就像是那種諮詢顧問玩的江湖把戲。」

「嗯，我也還沒把整件事情想透徹。」我說，「不過，你敢說根據他的想法得到的結論是錯的嗎？你認為發佈監控專案是不安全的做法嗎？」

帕蒂皺皺眉頭說，「我們知道，IT 工作可能是專案，也可能是變更，而且，在許多專案中，有很多任務或子專案不斷重複出現，比方說，設置伺服器，這是經常性的工作，我猜你或許會把它稱作“子組裝”。」

她站起來，走向白板，畫了幾個方框，說道，「以設置伺服器為例，它牽涉到採購，根據規格安裝作業系統與應用程式，然後放置到機架上。接著，我們會驗證它是否正確被建置，每一個步驟通常是由不同的人來完成的，或許，每一個步驟就好比是一個工作中心，每個工作中心都有自己的機器、方法、人員和評量。」

帶著些許不確定，她繼續說，「然而，我也不確定，機器對應的是什麼。」

帕蒂在白板上潦草地塗塗畫畫，我高興地微笑著，她正在進行一些我自己尚未能夠完成的飛躍與進展，我不知道她最後會得到什麼結論，但我想她的方向是正確的。

我臆測，「或許，機器是處理工作時需要用到的工具？虛擬化管理控制台、終端視窗、或許還有附屬的虛擬磁碟空間？」

帕蒂搖搖頭說，「可能吧，控制台和終端視窗聽起來可能是機器，而且我認為磁碟空間、應用程式、認證金鑰等，實際上都是輸入，或者建立產出所需的原物料。」

她凝視著白板，最後說，「我懷疑，除非實際操作數次，否則只是在黑暗中摸著石頭過河。我開始認為，這套工作中心的概念確實貼切地描述了 IT 工作。就這個設置伺服器的例子而言，我們知道，幾乎每個業務專案和 IT 專案都要經過這個工作中心，如果確認這一點，我們就能夠向柯爾斯頓和她的所有專案經理提供更好的估計。」

「別逗了，夥伴們。」韋斯說，「首先，我們的工作並非重複性的勞動。其次，不同於那些只是組裝零件或鎖緊螺絲的工人，從事我們這種工作的人需要非常多的知識，我們招聘的全都是頭腦靈活、經驗豐富的人才，相信我，我們無法像製造部門那樣，將各項工作標準化。」

我考慮著韋斯的觀點，說道，「韋斯，如果是上星期，我想我會贊同你的觀點，然而，在上個禮拜，我花了十五分鐘的時間，仔細觀察工廠的一個組裝工作中心，我被那兒進行的一切給震攝住，老實說，我幾乎跟不上它，儘管已經盡可能讓每項工作可重複、可反覆，然而，他們還是得花費不可思議的心力去因應突發狀況，並且解決各種問題，他們做的事情遠不止於鎖緊螺絲之類的工作，他們運用點滴累積的經驗和智慧，在每天的工作中，持續不斷地創造傳奇。」

我堅定地說，「他們確實贏得我的尊敬，要不是他們，我們這些人恐怕早就丟飯碗了，我認為工廠管理有很多地方值得我們學習。」

我停頓一下，說道，「咱們盡快啟動監控專案，越早啟動，越快獲益，我們要像保護布倫特一樣地保護每一個資源，所以讓我們搞定這件事吧。」

「還有一件事。」帕蒂說，「我一直在思考我們想要建立的那些工作路徑。我想要藉由進來的服務請求，針對一些概念進行測試，比方說，帳號增加 / 變更 / 刪除，密碼重置，還有 — 你知道的 — 更換筆電。」

她不安地看著我那台龐大的筆電，它看起來比三週前我剛剛拿到手的時候更糟糕，我得用更多強力膠帶固定住，才能讓它免於解體，避免進一步損壞，而現在，螢幕蓋板上有一半的塗料已經剝落。

「喔，搞什麼名堂。」韋斯低聲抱怨，尷尬地看著它，「真不敢相信，我們居然還沒給你換一台筆電，公司的情況沒糟糕到這種地步吧。帕蒂，我會找個人給你，專門處理積壓的筆電與桌機。」

「太妙了。」帕蒂回答，「我想到一個小實驗，我想試試。」

我不想礙事，於是說，「儘管去做吧。」

週一到辦公室時，帕蒂已經在等我了，「有空嗎？」她急切地問我，顯然想要向我展示什麼東西。

接著，我們來到帕蒂的變更協調室，我立刻發現，在後面那堵牆上，出現了一塊新白板，上頭的索引卡片被排成四列。

分別標注著「更換辦公室」、「增加 / 變更 / 刪除帳號」、「提供新的筆電 / 桌機」以及「重置密碼」。

每一列劃分成三欄，標注著「待辦」、「進行中」、「已完成」。

有意思，看起來有點眼熟，「這是什麼？又一塊變更白板？」

帕蒂露齒而笑，說道，「這是一張看板（kanban board），上次會面後，我自己去了一趟 MRP-8 工廠，我對工作中心的概念感到非常好奇，一定得去實地看看，我找到一位以前共事的主管，他陪我逛了一小時，並且說明他們是如何管理工作流的。」

帕蒂解釋，看板，以及其他很多東西，是我們的製造廠在系統中安排及推動工作的基本機制之一，它以視覺化的方式呈現需求與在製品，並且表現出上游和下游的工作站。

「我正在嘗試，為我們的關鍵資源導入看板，基本上，這些關鍵資源從事的任何活動都必須透過看板推動，不可以透過電子郵件、即時訊息、電話等類似管道。」

「如果這類工作未在看板上，就不會被處理。」她說，「更重要的是，如果它在看板上，就要迅速完成。你會感到很驚訝，工作居然這麼快就被完成，因為我們嚴格限定在製品的數量。根據目前的試驗，我認為我們將可預測工作的交貨時間，並且達到超過以往的生產力。」

帕蒂現在聽起來有點像埃瑞克，這讓我既興奮又有點心神不寧。

她繼續說，「我已經整理出一些最常見的服務請求，確切寫下需要的操作步驟與相關資源，並且測定每個操作需要耗費的時間，結果都在這裡。」

她信心滿滿地遞給我一張紙。

標題是「筆電更換佇列」，上頭列出所有申請新電腦或者更換電腦的人，還有申請時間以及預計收到電腦的時間。最早的請求排在最前面，依序排列。

一目了然，我排在第十四，我的筆電預計會在從現在起的四天內到達。

「你真的相信這張時程表嗎？」我故意半信半疑地說。無論如何，要是我們真的能夠把這個資訊發佈給每個人，並且按照那些日期完成工作，那可就棒呆了。

「我們整個週末都在加班弄這個。」她回答，「根據上週五開始進行的測試，我們明白從頭到尾需要多少時間，我們對此充滿信心，甚至發現，如何透過改變磁碟鏡像的位置節省一些步驟，你我都清楚，奠基於省下的時間，我認為我們可以按照時程表上的日期準時完成。」

她搖搖頭，「事實上，我針對已經拿到筆電的人做了一個快速的調查，我發現，通常需要經過十五次反覆，才能將筆電正確地設置好，我現在正在追蹤這件事，想把反覆次數降到三次。我們到處安排檢查清單，尤其是在團隊內部交接工作時，情況確實大為改善，錯誤率一路往下降。」

我微笑著說，「這真的很重要，讓管理人員和工作人員獲得進行作業所需的工具，是我們的基本職責之一，並非對你沒信心，但我希望暫且保密這些時間預估，再持續追蹤一週，屆時，我們再向申請人及其經理公佈這份清單，好嗎？」

帕蒂報以微笑，「我也是這樣想，想像一下，如果在使用者提出需求時，我們能夠告訴他們還要排多久，說清楚他們的需求何時能被滿足，而且確實按時做到，這對使用者的滿意度會產生什麼樣的影響，更且，我們的人員不會分身乏術，或者手上的工作一直被打斷！」

「我的工廠主管朋友也跟我介紹了他們採用的「改善型」（Improvement Kata），信不信由你，那是埃瑞克在多年前幫他們建立的，他們使用為期兩週的改善循環，每個改善循環都要實施一個小型的「計畫 - 執行 - 查核 - 行動」（Plan-Do-Check-Act）專案，持續朝目標邁進，你不會介意我擅自把這種機制引進團隊吧？讓我們也能夠不斷地朝目標邁進。」

埃瑞克之前提過這種「改善型」以及為期兩週的改善循環，帕蒂又一次走在我的前頭。

「做得太好了，帕蒂，真的，真的，真的非常棒。」「謝謝你。」帕蒂謙虛地回答，但已經笑得合不攏嘴，「我對自己學到的東西感到由衷的開心，生平第一次，我瞭解到我們應該怎麼管理工作，即使是這些比較簡單的服務支援任務也一樣，我知道，一切都會大不相同。」

她指著房間前方的變更白板說，「我真正期待的是把這些技術應用在更複雜的工作上，一旦釐清最常反覆出現的任務是什麼，就必須建立工作中心和工作路徑，就像我對服務請求所做的那樣，或許，我們甚至可以把一些時程表換成看板，如此一來，工程師就能夠把卡片從“待辦”的欄位移到“處理中”的欄位，接著，再移到“已完成”的欄位！」

可惜，我無法具體想像相關的細節，「繼續幹，不過，務必和韋斯一起處理這件事，和他同舟共濟，好嗎？」

「我已經這樣做了。」她立刻回答，「事實上，我待會兒就要和他開會，討論在布倫特周圍設置看板的事情，進一步把布倫特和我們的日常危機隔離開來。我想規範布倫特接管工作的方式，並且讓我們更有能力標準化他的工作內容，為我們提供一種機制，從上游到下游弄清楚布倫特的工作流向，當然，這也會幫我們構築另一道防線，阻擋那些想打布倫特主意的人任意造次。」

我對她豎起大拇指，正準備離開時，突然想到，「等一下，變更白板看起來有點兒不一樣，為什麼有不同顏色的卡片？」

她看著變更白板說，「啊，我沒告訴你嗎？我們使用不同的顏色區分不同類型的卡片，這樣能夠幫助我們為解除專案凍結做好準備。我們必須有辦法確保大家都在做最重要的事情，因此，紫色卡片是支援前五大業務專案的變更，其他專案的變更則是黃色卡片，綠色卡片是內部 IT 改善專案，我們正在嘗試分配 20% 的工作週期給這類專案，就像埃瑞克建議的那樣。只需看一眼，就能夠確認紫色和綠色的工作卡片取得適當的平衡。」

她繼續說，「粉紅色的便利貼表示有些卡片因為某種原因被卡住，因此，我們每天會檢查兩次。另外，我們還會把這些卡片放回變更追蹤工具（change tracking tool），這樣就能夠為每一張卡片設置變更識別符（ID），這件事有點兒繁瑣，但現在，至少有一部分追蹤是自動化的。」

「哇，真是 ... 不可思議。」我滿心敬佩地說。

那天稍晚，我和韋斯、帕蒂坐在另一個會議桌旁，討論如何緩緩打開專案水龍頭，讓大家既可好好喝水，又不至於最後被淹死。

「埃瑞克指出，實際上有兩個專案佇列需要排序：業務專案和內部專案。」帕蒂指著面前薄薄一疊裝訂好的文件說，「先討論業務專案吧，因為這些比較容易釐清，我們根據全體專案發起人的評等，識別出最重要的五大專案，其中四個都需要布倫特的參與。在解除專案凍結時，我們建議僅先釋出這五個專案。」

「這會容易？」韋斯笑了，「我不敢相信，在確定這五大專案時，究竟發生過多少爭執、故作姿態、討價還價、暗箭傷人，應該比芝加哥的黑幫政治還要混亂吧！」

他說得對，但我們終究還是確定出經過妥善排序的清單。

「現在討論困難的部分，我們還在苦苦思索，如何對自己的 73 個內部專案確定優先順序。」她說，表情變憂慮，「73 個專案真的太多了，我們和各個小組的領導人花了幾個禮拜的時間，企圖建立某種相對的重要性等級，但只是爭論不休，沒完沒了。」

她翻到第二頁，說道，「那些專案看起來可分成以下幾類：替換脆弱的 IT 基礎設施，供應商升級或者支援某種內部業務需求，剩下的就是一堆大雜燴，包括稽核和資安工作、資料中心升級工作等等。」

我看著第二張清單，搔著頭，帕蒂說得對，誰能客觀決定到底是「整合並升級電子郵件伺服器」重要，還是「升級 35 個 SQL 資料庫實例」重要？

我用手指掃過頁面，試著看看有什麼能夠讓我靈光乍現，這張清單和我初任 IT 運維部副總第一週時看到的一模一樣，而且上面的內容看起來還是都很重要。

想到韋斯和帕蒂已經為這份清單努力將近一星期，我設法提升自己的思考能量，一定要找到某種簡單的方法，排定這份清單的優先順序，而不是像毫無頭緒地把一堆箱子搬過來搬過去那樣。

我突然想到埃瑞克關於預防性工作之重要性的論述，就像監控專案那樣，我說道，「我不管每個人覺得自己的專案有多重要，要弄清楚的是，某個專案能否提高約束點的工作容量，這個約束點指的還是布倫特，除非該專案能夠減少他的工作負擔，或者讓其他人幫忙或接手，否則，我們也許就不應該立刻釋出這個專案，另一方面，如果一個專案不需要布倫特參與，那麼，我們就沒有理由不將它釋出。」

我篤定地說，「給我三份清單，第一份是需要布倫特參與的專案清單，第二份是可以提高布倫特生產能量的專案清單，還有一份是其他專案清單。每一份清單都必須將最重要的幾個專案識別出來，但別花太多時間為它們排序 — 我可不想花好幾天爭論不休。最重要的是第二份清單，我們必須減少加諸於布倫特身上的計畫外工作，持續提升他的工作容量。」

「聽起來很耳熟。」帕蒂說，她找出我們當初針對變更管理流程建立的脆弱服務清單，「我們應該確認我們的專案能夠替換或穩定化這些服務當中的每一個，也許，我們可以無限期地暫緩針對那些非脆弱系統進行基礎設施更新的專案。」

「先等一下。」韋斯說，「比爾，你不是說過，預防性工作很重要，但是總被一拖再拖，多年來，我們一直想要開展一些這樣的專案！現在正是我們迎頭趕上的好機會。」

帕蒂立刻說道，「你沒聽見埃瑞克對比爾說的話嗎？在非約束點所做的一切改善都是假象，嗯，我無意冒犯，但你現在講的話有點兒像約翰。」

儘管努力克制，我還是忍不住大笑。

韋斯一時之間漲紅了臉，接著也大笑起來，「哎呀，好吧，算你說得對，不過，我正試著做正確的事情嘛。」

「唉喲！」他打斷自己的話，「我又像約翰那樣說話了。」

大伙都笑了起來，這讓我想起，約翰不知道在幹什麼，據我所知，一整天都沒有人見過他。

韋斯和帕蒂正忙著寫筆記，我則再次瀏覽內部專案清單，「嘿，為什麼有一個升級 BART 資料庫的專案？這個資料庫不是明年就要除役？」

帕蒂低頭檢視她的清單，然後有點尷尬地說，「喔，天啊，我沒有看到那個，因為我們從未讓業務專案與 IT 專案互相調和，我們得把清單再過濾一遍，找出這類依賴性。肯定還有其他類似狀況。」

帕蒂想了一會兒，說道，「真奇怪，儘管我們有那麼多專案、變更和工單的資料，卻從來沒有以這種方式把它們組織和聯繫起來過。」

「我想，這又是一件我們可以師法製造部的事情。」她繼續說，「我們正在做製造生產控制部做的事情，他們排程並且監督整個生產過程，確保產品能夠符合客戶的需求。在接受訂單時，他們會確認每一個必須參與的工作中心都具備足夠的生產能量和需要的投入，必要時還可以加速工作的處理節奏。他們和銷售經理、工廠經理一起擬定生產計畫，以便根據他們的承諾交付符合客戶需求的產品。」

帕蒂再一次超越我。在我辭職前，埃瑞克跟我提過幾個問題，帕蒂的話回答了其中一個，我趕快記下來 — 去 MRP-8 考察他們的生產管理流程。

我隱約懷疑，「管理 IT 運維部的生產排程」應該出現在我的職務描述裡。

兩天後，我驚訝地看到我的辦公室出現一台新筆電，那台老古董已經被移到一旁去。

我看看筆記本，翻到本週稍早帕蒂給我的那張筆電 / 桌機替換時程表。

天哪。

帕蒂答應過會在禮拜五把筆電交給我，而我居然提早兩天收到。

我登入電腦，確認它已經妥善組態完畢，所有應用程式似乎全部到位，一切資料轉移完畢，電子郵件收發正常，網路磁碟看起來也跟以前沒兩樣，而且，我還能夠隨意安裝新的應用程式。

看到這台新筆電跑得那麼快，我幾乎流下感激的眼淚，我抓起帕蒂的時程表走到隔壁。「我愛死這台新筆腦了，居然比計畫時間提早兩天到位，排在我前面的人也都拿到他們的電腦，對不對？」

帕蒂開心地笑了，「沒錯，每個人都拿到了，最早拿到電腦的幾個人碰到少許組態錯誤，或者缺少一點小東西，但我們已經在工作指南中做過修正，這兩天，我們的電腦交付正確率好像已經達到 100%。」

「做得好，帕蒂！」我興奮地說，「繼續做下去，而且可以開始公佈時程表，我要讓大家好好看看！」

第 23 章

10 月 7 日，星期二

過了一星期，週二清晨，我在開車上班途中接到柯爾斯頓的緊急來電，顯然，布倫特已經延誤將近一週，還無法完成並且交付另一項鳳凰專案的任務 – 據稱，布倫特說過完成這件事只需一小時。整個鳳凰專案的測試進度又再度岌岌可危。

除此之外，我的團隊還延誤了其他幾個關鍵任務，對下一次交付的截止期限形成更大的壓力，聽到這樣的消息真是讓人氣餒，我還以為，最近取得的那些突破可以解決準時交貨的效能問題。

如果現在就跟不上，怎麼還有辦法解凍更多專案，釋出更多工作呢？

我給帕蒂留了一則語音訊息，出乎意料，她足足過了三小時才給我回電。帕蒂告訴我，我們的進度估計出現嚴重瑕疵，必須馬上碰頭，好好商討一下。

再次來到會議室，帕蒂和我站在白板前面，韋斯仔細查閱著她裝訂好的列印稿。

「目前為止，我瞭解的情況是這樣，」帕蒂指著一頁紙說，「柯爾斯頓在電話裡提到的任務是為 QA 建立測試環境，她說，布倫特原本估計那只需要四十五分鐘。」

「聽起來沒錯。」韋斯說，「只要新建虛擬伺服器，然後在上面安裝作業系統和幾個套裝軟體即可。為了保險起見，他可能還把預估時間多加一倍。」

「我也是這麼想。」帕蒂說，但搖搖頭，「不過，這不只是一個任務，布倫特承接的事情比較像是一個小型專案 — 包含二十個以上的步驟，至少涉及六個不同的團隊！需要作業系統和一堆套裝軟體、憑證金鑰、專用 IP 位址、特殊使用者的帳號設定、妥適組態的掛載點，接著，還要把 IP 位址添加到某台檔案伺服器的 ACL 列表上。在這個特殊案例中，工作需求還提到實體伺服器，因此我們必須設定路由器埠號，佈線，還得準備具有足夠空間的伺服器機架。」

「喔 ...」韋斯有點惱火，看著帕蒂指的那一頁，咕噥著，「實體伺服器真是難搞。」

「重點不是實體伺服器，即便是虛擬伺服器，問題還是會發生。」帕蒂說，「首先，原來，布倫特的“任務”遠不只是一個任務。其次，我們發現那是涉及多方人馬的多個任務，而相關人員都有自己的緊急工作要做。每一次工作交接都是在損耗我們的時間，按照這樣的速度，如果沒有強力干預，QA 部門就得等上好幾週才能拿到需要的東西。」

「至少我們不需要變更防火牆。」韋斯嘲諷地說，「上次我們需要進行防火牆變更，約翰的團隊花了快一個月才弄好，一個三十秒的變更最後竟然耗費整整四個星期！」

我點頭，完全明白韋斯指的是什麼，那次防火牆變更的延遲之久儼然成為一個 IT 鄉野傳奇。

等一下，難道埃瑞克沒有提過類似的事情嗎？防火牆變更的實際操作雖然只需短短三十秒，但卻需要四個星期的等待時間。

那正是這次布倫特事件的縮影，但我們遇到的事情更糟，因為當中還存在工作交接。

我嘆了一口氣，把頭放在會議桌上。

「還好嗎？」帕蒂問。

「給我一點時間。」我邊說邊走向白板，拿起馬克筆，試著畫出一張圖表，經過幾次嘗試，終於描繪出這樣的一張圖表：

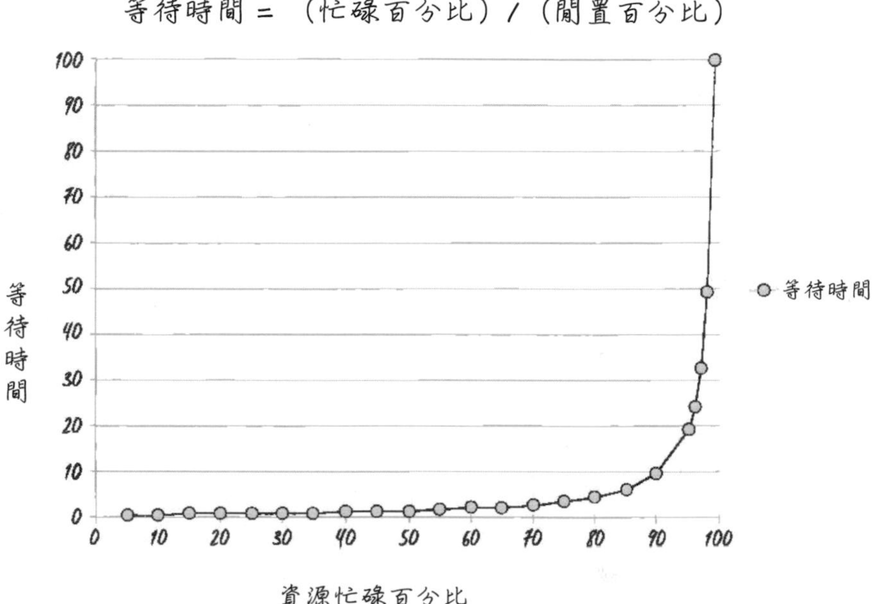

我告訴他們，埃瑞克在 MRP-8 對我說過，等待時間取決於資源使用率，「等待時間是“忙碌時間的百分比”除以“閒置時間的百分比”，也就是說，如果某個資源的忙碌時間百分比是 50%，那麼，它的閒置時間百分比也是 50%，因此，等待時間就是 50% 除以 50%，也就是 1 個時間單位，例如，就說是 1 小時吧，所以，平均而言，一個任務在被處理之前的排隊等待時間為一小時。」

「另一方面，如果某個資源 90% 的時間是忙碌的，等待時間就是“90% 除以 10%”，也就是 9 個時間單位，或者說 9 個小時。換言之，任務排隊等待處理的時間將是忙碌百分比 50% 之資源的 9 倍。」

我得出結論，「因此，對這個鳳凰專案任務來說，假設有 7 個交接步驟，而且每一個資源都有 90% 的時間是忙碌的，那麼，這個任務排隊等候處理的總時間就是 9 小時乘以 7...」

「什麼？單單排隊等待的時間就要 63 個小時？」韋斯充滿疑惑地說，「這怎麼可能！」

帕蒂似笑非笑地說，「喔，當然了，因為輸入字元只需要 30 秒，對吧？」

「啊，該死。」韋斯盯著那張圖大喊。

我突然想起，就在莎拉和克里斯於柯爾斯頓的會議上決定要部署鳳凰專案之前，我和韋斯之間有過一次對談，韋斯當時抱怨，與鳳凰專案相關的工單擱置了幾個星期都沒有人搭理，之後的部署工作也就被延誤了。

當時也是發生這樣的事情，那不是 IT 運維部內部不同人員之間的工作交接，而是開發部與 IT 運維部之間的工作交接，遠比內部交接更為複雜。

在部門內建立工作並且排定優先等級就已經很難，而管理跨部門的工作更是難上加難。

帕蒂說，「那張圖表彰顯的是，每個人都需要閒置時間（idle time），或者說鬆弛時間（slack time），如果大家都沒有鬆弛時間，在製品就會卡在系統裡，或者，更確切地說，卡在佇列裡，只是乾等。」

我們領會到這個要點，帕蒂繼續說，「白板上的每一張紙都像是這個鳳凰專案"任務"，」她說著，雙手在空中比劃著，「看起來好像是單人任務，實則不然，它其實包含多個步驟，需要多個人員進行多次交接，難怪柯爾斯頓的專案估計時常沒能落實。」

「我們得在柯爾斯頓的時程表上做一些修正，還要修正她的工作分解結構（work breakdown structure），也就是 WBS，據我瞭解，在我們向柯爾斯頓作出的工作承諾當中，足足有三分之一皆屬這一類。」

「沒錯。」韋斯說，「就像"蓋里甘之島"【譯註】，我們不斷送人去參加三小時的旅遊行程，幾個月後，我們很納悶為什麼一個人也沒回來。」

【譯註】 美國電視劇，請參考 *https://en.wikipedia.org/wiki/Gilligan's_Island*。

帕蒂說，「我在想，能否在看板上為每一項這樣的“任務”設置一條泳道（lane）？」

「沒錯，就是那樣。」我說，「埃瑞克說得對，你已經找到一大堆經常性的工作！如果能夠把這些經常性的工作列案管理，將其標準化，做好管控，就像你處理筆電替換的工作那樣，我相信，這樣一定能夠改善我們的工作流動！」

我補充道，「如果我們能夠把所有經常性的部署工作標準化，最終就能夠讓上線組態達成一致性，我們現有的基礎設施過於多樣化，就像雪花一樣，沒有兩片是重複的，布倫特之所以成為布倫特，是因為我們允許他建立只有他能夠理解的基礎設施，說到底，我們不能讓這樣的事情繼續發生。」

「說得好。」韋斯咕噥一聲，「真是奇怪，我們自己做的種種決策導致我們一直擺脫不了的種種問題，最大的敵人原來就是我們自己。」

帕蒂說，「嗯，部署就像製造廠的組裝線，每一個工作流都要經過它，沒有它你就無法交付產品，突然間，我完全明白這個看板該是什麼模樣。」

在接下來的四十五分鐘裡，我們擬好計畫，帕蒂將和韋斯的團隊一起收集出現最頻繁的二十個經常性任務。

她也將弄清楚，在任務排隊時，如何更妥善地管控它們。帕蒂提出一個新角色，兼負專案經理與專案促進者（expediter）的權責，代替每日監督，他會每分管控。她說，「我們必須讓所有已經完成的工作快速且有效地交接給下一個工作中心，必要時，這個人必須在工作中心等待，直到工作完成並且移向下一個工作中心，我們再也不會讓關鍵工作淹沒在一大堆工單之中。」

「什麼？派人把任務從一個人那兒送給另一個人，就跟服務生一樣？」韋斯懷疑地問。

「在MRP-8，他們有一種稱作“水蜘蛛”的角色，正是在做這件事情。」她反駁道，「在最近這次鳳凰專案的延誤中，問題幾乎都是肇因於任務在佇列裡或交接時持續等待，這樣的安排可以確保類似的情況不再發生。

她補充道，「最終，我要撤掉所有看板，那樣就不必再找人充當工作交接的信號傳遞機制。別擔心，我會在幾天內想出辦法。」

韋斯和我都不敢對她心存懷疑。

第 24 章

10 月 11 日，星期六

隨後的那個週六比較平靜，事實上，自從我換了職務以來，這是我和家人度過最輕鬆的一個週末，再過幾週就是萬聖節，因此，佩奇堅持要全家人一起去南瓜園玩。

週六清晨，天氣冷冽，光是給孩子們穿上暖和的衣服，再把他們弄上車，就已經把我們累壞了，終於到達附近的農場，佩奇和我看到派克的模樣，忍不住大笑，他把自己裹在藍色的防寒大衣裡，看起來活像是一根憤怒的大香腸。格蘭特興奮地繞著我們轉圈圈，用他自己的相機拍照，佩奇也忍不住拼命按快門。

之後，我們前往本地一家小型釀酒廠，在午後和煦的溫暖陽光下，坐在院子裡享用著美味的午餐。

「真高興我們能一起出來玩。」佩奇說，「真是太好了，你最近看起來比較不那麼緊張，我看得出來，情況正在好轉。」

她說得對，感覺就像，不知不覺地，我們在工作上扭轉了一些頹勢，就像我不再浪費大把時間跟那台舊筆電周旋，我的團隊似乎也開始把越來越多時間花費在生產性的工作上，同時，救火工作也越來越少。

儘管我明白，組織的績效與我更換新筆電完全無關，然而，擺脫那台破機器，就好像在泳渡海峽時，擺脫掉別人套在我脖子上的千磅鐵錨一樣。

我們仍在努力解決逐步解除專案凍結的問題，我猜測，或許能夠解凍25% 的專案，並且設計一些新專案，進一步提升布倫特的工作容量。

變數還是很多，但和之前不同的是，我們現在能夠理解並且戰勝這些挑戰，目標終於有希望實現，我也不再覺得自己搖搖欲墜，被越來越多人緊追不捨，窮追猛打，好像隨時會被淹沒、被輾過一樣。

除了莎拉之外，各個部門對優先等級都能達成共識，因此，我的工作似乎頗為順利，我們好像掌握到主動性，開始解決問題，而非只是不斷迴避，不斷尋求暫時的變通辦法。

我喜歡這樣。

我抬起頭，看見佩奇回眸對我微笑，接著，派克弄翻她的啤酒杯，我發出一聲驚叫。

午後的美好時光轉瞬即逝，但這是我今年所度過最美好的日子之一。

那天晚上稍後，佩奇和我依偎在沙發上，看著克林．伊斯威特的電影《蒼白騎士》。孩子們已經睡著，幾個月來，這是我們第一次一同看電影。

我看到克林．伊斯威特扮演的主角「傳道士」不慌不忙地幹掉惡霸派出的九個殺手，禁不住大笑，佩奇好氣又好笑地看著我。

「這到底有什麼好笑的？」她問。

聽到這句話，我笑得更厲害。當背景裡又有一個殺手中槍時，我說道，「你看看！連你都知道即將發生什麼事，但那個老大只是站在路中央看戲！瞧瞧他的外套被風吹起來的模樣！他連槍都沒拔呢！真的是太酷了！」

「我永遠沒辦法理解你。」佩奇說，她微笑並且搖搖頭。

就在此時，我的手機響起，我下意識地伸手拿手機。

天哪，是約翰打來的。從兩週前的稽核會議之後，就沒人見過他，或者聽到他的消息，我們非常確定他沒被解雇，但也沒人知道更多細節，我一直打算到各家地方醫院查查，確認他沒有獨自一人呆在醫院靜養，等待康復。

雖然我很想和他談談，但我不想撇下佩奇和電影。我看了看錶，發現離電影結束只剩大約十五分鐘，我不想錯過最後的槍戰，於是按下靜音鍵，等電影播完後，我會給他回電的。

過了幾秒鐘，手機再度響起，我再一次按下靜音鍵。

手機又再響起，我第三次關掉聲音，但馬上給他發簡訊：終於接到你的訊息，真是太好了，我現在不方便講電話，20分鐘後打給你。

難以置信，手機又嗡嗡響起，於是我再把手機關靜音，塞到沙發的靠墊底下。

佩奇問，「是誰不停打電話？」

我說，「約翰。」她轉了轉眼珠，我們接著看完剩下的十分鐘電影。

「真不敢相信，我居然到今天才看到這部電影！」我說著，抱抱佩奇，「好電影，親愛的。」

她說，「今天過得很開心，再次回復正常生活真是太好了。」她擁抱我，然後微笑起身，拿走空的啤酒瓶。

我贊同她的話。我拿起手機，看到「15個未接來電」，心裡有點緊張。

突然間，我有點害怕自己真的錯過什麼嚴重的事情，急忙檢視未接來電，全都是約翰打來的，立刻打給他。

「比利，又聽到你的聲音真是太好了…我的朋友…我親、親愛的老…親愛的老朋友。」他說得含混不清，我的天呀，他醉得一塌糊塗。

「抱歉，剛才無法立刻回電，我跟佩奇出去。」我說著，為自己的小謊話感到有些內疚。

「沒關係，嗯，我就是想要再看你最後…最後一次…在我離開之前。」他說。

「離開？你說“離開”是什麼意思？你要去哪兒？」我驚慌地說，心裡琢磨著他已經喝多久了，也許我應該早點回他電話，我心裡突然浮出這樣的景象，他在電話另一頭，手上拿著一瓶打開的安眠藥，而且已經吃了一大半。

我聽到他在大笑，有點歇斯底里，「別擔心，比利，我不會自殺的，我還沒喝夠呢 — 還沒有，哈哈！我只是想在今晚出城前和你見個面，讓我最後請你喝一杯吧。」

「啊，不能等明天嗎？都快半夜了。」我說，稍微鬆一口氣。

他告訴我，明天他就要遠走，並且說服我到市區的錘頭鯊酒吧跟他見個面。

我把車子開進停車場，立刻認出約翰的富豪旅行車，車後拖著 U-Haul 拖車，駕駛座那側的門外有一堆空的啤酒罐。

走進擁擠的酒吧，我在後面的一個小包廂找到約翰，他顯然已經在這裡呆了一整天，看起來，自上次見面後，他彷彿沒再洗過澡，也沒換過衣服，他的頭髮油膩凌亂，就像剛睡醒，滿臉鬍渣，襯衫上沾著食物的殘漬，他的鑰匙和錢包隨手扔在調味罐旁邊。

約翰連忙招手叫來服務生，花了一點時間組織完整的句子，含混不清地說著，「兩杯雙份威士忌，不加水，給我和我的這位朋友，再來一些美味的墨西哥玉米片 ... 謝謝。」

女服務生有點拿不定主意地看著我，顯然已經幫約翰上過很多酒了，我點點頭，但是輕聲說道，「先來兩杯咖啡吧，我會處理的。」我一邊說，一邊伸手把他的鑰匙從桌上拿開。

她似乎有點懷疑，但片刻之後，她對我淡淡地笑了笑，便走開了。

「老弟，你看起來糟透了。」我坦率地說。

「謝啦，老哥，你也一樣。」他回答，然後哈哈大笑。

「很好，你到底去哪兒了？大家都在找你。」我說。

「我一直呆在家裡。」他說，抓了一把爆米花，「大部分時間，我都在讀書和看電視，哇賽，這幾天電視上播了一些瘋狂的玩意兒，太瘋狂了！不過，接著我開始想，該是時候繼續前進，於是，我今天花了大半天收拾行李。在我離開前，我只想問你一個小問題。」

「你電話裡有提到。」我說，女服務生端來兩杯咖啡和墨西哥玉米片，約翰困惑地看著桌上的馬克杯，於是我說，「別擔心，我們的酒就快來了。」

我讓他喝一小口咖啡，他說，「直接告訴我吧，我真的從沒為你們做過什麼有價值的事情嗎？在我們共事的整整三年裡，我從沒幫過什麼忙嗎？」

我深吸一口氣，試著決定到底要對他說什麼。幾年前，有個朋友告訴我，「告知真相是愛的行動，隱瞞真相則是恨的表現，甚至更糟，是一種徹底的冷漠。」

當時，我對這句話只是置之一笑，但經過這些年，我已經瞭解，得到他人誠實的反饋是一件非常寶貴的事情。我看著眼前的約翰，儘管看起來已經絕望潦倒，我還是懷疑，順著他，說幾句好聽的白色謊言，是否真的是正確的做法。

最後，我說，「聽著，約翰，你是好人，我也知道你的心地善良，然而，直到你在鳳凰專案危機中幫忙我們躲過 PCI 審查人員的荼毒之前，我只能說你真的沒有幫過什麼忙，我知道這不是你想要聽到的回答，但是 ... 我不想用廢話敷衍你。」

嚇我一跳，約翰比之前看起來更沮喪，「該死的威士忌怎麼還沒來？」他喊道，接著又轉過頭來看著我說，「你是說真的嗎？在一起工作了該死的三年之後，你現在告訴我，我從沒幫過你什麼忙，一點都沒有？」

「嗯，這些年來，我大部分時間都在負責中型機技術團隊，而你不大參與這方面的事情。」我冷靜地解釋，「我們從網路上找到自己的資安指南，當我們和你互動時，你只想把一大堆工作強壓給我們，聽著，我真的很在乎資安問題，我們總是在發掘系統和資料所承受的風險，但我們總是忙著處理緊急事故，只能勉強維持生存，而且，我的新職務就是要幫助公司存活下去。」

約翰說，「可是，難道你不曉得，那也是我一直試圖要做的事情！我只是想盡量幫助你和公司生存下去！」

我回答，「我知道，但在我的世界裡，我要負責讓所有的服務順利運行，並且部署鳳凰專案這樣的新服務，安全性只能退居二線，相信我，我很清楚安全性太差的風險，我也知道，如果在我任內出現大規模的安全漏洞，我的職業生涯肯定會告終。」

我聳聳肩，繼續說，「我根據自己的風險認知，做出切實可行的最佳決策，我只是認為，你要我做的那些事情，不像我要做的其他事情那樣對公司有幫助。」

「振作點。」我繼續說，「你心裡是不是很介意公司不用你幫忙就順利通過 SOX-404 稽核？這件事是不是讓你懷疑自己的建議的重要性和有效性？」

約翰只是瞪著我。

這個時候，就像事先套好的，服務生端來兩杯威士忌，約翰拿起他的那杯，一飲而盡，說道，「請再來一輪。」

她看看我，搖搖頭，低聲說，「麻煩結帳好嗎？再幫我叫一輛計程車。」

她點點頭，隨即走開，我啜了一口威士忌，再看看約翰，他的腦袋朝後仰，嘴裡喃喃自語，現在，他已經完全不知所云了。

我為他感到難過。

我從桌上拿起他的錢包。

「嘿！」他說。

「我們得給服務生小費，但我把錢包忘在家裡了。」我說。

他對著我大笑，睏倦無神地看著我，說道，「沒問題，老朋友，算我的，我從不吝嗇給小費的。」

「謝啦。」我說著，拿出他的駕照，請服務生過來，把約翰的住址指給她看。

我把錢包還給約翰，又掏出自己的錢包結了帳。

我扶著約翰站起來，把他塞進計程車，又確認一次錢包和鑰匙都在他的口袋，我不想讓約翰和計程車司機牽扯不清，就先把車錢給付了。

看著他離去，再看看他的旅行車和塞滿東西的 U-Haul 拖車，拖車裡頭裝的只是他的一小部分家當，我搖搖頭，回到自己的車上，心裡想著，下次再見到他會是什麼時候。

第二天，我打了幾次約翰的手機，但都沒人接，最後，我給他留了語音訊息，告訴他，我希望他已經順利到家，他的車停在哪兒，以及若有什麼需要，儘管打電話給我。

謠言四起，有人說他被送進醫院，遭到逮捕，被外星人綁架或者被關進精神病院。

我不清楚這些流言蜚語是怎麼傳的，我也沒對任何人說起昨晚跟他見面的事情，今後也不打算說。

週一晚上，我剛把格蘭特送上床，就收到約翰發來的簡訊，我迅速讀了一下：謝謝你那天把我送回家，我一直在想，我跟迪克說了，你也會參加我們明天上午八點的會議，應該很有意思。

跟迪克一起開什麼會？

我盯著手機楞了一下。一方面，約翰還健在，好像還能上班。太好了。

另一方面，約翰說的是和公司的第二號人物迪克碰面，明天上午，可能是在某種精神錯亂的狀態下，而且，他恐怕已經昭告天下說我是他的同謀。

那就不太好了，我迅速回覆他：很高興聽到你的消息，希望你一切無恙。請問迪克的會議主題是什麼？我也許無法參加。

他立刻回覆：一直以來，我都太過自負，直到現在，我才發現自己其實不太瞭解迪克，這一點必須改變。一起來吧。

我擔心約翰可能失去理智，立刻給他打電話，鈴聲一響，他就接起，聽起來興高采烈，他說，「晚安，比爾，再一次謝謝週六晚上的事情，怎麼樣？」

「你究竟在忙什麼，約翰？」我說，「明天和迪克的會議關乎什麼議題？幹嘛把我也拉進去？」

他回答，「我昨天一整天差不多都躺在床上，因為我幾乎無法自己走到浴室再走回來，我覺得我的腦袋像是一顆被磚頭砸爛的檸檬，那天晚上你幫我買的到底是什麼酒？」

不待我回答，他便接著說，「我一直在思考我們在酒吧裡說的話，終於瞭解，我的立場應該跟你最具共通點，如果我連對你都毫無用處，那結論顯然是，我對幾乎所有其他人都沒用處，因為我跟他們更沒有共通點。」

「這必須改變。」他堅決地說。

我保持沉默，想先聽他把話說完，再勸他取消明天的會議。

他繼續說，「我一直在想埃瑞克的話，他說，等到迪克表示真的需要我時，他就準備跟我好好談談。」

「啊，我可不認為一個30分鐘的“增進瞭解”快速會議就能夠讓你達成那個目標。」我十分懷疑地說。

他非常冷靜地回答，「你難道不同意，就像生活當中的很多事情一樣，跟人打交道總要先從瞭解開始嗎？能出什麼岔子？我只是想更深入瞭解一下他的工作。」

我的腦海立刻浮現這樣的景象，約翰問了一些蠢問題，或者說了一些蠢話，徹底激怒迪克，迪克當場解雇他，為絕後患，連我也一起做掉。

然而，我發現自己不由自主地說，「好的，我會出席的。」

第 25 章

10 月 14 日，星期二

第二天早晨 7 點 50 分，我走向迪克的辦公室，就在轉角處，我看到約翰已經到達，正和迪克的助理親切地交談著，我驚訝得下巴差點掉下來，約翰的外貌完全改變。

他顯然洗過澡，從頭到尾徹底把自己收拾乾淨。他理過頭髮，看起來彷彿瘦了十五磅，穿著一件我只能描述為「歐洲風」的襯衫與背心，跟他平常所穿略顯寬鬆的襯衫不同，身上那件粉色襯衫非常合身，再加上那件背心，看起來活像是個 ... 時尚模特兒？倫敦夜店男？拉斯維加斯賭場的發牌員？

頂著剪過的頭髮，和善的笑容，以及那種完美的姿態，讓他看起來有點兒像是一個…得道高僧。

最重要的是，我注意到他的三孔文件夾已經不見，只帶著一本嶄新的黑白封面筆記本和一支筆。

「早安，比爾。」約翰歡愉而平靜地說。

「嗨。」我終於擠出一句話，「嗯，你看起來比上次見面時好多了。」

他只是笑了笑，然後對迪克的助理輕聲說了幾句話，她掩嘴大笑，然後起身走向迪克的辦公室大門，示意我們兩個跟上，她說，「看看能不能讓你們的會面早一點開始，那樣的話，你們就可以和他多談一會兒。」

我跟著約翰，走進迪克的辦公室。

「新髮型不錯。」迪克微笑著對約翰說，指著他自己的光頭，然後用公事公辦的語氣說道，「有什麼能夠為你們效勞的嗎？」我八點半還有其他安排，咱們就別浪費時間了。」

約翰打開筆記本，翻到第一頁，上面一片空白，說道，「謝謝你在這麼匆促的情況下答應抽空和我們見面，我向你保證，我們絕不會浪費你的時間。為了確保我沒有理解錯誤或者抱持先入為主的錯誤印象，可否請你先跟我們講講你在無極限零件公司到底是做什麼的？確切的職責為何？」

聽到約翰的提問，我驚恐地睜大眼睛，這應該是小朋友在「帶小孩上班日」【譯註】提問的問題，而不應該由公司管理人員提出。

我立刻打量迪克的反應，有那麼一會兒，他看起來很驚訝，但隨即溫和地回答，「這個問題很有意思。」

他停頓片刻，然後配合地說，「15 年前，我開始在無極限零件公司服務，擔任 CFO，當時，CFO 的定義是很傳統的，我主要負責管理公司的財務風險，主導財務計畫和運營流程。即使在當時，我們也有大量的合規性問題，這一點是不可否認的。」

「史蒂夫成為 CEO 之後不久，他對我說，我們需要一個高階管理人員，掌管整個組織的計畫和運營，然後就把這些職責委交給我。為了幫助公司實現理想，我為整個管理團隊建立具體的目標和評估的項目，我想讓

【譯註】 美加地區在每年四月的第四個星期四是所謂的「帶小孩上班日」(或稱 Take Our Daughters and Sons to Work Day)，每年的這一天，企業允許爸媽帶著自己的小孩到公司上班。

所有管理人員都負起責任，確保他們具備邁向成功的必要技能，並協助確認複雜的專案都有正確的利害關係人參與其中，等諸如此類的事情。」

約翰在他的新筆記本首頁上拼命記錄，然後抬起頭說，「我聽到這裡很多人稱你為“實質的營運長”，而且基本上就是史蒂夫的左右手。」

迪克用了點時間考量他的評價，然後才開口說，「我的正式頭銜完全沒有“運營”的字眼，但運營確實是我最喜歡的工作內容，像我們這樣的大公司，有這麼多的業務流程，這麼多的管理人員和工作人員，幾乎每一件事情都很複雜，即使是史蒂夫這樣的聰明人，也需要在別人的協助下，才能確認公司的策略和目標是否切實可行，並且對我們的實際能力作出客觀的評估。」

他淺淺一笑，補充道，「想聽點搞笑的嗎？別人說我比史蒂夫更平易近人！史蒂夫魅力非凡，但說真的，我只是個混蛋，然而，當人們心存顧慮時，他們並不想改變自己的想法，他們希望有人傾聽，並且幫忙他們把訊息傳遞給史蒂夫。」

我發現自己不自主地傾身向前，我很驚訝地聽到迪克對約翰，因此也對我，給出這樣坦誠且詳盡的回答。

「對你來說，美好的一天和糟糕的一天差別在哪兒？」約翰接著問。

迪克一時愣住，接著哈哈大笑，「讓我告訴你美好的一天是什麼模樣，那感覺應該就是年底的時候，我們在市場競爭中大獲全勝 — 我們還沒關帳，但每個人都知道本季業績飆長，所有銷售人員都能完成銷售目標，最前面的幾個還會達到爆炸性的加速成長，啊，美好的一天，就是我們給員工的分紅金額大到讓他們感到驚慌失措。」

「我完全不擔心，因為那些大額支票意味著公司大賺錢。」他笑得更燦爛，「史蒂夫會興奮地向華爾街和分析師們宣佈，公司的表現有多好 — 一切都是因為我們具備克敵制勝的策略，更是因為我們有正確的計畫，以及良好的運營和執行能力，這也表示，每個部門協同合作，合力擎天，讓公司在市場上大獲全勝。」

「對我來說，那就是快樂的一天。我們可以不停地計畫下去，但在執行成功並且達成目標之前，一切都只是紙上談兵。」他說著，笑容消失，「當然，我們已經四年多沒有這樣的日子好過了 ...」

「糟糕的一天就像是兩週前的那一天。」他說，看起來相當沮喪，甚至有些憤怒，「由於某個 IT 故障，我們無法完成季報，還有，我們似乎無法執行最重要的專案，迎頭趕上競爭對手，我們不斷流失客戶，稽核人員對某個不斷重申的專案吵鬧不休，董事會爭論著是否要把我們全部解雇，因為我們的表現實在太差勁了。」

迪克搖頭，帶著黯然而疲倦的笑容，「在那些時刻，我的心裡琢磨著，問題是否在於經濟、策略、管理團隊、IT 人員，或者坦率地說，問題的癥結可能全出在我身上，在那樣的日子裡，我只想要退休，只想要卸下重擔。」

約翰低頭看看筆記，然後問道，「你今年的遠程目標、近程目標以及評估指標是什麼？」

迪克起身，從會客區走向辦公桌，說道，「嗯，我拿給你們看。」

他拿起攤在桌上的一本薄薄的黑色三孔活頁夾，重新回到我們對面，把打開的文件夾拿給我們看，「我每天都要看看這兩頁簡報。」

CFO 的目標

公司體質健全

營收

市占率

平均訂單規模

盈利能力

資產收益率

財務狀況

訂單轉化成現金的週期

應收帳款

準確且及時的財務報告

借貸成本

「這些是我針對財務面向為公司設定的遠程目標和近程目標。」他解釋道，「我明白，財務目標很重要，但不是最重要的，即使所有財務目標都能達成，公司仍然可能倒閉，說到底，假如我們處於錯誤的市場，產品策略錯誤，研發團隊無法交付成果，那麼，全世界最好的應收帳款團隊也救不了我們。」

我驚訝地發現，他說的正是埃瑞克的「第一步工作法」，他在談論系統思維，總是確保整個企業達成目標，而非只是其中某一部分。

在我陷入沉思時，迪克又指著第二張投影片說，「這是另一張投影片的內容，包含我認為公司最重要的遠程目標，我每天都得看看這一頁。」

我們具競爭力嗎？

瞭解客戶的需求和期望：我們知道要創造什麼嗎？

產品組合：我們有正確的產品嗎？

研發效能：我們能夠有效地建立產品嗎？

產品上市時間：我們能夠盡快把產品推向市場，並且搶佔一席之地嗎？

銷售管道：我們的產品能夠觸及感興趣的潛在客戶嗎？

我們的做法有效嗎？

按時交貨：我們恪守對客戶的承諾嗎？

顧客維繫：我們正在增加客戶，還是流失客戶？

銷售預測準確率：我們可以把銷售預測準確率納入銷售計劃流程嗎？

約翰和我俯身研究這張簡報，在一般情況下，像我這樣的層級只會看到自己部門的近程目標，這張簡報展示了更寬廣的整體圖像。

我正在思考，約翰指著簡報問道，「這些評估指標中，哪些最具風險？」

迪克冷笑一聲，「全部都是！從產品組合的角度來看，競爭對手正把我們逼上絕路，每天都在搶食我們的市占率，我們已經為鳳凰專案投入二千萬美元和幾年的時間，但我們在市場上依然缺乏競爭力，在公司的零售和製造面向上，客戶滿意度持續下滑，儘管銷售部門承諾可以設法把客戶搶回來，但顧客仍然不斷流失。」

約翰在他的筆記上劃了一些重點，「我們可以複印一份嗎？比爾和我想要深入研究一下，確保我們的團隊能夠理解這些內容，那樣的話，我們就能確保所做的每一件事情都有助於推動這些目標。」

迪克想了想，說道，「當然可以，我想沒什麼壞處，在你們走的時候，我會讓助理給你們兩人一人列印一份。」

「還有一件事，」約翰說，「這裡的每一個評估指標分別是由哪幾位經理負責的？」

迪克上下打量著約翰，我也一樣，之前，我從沒見過約翰的這一面。

迪克說道，「我的助理也會把那份名單印給你們。」

約翰謝謝他，然後看看錶，說道，「我們的時間快到了，這次會面實在是太棒了，謝謝你撥冗說明你的日常工作狀況，請問，有什麼是我們可以效勞的嗎？」

「當然有。」他回答，「聚焦鳳凰專案，讓它展翅高飛，要是無法搞定，我們恐怕會深陷泥淖。」

我皺起眉頭，再次檢視第二張簡報，我覺得鳳凰專案並不是迪克應該要求我聚焦的東西。

說不清為什麼，我只是點頭說，「是的，長官，月底之前，我們一定能夠告訴你一些好消息。」我無法完全確定會有什麼好消息，但我早已明白，跟高層打交道時，告訴他們壞消息一定要找適當的時機，適當的場合，當下的時機和場合都不對。

「很好。」他說，對著我們抿嘴一笑。

我們相互道別，然後走出辦公室。

電梯門打開時，約翰對我說，「你知道嗎？我覺得迪克的第二張投影片有一些內容跟我們成功閃過 SOX-404 稽核的理由相類似。」他說，「我無法確切指出，但我認為這裡面有些東西值得好好理解一下。」

「沒錯，」我說，「我覺得迪克並不清楚他的評估指標有多麼需要倚賴 IT，他要求我好好處理鳳凰專案的事情，但其實他應該要求我注意所有的目標。」

走進電梯，我繼續說，「待會兒有空嗎？看看我們能否把這些點都連接起來，我懷疑我們缺少某個連結，這個連結或許可以解釋公司為什麼不斷錯失目標，以及 IT 始終不受重視的原因。」

「當然有空。」他興奮地說。

我幾乎無法抑制自己的興奮之情，約翰和迪克的瘋狂會面似乎揭示了某些至關重要的事情。

我完全相信，不論我們想要弄清楚的是什麼，它都是「第一步工作法」的關鍵所在，他談到了理解真實企業環境的必要性，而 IT 也是企業大環境不可或缺的一環。

我確信，從來沒有人把 IT 部門的目標連結到迪克的最高評估指標，作為達成組織目標的先決條件之一。

難怪迪克只是含糊地感覺 IT 把事情搞砸 — 這是一種他無法具體定位的抽痛感。接下來的行動很清楚：我們必須讓這種疼痛明確可見，說服迪克相信，IT 不僅可以少惹禍，還能幫助公司取得勝利。

這件事情至關重要，不容我們盲目折騰，我必須打電話求教埃瑞克，我站在 2 號大樓的大廳，按下快速撥號鍵，馬上打電話給他。

「喂？」他接起電話。

我說，「早，埃瑞克，我剛剛跟迪克開了一個很棒的會議，你有時間幫助我釐清思路嗎？」

他咕噥一聲，「好啊。」我向他描述會議的情況，為什麼開這個會，以及我確信這次會議揭示了某些關鍵問題。

「嗯，吉米不錯喔，我也許應該叫他“約翰”，他終於把頭抬起來，回復理智，開始用正眼看這個世界。」我聽到埃瑞克一邊說，一邊和善地笑起來，「在“第一步工作法”裡，你必須真正理解 IT 運轉於其中的企業系統，戴明博士稱之為“對系統具備深刻的認識”。當論及 IT 時，你面臨兩個困難：一方面，你現在明白，從迪克的第二張簡報來看，IT 部門負責幫忙支援及維護企業的目標與承諾，但還沒有人能夠清楚闡釋這些東西。另一方面，約翰已經發覺，他緊抓不放的一些 IT 控制根本是多餘的，因為公司的其他部門已經充分降低那些風險。」

「這完全關乎界定 IT 部門真正的重點是什麼，就像在小說《平面國》裡，球體先生跟眾人說的那樣，你必須實際跳脫 IT 領域，才能弄清楚公司需要倚重哪些 IT 工作，才有辦法達成目標。」他繼續說，「你們有雙重任務：弄清楚 IT 在哪些地方被低估，某些部分的 IT 流程或技術危及企業目標的實現 — 如迪克歸納的那套評估指標。其次，約翰必須找出他在哪些方面過度高估 IT 的作用，譬如說，就發現財務報告的重大錯誤而言，其實並不需要針對 SOX-404 實施 IT 控制。」

「你也許認為，我們正在把兩件完全不相干的事情混為一談，但我向你保證，絕對沒有。」他繼續說，「一些最明智的稽核人員認為，內部控制的目標只有三種：確保財務報告的可靠性，符合法律與法規以及提升運營的效率和成效，就是這樣，你和約翰談論的正是稱作“COSO Cube”的內部控制整合框架的不同面向。」

我強迫自己繼續仔細聆聽，拼命寫筆記，以便稍後能夠在 Google 上搜尋這些術語。

他繼續說，「你和約翰需要做幾件事：針對迪克第二張簡報上的目標，去跟業務流程負責人討論，弄清楚他們的確切職責為何，哪些業務流程支援其目標，然後從中找出對這些目標危害最深的幾件事。」

「你必須瞭解達成迪克的每個目標所需要的價值鏈（value chain），包括那些不太明顯的，譬如 IT 相關的價值鏈。舉例來說，如果你們是一家跨國貨運公司，使用百輛卡車組成的車隊運送包裹，公司的目標之一就是客戶滿意度和準時交貨。」

我繼續聽他說，「大家都知道，影響準時交貨的因素之一是車輛故障，車輛發生故障的一個關鍵原因就是沒有更換機油，那麼，為了降低這個風險，你就必須為車輛操作建立服務層級協定（SLA），規定每行駛五千英哩就要更換一次機油。」

他說得口沫橫飛，陶然自得，接著解釋，「這家公司的關鍵績效指標（KPI）是準時交貨，為了滿足這個目的，你會建立一個前瞻性的KPI，譬如說，已經按照要求更換機油的車輛百分比。」

「畢竟，如果只有 50% 的車輛遵守必要的保養政策，那麼，很可能在不久的將來，我們的卡車和載運的包裹都會滯留在路邊，那麼，準時交貨的 KPI 就會大幅下跌。」

「大家認為，IT 不需要機油，不載運實體包裹，也就不用預防性維護。」埃瑞克說著說著，忍不住笑了出來，「從某種程度來說，因為 IT 承載的工作與負荷是無形的，所以你們只要在電腦上多撒些魔法粉塵，就可以讓它們重新跑起來。」

「更換機油的類比可以幫助大家建立這樣的聯繫，預防性機油更換及車輛保養政策就好比預防性的供應商補丁，以及變更管理政策，透過澄清 IT 風險對業務績效指標會產生多大影響，即可開始進行更好的業務決策。」

「好吧，結束之前，我還有一件事情要說。」他說，「為確保約翰完成他的任務，他必須和 SOX-404 稽核團隊的財務人員談談，確切瞭解業務部門究竟是如何躲過上一顆稽核子彈的，實際的控制環境如何，真正的依賴性到底存在哪裡，然後，他必須好好跟你解釋清楚。」

「一旦建立價值鏈，即可準備跟迪克見面，把他的目標與 IT 對這些目標的影響關聯起來。收集 IT 問題過去如何影響那些目標的具體案例，確保一切已經準備就緒。」

他又補上一句，「其實，別客氣，你可以邀請我去參加那個會議，我想要看看，在你說明你瞭解到的情況時，迪克的臉色會是什麼樣子。」接著就掛斷電話。

第 26 章

10 月 17 日，星期五

帕蒂走進會議室，看到約翰的新造型，大吸一口氣，說道，「我的天啊，約翰，你看起來真的太棒了！」

讓人驚訝的是，韋斯進來之後，似乎沒注意到有任何不同。

大家都到齊後，我快速分享了自己從埃瑞克那裡學到的知識。我們決定，帕蒂和我開始訪談業務流程負責人，主題是「理解客戶的需求與期望」、「產品組合」、「產品上市時間」以及「銷售管道」。與此同時，約翰將按照埃瑞克的指示，研究公司的 SOX-404 控制環境。

今天是星期五，我們計畫訪談製造銷售部副總，羅恩．詹森，幾年前，我在那個企業併購專案上與他共事過一段時間，我很驚訝他居然在城裡。羅恩總是東奔西走，周遊世界，到處談生意，或者處理有問題的帳目，他被稱作全公司最有趣的出差搭檔之一，他的出差費用報告上的數字可以證明這一點，絕對當之無愧。

帕蒂和我來到 2 號大樓，坐在他的辦公桌前，聽著他在電話會議中對著他的同事大吼大叫，我看到牆上掛了很多他的照片：高爾夫球場的美照，與麾下銷售精英一起跟歷任總裁俱樂部的高層在充滿異國風情的地方合影，以及和客戶熱情握手的照片。牆角放著一棵假植栽，上面掛滿幾百個研討會徽章和吊牌。

這間辦公室的主人一定很愛和人打交道。他是一個高大的、喜歡交際的人，笑起來的聲音非常宏亮。

我曾經和他一起在芝加哥待過一晚，在多杯威士忌下肚之後，我驚訝地發現，他的大部分行為舉止都是精心設計的假面具，表面上，他的中氣十足，聲音洪亮，說話直來直往，但事實上，他的本質相當內向，非常善於分析，而且對銷售紀律非常熱衷，聽到他在電話裡罵人，我覺得很奇怪，因為即便是在號稱全無章法、陰晴不定的銷售部，他們的規矩都比 IT 部門來得容易預測。

從市場推廣，潛在客戶開發，銷售線索，合格銷售線索，銷售機會，一直到銷售管道，至少存在著可預測的銷售漏斗（funnel），個別銷售人員沒能達成指標，鮮少影響整個部門。

相較之下，我手下隨便一個工程師，只要做出一個看似不要緊的小變更，卻導致波及全公司的嚴重服務中斷，恐怕就會讓我丟掉飯碗。

羅恩砰地一聲掛斷電話，「對不起，各位，儘管我做了一堆員工訓練，但有時候，我的團隊還是表現得像一群野生動物。」他說著，依然氣憤難平，把手上的文件撕成兩半，扔進垃圾桶。

「嘿，羅恩，」我忍不住說，「資源回收桶就在你旁邊！」

「別擔心，在垃圾掩埋場滿出來之前，我早就死了。」他說著，大笑起來。

他也許不久於人世，但我的孩子們還要活很久。我一邊向他解釋我們的來意，一邊彎下身子，伸手把他剛才扔進垃圾桶的文件撿出來，放進資源回收桶。「在迪克的試算表裡，你被列為“銷售管道”和“銷售預測準確率”之評估指標的負責人，你能跟我講講，達成這些指標有哪些困難嗎？」

「嗯，我對 IT 不大瞭解，我叫一個懂 IT 的手下來跟你們談可能更好一些。」他回答。

「別擔心，我不會問任何與 IT 相關的問題，你只管談談你的評估指標即可。」我向他保證。

「好吧，你說了算 ...」他說，「如果要討論銷售預測準確率，首先你要瞭解的是，為什麼它會這麼不精確。一開始，史蒂夫和迪克給我定了一個瘋狂的營收目標，要我自己想辦法實現，幾年來，我不得不給我的團隊指定過高的配額，所以我們一直無法達成目標！我年復一年地對史蒂夫和迪克提這件事，但他們就是不聽，可能是因為董事會也賦予他們一些武斷的營收目標，死死掐住他們的脖子。」

「這樣經營公司實在太蹩腳，我的團隊士氣低落，業績最好的人員整批辭職，當然，我們會找人頂上，但接替的人至少需要一年才能具備處理完整配額的能力，雖然現在不景氣，但尋找夠資格的銷售人員還是需要花費太長的時間。」

「你知道什麼事情讓我非常討厭嗎？」他繼續說，「莎拉承諾過，併購零售門市能夠提升公司的銷售額，這件事情實現了嗎？該死，根本沒有！」

「我們的執行力糟糕透頂，今天上午，一個區經理大喊說他們需要幾卡車的新款噴油器套件，因為他的所有門市完全沒庫存，我們連最簡單的生意都做不成！客戶想要跟我們買東西，卻空手而返，或許還會到某個競爭對手那兒買一些次等貨哩！」

羅恩憤怒地說，「我們完全不知道客戶想要什麼！我們的滯銷產品太多，暢銷產品又老是缺貨。」

這些話聽起來頗耳熟，我低頭再看看迪克的簡報，「你是說，糟糕的"瞭解客戶的需求和期望"嚴重影響"銷售預測準確率"？而且，如果知道門市裡頭哪些產品缺貨，就能夠提升銷售額？」

「沒錯。」他說，「弄清楚門市商品的出入狀況，正是提高營收最便捷、最迅速的做法，相較於跟那些反覆無常的汽車大買家打交道，這自然簡單多了。」

我忙著寫筆記，提醒自己務必弄清楚如何產生缺貨資料，我看到帕蒂也在拼命記筆記。

我詢問羅恩關於銷售管道流程及其困難的問題，聽到的卻是一頓牢騷，他最後告訴我們，他手下的經理想要從我們的客戶關係管理系統（CRM）中拿到需要的報告有多困難，而且要確保全體銷售人員願意在日常工作中使用這個系統，簡直是一場永無止境的戰鬥。

不過，當我問他，心目中最糟糕的一天是什麼樣子，他的話匣子真的打開了。

「糟糕的一天？」他重述了一遍，不以為然地盯著我，「喂，比爾，當你負責管理的原物料需求計畫（MRP）系統和電話系統崩潰時，就像幾個星期前那樣，那肯定是一場大災難，光是 MRP 服務中斷，客戶就為訂單延誤的事情向我們大吼大叫，甚至有兩個客戶直接取消 25 萬美元的訂單，我們費盡唇舌，好不容易才讓幾個最優質的客戶沒把 150 萬美元的合約取消，再重新招標。」

他身體前傾，繼續說，「在季末的最後幾天，電話不能用，客戶無法下訂單或者進行臨時的變更！這個事故又耽誤到 150 萬美元的其他訂單，10 個客戶重新評估他們的合約，這又造成 500 萬美元的訂單岌岌可危。」

「兄弟，你讓我的工作變得非常、非常艱難。」他說，「許多銷售人員由於些微的差距而沒能達成配額，只是因為一些他們完全無法控制的事情。為了鼓舞士氣，我正要求史蒂夫把那些由於公司本身錯誤而延誤的訂單全部納入配額達成率的計算。」

我扮了個鬼臉，史蒂夫會「愛死」這個主意的，就像他「愛死」莎拉提出的爛主意 — 給心生不滿的鳳凰專案使用者發放現金代用券。

「在我任內發生這樣的事情，真的非常抱歉，我不會找藉口的。」我誠心誠意地道歉，我對他說了供應商未經授權就對電話交換機進行變更之後發生的事情，以及我們為了防止此事重演所採取的措施。

我解釋道，「我們已經施行完整的變更控制政策，不過你也知道，訓練效果有限，光憑信任也不切實際 — 有時候，我們必須透過監控機制，強制施行這些政策，困難在於，我們需要擴展資訊安全部門已經設置的授權範圍，而且，最近很難獲得緊急資金，對 IT 運維部來說更是如此。」

羅恩漲紅了臉，說道，「為什麼？他們把這筆錢省下來做什麼？再來一次輕率的併購嗎？那可是莎拉夢寐以求的事情。」他冷笑一聲，「做這件事情需要花多少銀兩？」

當我告訴他費用時，他露出反感的神情並且說道，「每週給製造廠的草坪澆水都不止這些錢！我會跟迪克說的，如果他不願意花錢，我們可能會弄丟訂單 — 即使你的專案只能算是買保險，至少保證銷售團隊的努力不至於白費 — 這根本是連想都不用想的事情！」

「我們當然也這麼想，謝謝你的支持。」我說，「時間快到了，還有什麼我們能夠幫忙解決的困難或障礙嗎？」

他看看錶說，「沒有，只要別再讓那些供應商毀了我們的電話系統即可，聽到沒？」

等電梯時，帕蒂翻閱她的筆記，看起來精神煥發，她說道，「羅恩提到電話和 MRP 系統有多重要，不過，我相信還有其他系統也很重要，譬如說，庫存管理系統。我會建立一份完整的清單，把所有支援羅恩的應用程式和基礎設施通通列出來，只要其中存在任何脆弱的應用程式或系統，就把它們添加到我們的替換清單，這可是主動出擊的大好機會。」

「正合我意。」我微笑著說，「這項預防性工作支援著全公司最重要的目標，怎麼知道？我們從迪克最在乎的評估指標開始。」

真是太棒了，現在，我真的很期待下一次訪談。接下來的訪談對象是瑪姬．李，鳳凰專案的發起人。

接下來的星期一，帕蒂和我同瑪姬見面，莎拉早在週末給我發了電子郵件，要求瞭解會面議程，還威脅要取消這次會面，我在回覆郵件裡複製了迪克和史蒂夫的原話，她的態度才軟化，但還是警告我不要干預她的部門運作。

我並不擔心，帕蒂和我都經常和瑪姬一起工作，她是超過一半 IT 專案的發起人。瑪姬確保每一家門市的貨品盡可能豐富且多樣化，另外，她也負責確定公司的商品類別和定價方針。

描述完她的職責之後，瑪姬總結，「追根究柢，就"瞭解客戶的需求和期望"而言，我的衡量標準是：客戶是否會向朋友推薦我們，無論從哪個方面來看，我們的評估指標都不太理想。」

我問她原因，她嘆了一口氣，說道，「大多數時候，我們都在盲目行動。在理想情況下，銷售資料理應告訴我們客戶想要什麼，或許你會認為，有了訂單輸入系統和庫存管理系統的資料，就能夠做到這一點，但事實上，我們辦不到，因為資料幾乎都是錯的。」

帕蒂意味深長地看了我一眼，瑪姬繼續說，「我們的資料品質太差，因此無法藉由這些資料來進行各種預測，現有的最佳資料來自於兩個月一次的門市經理訪談，以及一年兩次的核心客戶群訪談，你不能用這種方式經營一家規模數十億美元的大企業，還指望一切順利成功！」

「在我服務的上一家公司我們每天都會收到銷售和缺貨報告。」她繼續說，「在這裡，財務部每個月才給我們一次銷售和缺貨報告，而且錯誤連篇，你能指望什麼？這些報告是由一群大學實習生，在一百萬張試算表裡複製及貼上各種數字，一點一滴弄出來的。」

「假如你有一根魔杖，你會怎麼做？」我問。

「多大一根魔杖？」瑪姬回覆。

「想做什麼就做什麼。」我微笑著回答。

「那可是一根巨大的魔杖。」她笑著說，「我想要拿到正確且即時的訂單資訊，包含實體門市與線上訂購，我希望點擊一下按鈕就能得到這些資訊，而不用像現在這樣雜亂無章地運用這些亂七八糟的資料，我會利用那些資料來設計行銷活動，持續進行產品 A/B 測試，弄清楚客戶認可的報價，一旦確認何者行得通，就能夠複製到所有客戶身上，這樣的話，我們就能夠為羅恩創造一個巨大的、可預測的銷售漏斗（sales funnel）。」

「我會使用那些資訊來驅動生產時程，那樣的話，我們就能管理供給需求曲線，讓正確的產品出現在正確的貨架上，並且持續備妥庫存。我們的平均每客戶營收將一路衝高，平均訂單金額也會上升，最終，我們的市占率會提高，再次打敗競爭對手。」

她對我們描述這番景象，興致勃勃，亢奮不已，接著突然意興闌珊，她用被擊潰的語氣說，「可是，不幸地，我們無法擺脫現有的系統。」

「等一下，我以為鳳凰專案就是要用來修復這些問題的？」我問道。

她嫌惡地哼了一聲，說道，「我們從鳳凰專案得到的只是一堆承諾，它本該產生大量相關報告，然而，它在被推向市場的過程中面臨了許多政治壓力，它的功能不斷被刪減，猜猜看，他們把什麼功能推延到明年？」她翻了個白眼，露出不敢置信的表情。

「報告？」我猜測，擔心出現最壞的情況。

瑪姫點點頭，我盡量保持正向的態度，說道，「假設魔杖發揮效用，我們現在擁有所有門市提交的絕佳資料，你在各個門市安排合適的商品，並且運用夢寐以求的行銷活動獲取超乎想像的成功，然後呢？」

「生活變得開心萬分，就是這樣！」她說著，眼睛發亮，「去年，我們為了即將上市的新型跑車推出一款訂製燃料噴射系統，從籌備到上市，只有六個月的作業時間，我們真的辦到了！設計師、研發人員、市場行銷人員全部盡心盡力，我們擁有正確的產品、正確的時機、正確的品牌、正確的價格以及正確的品質，那是年度最暢銷的商品之一。」

「我們冒了一些風險，也成了大贏家。」她說，「假如我們對零售業的經營具有更深入的瞭解，加上驚人的研發和製造能力，我們每年都能推出 50 個這樣的產品，我相信，其中會有四個成為業界的超級熱門商品！我們不僅有得賺，還能大賺特賺。」

帕蒂插話，「你們把產品推到市場的合理時間是多久？」

她立刻回答，「現在？產品必須在六個月內上市，頂多九個月，否則，某間中國公司就會剽竊我們的想法，讓產品出現在競爭對手的貨架上，並且搶走大部分的市場。」

「在這麼競爭的時代，遊戲規則就是“快速上市，快速淘汰”，絕不可以為了推出一個商品而制定為期數年的產品開發計畫，一直等到最後才能弄清楚手上拿的牌究竟是贏家或輸家，我們需要短而快的週期，持續整合來自市場的反饋。」

「然而，這只是一部分原因。」她繼續說，「產品開發週期越長，公司資本被鎖定的時間就越長，資金在鎖定期間是沒有任何報酬的，迪克希望，我們的研發投資報酬率平均可達十個百分點，那是內部的最低預期報酬率，若是達不到，還不如把公司資本拿去投資股票，或者乾脆拿去賭馬。」

「一旦研發資本以在製品的形式被鎖定超過一年，而未歸還任何現金給公司，幾乎就不可能再為公司產生報酬。」她繼續說。

天呀，現在連瑪姬說起話來也開始像是埃瑞克。要求持續縮短週期是「第一步工作法」的一部分。要求增強回饋循環，最好直接來自消費者，則是「第二步工作法」的一部分。

然而，九個月內開始將現金吐回公司，已經是最長的時間限度？我們的鳳凰專案已經費時將近三年，仍未創造出任何預期的商業價值。

我有一種恐怖的感覺，也許，我們致力於鳳凰專案根本是走錯路 ...

我看看錶，時間已經差不多，我把關於鳳凰專案的想法放一邊，詢問瑪姬，IT 還有哪些地方妨礙她達成工作目標。

她臉色一沉，說道，「好吧，還有一件事 ...」

接著，瑪姬述說了關於 IT 專案資源的激烈競爭，「我們的計畫週期是 6 到 12 個月，誰曉得自己三年以後應該做什麼專案？」她憤憤地說，我立刻想到羅恩。

再沒什麼比吐槽 IT 更讓人同仇敵愾。

「我完全理解你的困擾。」我按住性子說，「你有什麼解決之道嗎？」

她分享了一些想法，包括招聘更多 IT 人員，把一些 IT 人員分派給她的團隊，詳加審查那些妨礙 IT 專案佇列的專案等等。

大部分想法都不新鮮，我只是對她關於“提高 IT 預算”的看法覺得有些訝異，史蒂夫和迪克是絕對不會同意的。

「難以置信！」離開瑪姬的辦公室後，帕蒂大呼，「我無法相信瑪姬和羅恩居然這麼沮喪，你能相信訂單輸入與庫存管理系統又出現不可靠的資料？而且，我實在無法相信，按照當前的設計，鳳凰專案實際上根本無法解決資料品質的問題！」

我點點頭，果斷地說，「請約翰和韋斯一起過來開個會，我們得向他們說明一下目前掌握的情況，也請克里斯一起參加，這不只是 IT 運維部的事情，這可能也會改變我們安排專案優先等級，以及開發應用程式的方式。」

在她離開後，我又對鳳凰專案好好思量了一番。

三年多來，我們已經為鳳凰專案投入兩千多萬美元，那麼多在製品和資金鎖定在這個專案上，八成無法達到 10% 的內部最低預期報酬率，換句話說，鳳凰專案原本就不應該被批准。

第 27 章

10 月 21 日，星期二

我和帕蒂、韋斯、克里斯還有約翰一起坐在會議室，我跟他們分享帕蒂與我獲得的進展。

我首先說明，「我們訪談過羅恩和瑪姬，他們是迪克的企業評估指標簡報上所列的業務流程負責人，另外，我花了一些時間思考目前掌握的情況。」

我掏出筆記本，走向白板，在上頭寫下，「無極限零件公司期望得到的業務成果：增加營收、增加市占率、提高平均訂單金額、恢復盈利能力、提高資產收益率。」

接著，我畫出下面這張表格：

績效指標	倚賴 IT 的區域	IT 導致的業務風險	倚賴的 IT 控制
1 瞭解客戶的需求與希望	訂單輸入與庫存管理系統	資料不準確，報告不即時且需要重工	
2 產品組合	訂單輸入系統	資料不準確	
3 研發有效性			
4 上市時間（研發）	鳳凰專案	三年的研發週期與在製品讓內部最低預期報酬率（IRR）難以達成	
5 銷售管道	CRM，行銷活動，電話 / 語音訊息，MRP 系統	銷售管理無法查看 / 管理銷售管道，客戶無法增加 / 更改訂單	
6 按時交貨	CRM，電話 / 語音訊息，MRP 系統	客戶無法添加 / 更改訂單	
7 客戶維繫	CRM，客戶支援系統	銷售人員無法管理客戶的狀況	
8 銷售預測準確率	（與 #1 相同）	（與 #1 相同）	

我指著白板說，「第一欄是達成迪克期望結果所需的業務能力和流程；第二欄列出那些業務流程仰賴的 IT 系統；第三欄列出那些 IT 系統或資料可能發生什麼錯誤；在第四欄中，我們寫下防範那些錯誤發生的反制措施，或者至少能夠偵測到問題及作出回應。」

接下來的半小時，我對他們仔細講解表格的內容，以及我們在訪談中聽到的各種抱怨，「顯然，IT 對於迪克最在乎的那些事情是很重要的。」我淡淡地說，韋斯說，「得了吧，我們這裡是不乏聰明的人才沒錯，但假如我們真的那麼重要，他們為何還要把我們的工作全部外包出去？面對現實吧，這些年來，我們就像是爹不疼娘不愛的孩子，任人拋棄、轉手好多次囉。」

沒人知道有什麼好答案。

「嗯，我真的很喜歡表格第三欄：IT 導致的業務風險。」約翰說，「透過描述 IT 可能出現哪些阻礙業務成果實現的問題，我們就能夠幫助業務流程負責人拿到他們的獎金，這應該很有說服力，業務部門或許還會感謝我們的付出呢，那可是全新的改變。」

「我同意，做得好，比爾。」克里斯最後說，「但解決方案是什麼？」

我說道，「大家有什麼想法嗎？」

令人驚訝的是，約翰首先發言，「在我看來，很明顯地，我們必須透過 IT 控制來減輕第三欄提到的風險。接著，我們要對羅恩和瑪姬說明這些內容，務必讓他們相信我們的反制措施有助於他們達成目標，如果他們相信，我們就可以和他們一起作業，把 IT 整合到他們的績效評估…」

「埃瑞克給你舉的那個例子棒極了，他們把“遵守車輛保養程序”作為“按時交貨”和“客戶維繫”的先行指標，我們也需要做相同的事情。」

我們捲起袖子開始幹活。

針對電話和 MRP 系統，我們很快就確定，預測性評估指標包括遵守變更管理流程、監督及審核生產變更、完成定期維護以及排除所有已知單一失敗點。

在處理「客戶的需求和希望」時，我們遇到了困難。

是約翰讓我們繼續往前推進，他說，「在這裡，目標不是系統可用性，而是資料完整性，它們湊巧就是“保密性、完整性與可用性”這 CIA 三隻腳中的二隻【譯註】。」他問克里斯，「那麼，導致資料完整性發生問題的原因是什麼？」

克里斯厭惡地哼了一聲說，「鳳凰專案修復很多問題，但麻煩依然不少，大部分都是在上游產生的，因為行銷人員不斷輸入一些格式錯誤的庫存單位（SKU，Stock Keeping Unit），說實話，行銷部也得一起幫忙解決他們的問題。」

【譯註】 CIA 代表 confidentiality、integrity 與 availability，亦即，保密性、完整性與可用性。

因此，對於「市場行銷的需求和期望」，我們提出的評估指標包括讓鳳凰專案支援每週報告，最後支援每日報告以及行銷部建立有效 SKU 的百分比等等。

下班前，我們已經完成一疊簡報資料，帕蒂和我準備將它們拿回去給羅恩和瑪姬，接著，我們會向迪克彙報。

「親愛的朋友們，既然有了完備的方案。」韋斯大笑一聲，驕傲地說，「即使是猴子也可以根據我們提出的想法把事情做好！」

第二天，帕蒂和我從羅恩和瑪姬那兒得到很好的回饋意見，他們承諾會向迪克支持我們的建議，當羅恩瞭解到我們那個監控專案的預算還沒有批下來時，他當著我們的面就給迪克打了電話，留下一則用詞激烈的語音訊息，要求知道他為什麼在那邊拖拖拉拉。

有了這些熱情的支持，我心裡清楚，星期四和迪克的會面一定穩操勝券。

「你們所說的一切只不過證明了你們一直都在怠忽職守！」迪克嚴厲地說，顯然對我們的簡報內容無動於衷，頓時之間，我又想起，當初我請求史蒂夫區分鳳凰專案與稽核發現孰先孰後時，他連看都沒看一眼我準備的試算表。

然而，迪克並非不屑一顧，他是真的火了，「你對我說的這些事情，連一隻無腦的猴子都明白，你以前不知道這些評估指標很重要嗎？在每次公司大會上，史蒂夫一遍又一遍地重述，公司刊物裡也都有，莎拉在每一次策略簡報中也都有談到，你們怎麼會忽略這麼重要的事情？」

我們坐在迪克對面，我看到克里斯和帕蒂在我兩旁坐立不安，埃瑞克站在窗邊，倚牆而立。

我的腦海突然閃過這樣的回憶，我當時是個海軍陸戰隊中士，在閱兵遊行時，手舉著旗幟，不知從哪兒冒出一個上校，在我的全隊士兵面前衝著我大聲咆哮，「你的錶帶不合規定，帕爾默中士！」我當場差點羞憤而死，因為我知道事情搞砸了。

但是今天，我確定我充分理解我的任務，而且為了公司的成功，我需要迪克理解我掌握到的情況，但要怎樣才能讓他理解呢？

埃瑞克清清喉嚨，對迪克說，「我同意，連一隻無腦的猴子也應該明白這些道理，那麼，迪克，麻煩解釋一下，在你那張小小的評估指標試算表上，你為什麼針對每一個評估指標都列出四個管理層級，但其中連一個 IT 經理也沒有，這是為什麼？」

不等迪克回答，他就繼續說，「每個星期，IT 部門的人員都在最後一刻被想要完成那些評估指標的經理拖去救火，在緊要關頭幫他們處理突發狀況 – 就像布倫特被拉去幫忙推行莎拉的最新促銷活動。」埃瑞克停頓了一下，接著說，「老實說，我認為你跟比爾一樣只是一隻無腦的猴子。」

迪克咕噥一聲，但似乎不慌亂，最終說道，「也許吧，埃瑞克，你知道嗎？五年前，我們曾經邀請 CIO 參加季度業務審查會議，但是，他只會說我們提出的每一件事情都是不可能的，其他時候則從不開口說話，這種情況持續一年，後來，史蒂夫就不再邀請他參加會議了。」

迪克又轉向我說，「比爾，你是說，公司裡的每個人都在做一切正確的事情，但因為這些 IT 問題的關係，大家還是不能夠完成目標？」

「是的，長官。」我說，「跟其他業務風險一樣，由 IT 引起的運營風險也必須妥善被管理，換言之，由 IT 導致的運營風險其實不是 IT 風險，而是業務風險。」

迪克又咕噥一聲，重重跌坐在椅子上，揉揉眼睛，「該死，要是我們連公司需要什麼都不知道，那要怎麼撰寫 IT 外包合約？」他說，重重拍了一下桌子。

他接著問，「好吧，有什麼建議？我猜你已經預先想好對策了吧？」

我坐直身子，開始推銷自己的想法，我和我的團隊已經排練過很多遍，「我想用三週的時間，逐一會見那張試算表上的每一位業務流程負責人，我們必須更妥善地定義由 IT 引發的業務風險，並且讓各方達成共識，然後向你提出一種具體的做法，把那些風險整合到業務績效的先行指標，我們的目標不只是提高經營績效，還要對能否達成目標提供前瞻性指標，如此一來，我們就能夠採取適當的行動。」

「此外，」我繼續說，「我想就鳳凰專案的事情安排一次專題會議，邀請你和克里斯參加。」接著，我向他解釋我的顧慮，如果鳳凰專案就是定義成現在這個模樣，那麼，這個專案甚至從一開始就不應該被批准。

我繼續說，「我們的進展太慢，還有那麼多在製品和功能懸宕在半空中，我們應該把發佈變小變短，更快回饋現金，那樣的話，才能達成內部最低預期報酬率。克里斯和我有一些想法，但會跟公司目前的既定計劃大不相同。」

他沉默了一會兒，然後果斷地宣佈，「你的兩個提議我都同意，我會派安去幫你，你需要公司最優秀的人才。」

我從眼角的餘光看到克里斯和帕蒂在微笑。

「謝謝你，長官，我們會全力以赴的。」我說著，站起身，敦促眾人離開房間，以免迪克改變主意。

我們走出他的辦公室，埃瑞克拍拍我的肩膀，說道，「做得還不賴，小子，恭喜你在掌握"第一步工作法"的道路上進展順利。現在，你要幫助約翰迅速掌握"第一步工作法"，因為你們即將忙於應付"第二步工作法"。」

我困惑地問，「為什麼？會發生什麼事？」

「你很快就會明白的。」埃瑞克輕聲笑著說。

星期五，約翰召集韋斯、帕蒂和我開了會，並且承諾會有一些好消息，他熱情洋溢地說，「你們把 IT 同迪克的運營目標聯繫起來，幹得好，我終於明白，我們上次是怎麼通過稽核的，而且，我非常肯定，我們可以做一些同樣很棒的事情，來減輕稽核合規的工作量。」

「少做一些稽核工作？」韋斯抬起頭，放下手機，接著說，「願聞其詳！」

約翰也引起了我的注意。如果不需要再來一次巴丹死亡行軍【譯註】就能讓我們卸下稽核工作的重擔，那真的會是一個不折不扣的奇蹟。

他對韋斯和帕蒂說，「之前，我需要弄清楚，我們是怎麼擺脫那些內部和外部稽核人員的稽核發現的，一開始，我以為一切只是稽核合夥人高抬貴手，想要留住我們這個客戶，實則不然 ...」

「我和無極限零件公司裡每一個參加過那次會議的人都見了面，一心想要弄清楚誰擁有解決這個問題的靈丹妙藥，讓我驚訝的是，這個人並不是迪克或公司的法律顧問。在會見過十個人之後，我終於找到費伊 —一個在財務部為安工作的財務分析師。」

「費伊擁有技術背景，在 IT 部門工作過四年。」他一邊說一邊把文件發給每個人，「她為財務團隊建立了這些 SOX-404 控制文件，針對每個重要財會科目，為主要的業務流程顯示端到端資訊流，包括現金或資產從哪裡進入系統，並且全程追蹤，一路記錄到總帳。」

「這是非常標準的做法，但她更進一步：在確切瞭解流程中哪些地方可能發生重大錯誤，以及錯誤會在哪邊被偵測到之前，她不看任何 IT 系統。費伊發現，多數時候，我們會在人工對帳的步驟中檢測到重大錯誤，在這個步驟中，來自某個源頭的帳戶餘額與帳戶值都要和其他源頭逐一比對，通常是每週一次。」

「在這種情況下，」他說，聲音肅然，語帶驚奇，「她瞭解到上游的 IT 系統應該被排除在稽核範疇之外。」

「下面是她向稽核人員展示的內容。」約翰說著，興奮地翻到第 2 頁，「引用：“檢測重大錯誤所倚靠的控制手段是人工對帳步驟，而不是上游的 IT 系統。”我仔細看過費伊的所有文件，每一種情況均獲得稽核人員的同意，因而撤銷他們的 IT 稽核發現。」

【譯註】 巴丹死亡行軍是第二次世界大戰中著名的戰爭罪行與虐俘事件，當時，日軍在攻下菲律賓巴丹島後，以慘無人道的方式，強迫戰俘徒步行軍至集中營，沿途死傷慘重，遍野哀鴻。

「那就是埃瑞克說那一大堆稽核發現全都是“範疇錯誤”的原因，他是對的，假如一開始就正確界定稽核測試計畫的範疇，根本就不會有那些 IT 稽核發現！」他總結道。

約翰環顧四周，帕蒂、韋斯和我呆若木雞地看著他。

我說，「我沒聽懂，這件事和減少稽核工作量有什麼關係？」

「基於對安全控制的真正依賴點有了全新的認識，我正著手從頭開始建構我們的合規計畫，」約翰說，「那決定了什麼才是至關重要的事情，這就像是擁有一副魔法眼鏡，我們可以辨別出哪些事情重於泰山，哪些事情又輕如鴻毛。」

「是的！」我說，「那副魔法眼鏡最終幫助我們看清楚，就公司運營而言，對迪克來說，至關重要的事情究竟是什麼，多年來，它就在我們眼前，我們卻一直視而未見。」

約翰點點頭，開心地微笑，他翻到文件的最後一頁，說道，「我要提出五點建議，讓與資訊安全相關的工作量減少 75%。」

約翰提出的內容激勵人心，讓人屏息。第一點建議是大幅縮減 SOX-404 合規計畫的範圍，他精確地說明了為何這樣做是安全無虞的，此時，我意識到，約翰也掌握到「第一步工作法」，真正落實「對系統具備深刻的認識」。

他的第二點建議要求我們弄清楚上線漏洞一開始是怎麼產生的，並且要求我們調整部署流程，杜絕這類情況再次發生。

第三點建議是，我們必須在帕蒂的變更管理流程中，標示出所有列入合規稽核範疇的系統 — 那樣就能夠避免可能危及稽核工作的變更 — 並且要求我們建立持續維護的文件紀錄，稽核人員今後會要求我們提供這些文件。

約翰看看四周，大家因震驚而陷入沉默，現在全盯著他看。他說，「我說錯話了嗎？」

「我無意冒犯，約翰 ...」韋斯緩緩說道，「不過…哦 ... 嗯…你還好吧？」

我說道，「約翰，我想我的團隊不會反對你的建議，我覺得這些想法真的是太棒了。」韋斯和帕蒂連連點頭，表示贊同。

約翰看起來很開心，他繼續說，「我的第四點建議是，透過清除任何儲存或處理持卡人資料的東西，來縮減 PCI 合規計劃的規模，這些東西就像是有毒廢棄物一樣，一旦弄丟或處理不當，就會發生致命的事件，而且，悉心保護它們需要付出的代價實在太高。」

「我們就從那個該死的自助餐廳 POS 系統開始吧，我再也不想對那個爛玩意兒做任何安全檢查。老實說，我不在乎它是誰管的，即使是莎拉的表姐溫妮在管也一樣。事情一定得推動下去。」

帕蒂一隻手嗚著嘴，韋斯的下巴差點碰到桌面，約翰完全失去理智了嗎？這點建議似乎 ... 有點兒…不顧一切。

韋斯想了一會兒，心念一轉，「我喜歡這個建議！我老早就希望把它弄掉，我們花了好幾個月的功夫，才讓那個系統通過合規稽核，而且，因為要跟薪資核算系統溝通的關係，它甚至還被納入 SOX-404 的稽核範圍！」

帕蒂最終點頭說，「我想沒人會認為自助餐廳的 POS 系統是公司的核心競爭力，它對公司營運不但沒有幫助，還會造成負擔，爭奪鳳凰專案和門市 POS 系統的有限資源。無庸置疑，鳳凰專案和門市 POS 系統絕對是公司核心競爭力的一部分。」

「好的，約翰，就這麼幹吧，我們四人全票通過。」我果決地說，「不過，你真的認為我們能夠及時清除它，改變現況？」

「是的。」約翰自信滿滿並且微笑著說，「我已經和迪克與法律團隊談過了，我們只需找到合適的外包商，並且確認他們在維護與保護系統資料方面值得信賴，就可以把工作外包出去，並且保留必要的權利。」

韋斯滿懷希望，迫不及待地插話，「你能夠想辦法把鳳凰專案也從稽核範疇排除掉嗎？」

「想都別想，我死都不會答應的。」約翰雙手交叉，一口回絕，「我的第五點建議，亦即最後一點建議，就是使用前面幾點建議所節省的時間，來償還鳳凰專案的所有技術債，我們都知道，鳳凰專案存在著大量風險：策略風險、運營風險、嚴重的資安與合規風險，迪克的評估指標的關鍵部分幾乎全都取決於它。」

「正如帕蒂所言，訂單輸入和庫存管理系統是我們的核心競爭力，我們得依靠它們來取得競爭優勢，但由於我們已經在這些系統上抄了一些捷徑，積累不少問題，現在，它們就像是一桶隨時會引爆的火藥。」

韋斯輕嘆一口氣，看起來有些惱火，他的神情似乎在說，以前那個壞約翰又回來了。

我不同意韋斯的觀點，現在的約翰遠比過去更複雜，更微妙，也更睿智，短短幾分鐘內，他從提議外包自助餐廳的 POS 系統，轉變為不屈不撓，絕無妥協，堅持守護及強化鳳凰專案，強烈表達出義無反顧，願意承擔責任與風險的堅毅精神。

我喜歡這個全新的約翰。

「你說得完全正確，約翰，我們得償還技術債。」我堅定地說，「你建議怎麼做？」

我們很快達成共識，讓韋斯與克里斯團隊的人員和約翰團隊的人員相互配合，提升資安方面的專業能力，這樣的話，我們就能夠著手把資安工作融入一切日常工作當中，而不是等部署工作完成之後再進行保護。

約翰謝謝大家，並且表示我們已經完成議程上頭的所有討論，我看了看錶，我們提早 30 分鐘結束，這必定刷新了最快針對安全性問題達成共識的世界紀錄。

第28章

10月27日，星期一

開車上班途中，天氣很冷，我不得不比往年提早幾個月打開座椅加熱器。

我希望今年冬天不會像去年那樣可怕，佩奇的親戚們已經開始在想，天氣異常究竟是否和全球性的氣候變遷有關，他們是我見過最疑神疑鬼的一群人。

到了辦公室，從背包裡拿出筆電，看到開機速度變得這麼快，我露出開心的微笑，我給史蒂夫寫了一份報告，彙報我們在過去六週內取得的進展，我沒提到新筆電的事，但我真的很想提一下。

對我來說，這台筆電代表著我的團隊戮力合作的成果，我為他們感到無比驕傲，現在，生活煥然一新，本月份，嚴重級別1的服務中斷大幅減少，數量下降三分之二以上，事故回復時間也在縮短，減幅可能超過一半。

第一次和迪克、約翰的奇怪會面提供我們一些領悟與洞察，讓我們可以很快理解如何真正幫助公司取得實質的勝利。

打開電子郵件，看到一則柯爾斯頓寄來的消息，她手下的專案經理全都在熱烈地討論著：專案的流動怎麼變快這麼多。等待布倫特及其他 IT 運維人員處理的任務數量大幅減少，事實上，假如我對相關報告的理解正確的話，布倫特差不多已經趕上進度了。

在專案的最前線，我們的狀態非常出色 — 特別是鳳凰專案。

星期五又安排了另一個鳳凰專案部署，這次只是一些缺陷修正，沒有增添或更改主要功能，所以應該會比上次的情況好很多，我們已經按時完成所有的交付物，不過，一如往常，仍有數不清的問題與細節需要處理與研究。

我很慶幸，因為我們已經將基礎設施穩定下來，我的團隊便能夠專心一致地聚焦於鳳凰專案。一旦無可避免的服務中斷與事故真的發生，我們運作起來就是一台狀況良好的機器，問題自然迎刃而解。我們已經建構好部落文化般的知識體系，這幫助我們比以往任何時候都更能夠快速排除故障。而且，一旦工作真的需要升級，也是以可控制且有順序的方式進行的。

由於持續改善基礎設施和應用程式的上線監控，我們經常在公司察覺之前就已經掌握事故的狀況。

我們已經大幅減少專案積壓，部分是因為我們把無用的專案從佇列中移除，而且約翰已經解決掉一些問題，我們已經從稽核準備與矯正工作中削減許多不必要的資安專案，將它們替換成我的團隊能夠幫忙處理的預防性資安專案。我們透過調整開發與部署流程，以有意義的系統化方式，強化並且保護應用程式和上線基礎設施，更且，我們的信心持續增加，相信這些缺陷今後絕不會再發生。

我們的變更管理會議比以往更順利，也更規律，不僅能釐清各個團隊在做什麼，還能瞭解工作確實不斷在推進。

大家比以往都更明白，自己應該做哪些事，並且能夠從故障修復中獲得成就感，我持續聽到，大家都做得更開心，更樂觀向上，因為他們終於可以放手去做自己應該做的工作。

真是奇怪，我現在對 IT 世界的觀察如此清晰，而且，在我看來，它和幾個月前相比竟然如此不同。

帕蒂關於圍繞布倫特建立看板的許多實驗都非常成功。此外，我們現在也發現有一些工作程序必須倒退，回到布倫特那邊，因為我們先前在處理這些程序時，我們不理解或者未能具體找出某個任務或成果，而必須由布倫特去轉移或修復它。

現在，一旦發生這種狀況，大家就立刻動手處理，確保同樣問題不會再犯。

我們改善的不只是布倫特的工作，透過減少懸宕未定的專案數量，我們讓工作路徑保持暢通，那樣的話，工作就能從一個工作中心順利移到另一個工作中心，並且以前所未有的速度完成。

我們差一點清空工單系統裡的逾期工作，有一次，我們甚至發現一張十多年前，韋斯還是一個菜鳥工程師時輸入的工單，內容是對某台機器執行某個任務，而那台機器早已報廢。現在，我們有信心，系統中的所有工作都是重要的，而且確實能夠順利被完成。

我們再也不是工作的貝茲旅館【譯註】了。

出乎大家意料，我們覺得能夠並行處理的專案數量不斷增加。因為我們對工作流具有更好的認識，並且謹慎地控管哪些工作流允許通達布倫特，我們發現，可以在不影響既有任務或承諾的情況下持續發佈 / 釋出更多專案。

我不再認為埃瑞克是個語無倫次的瘋子，但他確實是個怪人。既然已經在我自己的組織裡親眼見證一些美好的成果，我瞭解到 IT 運維工作和工廠工作其實非常類似，然而，埃瑞克反覆地強調，我們迄今為止所做的改善其實只是冰山一角。

埃瑞克說，我們正開始掌握「第一步工作法」：我們制止工作缺陷被交接給下游的工作中心，管控工作流，利用約束點來控制工作節奏，並且

【譯註】 美國恐怖電視連續劇，請參見 *https://zh.wikipedia.org/wiki/* 貝茲旅館。

奠基於稽核人員與迪克的觀點，比以往更能夠充分理解哪些工作重要，哪些不重要。

最後，我發起一些回顧工作，針對工作成果，以及需要改進的面向，進行一些自我評估。甚至有人提到，在處理服務中斷後，召開根本原因分析會議時，應該邀請開發部的人員參加，因此，我意識到，我們現在也開始理解埃瑞克的“第三步工作法”。

埃瑞克一直提醒我，不斷地練習讓偉大的團隊達成最好的表現。對任何流程或技能來說，練習成習慣，習慣變精通，無論是健美體操、運動訓練、演奏樂器，或者，以我的經驗來說 — 海軍陸戰隊裡頭永無止境的訓練，都是如此。不斷重複可以建立信任感和透明度，對需要團隊合作的事情來說，更是如此。

上個禮拜，我全程參與兩週一次的服務中斷演練，真的令我印象深刻，我們真的越做越好。

我確定，假如我上任第一天出現的薪資核算故障現在發生，我們應該能夠迅速且完整地回復它的運作 — 不只是一般員工，按時計酬的人員也不會有問題。

約翰很快得到迪克和史蒂夫的批准，找到供應商接管自助餐廳的 POS 系統，並且將它替換成某種具有商業支援的機制。

對韋斯、帕蒂和我來說，跟約翰一起擬定自助餐廳 POS 系統的外包需求是很棒的練習。在盡職調查【譯註】（due diligence）的過程中，我們會從所有潛在外包商那兒聽到各種似是而非的想法，在與埃瑞克互動之前，我們也曾對這些教條式的觀點深信不疑。現在，若是能夠反過來對他們進行再教育，一定很有意思。

看起來似乎是，如果有人從事 IT 管理工作，卻不談“三步工作法”，那就是在錯誤而危險的假設基礎上管理 IT 開發運維。

正當我在思考這件事情時，電話鈴響，是約翰打來的。

【譯註】 盡職調查：亦稱作謹慎性調查，在簽署合約或進行交易之前，按照特定注意事項，對合約或交易對象展開相關的調查。

我接起電話，他說，「我的團隊今天發現了一些麻煩事兒！為了防止未經授權的黑市 IT 活動死灰復燃，我們針對所有納入柯爾斯頓專案管理辦公室控管的專案展例行性檢查，還搜尋了所有用來支付經常性費用的公司信用卡（可能用來支付線上或雲端服務的費用），結果確實找到一些問題 — 那也是未經授權之黑市 IT 活動的另一種形式，換言之，有人正在規避專案凍結。你現在有時間談談嗎？」

「好，十分鐘後見。」我說，「別吊我胃口，到底是誰想偷走系統的後門？」

約翰在電話另一頭大笑起來，「莎拉呀，還能有誰？」

我請韋斯和帕蒂一起來參加這次臨時會議，但僅帕蒂有空來。

約翰開始說明他的發現，莎拉的團隊有四個使用外部供應商和線上服務的實例，其中兩個相對無害，但另外兩個情況比較嚴重：她和供應商簽訂了 20 萬美元的專案合約，進行客戶資料探勘（data mining），並且跟另一個供應商簽約連結我們所有的 POS 系統，擷取銷售資料，進行客戶分析。

「第一個問題是，這兩個專案都嚴重違反了我們對客戶承諾的資料隱私政策。」約翰說，「我們不斷地承諾，絕對不會將資料分享給合作夥伴。當然，是否改變這項策略是一個商業決策，但毫無疑問地，委外進行客戶資料探勘絕不符合我們自己的隱私政策，甚至可能觸犯好幾條州立隱私法規，讓公司涉及不法，承擔嚴重的法律責任。」

聽起來不大妙，然而，約翰的語調透漏出，還有更糟的事情在後頭，「第二個問題，莎拉的供應商採用的資料庫技術和我們用於自助餐廳 POS 系統的資料庫技術一樣陽春，大家都知道，就正式的公司日常運營而言，這種技術根本不可能提供足夠的安全與維護支援。」

我感到臉上一陣炙熱，不只是因為我們需要在上線環境中改造另一個自助餐廳 POS 系統，而且是因為這樣的應用程式會導致不正確的銷售訂單輸入和庫存管理資料，三個和尚沒水喝，沒有人能夠掌握及維護資料的完整性。

「嗯，我才不在乎莎拉的專案管理與發票工具 — 如果這些東西能夠讓他們更具生產力，那就讓他們用吧。」我說，「只要它不觸及到公司現有的系統，門市機密資料，不影響財務報告，等諸如此類的事情。不過，如果真的觸及不該碰觸的東西，我們就得介入，至少必須確認它不會影響現有的任何功能。」

「同意。」約翰說，「要我先對那個外包 IT 服務政策的文件採取行動嗎？」

「很好。」我說，但又不敢太肯定，「不過，怎樣才能妥適地對付莎拉？這完全不是我在行的事情，史蒂夫一直護著她，如何才能讓他明白莎拉那些未經授權的行徑與檯面下的專案會對公司造成莫大的傷害？」

在確定約翰的辦公室有關上門之後，我對約翰和帕蒂說，「各位，告訴我，史蒂夫到底看中她哪一點？她怎麼能夠僥倖地逃過那麼多破爛事兒？過去幾週以來，我看到史蒂夫既精明又固執，但莎拉總能逃過麻煩，到底是為什麼？」

帕蒂哼了一聲，說道，「假如史蒂夫是個女人，我就會說他是被危險的男人給迷昏頭。幾年來，許多人對這件事兒都有些猜疑。我有個推論，蠻有幾分道理，從上一次的場外會議來看差不多就相當明顯。」

看到約翰和我都神秘兮兮地湊過去，她微笑著說，「史蒂夫為自己能夠成為一名營運者感到驕傲，但他多次在公司會議上承認自己在策略部署上天份不足，我認為，那就是他為什麼非常喜歡跟他的老上司，也就是新任董事長鮑勃一起共事的原因，整整十年，鮑勃盡職地扮演著策略家的角色，而史蒂夫只要按照公司的願景，貫徹他的意志即可。」

「多年來，史蒂夫一直在尋找一個策略者作為他的左右手，他認真考察過一些人，甚至讓一些高層管理人員為此展開激烈的競爭。」她繼續說，「最後，莎拉勝出，根據小道消息，她耍了很多陰謀詭計與暗箭傷人的手段，不過我想，也只有那樣，她才有機會勝出吧。各種證據顯示，莎拉非常擅長搧風點火，對史蒂夫咬耳朵，強化他的猜疑與企圖心。」

帕蒂的分析遠比我想的更為縝密。事實上，帕蒂這番話聽起來頗為熟悉，很像我在晚餐中流露出那種疏離且憤怒的表情時，佩琪會做的推斷。

約翰尷尬地說，「呃，你不會認為他們兩人之間有什麼吧？譬如說，一些不正常的…？」

我揚起了眉毛，心裡也在嘀咕著。

帕蒂發出一陣大笑，「我看人可是很準的，我的父母都是心理醫生，要是真有你們想的事情，我就把他們的醫生執照都給吃下去。」

她看到我臉上的表情，笑得更厲害，「聽著，連韋斯都不會這麼想，要說捕風捉影，可沒人比得上他，莎拉對史蒂夫怕得要命！你們有沒有注意過，每當有人講話時，莎拉總是靜靜地看著史蒂夫，想要揣摩他的反應？這其實是很古怪的。」

她繼續說，「史蒂夫對莎拉的缺點視而不見，那是因為她具有提出創新策略的能力，這是他極為需要並且欣賞的技能，無論策略是好是壞。另一方面，因為莎拉嚴重缺乏安全感，所以她會不顧一切、不惜代價地粉飾太平。」

「一將功成萬骨枯，莎拉根本不在乎別人的死活，她一心想成為無極限零件公司的下一任 CEO。」帕蒂說，「而且，很明顯地，史蒂夫也想要這樣安排，這幾年來，他一直在培養她成為自己的繼任者。」

「什麼？成為下一任 CEO ？」我震驚地大喊一聲，連忙把噴在約翰會議桌上的咖啡擦乾淨。

「哇，老大，你很少去茶水間吧？」帕蒂說。

今天是鳳凰專案的部署日，我沒能跟孩子們共度萬聖節。

時間已經是晚上 11 點 40 分，我們再一次聚在 NOC 的會議桌旁，我有一種似曾相識的不安感，數了數，總共十五人，包括克里斯和威廉。

大部分人緊張地圍著會議桌，面前放著打開的筆電，身後堆著披薩盒和糖果紙，其他幾個人站在白板前，對著檢查清單或圖表指指點點，比手劃腳。

把鳳凰專案移轉到 QA 測試環境並且通過所有測試，比表定時間多耗費了三個小時，雖比上一次部署好很多，但我原本以為，有鑒於我們在最佳化部署流程方面付出那麼多心血，這次遇到的問題應該會少一些。

晚上 9 點 30 分，一切終於準備就緒，即將正式移轉到上線環境，所有測試終於全數通過，克里斯和威廉同意部署，韋斯、帕蒂和我檢視過測試報告，正式啟動部署工作。

接著就天下大亂了。

關鍵資料庫之一的移轉步驟發生失敗，至此只完成 30% 的部署步驟，我們再次陷入危境。由於資料庫已經變更而且指令稿已經開始執行，要在明天上午門市開始營業前完成回滾（roll back）已是不可能。

再一次，我們不得不掙扎前行，想方設法到達下一個步驟，讓部署工作繼續走下去。

我靠著牆，看著大家努力工作，雙臂交叉，克制自己想要來回踱步的衝動。再一次為了出問題的鳳凰專案部署而身陷泥淖，而且可能發生大災難式的後果，真的讓人非常沮喪。

另一方面，跟上一次相比，工作的進行節奏從容多了，儘管壓力滿滿，充斥著激烈的爭辯，但每個人都緊緊圍繞著解決問題的主軸，完全沒有失焦。我們已經向全體門市經理通報實際的狀況，他們也都備妥手動的應急流程，以防明早門市開始營業時 POS 系統當機。

我看到韋斯對布倫特說了幾句話，站起身子，疲倦地揉揉額頭，然後向我走來，克里斯和威廉起身跟著他走過來。

我迎上前去，「怎麼了？」我問。

「嗯，」一直靠近到能夠輕聲說話的距離，韋斯才回答，「找到問題根源了，剛剛發現，幾個星期之前，為了支援鳳凰專案的商業智能模組，布倫特對上線資料庫進行變更，沒有人知道這件事，更別說有記錄在案，它現在跟鳳凰專案的一些資料庫變更發生衝突，所以克里斯的人馬得重新撰寫一些程式碼，才能解決問題。」

「該死。」我說，「等一下，哪個鳳凰專案模組？」

「莎拉的一個專案，我們是在解除專案凍結之後釋出這個專案的。」他回答，「然而，它是在我們圍繞布倫特設置看板之前，趁著那個空隙溜過的資料庫綱要變更。」

我暗自咒罵，又是莎拉？

克里斯滿面愁容地說，「這很棘手，我們得重新命名一堆資料欄，這會影響到…天曉得，也許影響到幾百個檔案，還有全部的支援指令稿，必須手動處理，而且很容易出差錯。」

他轉向威廉，說道，「我們能夠做些什麼嗎？至少在繼續部署之前，讓一些基本測試跑起來。」

威廉看起來不大舒服，他用手擦掉臉上的汗水，「這樣做非常、非常 ... 冒險 ... 可以試一試，但還是不大可能在觸及那些程式碼之前找到錯誤，那就表示，上線環境會發生失敗，應用程式會當掉，甚至可能危及門市的 POS 系統，那就糟糕了。」

他看看錶說，「我們只有六個小時來完成這些工作，因為沒有足夠的時間可以重新執行各項測試，所以只能抄一些捷徑。」

接下來，我們花了十分鐘的時間擬定修正計畫，希望在清晨 6 點完成，讓各家門市在開門營業前能夠有一個小時的餘裕，克里斯和威廉趕緊去通知他們的團隊，我示意韋斯留步。

「等脫離困境，」我說，「我們得想辦法，避免這樣的事情再發生，開發和 QA 的環境與上線環境不一致，這是絕對、絕對不可以發生的事情。」

「沒錯。」韋斯說，不可置信地搖搖頭，「我不知道這件事情要怎麼做，但我絕對贊同你的看法。」

他回過頭，看看布倫特，不敢相信眼前的事實，「布倫特又變成一切的中心，你能夠相信嗎？」

過了很久，部署工作宣佈完成，大家鼓掌歡呼，我看看錶，清晨 5 點 42 分，整個團隊花費一整個晚上，提前 20 分鐘完成部署工作，也就是說，遵循苦心構思的緊急方案，我們終於提前 20 分鐘完成任務，但根據原定時程，我們幾乎延誤 6 個小時。

威廉確認，測試 POS 系統已經開始運作，電子商務網站和鳳凰專案的所有相關模組也一樣。

帕蒂開始向全體門市經理發出通知，告訴他們部署「成功」，並且附上一張清單，上面列出需要提防的已知錯誤，一個可以獲得鳳凰專案最新狀態的內部網頁，以及如何報告新問題的操作指南。我們讓技術支援人員全體待命，克里斯和我的團隊都隨時準備緊急救援，基本上，全員待命，準備好對全公司提供支援。

韋斯和帕蒂在安排值班的事情，我對大家說了一聲，「幹得好」，然後收拾東西準備離開，在開車回家的路上，我絞盡腦汁，試圖想出辦法，防止每次鳳凰專案部署都會導致緊急狀況的不幸事實。

第 29 章

11 月 3 日，星期一

接下來的星期一早晨 7 點 10 分，克里斯、韋斯、帕蒂和約翰再度和我一起坐在董事會的會議室裡，我們一邊等待史蒂夫，一邊討論第二次鳳凰專案部署的蕩漾餘波。

埃瑞克坐在會議室後方，面前擺著一個碗，一個空的即溶燕麥片包裝袋，還有一把法式濾壓壺，裡頭是淺綠色的液體，上面還浮著一些奇怪的葉片。

他看到我困惑的表情，便說道，「南非瑪黛茶，我最喜歡的飲品，出門從不忘記帶上它。」

史蒂夫一邊講電話一邊走進來，「嗯，我再說最後一遍，不行！不能再給折扣了 — 哪怕是我們僅剩的客戶也不行，我們得守住底線，明白嗎？」

他惱怒地掛斷電話，最後在桌首坐下，咕噥著說，「抱歉，我遲到了。」他打開資料夾，花了一點時間，仔細閱讀裡頭的文件。

「不管上週末鳳凰專案的部署工作進行得如何，我對你們在最近幾週所做的一切感到非常驕傲，很多人告訴我，他們對 IT 部門感到十分滿意，甚至連迪克都這麼說。」他難以置信地說，「他告訴我，你們是怎麼幫忙提高公司關鍵績效指標的，他還認為，這會徹底改變既有的遊戲規則。」

他微笑著說，「我為自己身處這個團隊而感到自豪，顯然，大家比以往更能協力合作，相互信任，而且取得難以置信的好成績。」

他對約翰說，「順便一提，迪克還告訴我，在你的協助下，他們已經確定財務重述（financial restatement）【譯註】是不必要的。」他笑顏逐開地說，「謝天謝地，至少我不會戴著手銬登上《財富》雜誌的封面。」

就在此時，莎拉敲門，走進房間。

「早安，史蒂夫。」她一邊說，一邊拘謹地走進來，在埃瑞克旁邊坐下，「我想你大概想跟我談談最新的行銷活動。」

「你是說，在 IT 工廠中暗地裡搞一些未經授權的工作輪班，就像某個肆無忌憚的中國工廠經理那樣嗎？」埃瑞克問道。

莎拉上下打量著埃瑞克，顯然在掂量著他這句話的用意。

史蒂夫示意約翰說明他的發現，約翰說完後，史蒂夫嚴厲地說，「莎拉，我發過一份清楚的聲明，未經我的授權，誰也不准啟動任何新的 IT 活動，不論是內部的，還是外部的，請你解釋一下你的行為。」

莎拉拿起她的蘋果手機，憤怒地在螢幕上點來點去，過了一會兒，她放下手機，說道，「競爭對手正不斷地打壓我們，我們需要抓緊每一個能夠把握的優勢，為了完成你提出的那些目標，我不能眼睜睜地乾等 IT 部門在那邊拖拖拉拉，我相信，他們工作得非常賣力，已經在現有的條件與認知下盡了最大的努力 — 但這樣還不夠，我們必須更靈活一些，有時候得購買服務，而非自行開發。」

韋斯翻了個白眼。

【譯註】 財務重述是指上市公司在發現並且糾正前期財報錯誤時，重新表述先前公佈之財報的行為。

我回答，「我知道，過去，IT 一直不能完成及交付你需要的東西，我也明白，行銷和銷售部門已經火燒眉毛，我們和你一樣希望公司能夠扳回頹勢，能夠獲得勝利，問題是，你的一些創意提案正危及公司的另一些重要承諾，比方說，遵守關於資料隱私的法律與法規，以及聚焦於鳳凰專案的迫切需求。」

「你提議的事情，可能導致我們的訂單輸入與庫存管理系統出現更多資料完整性問題，迪克、羅恩和瑪姬已經確認，我們必須清理不一致的資料，讓它們保持乾乾淨淨。我們必須瞭解客戶的需求和期望，擁有正確的產品組合，妥善地做好客戶維繫，最終提高公司的營收與市占率，沒有什麼比這些更重要。」

我補充道，「支援那些專案需要非常大量的工作，還得授權你的供應商存取我們的上線資料庫，跟他們解釋這些資料庫是如何建構的，進行一堆防火牆變更，可能還需要一百個以上的其他步驟，這可不像開一張發票那樣容易。」

她嚴厲地看我一眼，我是頭一回見到她這種一臉鐵青的樣子。

顯然，她不喜歡我引用迪克的公司目標來否定她想要的東西。

我突然想到，我剛才可能已經樹立一個危險的敵人。

她向眾人說，「既然比爾對業務的瞭解似乎遠比我還要深入，那麼，他為什麼不乾脆告訴我們到底有何高見呢？」

「莎拉，沒有人比你更瞭解這個領域的商業需求，如果我們不能完成及交付你需要的東西，你絕對可以去公司外面找人來滿足這些需求，只要經過大家的決策，並且弄清楚這個行動可能對公司的其他面向產生什麼影響。」我盡量心平氣和且合情合理地說，「你、克里斯和我定期開會，看看怎麼協助你實現新想法，這樣如何？」

「我很忙，」她說，「我可沒辦法花一整天的時間跟你還有克里斯開會，你知道，我有一整個大部門要管理。」

讓我感到欣慰的是，史蒂夫打斷她的話，「莎拉，你得抽出時間，我期待聽到那些會議的進展，以及你如何解決那兩個未經授權的 IT 行動，聽清楚嗎？」

她怒氣沖沖地說，「好的，我只是想做一些對無極限零件公司有用的事情，我會全力配合，但我對結果並不樂觀，你們只會讓我綁手綁腳。」

莎拉站起來，說道，「順便一提，昨天我和鮑勃・斯特勞斯談過，我想你們的權力並沒有你們認為的那麼大，鮑勃說，我們應該著眼於策略選擇，比方說，拆分公司，我認為他是對的。」

她用力甩門，拂袖而去，埃瑞克嘲弄地說，「好吧，我想我們都受夠她了 ...」

史蒂夫盯著那扇門，看了一會兒，然後對我說，「進行今天會議的最後一項議程吧，比爾，你擔心我們的鳳凰專案走錯路 — 不僅情況會更糟糕，而且我們可能永遠無法達成想要的商業成果，那聽起來實在令人不安。」

我聳聳肩，說道，「我知道的事情，你們現在也都知道，我真的希望埃瑞克能夠給我們一些真知灼見。」

埃瑞克抬起頭，用餐巾紙擦拭他的鬍子，「真知灼見？哪需要什麼真知灼見？對我來說，要解決你們的問題，答案是很明顯的。"第一步工作法"的內容就是妥善控制從開發部到 IT 運維部的工作流，你們已經透過凍結和調節專案的釋出來改善工作流，然而，你們的批次規模還是太大。上週五的部署不順遂就是一個明證，而且，你們還是有太多在製品卡在工廠裡，這也是最糟糕的情況。你們的部署正在下游引發一些計畫外的修復工作。」

他繼續說，「現在，你們必須證明，能夠充分掌握"第二步工作法"，建立從 IT 運維部回到開發部的持續反饋迴路，以便在初始階段就妥善籌畫產品的品質。為了做到這一點，專案的發佈週期就不能長達九個月，你們需要快速很多的回饋。」

「如果每九個月才能打一發炮彈，那你們就永遠別想射中目標。別再想那些南北戰爭時期的古董大砲，想想現代化的防空高射炮吧。」

他站起來，把那碗燕麥粥扔進垃圾桶，然後仔細端詳那個垃圾桶，又把湯匙從裡頭掏了出來。

他轉過身來，說道，「在任何工作系統裡，理論上的理想狀態都是單件工作流（single-piece flow），這樣能夠讓生產力最大化，同時讓變異性最小化，透過持續不斷地降低批次規模（batch size），就能達到這種狀態。」

「但你們卻反其道而行，拼命拉長鳳凰專案的發佈間隔，並且持續增加每次發佈的功能數量，甚至無法控制某一次發佈到下一次發佈的變異性。」

他停頓一下，繼續說道，「想想你們在上線系統虛擬化的全部投入，實在太過荒唐，你們還是像面對實體伺服器那樣地進行部署工作，高德拉特會說，你們已經部署了很棒的技術，卻因為工作方式沒有改變，而未能實際消弭生產力的限制。」

我看看大家，確定沒人明白埃瑞克在說什麼，我說道，「鳳凰專案最新的發佈問題是由上線資料庫伺服器的意外變更造成的，這個變更未在上游環境中被複製，我原本和克里斯正打算達成某種共識，在釐清如何讓所有環境保持同步之前，應該暫停一切部署，那就表示放緩發佈速度，對嗎？」

埃瑞克依然站著，他哼了一聲，「比爾，這句話是我整個月來聽過最聰明的一句，也是最愚蠢的一句。」

我沒有應答，埃瑞克看著掛在董事會牆上的一張圖片，他指著那張圖片問，「威爾伯，這是何種引擎？」

韋斯扮了個鬼臉，說道，「那是 2007 年款鈴木隼（Suzuki Hayabusa）重型機車的 1300 cc 引擎，順便說一下，我叫"韋斯"，不叫"威爾伯"，你上次就叫錯了。」

「喔，是的。」埃瑞克回答，「觀看摩托車賽實在非常有趣，這款賽車也許能夠達到每小時 230 英哩的速度呢，它有幾檔？」

韋斯馬上回答，「六檔，常嚙合傳動裝置，搭配 #532 鏈條傳動。」

「有倒退檔嗎？」埃瑞克問。

「那個型號沒有倒退檔。」韋斯迅速回答。

埃瑞克更靠近地觀察牆上的那幅圖片，點點頭，他說道，「很有意思，是不是？沒有倒退檔，那麼，你們的工作流為什麼要有倒退檔？」

現場鴉雀無聲，最後史蒂夫說，「嗯，埃瑞克，能不能請你直接把你的想法說出來？對你來說，這或許很好玩，但我們現在正忙著救亡圖存，必須趕快拯救公司。」

埃瑞克走近史蒂夫，端詳了一會兒，說道，「請像個工廠經理那樣思考，看到工作往上游移動，對你來說，那是什麼意思？」

史蒂夫馬上回答，「理想狀態下，工作流應該只朝一個方向移動：向前。一旦看到工作向後移動，我就會想到"浪費"，也許是因為瑕疵，不符合規範，或者需要重工 ... 無論何種情況，我們都得展開修正工作。」

埃瑞克點頭說道，「很好。我也這麼認為。」

他從桌上拿起空的法式濾壓壺和湯匙，把它們放進行李箱，拉上拉鍊，說道，「工作流只朝一個方向移動：向前。請在 IT 部門中創造一個只向前移動的工作系統。切記，目標是單件工作流（single-piece flow）。」

他轉向我，「順便一提，這樣做也能夠解決你和迪克一直在苦惱的問題。長發佈週期有一個不可避免的結果，就是一旦顧及勞動力成本的因素，你們將永遠達不到內部報酬率的目標。你們必須縮短週期，採取更快速的循環。如果鳳凰專案妨礙你們這樣做，那麼，你們就要想辦法利用其他方式來完成及交付功能。」

「當然啦，千萬別用莎拉的方式。」他說著，微微一笑，接著，拿起行李箱，補充道，「為此，你們必須把布倫特推到最前沿，就像《目標》裡的赫比，布倫特應該在開發流程的最初階段展開工作。在所有人當中，比爾，你應該最清楚怎麼做。」

「各位，祝你們好運。」他說道，我們全都看著他關上門，走了出去。

史蒂夫終於說，「大家有什麼建議或提議嗎？」

克里斯首先回答，「我之前就提過，鳳凰專案就連次要的臭蟲修復發佈都問題重重，我們承受不起每個月一次的發佈，儘管埃瑞克說了那番話，但我還是認為，我們應該放緩發佈排程，我建議，改成每二個月一次。」

「這可不行。」史蒂夫搖頭，說道，「上一季，我們距離自己設定的每一個目標都差了快十萬八千里，我們即將連續五次沒有達到季度目標 – 這還是在我們設法調低華爾街的預期之後。我們的所有希望都寄託於鳳凰專案的完成，而你現在對我說，在不斷被競爭對手拉開距離的當口，我們還得等待更長的時間，才能獲得需要的功能？這絕對不可能。」

「對你來說也許“不可能”，但請以我的角度看看，」克里斯冷靜地說，「我需要開發人員打造新功能，他們不能一直和比爾的團隊攪和在一起，只顧著處理部署問題。」

史蒂夫回答，「成敗就看這個季度，我們向市場許諾過，會在上個月把鳳凰專案弄出來，但因為延滯了那麼多功能，我們根本還沒能夠獲得預期的銷售成長，現在，這個季度已經過了一個多月，距離假期購物季還不到 30 天，我們沒時間可耗了。」

我徹底思考了一下，強迫自己打開心胸，接受每個人的觀點，克里斯陳述的是他所見到的事實，而且是有憑有據的，同樣地，史蒂夫說的也是。

我對克里斯說，「你說鳳凰專案的團隊必須放慢速度，我完全沒有異議。在海軍陸戰隊裡，一旦你率領的百人連隊裡有人負傷，你首先失去的就是機動性。」

「然而，我們還是得想辦法滿足史蒂夫的需求。」我繼續說，「正如埃瑞克所建議的，如果我們不能在鳳凰專案的框架內做成這件事，或許可以在鳳凰專案之外做到，我提議，我們可以從鳳凰專案的主要團隊分出一小隊人馬，請他們弄清楚哪些功能可以幫助我們盡快達到營收目標，時間不多，所以我們得謹慎揀選關鍵的功能，而且為了達成這項任務，他們可以打破各種規則。」

克里斯考慮片刻，最後點頭說，「歸根究柢，鳳凰專案就是為了幫助客戶從我們這兒快速、大量地購買物品，最近這兩次發佈已經為此打下基礎，但那些真正能夠提升銷售的功能仍然停滯不前，我們必須聚焦於產生良好的客戶採購推薦，並且讓行銷部能夠展開合適的促銷活動，把庫存裡頭現有的盈利產品賣掉。」

「我們擁有累積多年的客戶採購資料，而且因為聯名信用卡的關係，我們也清楚瞭解客戶的結構與偏好。」史蒂夫身體前傾並且插話，「行銷部向我保證，只要我們能夠推出那些功能，他們就可以提供客戶充滿吸引力的採購建議。」

克里斯、韋斯和帕蒂全心投入進一步的討論，但約翰看起來有點將信將疑，最終，韋斯說道，「是的，這樣做也許能夠奏效。」大伙兒點頭同意，包括約翰，我感受到空氣中瀰漫著數分鐘前還不存在的興奮感與期待感。

第3部

第30章

11月3日，星期一

與史蒂夫的會議已經結束一小時，我還在反覆琢磨著埃瑞克所說的那些晦澀難懂的話語，我可以感覺到，我們正走近某個重大的關口，但仍然存在諸多疑問，最終，我決定給埃瑞克打電話。

「喂？」他接起電話。

「我是比爾。」我說，「關於究竟應該怎麼做，我需要更多的線索…」

「待會兒大樓外面見。」他說完，隨即掛斷電話。

我走到室外，陣陣狂風猛烈吹襲，我四下張望一會兒，突然聽到急促的喇叭聲，埃瑞克開著一輛看起來很昂貴的BMW敞篷車，車篷打開，說道，「上車吧，快！」

「真是一輛好車。」我一邊說一邊坐上車。

「謝謝。」他說，「我朋友非得要我在進城時借用這輛車。」

他踩下油門，我抓緊扶手，連忙繫上安全帶，看到車上有一個女用錢包，心想這位「朋友」是誰。

「回 MRP-8 工廠吧。」他說。

我請他拉上車篷，他看了我一眼，說道，「我總認為沒有“前海軍陸戰隊員”這種東西，不是說“一日陸戰隊，終身陸戰隊”嗎？或許，你們的訓練要比我們那時溫和多了，難怪你們這些傢伙不是那麼強悍。」

「你也是海軍陸戰隊？」我問，試著掩飾我的驚訝。

他笑道，「都二十幾年囉。」

「我猜，你是軍官退伍吧？」我問。

「美國陸軍特種部隊少校。」他邊回答，邊看著我，車開得飛快，我內心不斷祈求他能好好看路，但他繼續看著我說，「我和史蒂夫同屬一個軍事分部，但他參軍時就是軍官，我則是應召入伍的大頭兵，跟你一樣。」

他沒再多說什麼，不過，他所透漏的資訊已經夠我瞭解他的軍旅生涯，顯然，他曾經是一名高級軍官，從前，我每天都得跟很多這樣的軍官打交道，現在，我辨識出那些感覺再熟悉不過的態度和舉止，在他的上司眼中，他一定是個充滿潛力的稀有人才，才會決定投資他的未來，送他去上大學和候補軍官學校，然後以最年長少尉的身份重回部隊，他可能比其他同儕年長十歲。

能夠頂住這一切壓力的絕非常人。

我們以破紀錄的時間來到工廠，現在，我們又站在貓道上，埃瑞克開始我殷殷期盼的演講，「製造廠就是一個系統，原物料從一邊進入，經過成千上萬道正確的工序，才能轉變為成品，如期從另一邊離開。一切都需要協同合作，如果一個工作中心和其他工作中心唱反調，尤其是，如果製造部與工程部不和，那麼，每一步進展都會變得非常困難。」

埃瑞克轉向我，說道，「你必須停止像工作中心主管那樣思考問題，應該以更宏觀的角度思考，就像工廠經理那樣，或者，最好能夠像這間製造廠及其全套運作流程之設計者那樣思考，他們著眼於整體工作流，明確識別出約束點，並且竭力運用各種技術與流程知識，確保工作有效且有效率地被執行，他們可以駕馭“內在的阿爾斯帕瓦”（inner-Allspaw）。」

我正想問他「阿爾斯帕瓦」是什麼，他卻撇開我的問題，「製造業有個指標叫作“生產節拍”（takt time），也就是跟上客戶需求所需的週期時間，如果工作流中有任何操作的時間比生產節拍還長，那就表示，你無法跟上客戶的需求。」

「因此，當你們奔走呼號，“喔，不！鳳凰專案的部署環境還沒準備好！救命！救命！喔，不！我們無法部署，因為又有人破壞了鳳凰專案的部署環境！”」他用高亢、尖叫、女孩子般的聲音喊著，「那就表示，在你的責任領域中，某些關鍵操作的週期超過生產節拍，這就是你完全跟不上客戶需求的原因。」

「在第二步工作法中，你必須建立回饋循環，一路回到產品定義、設計及開發的最初環節。」他說，「根據你和迪克之間的對話，你們或許還能夠讓回饋循環延伸到生產流程的更早期階段。」

他指著地面說，「往下看看地上橘色膠帶之間的那一長列設備，那列設備製造的是一些利潤最高的產品，但這也表明，那條特殊的工作流牽涉到設置與加工時間最長的兩個操作步驟：粉末塗料噴塗以及在熱處理爐中烘乾塗料。」

他抬起頭，張開雙臂，「想當初，那兩個操作的週期遠比生產節拍還要長，我們一直跟不上客戶的需求，日子怎麼那麼難過？生活怎會那麼不公？熱處理爐和塗料固化室是我們的約束點，利潤最高的產品都要用到它們兩個！我們怎麼辦？」

「客戶甚至主動提議，願意花錢解決問題，懇求我們提供更多這類小零件，但我們只能謝絕他們，每一項工作的準備時間都需要花費幾小時，乃至幾天。我們只能倚靠巨大的批次規模來滿足需求，我們使用龐大的油漆托盤，盡可能一次將最多零件塞進熱處理爐烘乾。我們瞭解，要想提高生產力，就得降低批次規模，但大家都說那是不可能辦到的。」

「豐田公司解決這個問題的辦法富有幾分傳奇色彩。」他說，「在 1950 年代，他們有一個引擎蓋衝壓流程，轉換時間幾乎三天，需要移動重達好幾噸的龐大且笨重的沖模，跟我們一樣，因為設置時間太長，他們只能以巨大的批次規模來生產，這使得他們無法同時使用同一台衝壓機來生產不同的車型，要是換模需要耗時三天，你就無法先打造一個 Prius 的引擎蓋，再打造一個 Camry 的引擎蓋，對不對？」

「他們是怎麼做的？」他煞有介事地問，「他們仔細觀察換模所需的全部步驟，然後提出一系列新的準備和改善措施，把換模時間降低至十分鐘以內，嗯，這就是富有傳奇色彩的"快速換模技術"（single-minute exchange of die）一詞的由來。」

「當時，在研究過大野、斯皮爾和羅瑟的所有著作之後，我們深刻瞭解必須降低批次規模，但我們處理的不是引擎蓋衝壓模具，而是噴塗及烘乾製程。」他繼續說，「經過幾個星期的腦力激盪，調查研究，並與工程部一起進行實驗，最後得到瘋狂的想法：我們也許可以使用同一台機器進行噴塗和烘乾，我們用自行車的鏈條和齒輪改造熱處理爐，使它兼具噴塗零件的功能。」

「我們把四個工作中心合而為一，排除三十多個容易出錯的手動步驟，使整個工作週期完全自動化，形成單件工作流，並且去除所有不再需要的設置時間，因此，生產力一飛沖天。」

「成效非常顯著。」他驕傲地說，「首先，缺陷一旦發現，就能立刻修復，而不必整個批次報廢。其次，在製品數量下降，因為每個工作中心都不會過度生產過剩的產品，排隊等候進入下一個工作中心。不過，最重要的成效是，訂單交付期從一個月縮短為一週之內。不論客戶想要什麼，要多少，我們都能夠生產並且交付產品，不再成天往倉庫裡堆一些只能利用跳樓清倉大拍價處理掉的垃圾。」

「那麼，現在輪到你了。」他一本正經地說，伸出手指在我胸前戳了一下，「你得想辦法降低轉換時間（就像豐田的換模時間），加快部署週期。」

「我認為你的目標應該是 ...」他說著，停頓片刻，「一天十個部署，嗯，不錯，何不試試？」

我張大嘴巴，說道，「那是不可能的。」

「喔，真的嗎？」他面無表情地說，「給你講個故事吧，2009 年，我是一家科技公司的董事，公司某個工程師參加了 Velocity 研討會【譯註】，回來之後，他像個瘋子一樣語無倫次，滿腦子危險、不切實際的想法，他親眼見證了約翰·阿爾斯帕瓦及其同事保羅·哈蒙德的那場驚天動地的演講。阿爾斯帕瓦和哈蒙德負責 Flickr 相片分享網站的 IT 運維部與工程部，代替相互掣肘，他們合作無間，並且在演講中暢談他們如何協心齊力，每天常態性地完成十個部署！在當時，大部分 IT 部門多是每季或每年發佈一個新部署。想像一下，他們進行部署的速度比原先的技術水準快了一千倍。」

「讓我告訴你吧，」他繼續說，「我們原本以為這個工程師失去理智，但我從中學到的是，阿爾斯帕瓦和哈蒙德所倡導的實務做法正是在 IT 價值流中應用三步工作法的必然結果，完全顛覆了我們管理 IT 的方式，並且拯救我們的公司於水深火熱之中。」

「他們是怎麼做到的？」我瞠目結舌地發問。

「好問題。」他回答，「阿爾斯帕瓦教導我們，只要開發部和運維部合作無間，偕同 QA 和業務部門一起努力，這個"超級部落"就能成就各種不可思議的事情，而且，他也明白，程式碼在上線之前未能實際產生任何價值，因為那些東西只是困在系統裡的在製品，所以他不斷縮減批次規模，以便快速實作功能流。某種程度來說，他透過確保部署環境隨時準備就緒，符合團隊的需求，把建置和部署流程（build and deployment process）自動化，並且體認到，可以把基礎設施當作程式碼一樣地處理，就像開發部交付的應用程式那樣，這讓他得以建構一步到位的環境設置與部署流程，就像我們想出一步到位的噴塗和烘乾工序那樣。」

「所以，我們現在瞭解，追根究柢，阿爾斯帕瓦和哈蒙德並不瘋狂，傑茲·亨伯爾與戴夫·法利也自行得出相同的結論，然後在他們的著作《持續交付》中歸納出能夠在一天內完成多個部署的做法與原則。隨

【譯註】 由 O'Reilly 組織的 Web 效能與運作研討會。

後，埃里克·萊斯更在他的大作《精實創業》中告訴我們，這是一種能夠幫助公司持續學習並且贏得競爭的核心能力。」

一如往常，埃瑞克說話時顯得精力充沛，他搖著頭，嚴厲地看著我。

「這樣的話，小菜鳥，下一步要怎麼做應該很清楚。為了跟上客戶的需求，以及開發部那些上游同袍的需要，」他說，「你們應該建立亨伯爾和法利所謂的"部署管道"（deployment pipeline），那是從程式碼提交一直到上線的整個價值流，那不是一種藝術，而是實際的生產活動。你們應該針對所有東西進行版本控制，所有的東西，不只是程式碼，還包含設置環境所需的一切。接著，你應該把整個環境建構流程自動化。你們確實需要部署管道，在當中，你們可以建立測試環境與上線環境，然後根據實際的需要，將程式碼部署上去，這樣才能夠縮短設置時間，並且迅速排除故障，隨時跟上開發部的變更速度與工作節奏。」

「等一下，」我說，「究竟應該把什麼東西自動化？」

埃瑞克嚴厲地看著我說，「去問布倫特，把他派到那個新團隊去，確保他不受干擾，不會分心，尤其正值這個當口，在完成建置流程自動化之前，他一直都是你的瓶頸，把他腦子裡的東西轉換到自動化的建置流程中，幫助人們從部署工作的痛苦中解脫出來。好好思考，徹底釐清，想辦法一天完成十個部署。」

我無法克制自己的懷疑，「一天十個部署？我相信沒有人會要求這樣做，你是不是設定了一個超過公司需求的目標？」

埃瑞克輕嘆一口氣，翻了個白眼，說道，「別再死盯著那個部署目標速度，業務敏捷度並非單看表面的生產速度，而是看它捕捉及回應市場變化，以及承擔更多可預期風險的能力，這關乎持續不斷的試驗，就像斯科特·庫克在《直覺》中所做的那樣，他們在報稅高峰期進行四十多次實驗，才終於弄清楚如何將客戶轉化率最大化，聽著，在報稅高峰期喔！」

「如果無法及時完成測試並在業務敏捷度上打敗競爭對手，你就玩完了。功能多少總是有些運氣的成分在，要是你走運的話，10% 的功能會得到預期的收益，因此，越快把那些功能推到市場接受考驗，對你就越有利，順便一提，這樣也可以更快速地為公司回收成本，那表示，公司也開始更快速地賺進白花花的銀兩。」

「史蒂夫把整個公司的存亡全都押在你們能否提高執行和部署能力上，所以，去和克里斯一起想辦法，弄清楚如何才能把敏捷開發流程的每一個階段做好，不僅擁有可交付的程式碼，還能夠備妥用來部署這些程式碼的有效環境！」

「好的，好的。」我說，「不過，你為何大老遠頂著酷寒把我拖到這裡？在白板上講解不就得了？」

「你以為，相較於傳統製造業，IT 開發與運維是高深的學問嗎？根本是胡扯。」他不屑一顧地說，「在我看來，目前為止，你們的所作所為實在小兒科，這棟廠房裡的人可遠比你們這些 IT 人員更具創意，也更有魄力。」

第 31 章

11 月 3 日，星期一

中午 12 點 13 分，我步入特別行動小組啟動會議的會場，我是搭埃瑞克的敞篷車回來的，頭髮濕透，襯衫也是，克里斯正在講話，「…所以，史蒂夫已經授權這個小組開發及交付促銷功能，而且不惜一切代價，誓言在即將來臨的假期購物季中扭轉乾坤，為公司創造最佳的效益。」

克里斯轉向我，指著會議室後方說，「我先把會開起來，還為大家訂了午餐，去吃吧 – 你怎麼啦？」

我沒答話，朝他指的方向望去，我又驚又喜地看到還有一個火雞三明治的餐盒，我一把抓起餐盒，找個地方坐下來，打量著房間裡的每個人，尤其是布倫特。

布倫特回答，「可以再解釋一下我為什麼會被選進特別行動小組嗎？」

「那正是我們今天要弄明白的事情。」韋斯誠摯地說，「大家心知肚明，有個可能成為董事會成員的人堅持要你加入這個團隊，老實說，有那麼多次證明他都是對的，所以即使不明白究竟為什麼，我還是信任他。」

帕蒂附和地說，「好吧，他給了我們一些線索，他說，我們必須聚焦的問題是部署流程以及設置環境的方法，他似乎認為，由於每次鳳凰專案的部署都出現混亂的局面，我們必定犯了某些根本性的錯誤。」

我拆開三明治的包裝紙，說道，「我剛和他見面，他告訴我一大堆東西，還解釋了豐田公司是如何利用快速換模技術在短暫時間內更換沖模的。他認為，我們必須具備一天處理十個部署的能力，他不僅堅持這是可行的，還說這樣能夠支援業務部門需要的功能部署週期，公司不僅要生存，還要在市場上贏得勝利。」

令人驚訝的是，克里斯的反應最為激烈，「什麼？為什麼要一天進行十個部署？我們的衝刺週期（sprint interval）至少都還有三個星期，我們可沒那麼多東西讓你一天部署十次！」

帕蒂搖著頭說，「你確定？那些臭蟲修正呢？還有網站慢得快斷氣時提出的效能改善呢，就像前兩次主要發布（major launch）時遇到的狀況？難道你不喜歡定期在上線環境中進行這類變更，而不必為了進行某種緊急變更而違反所有的規則嗎？」

克里斯想了一會兒，接著才回答，「有意思，我通常把這類修復稱作補丁（patch）或次要發布（minor release），不過，你是對的 — 那些也是部署，如果我們能夠更快速地推出這類修復，那就太好了。不過，別鬧了，一天十個部署？」

我回想著埃瑞克說的話，補充道，「你們聽聽，這樣如何？讓行銷部能夠修改他們自己的內容或業務規則，或者啟用更快速的實驗與 A/B 對比測試，看看怎樣做效果最好？」

韋斯把雙手攏在桌上，說道，「各位，聽我說，這是不可能完成的，我們面對的是物理定律，別忘了我們現在要花多久時間？超過一星期的準備時間，以及超過八小時的實際部署！往硬碟上寫入資料就只能這麼快了。」

要是沒跟艾瑞克去工廠轉一圈，我一定也會這麼認為，我認真地說，「嗯，也許你們說得對，不過，請給我一點兒時間，「整個部署流程從頭到尾究竟包含多少個步驟？二十個、兩百個、還是兩千個？」

韋斯抓抓頭，然後說，「布倫特，你覺得呢？我想大概有一百多個步驟吧 ...」

「真的嗎？」布倫特回答，「我想大概有二十多個步驟。」

威廉插話，「我不曉得你們是從哪裡開始算起的，不過，如果從開發部提交程式碼並將其標注為“候選版本”（release candidate）起算，即便是在把程式碼交給 IT 運維部之前，我大概就能夠想出一百個步驟。」

啊 - 喔。

韋斯打斷他，「不，不，不，比爾說的是“部署步驟”，我們不要岔開話題…」

韋斯說著，我想起埃瑞克要我一定像個工廠經理那樣思考，而不是像某個工作中心的管理人那樣，我突然意識到，他的意思也許是我應該跨越開發部和 IT 運維部之間的藩籬。

「你們說得都對。」我打斷韋斯和威廉，「威廉，可以麻煩你把所有步驟都寫在白板上嗎？我建議從“程式碼提交”（code commit）開始，一直到把它們交給我們團隊。」

他點點頭，走到白板前，開始畫一些方框，一邊畫一邊講解那些步驟。在接下來的十分鐘裡，他證實了共有一百多個步驟，包括在開發環境下執行的自動化測試、設置與開發環境相符的 QA 環境、將程式碼部署上去、執行所有測試、部署並且移植到與 QA 相符且新鮮的準上線環境（staging environment）、負載測試、最後再交接給 IT 運維部。

威廉完成後，白板上共有三十個方框。

我看看韋斯，發現他並未顯得焦躁不安，反而看似陷入沉思，一邊望著圖表，一邊摩擦下巴。

我示意布倫特和韋斯順著威廉的步驟繼續寫下去。

布倫特站起身來，開始畫方框，表達打包要部署的程式；準備新的伺服器實例；載入並且組態作業系統、資料庫及應用程式；對網路、防火牆及負載平衡器進行各種變更；隨後進行測試，確認部署工作大功告成。

我凝視整個圖表，陷入沉思，令人驚訝的是，它讓我想起工廠的情景，每一個步驟就像一個工作中心，每個工作中心都有不同的機器、人員、方法和量測指標，也許，IT 工作比製造工作更複雜，IT 的工作不僅是無形的，致使它更難追蹤，而且可能出錯的地方也會多出很多。

無數的組態需要正確地被設定，系統要有足夠的記憶體，所有的檔案都必須被放到正確的位置，所有的程式碼和整個環境也必須正確地運作。

即使一個小失誤就能讓一切崩潰，這顯然表示，我們必須比工廠更嚴格、守紀律且更有計劃。

我等不及要把這些事情告訴埃瑞克。

意識到我們所面臨之挑戰的重要性與深遠影響，我走向白板，拿起紅色馬克筆，說道，「我要對先前發佈期間發生問題的步驟標上紅色大星號。」

開始在白板上作記號的同時，我解釋道，「因為沒有新鮮的 QA 環境，我們使用了舊版本；由於測試失敗，我們針對 QA 環境做了程式碼變更和環境變更，而這些變更從未回歸到開發或上線環境；由於我們從來沒讓所有環境同步化，下一輪作業又會遇到同樣的問題。」

畫了一連串紅色星號之後，我走向布倫特的那一堆方框，說道，「由於缺乏正確的部署指南，我們經過五次來回才拿到正確的程式碼包裹和部署指令稿。由於環境未能正確地被設置，致使上線環境又發生未預期的嚴重問題。」

儘管不是刻意為之，但完成之後，威廉和布倫特的所有方框幾乎都標上紅色星號。

我轉過身，看到大家都因為領會我所做的事情而顯得沮喪不已，我馬上意識到自己可能犯了某種錯誤，趕緊補充道，「嗯，我不是在責怪誰，或者說我們很差勁，而只是想把事實確切地描繪出來，好針對每個步驟進行一些客觀的考量，大家一起克服白板上的問題，而非交互指責，好嗎？」

帕蒂說，「嗯，這讓我想起，我以前見過工廠人員一直在使用的某種東西，若是現在有工廠人員走進來，我猜他們會認為我們正在建立“價值流圖”（‘value stream map），介意我添加幾個元素嗎？」

我把馬克筆遞給她，回到座位上。

針對每個方框，她詢問每個操作步驟通常需要多久時間，然後在方框上方簡單標上數字，接著，她詢問這個步驟是否為工作經常必須等待的地方，然後在方框前面畫上三角形，代表在製品。

天哪，對帕蒂來說，我們的部署和工廠生產線之間的相似性並不是學術問題，她是真的把我們的部署當作工廠生產線！

她用的是精實學（Lean）的工具和技巧，製造業的從業人員利用它們記錄及改善流程。

突然間，我明白了埃瑞克提到的“部署管道”（deployment pipeline）指的是什麼。儘管不同於製造廠的實體物品，你無法具體地看到我們的工作，但這裡仍然存在一條價值流（value stream）。

我修正自己的觀點，那正是我們的價值流，而且我相信，我們即將找到辦法，大幅增加通過其間的工作流。

在記錄完各個步驟的時間之後，帕蒂重新繪製那些方框，使用短標籤表示流程的步驟。她在一塊獨立的白板上寫下兩個要點：「環境」和「部署」。

指著自己剛才寫的內容，她說，「在現有流程下，有兩個問題會不斷地出現：在部署流程的每個階段中，當我們有需要時，部署環境卻總是沒有準備就緒，即使準備就緒，也需要大量的重工才能讓它們彼此同步，對吧？」

韋斯哼了一聲，說道，「沒必要講得那麼直白吧，不過你是對的。」

她繼續說，「重工和設置時間過長的另一個問題根源是程式碼打包流程，在此階段，IT 運維部從版本控制系統拿到開發部提交（或簽入）的程式碼，然後將它們做成部署套件。儘管克里斯和他的團隊盡可能為程式碼和組態準備文件說明，總是會有東西被遺漏，這些東西只有在部署之後，程式碼無法在環境中順利運行時，才會被發現，對吧？」

這一次，韋斯沒有馬上回答，布倫特搶在他前面說，「完全沒錯，威廉應該能夠理解這些問題：發佈指南從未被更新，所以我們總是手忙腳亂地收拾殘局，只得重寫安裝指令稿，並且一次又一次地試著安裝 ...」

「是的。」威廉說著，肯定地點著頭。

「我建議大家聚焦在這兩個領域。」她說，看看白板，回到座位，「有什麼想法嗎？」

布倫特說，「或許，威廉跟我可以一起編寫關於部署工作的執行手冊，把我們從錯誤中汲取的種種教訓都收集起來？」

我點點頭，傾聽每個人的想法，然而，似乎沒有人提出我們需要的突破性建議，埃瑞克描述過如何減少車門衝壓流程的設置時間，他似乎暗示著那是非常重要的事情，但到底是為什麼？

「讓每個團隊自行將環境拼湊出來顯然不可行。無論如何，不管怎麼做，我們都必須朝這個“一天十個部署”的目標大步邁進。」我說，「這就表示，我們需要大量的自動化操作，布倫特，要怎麼做才能建立通用的環境設置流程，好讓我們能夠同時建立開發、QA 和上線環境，並且讓它們保持同步化？」

「有趣的想法。」布倫特看著白板說，他起身，畫了三個方框，分別叫作「開發」、「QA」和「上線」，然後在它們下方畫了另一個叫作「建置程序」的方框，這個方框有三個箭頭，分別指向上面三個方框。

「真是聰明，比爾。」他說，「如果我們有通用建置程序，每個人都使用這些工具來建置自己的環境，開發人員就能夠在一個至少與上線環境類似的環境下實際撰寫程式碼，單單這一點就已經是巨大的改善。」

他從嘴裡拿開馬克筆蓋，繼續說道，「為了設置鳳凰專案的環境，我們編寫並且使用一堆指令稿，只要做一些整合梳理與文件說明的工作，我相信，我們幾天之內就可以弄出一些有用的東西。」

我對克里斯說，「聽起來很有希望，如果能把各個環境標準化，並且讓開發部、QA 部和 IT 運維部每天使用這些環境，就能夠消除在部署流程中導致各種悲劇的大部分變異。」

克里斯看起來很興奮，「布倫特，要是你和其他人都不介意，我想邀請你參加我們的小組衝刺（sprint），那樣的話，我們就能夠盡早把環境設置整合到開發流程中。目前，我們主要聚焦在專案結束時能夠交出可部署的程式碼，我建議，我們可以改變這項要求，在每個為期三週的衝刺期間，我們不僅應該拿出可部署的程式碼，還必須備妥部署這些程式碼的正確環境，並且將這一切全部簽入或提交到版本控制系統中，做好版本管控。」

布倫特對這個建議報以燦爛的笑容，沒等韋斯回話，我就說，「我完全贊成，不過在繼續深入之前，能夠先研究一下帕蒂剛剛強調的另一個問題嗎？即使我們採納克里斯的建議，部署指令稿的問題仍然存在，假如我們有一根魔法棒，一旦備妥新鮮的 QA 環境，應該怎樣部署程式碼？每次進行部署時，都像打乒乓球那樣，不斷把程式碼、指令稿及天曉得其他什麼東西，在不同小組之間，來來回回，推來送去。」

帕蒂附和道，「在製造廠裡，一旦看到工作往回走，就是重工（rework），一旦發生這種現象，可以肯定，文件說明與資訊流的數量一定很糟糕，那就表示，沒有東西是可複製的，而且隨著我們試圖加快速度，一段時間下來，情況會繼續惡化，他們把這個稱為"非增值"活動或者"浪費"。」

她看著畫滿方框的第一塊白板說，「如果我們重新設計流程，就必須預先投入合適的人力，這就像是製造廠的工程小組得先確保所有的零件都被設計得有利於製造，而生產線也規劃得有利於零件的流動，理想上就是以單件工作流的形式運作。」

我點點頭，想到帕蒂的建議與埃瑞克今天稍早的建議很類似，不禁開心得笑出來。

我對威廉和布倫特說，「好吧，兩位，你們擁有魔法棒，你們得身先士卒，告訴我，你們會怎樣設計生產線，讓工作永遠不會走回頭路，讓工作流快速且高效地向前移動？」

這兩個傢伙一臉茫然地看著我，我有點惱火地說，「你們擁有魔法棒！好好使用它吧！」

「這根魔法棒有多大？」威廉問。

我重複之前對瑪姬說的話，「這是一根非常強大的魔法棒，它能夠做任何事。」

威廉走到白板前，指著名叫「程式碼提交」的方框說，「如果我能毫無顧忌地揮舞這根魔法棒，我就會改變這個步驟，代替透過原始碼版本控制機制，從開發部取得原始碼或編譯過的程式碼，我希望拿到的是打包好且可以直接部署的程式碼。」

「說真的，」他繼續說，「我非常想要這樣的程式碼包裹，我很樂意負責管理這個包裹的建立，我也知道究竟應該派誰去做這件事，她會負責開發部的交付事宜，一旦程式碼被標記為“準備測試”，我們就會生成並且提交程式碼包裹，那將觸發 QA 環境的自動化部署，或許，以後連上線環境也能夠自動化部署。」

「哇，你真的會這麼做？」韋斯問，「那可真是太棒了！就這麼說定了— 除非布倫特真的很想繼續處理打包的相關事宜？」

「開什麼玩笑？」布倫特大笑說，「不管這個人是誰，從現在到年底，我會好好請他喝幾杯！我喜歡這個主意，而且我希望能夠幫忙打造新的部署工具，我說過，我寫過一大堆工具，我們可以想辦法從這些工具入手。」

我能夠感受到會議室裡澎湃洶湧的活力與興奮之情，我很驚訝，從我們認為「一天十個部署」的目標只是妄想，一直到審慎思考如何邁向這個目標，整個轉變過程竟然如此之快。

突然間，帕蒂抬起頭說，「等一下，整個鳳凰專案都要處理客戶採購資料，這些資料必須受到嚴密的保護，難道約翰的團隊不也應該派人參加嗎？」

我們面面相覷，同意這個觀點。又一次，我大感驚嘆，這個組織的改變竟然如此之大。

第32章

11月10日，星期一

接下來的兩個星期飛逝而過，特別行動小組佔據了我大部分的時間，韋斯和帕蒂也一樣。

十多年來，我每天都和開發人員打交道，我已經忘了他們有多古怪，對我而言，他們似乎比較像是獨立音樂人，而不像是工程師。

過去，開發人員的衣服插著古板的口袋筆套 — 不像現在這樣穿著復古T恤和涼鞋 — 手裡拿著老式計算尺 — 不像現在這樣拿著時髦的滑板。

從很多方面來看，大多數開發人員的性情跟我的偏好簡直格格不入，我喜歡建立並且遵循流程的人，喜歡重視嚴謹與紀律的人，而這些開發人員總是心血來潮，異想天開，專愛避開流程辦事情。

不過，謝天謝地，還好有他們在。

我知道，以刻板印象看待整個行業的從業人員並不公平。我瞭解，如果想要成功，多樣化的人力與技能是不可或缺的。然而，困難在於如何讓所有人齊心協力，邁向共同的目標。

第一個挑戰就是為特別行動小組的那個專案命名，我們不能一直管它叫「小鳳凰」，所以我們最後還是花了一小時商討各種名稱。

我的手下想要將它命名為「庫丘」【譯註 1】或「新刺客聯盟」【譯註 2】，但是，開發人員想管它叫作「獨角獸」。

獨角獸（Unicorn）？就像是彩虹與彩虹熊熊（Care Bears）？

讓人跌破眼鏡，"獨角獸"竟然在投票中勝出。

開發人員，我永遠無法理解他們。

儘管我不喜歡這個名字，但獨角獸專案的進展驚人地順利。由於目標明確 — 不惜一切代價，全力設法提供實際有效的客戶購買推薦與促銷活動 — 我們從一個乾淨的程式碼基礎（code base）開始，將它與龐大的鳳凰專案完全解耦合（decoupled）。

這個小組清除障礙、克服困難的能力令人嘖嘖稱奇。最先碰到的挑戰之一就是展開客戶採購資料分析，這是第一個關鍵點。存取上線資料庫必須連結到他們的程式庫，任何針對它們的變更都必須說服架構小組，取得他們的同意。

當時，整個公司可能因為我們的某些調整而陷入癱瘓，所以開發人員和布倫特決定建立全新的資料庫，使用開源碼工具，不僅從鳳凰專案複製資料，也從訂單輸入與庫存管理系統複製資料。

這樣的話，我們就可以在不影響鳳凰專案或其他關鍵應用程式的情況下開發、測試、甚至上線運行。透過與其他專案解耦合，我們就能夠進行自己需要的各種變更，而不致於讓其他專案暴露在風險之中，同時，我們也不會卡在不必要的流程，或陷入不必要的麻煩裡。

【譯註 1】庫丘（Cujo）是電影《狂犬驚魂》裡頭一條極具殺傷力的聖伯納犬。

【譯註 2】新刺客聯盟是電影《Stiletto》的中譯名稱。

我完全同意並且贊成這種做法，但仍然抱持一些懷疑，如果每個專案都能夠隨心所欲地弄個新資料庫，我們將來要如何管理難以避免的失序擴張，我提醒自己務必要把能夠上線的資料庫類型給標準化，確保團隊採用能夠基業長青的正確做法與技術。

同時間，布倫特與威廉的團隊一起建立了可以同時設置開發、QA 及上線環境的建置程序與自動化機制，相當令人讚嘆，在三週的衝刺期間，也許是記憶以來頭一次，所有開發人員全部使用完全相同的作業系統、程式庫版本、資料庫、資料庫設定等等。

「真是難以置信，」一位開發人員在專案衝刺回顧會議（每個專案衝刺結束後都要召開這種會議）上說，「在鳳凰專案中，新進開發人員需要三、四個星期才能讓建置版本（build）執行在他們的機器上，因為我們一直無法清楚且完整地蒐集到編譯和執行鳳凰專案所需要的大量材料，但現在，我們只要下載或簽出（check out）布倫特和團隊已經建構的虛擬機器即可，一切便已準備就緒。」

同樣令人驚訝的是，我們在專案早期就已經擁有與開發環境相符的 QA 環境，這也是史無前例的，以前，我們必須做一堆調整，反映開發系統需要的記憶體與儲存空間遠比 QA 系統來得少，而 QA 系統的記憶體與儲存空間又遠少於上線系統，但事實上，大部分環境都是相同的，而且可以在幾分鐘內調整完畢，並且迅速跑起來。

然而，自動化程式碼部署還是無法正常運作，不同環境之間的程式碼移植也是，不過，威廉的團隊在這個領域的能力已是有目共睹，我們都相信他們很快就能夠搞定。

此外，開發人員比原訂計劃提前完成專案衝刺目標，他們生成的報告顯示：「購買這項產品的客戶也購買了其他這些產品」。然而，產生這些報告所耗費的時間比預期長了幾百倍，但他們承諾一定會設法提高效能。

由於進展迅速，我們決定把衝刺週期縮短至兩個星期，這樣的話，我們就可以縮短計劃週期，更頻繁地進行決策及貫徹執行，而不是對著將一個月前制定的計畫死盯著不放。

鳳凰專案繼續按照三年多前制定的計劃進行著，關於這點，我只能盡量不去多想。

看起來，我們的進展正呈指數級提升，制定與執行計畫的速度比以往都要快，獨角獸和鳳凰專案之間的速度差距越來越大，鳳凰專案團隊已經注意到這一點，開始從各個面向上借鑒獨角獸的做法，並且收到意想不到的成效。

獨角獸似乎銳不可擋，而且現在已經擁有自己的生命，我懷疑，即使我們想要阻止它的專案人員，讓他們重回老路，也不一定能夠辦得到。

我正在開預算會議，韋斯來電，「我們遇到大麻煩了。」

我走出會議室，問道，「怎麼了？」

「這兩天，沒人找得到布倫特，你知道他在哪兒嗎？」韋斯問。

「我不知道耶。」我回答，「等等，你說找不到他是什麼意思？他還好嗎？你打過他的手機，對吧？」

韋斯完全不想掩飾他的怒氣，「當然打過！我每個小時都給他留一則語音訊息，大家都在想辦法連絡他，我們有一大堆工作要做，他的組員已經開始抓狂 — 天哪，布倫特終於來電了 ... 先別掛 ...」

我聽到他接起桌上型電話，說道，「你究竟去哪兒了？大家都在找你耶！啊 ... 啊 ... 狄蒙因？你去那裡幹什麼？都沒人跟我說啊 ... 迪克和莎拉的秘密任務？什麼東西啊⋯」

韋斯試圖搞清楚布倫特的狀況，我饒有興味地仔細聆聽一會兒，最後聽到他說，「等等，讓我看看比爾想要怎麼做 ...」韋斯再次拿起手機。

「好吧，你一定聽到部分對話了吧？」韋斯說。

「告訴他，我現在就打電話給他。」

我掛斷電話，馬上撥給布倫特，琢磨著莎拉又在搞什麼鬼。

「嗨，比爾。」布倫特說。

「可以告訴我發生什麼事嗎？你為什麼在狄蒙因？」我客氣地問。

「迪克辦公室的人沒告訴你嗎？」他問，我一語不發，他繼續說，「昨天早上，迪克和財務團隊催我出門，參加一個制定拆分公司方案的特遣小組，這顯然是最優先的專案，而且還要研究拆分之後對所有 IT 系統造成的影響。」

「迪克為什麼把你編進特遣小組？」我問道。

「我不曉得。」他回答，「相信我，我也不想來這裡，我討厭坐飛機，他們應該派個商業分析師來做這件事的，不過，也許是因為我最瞭解各個主要系統如何互相連結，位置在哪裡，以及依賴的服務有哪些 ... 順便一提，我現在就能夠告訴你，拆分公司絕對會是一個恐怖的夢魘。」

我還記得，當初收購那家大型零售商店的時候，我帶領公司的企業併購團隊，那可是非常大的專案，相較之下，拆分公司可能甚至更困難。

如果這會衝擊我們支援的數百個應用程式，那麼，也許布倫特說得對，這將耗費好幾年的時間。

IT 無所不在，因此，這可不像截肢，而比較像試圖剝離公司的神經系統。

想到迪克和莎拉連問都不問一聲，就從我身邊調走一名關鍵人力，真的令人火大，我刻意放緩速度地說，「布倫特，仔細聽清楚：你的首要任務是找出你的獨角獸組員的需要，並且滿足他們。如有必要，請錯過你的班機。我會打幾個電話，很有可能，我的助理艾倫會幫你訂好今晚回來的航班，聽清楚了嗎？」

「你要我故意趕不上飛機。」他說。

「是的。」

「我要怎麼對迪克和莎拉說？」他遲疑地問。

我想了想說，「告訴他們，我給你指派了緊急任務，以及你會趕上他們的。」

「好吧 ...」他說，「這到底是什麼情況？」

「很簡單，布倫特。」我解釋道，「獨角獸是我們完成季度指標的最後希望，要是這個季度再玩完，董事會肯定會把公司拆分掉，到那時候，你就可以心無旁騖地幫助特遣小組，不過，如果我們順利達成績效指標，就有機會讓公司保持完整，所以說，獨角獸絕對是我們的最高優先任務，史蒂夫對此已經說得非常、非常清楚。」

布倫特疑惑地說，「好吧，你叫我去哪裡，我就去哪裡，你負責去跟那些大人物爭論吧。」他顯然已被各方下達的不同指令給惹惱了。

然而，我心中的怒火遠遠超過他。

我打電話給史蒂夫的助理史黛茜，告訴她我馬上過去。

在前往 2 號大樓找史蒂夫的途中，我給韋斯撥了電話。

「你做了什麼？」他哈哈大笑，「真是太妙了，你現在已經捲入一場政治鬥爭，史蒂夫是一派，迪克和莎拉是另一派，還有，老實說，我不確定你是否選對邊。」

過了一會兒，他說，「你真的認為史蒂夫在這件事情上會支持我們？」

我強忍住，沒有嘆氣，「我當然希望如此，如果不能讓布倫特回來專心為我們工作，獨角獸專案就完了，那可能表示，我們會有新的 CEO，工作會被外包出去，還會眼睜睜地看著這家公司被拆分，你覺得這樣好玩嗎？」

掛了電話，我走進史蒂夫的辦公室，他無精打采地笑著說，「早安，史黛茜說你有壞消息要告訴我。」

當我把布倫特和我的通話內容告訴他時，我驚訝地發現他的臉色脹得通紅，既然是 CEO，我原本以為，他對此事完全知情。

顯然不是。

過了一會兒，他終於說，「董事會向我保證過，在見到本季度的結果之前，絕對不會繼續推動拆分公司的行動，我想他們已經等不及了。」

他繼續說，「那麼，告訴我，如果對布倫特另作安排，獨角獸會受到多大影響？」

「我已經和克里斯、韋斯、還有帕蒂談過。」我回答，「那樣的話，獨角獸專案就會全軍覆沒，我本質上是一個多疑的人，但我真的認為獨角獸將奏凱歌，離感恩節只有兩個星期，而布倫特掌控著我們需要建構的很大一部分功能，更且，我們已經取得許多重大突破，並且開始被鳳凰專案的團隊所借鑒，真的、真的非常棒。」

為了突顯我的觀點，我最後強調，「沒有布倫特，我們將無法完成與獨角獸專案相關的任何銷售和獲利目標，完全沒機會，根本沒戲唱。」

史蒂夫緊閉雙唇，問道，「那麼，讓能力僅次於布倫特的技術人員填補他的空缺如何？」

我向史蒂夫轉述了韋斯對我說的話，這些話完全反映了我自己的想法，「布倫特是獨一無二的，獨角獸需要一個受開發人員尊重、對公司各種 IT 基礎設施都有豐富經驗、並且能夠清楚描述開發人員應該建構什麼才能在上線後真正方便管理與操作的人才，這些技能相當罕見，目前，我們還沒有第二個人選能夠勝任這個特殊角色。」

「那麼，如果把第二優秀的人員派去參加迪克的特遣小組，那會如何？」他問。

「我猜想，拆分方案不需要那麼精確，還是可以順利完成。」我回答。

史蒂夫靠在椅背上，一言不發。

最後，他說道，「把布倫特叫回來，其他事情交給我來處理。」

第 33 章

11 月 11 日，星期二

次日，布倫特回到獨角獸專案，一名三級工程師加入迪克駐紮在中西部某個冰天雪地的團隊，幾個小時之後，我收到一封莎拉寄的電子郵件：

寄件者：莎拉・莫爾頓

收件人：鮑勃・斯特勞斯

副本：迪克・蘭德里，史蒂夫・馬斯特斯，比爾・帕爾默

日期：11 月 11 日，早晨 7:24

主旨：有人在破壞魔爪專案

鮑勃，我發現 IT 運維部代理副總比爾・帕爾默竊取了魔爪專案的關鍵資源。

比爾，我對你近期的行為深感不安，請你好好解釋一下，為什麼命令布倫特回家？這是絕對無法容忍的，董事會已經指示我們深入探索策略選項。

我強烈要求布倫特盡快重返魔爪團隊，請務必理解這個訊息。

莎拉

一封電子郵件直接告到公司董事會主席那兒，我萬分警覺，隨即打電話給史蒂夫，他顯然對莎拉轉換陣營的事情大發雷霆，低聲咒罵之後，向我保證一定會好好處理這件事，並且讓我繼續按照原先計畫行事。

在獨角獸每天的短會上，威廉看起來不太開心，他說，「好消息是，就在昨晚，我們生成第一份客戶促銷報告，看起來似乎正確無誤，但程式碼的執行速度比我們預期的還要慢五十倍，原本以為某個叢集演算法可以平行處理，實則不然，因此，即便是測試小規模的客戶資料集，預測的運行時間也已超過二十四個小時。」

抱怨和嘆息聲迴盪在整個房間。

一個開發人員說道，「不能使用暴力法嗎？投入更多硬體來解決問題，使用足夠的運算伺服器，不就可以縮短執行時間。」

「開什麼玩笑？」韋斯惱怒地說，「我們只有這點預算，好不容易弄來二十台最快的伺服器，結果竟然需要超過一千台，才能將執行時間縮短到我們要的程度，那可是 100 多萬美元的額外資金！」

我雙唇緊閉，韋斯說得對，鳳凰專案已經嚴重超預算，我們現在討論的可是一筆鉅額費用，根本不可能得到批准，尤其是在當前的財務狀況下。

「我們不需要任何新硬體。」這個開發人員回答，「我們已經投入很多精神建立能夠部署的計算機映像（compute image），何不將它們送到雲端？需要的時候，我們可以運轉成千上百個計算實例（compute instance），工作完成後，再銷毀它們，只需按照實際的運算時間付費。」

韋斯看著布倫特，布倫特說，「有可能，我們已經針對大部分環境使用虛擬化技術，轉換它們應該不會太難，那樣的話，它們就能夠在某個雲端計算供應商那裡運行無誤。」

過了一會兒，他補充道，「嗯，那會很有趣，我一直想嘗試這樣做。」

布倫特的興奮之情感染了周遭的人。

韋斯開始分配任務，研究它的可行性，布倫特與提出這個想法的開發人員配合，快速建立一個簡單的原型，看看是否可行。

瑪姬對獨角獸非常感興趣，總是來參加每日的短會，她主動去調查定價，打電話給她的業界同儕，看看是否有人之前做過這樣的事情，並且打聽是否有推薦的供應商。

約翰的一個資安工程師插話，「把我們的客戶資料送上雲端可能會有一些風險，譬如說，意外洩露私人資料，或者有人擅自駭入那些伺服器。」

「很好的想法。」我說，「你可以把我們應該考慮的風險列出來嗎？同時準備一份因應措施與控制手段的清單嗎？」

他對我笑了笑，很高興有人問他，一位開發人員自願和他一起做這件事。

在會議結束時，我感到很驚訝，將我們的部署流程自動化居然產生意想不到的成效，開發人員可以更快速地擴展應用程式，而且需要我們處理的變更也變少。

儘管如此，我對吵得沸沸湯湯的雲端計算非常懷疑，人們把它視為某種可以即刻幫你減少成本的靈丹妙藥，但我認為，那只是另一種外包形式。

不過，如果它真能解決我們面臨的問題，我絕對願意試試，我也提醒韋斯保持開放的心態。

一週之後，又到了演示時間，我們全待在獨角獸團隊的區域。正值這個衝刺的結尾，開發團隊的領導人迫不及待地展示團隊斬獲的成果。

「我幾乎不敢相信，我們居然做了這麼多事。」他開始說，「因為部署自動化已經落實，因此，讓計算實例運行在雲端並不如先前想的那般困難，事實上，整件事情進行得非常順利，以致於我們考慮把內部的獨角獸上線系統轉成測試系統，而使用雲端環境作為正式的上線系統。」

「我們每天晚上啟動“客戶購買推薦報告”的運行，並且執行數百個計算實例，直到報告完成，再將它們關閉。過去四天以來，我們持續這樣做，一切運作良好 — 真的很好。」

布倫特的臉上浮現燦爛的笑容，其他團隊成員也一樣。

接下來發言的通常是產品經理，但這次，換由瑪姬來介紹，顯然，她對這個專案非常重視。

她用投影機播放 PowerPoint 簡報，「這些是獨角獸專案針對我的帳號提出的促銷推薦，如你們所見，它檢視過我的購買歷史紀錄，並且讓我知道雪地專用輪胎與電瓶正在打八五折，我還真的上我們的網站，把雪地專用輪胎和電瓶都買了，因為我確實需要它們。公司的確賺到錢，因為這些都是庫存品，而且是利潤較高的物品。」

我微笑，現在有點兒意思了。

「還有，這是獨角獸給韋斯的促銷推薦。」她繼續說，笑著翻到下一張簡報，「看起來你得到賽車煞車片與燃油添加劑的折扣，有沒有興趣？」

韋斯笑著說，「不錯嘛！」

瑪姬解釋，這些優惠方案本來就已經在鳳凰專案的系統裡，只是等著促銷功能上線，最後將它們交到客戶眼前。

她繼續說，「我提議：我想對 1% 的客戶進行一次電子郵件促銷活動，看看情況如何，還不到一週就是感恩節，如果可以做點測試，而且一切順利的話，我們就可以在黑色星期五（Black Friday）【譯註】業績長紅，那可是一年裡最繁忙的購物日。」

「聽起來是個好計畫。」我說，「韋斯，這麼做會有什麼不妥嗎？」

韋斯搖搖頭說，「從運維的角度看，我覺得沒什麼不妥，所有艱鉅工作都已完成，如果克里斯、威廉及行銷部對程式碼運行有信心的話，我覺得當然可以放手去做。」

大家都贊成，儘管還有一些小問題需要克服，但瑪姬說她的團隊願意為這次促的銷計畫徹夜加班。

【譯註】 在美國，黑色星期五也用來表示感恩節的第二天，通常被視為是聖誕購物季的開始，代表每年零售業聖誕假期銷售業績的晴雨表，也是一年中各個商家最看重的日子之一（參考維基百科）。

我發自內心地笑了，終於有一次，在出現大問題時，不單只有我們團隊夙夜匪懈、熬夜加班，事實上，情況恰恰相反。大家通宵工作，因為一切進展順利。

接下來的星期一，在開車上班途中，氣溫接近零度，但是陽光明媚，看起來，在即將到來的感恩節假期之前，我們會度過不錯的一週。整個週末，我一看到畫著聖誕老人的廣告，心裡就有點小鹿亂撞。

我來到辦公室，把厚重的大衣扔到椅子上，我聽到帕蒂走進我的辦公室，轉過身來，看到她臉上燦爛的笑容，她說，「有聽到行銷部令人驚訝的好消息嗎？」

我搖搖頭，她說，「看看瑪姬剛發的電子郵件。」

我打開筆電，看到：

> 寄件者：瑪姬．李
>
> 收件人：克里斯．阿勒斯，比爾．帕爾默
>
> 副本：史蒂夫．馬斯特斯，韋斯．戴維斯，莎拉．莫爾頓
>
> 日期：11 月 24 日，早上 7:47
>
> 主旨：獨角獸首發促銷活動：大成功！
>
> 整個週末，行銷團隊都在挑燈夜戰，針對 1% 的客戶展開試驗性的行銷活動。
>
> 結果大獲成功！超過 20% 的收信者拜訪我們的網站，超過 6% 的人採購商品，轉換率超高，真是難以置信 — 可能比我們之前做過的所有行銷活動都要超出五倍。
>
> 我們建議，在感恩節當天向所有客戶進行獨角獸促銷活動，我正著手安排一個指示儀表板（dashboard），讓每個人都能夠看到獨角獸促銷活動的即時結果。
>
> 還有，切記，所有的促銷商品都是高利潤品項，因此，即便只達到最低預期，也會是相當優異的成績。
>
> 附註：比爾，根據這個結果，預計網站流量即將暴增，我們能夠確保網站不會當掉嗎？

夥伴們，幹得好！

瑪姬

「太棒了，我喜歡。」我對帕蒂說，「跟韋斯一起想想，應該如何因應流量激增的問題，我們只有三天的時間可以搞定這件事，所以時間並不寬裕，我們可別把事情給搞砸，把潛在客戶變成討厭我們的人。」

帕蒂點點頭，正要回話時，她的手機振動起來，片刻之後，我的手機也開始振動，她迅速看了一眼，說道，「母夜叉又找上門了。」

「但願我對她發的電子郵件有一個“取消訂閱”的按鈕。」帕蒂一邊說一邊走出去。

半小時後，史蒂夫給獨角獸團隊的全體成員發出一封恭賀信，大家都非常開心，更令人驚訝的是，他還對莎拉發出一封公開回覆郵件，要求她停止「淌渾水，添事端」，並且「盡速來見」。

那些嚴正的措辭並未制止莎拉、史蒂夫和鮑勃之間的公開電子郵件往來，目睹莎拉對新任主席鮑勃大拍馬屁的行徑，真的讓人很反胃、很不舒服。莎拉好像完全豁出去，絲毫不留餘地。

我走進會議室，針對 SOX-404 的所有議題及獨角獸專案的資安問題，跟約翰商討可行的解決方案，他穿著一件細條紋牛津布襯衫和一件背心，還配上袖扣，看起來活像是剛從《浮華世界》雜誌的照片中走出來，而且我猜想，他每天都有修一下頭髮。

「我很驚訝，獨角獸的安全修復工作居然這麼快就整合完成，」他說，「和鳳凰專案的其餘部分相比，獨角獸的安全修復根本是小菜一碟，週期時間相當短，有一次，我們甚至在一小時內就完成一個修復，但比較常見的情況是一到二天。相較於此，修復鳳凰專案的議題就像是在不打麻醉下給自己拔牙。原本，重大變更通常需要一個季度才能完成，緊急變更則需經歷重重阻礙，但現在，一切都變得不是那麼困難。」

「真的，」他繼續說，「上補丁變得超級容易，因為一個按鍵即可重新建置上線環境的任何東西，如果失敗，即可重新來過。」

我點頭說，「我很驚訝，有了快速的獨角獸週期時間（或循環時間），我們居然可以多做那麼多事情。就鳳凰專案而言，我們只是每季演練並且實作一次部署，然而，僅僅最近五週，我們已經為獨角獸完成二十多次程式碼與環境的部署，現在，這幾乎已成慣例，就像你說的，它簡直跟鳳凰專案完全相反。」

約翰說，「我這裡關於獨角獸的大部分保留意見似乎都不再有效。我們已經實行定期檢查，確保平常需要觸及上線環境的開發人員只有唯讀權限，而且，我們在把安全測試融入開發過程的方面也獲得良好的進展，我有信心，任何會影響資料安全或身份驗證的模組變更很快就可以被抓住。」

他往後一靠，將雙臂交叉在腦後，說道，「我之前超擔心的，不曉得應該如何確保獨角獸的資訊安全，部分原因是我們過於習慣花個把月的時間處理應用程式的安全審查。在緊急情況下，例如回應高優先等級的稽核發現，我們有時候也能在一週之內處理好。」

「不過，必須跟上一天十個部署的想法？」他繼續說，「根本是瘋了！不過，在被迫把安全測試自動化，並且整合到威廉用於自動化 QA 測試的相同流程之後，每次開發人員提交程式碼，我們就可以直接進行測試。在諸多面向上，我們現在的可見度與程式碼覆蓋率比公司的其他應用程式都還要好！」

他補充道，「你應該知道，我們剛剛處理完最後的 SOX-404 議題，多虧你提出的變更管理新流程，我們才得以向稽核人員證明，現行的控制足夠且充分，終結掉三年來不斷重複出現的稽核發現。」

他微微一笑，又說，「恭喜你，比爾，你完成了你的諸位前任者都沒能做到的事情，也就是，稽核人員終於不再讓我們感覺芒刺在背！」

讓我大感驚訝的是，短短一週內，諸事變順利，在星期三大家離開公司去過感恩節假期之前，獨角獸的大規模促銷活動已經準備就緒，雖然程式碼效能仍比實際所需慢上十倍，但現在一切正常，因為我們可以在雲端執行數百個計算實例。

當 QA 發現我們正在推薦已經沒有庫存的品項時，真的非常掃興，那本來會是一場災難，因為客戶興奮地點擊促銷商品，結果卻發現它們被列為「缺貨中」，但不可思議的是，開發部在一天之內便備妥修復程式，並且在一小時內部署到位。謝天謝地，真是了不起。

傍晚 6 點，我收拾好東西，滿心期待這個快樂的週末，這是大家努力辛勞的甜美果實。

第 34 章

11 月 28 日，星期五

到了週四中午，感恩節當天，我們發現遇到麻煩。前一夜的獨角獸促銷電子郵件獲得不可思議的大成功，回應率超乎預期地高，網站流量飆升到空前的水準，連帶拖垮我們的電子商務系統。

我們發出嚴重級別 1 的緊急呼叫，運用各種緊急措施，維持住網站接受訂單的能力，包括使用更多伺服器，以及關閉計算密集的功能等等。

諷刺的是，一個開發人員提議關閉所有的即時推薦，而那是我們費盡千辛萬苦才弄出來的功能，他認為，如果客戶連完成交易都辦不到，為何還要推薦更多產品讓他購買？

瑪姬很快同意，但開發人員還是花了兩個小時進行變更和部署。現在，這個功能可透過組態設定來停用或啟用，所以下一次我們就能夠在幾分鐘內搞定，而不需要進行一整個程式碼上線的操作。

這才是我所謂的“考量 IT 運維的好設計”嘛！上線環境的程式碼變得越來越容易管理了。

另外，我們還不斷地最佳化資料庫查詢功能，並且把最大的網站圖像都移到第三方的內容傳遞網路（Content delivery/distribution network），從我們的伺服器卸除更多流量。到了感恩節下午稍晚，客戶體驗已經獲得改善，使用者都能夠接受了。

真正的麻煩出現在第二天上午，儘管那天是國定假日，我還是把手下的每一位員工全部召回到辦公室。

韋斯、帕蒂、布倫特和瑪姬到場參加午間會議，克里斯也來了，不過，他顯然覺得今天來加班應該要有不一樣的裝束，身穿著花俏的夏威夷襯衫和牛仔褲，還給大家都帶了咖啡和甜甜圈。

幾分鐘前，瑪姬召集大家開會，「早上，各門市的經理開門迎接黑色星期五瘋狂採購日，一開店門，人群蜂擁而至，手上揮舞著獨角獸促銷電子郵件的列印本。今天，門市的客流量可說是史無前例，問題在於，現在，促銷商品幾乎全部賣光光，門市經理開始慌張失措，因為客戶空著雙手，憤怒地準備離開。」

「門市經理試著向顧客開具領貨憑券，事後再安排將缺貨商品快遞給他們，但這麼做需要門市經理以手動的方式從我們的倉儲系統輸入訂單，每處理一筆訂單至少需要 15 分鐘，結果，整間店裡大排長龍，越來越多客戶感到不滿。」

就在此時，桌上的揚聲器電話響起，「我是莎拉，誰在線上？」

瑪姬翻了個白眼，其他幾個人竊竊私語。現在，莎拉想要破壞獨角獸專案的意圖已經人盡皆知。瑪姬得花兩分鐘的時間來告訴莎拉有哪些人在場，並且向她解釋整件事情的來龍去脈。

「謝謝你，」莎拉說，「我會留在線上，請繼續吧。」

瑪姬客氣地向她致謝，並且開始就如何解決這些問題集思廣益。

一小時後，我們確立了要在整個週末處理的二十個行動。我們將為門市人員建立一個網頁，讓他們能夠在這個網頁上輸入促銷活動的優惠券代碼，這將自動啟用倉儲系統的分類配送。另外，我們還會在客戶帳號頁面上建立新表單，透過它，客戶訂購的商品可以直接寄送到家裡。

任務很多。

到了週一早晨，情況穩定下來，太好了，因為正巧趕上我們跟史蒂夫一起討論獨角獸專案的週會。

克里斯、韋斯、帕蒂和約翰都來了，跟之前的會議不同，莎拉也來了，她交叉雙臂坐著，偶爾鬆開手臂，在她的 iPhone 上點來點去，給某人傳送訊息。

史蒂夫笑著對大家說，「首先，我要對你們辛勤工作的美好成果表達祝賀之意，成效超乎我的想像，多虧獨角獸專案，實體門市與線上銷售雙雙破紀錄，創下史上最高的單週營收，按照當前的進展，行銷部估計，我們本季即將達成盈利目標，那會是我們自去年中以來第一次達陣。」

「我要對大家表示最誠摯的感謝與祝賀。」史蒂夫說。

除了莎拉之外，每個人都對此報以開心的微笑。

「史蒂夫，你只說對一半。」克里斯說，「獨角獸團隊簡直棒呆了，他們已經從每兩週部署一次進化到每週部署一次，而且，我們正在試驗每天部署一次。由於批次規模大幅縮小，我們可以迅速處理小型變更，現在，我們隨時都在做 A/B 測試。簡單說，我們從未這樣迅速地回應市場，而且我相信，這樣做必定大有可為。」

我用力點頭說，「我猜想，大家會希望內部新開發的任何應用程式均遵循獨角獸模式，這種模式遠比我們過去支援的應用程式都更容易擴展，也更方便管理。我們正在建立流程與程序，以便迅速地部署，敏捷地回應客戶需求。在特定情況下，我們甚至允許開發人員部署程式碼，以後，開發人員只要按下按鍵，幾分鐘之後，程式碼就會出現在測試環境，或上線環境。」

「真不敢相信，我們居然在這麼短的時間內獲得這麼多的進展，我對你們所有人感到非常驕傲。」史蒂夫說，「我要好好表彰大家，謝謝你們通力合作，彼此充分信任，形成難能可貴的團隊文化。」

「我想，遲做總比不做好。」莎拉說，「如果我們已經自我表揚完畢，那麼，我要為大家敲一下業務警鐘，本月稍早，我們最大的零售業競爭對手開始和他們的製造商合作，允許客製化的接單生產品項，打從他們推出這項功能以來，我們的一部分熱銷商品已經下降 20% 的銷售額。」

她憤怒地補充說，「幾年來，我一直試著讓 IT 部門打造支援這項功能的基礎架構，但我們只聽到「不行，做不到」，但同時間，我們的競爭對手儼然已經能和製造商攜手同心，合作無間。」

她補充道，「那就是鮑勃關於拆分公司的想法之所以有價值的原因，我們被這家公司的老邁製造傳統給束縛住了。」

什麼？收購零售公司可是她的主意哩！要是她乾脆去零售商那兒上班，大家的日子可能會好過一些。

史蒂夫皺眉說道，「這是下一個議題，莎拉身為零售業務部的高級副總，她有責任把公司的需求與面臨的風險告知專案團隊。」

韋斯哼了一聲，他對莎拉說，「你是在開玩笑吧？你明白我們透過獨角獸專案獲得哪些成效，以及這一切進展有多快，不是嗎？和我們剛剛搞定的東西相比，你說的事情根本沒什麼難度。」

第二天，韋斯一反常態，滿面愁容地走進來，「啊，老大，我實在不想這麼說，但我覺得這件事做不到。」

我要他解釋一下，他說，「要想做到競爭對手正在做的事情，我們的製造資源規劃系統必須整個重寫，這個系統目前支援所有的工廠生產，那是一個老舊的大型主機應用程式，已經使用幾十年，三年前，我們把它外包出去，主要是因為，像你這樣的老鳥們都快退休了。」

「無意冒犯。」他補充道，「多年前，我們就資遣了很多管理大型主機的人員 — 他們的薪酬遠高於一般水準，有個外包商說服了當時的 CIO，說他們有一些頭髮灰白的人力，能夠在我們讓那支應用程式退役之前提供終身支援，當初，我們的計畫是使用較新的 ERP 系統來代替它，但顯然，我們並未搞定它。」

「該死，我們是客戶，他們是供應商。」我說，「告訴他們，我們付錢給他們，可不只是維護應用程式，還要因應業務變化進行各種必要的變更，根據莎拉的說法，我們需要這個變更，所以，去搞清楚他們要收多少錢，以及我們還得等多久。」

「我已經問過了。」韋斯說著，從他的胳臂下拿出一疊紙，「我想盡辦法踢開那個愚蠢的客戶經理，才實際跟一個技術分析師搭上線，最後，他們終於弄出這個提案。」

「他們想用六個月收集需求，再用九個月開發與測試，幸運的話，一年之後或許可以上線」，他繼續說，「問題是，我們需要的資源得等到六月份才能拿到，所以，這表示，最少要等十八個月才能搞定。還有，單單啟動這個任務，他們就要五萬美元，進行可行性研究以及排定開發計畫與時程。」

韋斯現在滿臉通紅，搖著頭說，「那個毫無用處的客戶經理堅稱，合約就是不允許他來協助我們，混蛋傢伙，很顯然，他的工作就是確保每樣東西都得從我們這裡收到錢，並且力勸我們別做任何合約上沒有的內容，譬如說，開發新功能。」

我深深吐了一口氣，思考著其中的意涵。現在，阻撓我們朝既定方向前行的障礙來自公司外部，然而，如果障礙是在外部，我們還可以做什麼？我們無法像先前處理內部事務那樣地說服供應商改變他們的優先等級或管理方式。

突然間，我靈光一現。

「他們給我們的案子配備幾個人員？」我問。

「我不確定。」韋斯說，「我猜是 6 個人，平均配置 30% 的時間在我們的案子上，可能根據個人的角色而定。」

「請帕蒂帶著合約影本過來，我們來籌畫一下，你看看能不能找個採購部的人過來一起商量，我有一個大膽的新提議想跟你們討論。」

「是誰把 MRP 應用程式外包出去？」史蒂夫坐在辦公桌後面發問。

我、克里斯、韋斯和帕蒂一起坐在史蒂夫的辦公室裡，莎拉站在一旁，我試著不去理會她。

我再次向史蒂夫解釋我們的想法，「多年前，我們判斷這個應用程式不是公司的關鍵元件，所以將它外包出去，減少成本，顯然，它當時不被視為一項核心競爭力。」

「嗯，它現在顯然是一項核心競爭力！」史蒂夫回答，「如今，那個外包商扼住我們的咽喉，有恃無恐，甚至阻撓我們做該做的事，現在，他們不只是我們的絆腳石，更影響到我們的未來。」

我點頭說道，「簡單來說，我們想要早點終止外包合約，把那些資源拿回公司，大約涉及 6 個人力，其中幾個還駐點在現場，提前兩年買斷剩餘合約大約需要一百萬美元，但我們就能重新獲得 MRP 應用程式與底層基礎架構的完全控制權，我們團隊的全體人員都相信這樣做是正確的，而且我們已經事先取得迪克團隊的首肯。」

我屏住呼吸，我剛才拋出的是一筆非常龐大的金額，比兩個月前提出的預算追加還要大很多。當時，我被請出辦公室。

我很快說下去，「克里斯相信，一旦把這支 MRP 應用程式弄回公司，我們就能建構通達獨角獸的介面，如此一來，即可大幅提升公司的製造能力，讓我們從"存貨式生產"轉變為"接單式生產"，那樣的話，我們就能支援莎拉要求的那種訂製品項。如果一切順利，訂單輸入與庫存管理系統的整合工作按照計畫進行，大約 90 天之後，我們就能夠做到競爭對手現在正在做的事情。」

從眼角的餘光，我能夠看出莎拉正挖空心思想著因應之策。

史蒂夫沒有立刻駁回這個想法，「嗯，你說的話有點兒意思，最主要的風險是什麼？」

克里斯回答了這個問題，「外包商有可能已經對基本程式碼作出重大更動，而我們對此一無所知，那會減緩開發進度，但我個人認為，這個風險應該不大，根據現有的行為，我覺得他們應該沒做過什麼重大的功能變更。」

「我不擔心技術問題。」他繼續說，「現有的 MRP 並非以大批量規模設計的，至少不是我們現在正在談的這種批次規模，但我很肯定，我們可以找到這個問題的短期解法，並且在推進過程中想出周全的長期性策略。」

克里斯說完之後，帕蒂補充道，「外包商也可能在移交工作時給我們出難題，受影響的工程師難免充滿敵意，當年我們宣佈那份合約時，許多人滿腹怨氣 — 尤其是，當他們從無極限零件公司的員工變成供應商的人員時，薪資馬上減少。」

她繼續說，「我們應該馬上讓約翰參與，因為針對那些即將離開的外包員工，我們必須取消他們的存取權限。」

韋斯大笑說，「我想親手刪除那個混帳客戶經理的登入憑證，他真的是一個混蛋。」

史蒂夫全神貫注地聽著，然後問莎拉，「你對他們的提議有何想法？」

她沉默片刻，最終斷然說道，「我認為，在展開這麼冒險的重大專案之前，我們應該先和鮑勃．斯特勞斯商議，並且取得董事會的批准，有鑑於 IT 部門過去的績效，這件事情有可能嚴重危害到我們所有的製造與營運活動，我認為我們不應該承擔那樣的風險。簡言之，我本人不贊同這項提議。」

史蒂夫打量著莎拉，帶著冷笑說道，「記住，我才是你的老闆，不是鮑勃，如果你不能根據這個安排好好工作，我會立刻請你走路。」

莎拉的臉色變蒼白，張大了嘴，顯然意識到自己犯了大錯。

她竭力讓自己鎮定下來，對史蒂夫的嚴詞厲色報以尷尬的笑容，但是沒人附和，我暗自觀察其他人，發現他們和我一樣，睜大眼睛看著這齣好戲。

史蒂夫繼續說，「相反地，多虧有 IT 部門，我們可能不用再考慮你和鮑勃正在準備的那些艱鉅的策略選項。不過，你說的話我都聽明白了。」

史蒂夫對其他人說，「我把迪克手下最好的人才之一和公司的法律顧問指派給你們，他們會全力幫助你們執行這個專案，而且一定能夠透過各種手段，從外包商那裡拿到我們需要的東西。我保證迪克會親自關注這個專案。」

莎拉的眼睛睜得更大了，並且附和地說，「這個主意好極了，史蒂夫，那樣就能夠大幅降低風險，我相信鮑勃會很喜歡。」

從史蒂夫的表情可以看出，他對莎拉的惺惺作態已經非常不耐煩了。

他問我們，是否還有其他需求，因為沒有什麼其他事情，他便讓大家離開，唯獨留下莎拉。

離開時，我悄悄往後瞄了一眼，莎拉坐在我之前坐的位置，緊張地看著眾人魚貫而出，我和她對望一眼，朝她微笑，然後關上門。

第 35 章

1月9日，星期五

我緊張地抓住方向盤，驅車前往史蒂夫的家，他要為投身鳳凰專案與獨角獸專案的全體工作人員舉辦一場盛大的派對，同時邀請業務部門與 IT 部門的人參加。道路一反常態地結了冰，即使經過數週的日曬，仍然沒有消融的跡象。今年，佩奇與我決定在家裡過除夕，而不像往常那樣與她的家人一起慶祝。這可是有點非比尋常。

自上次與史蒂夫和莎拉一起開會後，已經一個多月過去了，從那時起，我們就很少見過莎拉。

我一邊開車，一邊想著日子怎麼過得如此平靜，我一直等著有人再度發出嚴重級別 1 的事故，然而，我的手機插在汽車的杯座上，悄然無息 — 昨天，前天，大前天，都一樣。

我不能說自己喪失所有的激情，但現在，有些時候，我真的無事可幹。

還好，我目前正帶領著手下所有的經理，根據「改善型」，持續進行著一個個為期二週的系統改善循環，這讓我不至於覺得自己毫無用武之地。讓我尤其感到驕傲的是，整整一個月來，我的團隊確實達到我冀望的目標：把 15% 的時間投注於預防性基礎設施的專案，並且展現具體的成果。

我們正充分運用公司撥下來的全部預算，減小監控缺口，重構或替換最脆弱的十個元件，讓它們更趨穩定，而且，計畫內工作的流動速度比過去都要快。出乎意料，大家都積極投入「獨角鯨」專案，或稱作「人猿大軍混世魔猴」專案，與最初的 Apple Mac OS 和 Netfix 雲端交付基礎架構的傳奇故事一樣，我們部署的程式碼經常發生大範圍的故障，不定期地弄垮一些行程或整個伺服器。

當然，三不五時，測試環境的基礎架構也會一整個星期狀況連連，甚至像紙牌屋般地崩潰，偶爾，連上線環境也會出狀況，但在接下來的幾週裡，開發部和 IT 運維部戮力合作，讓程式碼與基礎架構更能因應故障與失敗。最後，我們真的擁有回復力超強、堅固耐用的 IT 服務。

約翰喜歡這樣，他啟動了一個名為「邪惡混世魔猴」的新專案，代替在上線環境中發生運行故障，這個專案持續不斷地探索未知的安全漏洞，例如，使用大量的畸形數據包干擾我們的應用程式，並且試圖安裝後門程式、存取機密資料以及發動其他種種惡意攻擊。

當然，另一方面，韋斯盡全力阻止這些攻擊，他堅決認為，我們應該在預定的時間範圍內進行滲透測試（penetration test），但我說服他相信，這是讓埃瑞克的「第三步工作法」制度化的最快途徑，我們必須建立一種文化，尊崇勇於冒險以及從失敗中學習的價值觀，並且強調透過反覆實踐精益求精的必要性。

我不想在辦公室裡張貼強調品質與安全的宣導海報，但我希望日常工作的改善能夠落實及體現在需要的地方：在每日的工作成果上。

約翰的團隊開發出一些工具，透過持續不斷的攻擊，針對每個測試環境與上線環境進行壓力測試。在第一次發佈邪惡混世魔猴專案的時候，一時之間，我們的大多數時間都耗費在修補安全漏洞與加固性的程式碼上，幾個星期之後，開發團隊終於成功地防禦了約翰團隊設下的種種陷阱。十分值得驕傲。

在驅車前往史蒂夫家的途中，我一路飛馳，滿腦子盡是這些東西，廣闊的大地覆滿白雪，掩蓋著悉心修剪過的草坪。

我按照史蒂夫的吩囑，提前一小時到達，按下門鈴，我聽到宏亮的狗吠聲，接著聽到一隻大狗在硬木地板上疾走碰撞的聲響。

「快請進，比爾，歡迎，歡迎。」史蒂夫說著，一隻手抓住狗的項圈，另一隻手拿著一把蔬菜，指了指廚房的方向。我們來到廚房，他指著面前的吧檯，那裡放著一個大冰桶，裡面滿是飲料。「想喝點什麼？啤酒？蘇打水？蘇格蘭威士忌？」他四下看看，又補上一句，「瑪格麗特？」

我從冰桶裡拿了一瓶啤酒，跟他道謝，然後，在他帶我去客廳時，簡短地告訴他最近的日子過得有點太平靜。

史蒂夫笑著說，「謝謝你提早過來，我們本季即將取得破紀錄的好業績，要是沒有你和克里斯，我們不可能做到這一點。這幾年來，公司的市占率首次上升！我真想看看競爭對手的表情，他們大概正在抓狂，急著想要搞清楚我們是怎麼辦到的。」

史蒂夫滿臉笑容地說，「前天，我真的看到迪克笑開懷，好吧，至少他笑得露出牙齒。獨角獸專案與那個新專案，獨角鯨，正在幫助我們理解客戶的真實需求，上星期，我們的平均訂單規模再創新高，而且迪克說，在我們近幾年來完成的專案中，獨角獸是資金回報速度最快的一個。」

他繼續說，「我們又開始受到分析師的青睞，上個星期，有個分析師告訴我，如果繼續好好經營，未經整合的各個競爭對手將很難追上我們。無疑地，他們會調高我們的目標股價，而且，鮑勃終於打消他對拆分公司的支持立場。」

「真的嗎？」我說，驚訝地揚起眉毛，「我以為莎拉始終相信拆分公司是我們唯一的生路。」

「啊，是的 ...」他說，「她決定另謀高就，而且已經開始請假了。」

我大吃一驚，要是沒聽錯的話，莎拉已經成了公司的棄子。我笑了。

「順便一提，」史蒂夫說，「獨角鯨專案？獨角獸專案？你們這些傢伙就想不出好一點的名字嗎？」

我大笑，「就專案名稱這件事而言，沒有人比瑪姬更不安，她相信自己手下的產品經理們都在嘲笑她，她已經告訴她老公，如果下一個專案叫作"凱蒂貓"的話，她就辭職不幹了。」

他也大笑，「不過，你應該曉得，我叫你提早來絕不是為了批評那些專案名稱。坐吧。」

我在一張舒適的扶手椅上坐下，他開始解釋，「我們的 CIO 職位已經高懸幾個月，你自己也參與整個面試過程，你對那些候選人有何看法？」

「說實話，我當時蠻失望的。」我緩緩地說，「他們都是資深人員，經驗比我豐富很多，但他們不斷在談問題的枝微末節，他們提到的都只是我們這幾個月來在無極限零件公司的所做作為的一小部分，我覺得，如果他們同意擔當大任，公司重新落入坎坷舊路的風險可能非常高。」

「比爾，我的看法跟你一樣，因此，我決定應該由公司內部的人來承擔這個職務，我們應該拔擢誰，有何建議？」

我在腦海中把所有可能人選全部回想一遍，名單並不長。「我覺得克里斯是當然之選，他是獨角獸專案和獨角鯨專案的幕後功臣，毋庸置疑，若非他的領導統御，我們至今仍然無法擺脫困境。」

他微笑，「真有意思，大家都覺得你會這麼說，但我可不會遵從你的建議。」

他繼續說，「我一時半刻也解釋不清，總之，你是大家一致同意的 CIO 人選，不過，坦白說，我並不希望你擔任那個職務。」

我的苦惱與排斥感溢於言表，他回應道，「嘿，放輕鬆，請容我解釋一下，董事會賦予我的責任是，最充分地利用公司的資源，達成股東價值最大化的目標，我最主要的工作職責就是帶領管理團隊實現這個理想。」

他起身走向窗邊，望著白雪靄靄的庭院，「你幫助我體認到 IT 不只是一個部門，相反地，它就像電力一樣無處不在，IT 是一種技能，就像閱讀、算術一樣，然而，在無極限零件公司，我們並沒有一個集中化的閱讀或算術部門 — 我們希望每個員工多少都能夠掌握這項技能。理解這項技能能夠做什麼、不能夠做什麼，已經成為公司每個部門都必須具備的核心競爭力。如果公司經理人領導的團隊或專案缺乏這項技能，失敗就是無可避免的宿命。」

他繼續說，「我要求每個公司經理人都得在權衡利弊之後再去冒險，不可危及整個公司的發展。公司裡的每個人在每個地方運用著五花八門的技能，情況簡直就像是狂野的大西部一樣 — 無論是好是壞。總之，學不會在這個美麗新世界中運用新技能參與競爭的企業終將消亡。」

他再次轉向我，說道，「為了讓無極限零件公司生存下去，業務部門和 IT 部門不可作出相互排斥的決策，我不知道將來會如何，但我相信，就目前而言，我們並未激發出所有的動力。」

「過去幾個月來，我一直在跟董事會討論這件事。」他說著，坐下來，凝視著我，我明白這個表情，一如去年首次和他會面時那樣，當他試圖誘惑某人時，就會顯露這副表情，「我對你的表現以及你在 IT 部門的績效印象深刻，你擁有的技能正是我對大型製造部門之領導者的期望。」

「現在，我希望看到你成長，學習，並且建構新的技能，對無極限零件公司提供最好的協助，要是你能做到，我準備好好栽培你，把你放在一個兩年計畫的快速通道，你將在幾個職務上輪番歷練，包括掌管銷售暨行銷部、管理工廠、累積國際化經驗、維護關鍵供應商關係以及管理供應鏈等。相信我，這可不像走馬看花那般輕鬆愜意，你需要協助 – 很多很多協助，埃瑞克很好心地答應會親自指導你，因為我們兩個都相信，這將是你所做過最艱難的事情。」

「無論如何，」他繼續說，「若是完成我們為你設定的十五項績效目標，公司就會在兩年之內讓你擔任代理 COO 的職位，在迪克準備退休的期間，與他密切合作，要是你努力工作，做出成績，並且處事得當，就會在三年之內正式成為公司的下一任 COO。」

我覺得自己的嘴巴一直張著，啤酒瓶上凝結的水珠滴落在我的腿上。

「你不用現在就回答我。」他說著，顯然很滿意自己的話語發揮預期的效果，「有一半的董事會成員都認為我瘋了，他們也許是對的，但我相信自己的直覺，我不曉得這件事情會怎樣發展，但我有信心，這樣做對公司最好，直覺告訴我，不出十年，當我們把最後一個競爭者橫掃出局時，即可瞭解，我們現在走的這一步就是讓一切美夢成真的關鍵一搏。」

「當我們在這裡築夢未來的時候，我敢說，」他繼續說道，「不出十年，我很肯定，每一個 COO 都將是 IT 部門出身的，任何未能精通 IT 系統就想管理公司營運的 COO，終究只是虛有其表的傀儡，只能倚靠別人來完成他的工作。」

史蒂夫的願景讓我無法呼吸，他說得對，我的團隊，以及克里斯和約翰的團隊，所學到的每一件事，再再證明，一旦 IT 失敗，業務就會失敗。合理推斷，如果將 IT 團隊組織好，讓它順利成功，那麼，業務必能大有進展。

而史蒂夫想讓我成為這場運動的開路先鋒。

我，一個搞運維的技術人。

突然間，我想到，當年埃瑞克的長官是如何把他從資深士官長變成菜鳥尉官來錘煉他，迫使他再一次從軍階的最基層開始一步一步往上爬。顯然，埃瑞克有勇氣這麼做，而且這件事情對他（以及他的家人，如果他有家庭的話）的回報似乎相當巨大，他的人生似乎早已超越我等凡夫俗子的境界。

史蒂夫彷彿知道我在想什麼，他說道，「好多個月之前，埃瑞克和我第一次見面時，他說 IT 部門和業務部門之間的關係就像是一場不協調的婚姻 － 雙方都感到無能為力，並且被對方所挾持，對此，我思考了好幾個月，終於想清楚一些事。」

「所謂不協調的婚姻是假定業務部門和 IT 部門是兩個獨立分離的實體，IT 部門要嘛徹底融入企業的日常營運，要嘛完全融入公司的業務活動之中，沒錯！就是這樣，沒有矛盾，更無所謂的婚姻，或許根本連 IT 部門都沒有。」

我直盯著史蒂夫看，他說話的樣子活像埃瑞克，而且，無疑地，他說的話千真萬確。

就在那一刻，我的心意已定，只不過我還是得和佩奇商量，但我非常肯定，史蒂夫要我踏上的征途是非常重要的 — 對我和我的家人，對我一生的職涯，都很重要。

「我會審慎考慮這件事。」我鄭重地說。

史蒂夫開懷大笑，站起身來，當我握住他伸過來的手時，他用另一隻手穩穩地拍著我的肩膀，說道，「很好，一切將很有趣。」

這時，門鈴響起，幾分鐘後，全員到齊 — 韋斯、帕蒂、約翰和克里斯 — 還有瑪姬、布倫特、安，還有，天哪，連迪克和羅恩都來了。

派對越來越熱鬧，每個人都拿著飲料，對我表示祝賀，很顯然，他們已經提前知曉一切，包括史蒂夫提出的那個驚人的計畫 — 下任 COO 的三年養成計畫。

迪克拿著一杯蘇格蘭威士忌走近我，說道，「恭喜你，比爾，我期待今後幾年和你密切合作。」

很快地，我發現自己和大家一同笑開懷，開心地接受他們的祝賀，並且交流著一路走來的有趣經歷。

韋斯拍拍我的肩膀，說道，「既然你榮升，」他說，聲音比平常更響亮且急切，「大家覺得應該送你一樣東西，慶祝我們所獲得的種種成就，這件東西必須是你能夠帶走的，而且可以提醒你不要忘記我們這些小人物。」

他把手伸進放在腳邊的盒子，「到底該送什麼，大家爭論很久，但最後顯然 ...」

看到他從盒子裡拿出的東西，我放聲大笑。

「是你之前用過的那台破筆電！」他大喊，把它舉到半空中，「塗上青銅漆之後，它再也沒辦法使用了，真是遺憾，不過，你得承認，這下子漂亮多了，是不是？」

簡直無法相信，我驚訝地看著那台筆電，其他人哄堂大笑，歡呼鼓掌，真的是我那台老古董，我從韋斯手裡接過它，看到斷掉的轉軸和我為了固定電池綁上去的膠帶，如今，整台筆電全部鍍上一層厚厚的銅漆，而且穩穩地安裝在漂亮的紅木底座上。

底座下方鑲著一塊銅牌，我大聲念出，「謹以此物向即將離開我們的 IT 運維部副總比爾．帕爾默，致上最誠摯的祝福。」括弧裡寫著去年的年份。

「天哪，各位好夥伴。」我真的被他們的誠意打動了，我說，「聽起來好像是我蒙主寵召一樣！」

大家都笑翻了，史蒂夫也是。那個夜晚過得很快，我在派對上度過非常愉快的時光，令我自己感到相當驚訝，我平素並不是擅長社交的人，但今晚，我很高興，深深覺得自己和我尊敬、信任及衷心喜愛的朋友與同事們歡聚一堂。

稍晚，埃瑞克到了，他朝我走來，停下腳步，仔細端詳那一台鍍銅的老古董，「知道嗎，儘管我認為你有 50% 的機率會被淘汰出局，但我仍然相信你。」他說，站在我面前，痛飲一口啤酒，「恭喜你，小子，這是你應得的。」

「謝謝你。」我說，開心地笑著，由衷地被他那雲淡風輕的讚美給感動了。

「記住，別讓我失望。」他沒好氣地說，「我從來都不喜歡這個城市，但因為你的關係，未來幾年，我都得搭乘該死的飛機來來去去，要是你搞砸了，一切心血可就白費了。」

我滿懷信心地說，「我會全力以赴的。」接著，我突然想到，「等等，我以為你總會到城裡參加公司董事會的會議？」

「根據先前這段時間的所見所聞，我可不想成為它的一部份！」埃瑞克說著，大笑起來，「我想無極限零件公司就要賺大錢了，我真想看看，你們的競爭對手究竟有多強，但我懷疑，他們完全找不到頭緒，搞不清楚自己被打敗的關鍵因素到底是什麼。對我來說，這段歷程不只是空洞的理論。如果一切按照計劃進行，幾週之內，我可能就會成為這家公司的最大投資人之一，而我最不想要的就是那一堆限制我買賣股票，綁手綁腳的禁止內線交易金箍咒！」

我盯著埃瑞克看，他的口袋深到足以成為公司的最大投資人之一，卻還穿得像是生產線工人那樣？我絕沒想到，他對金錢盤算得這麼仔細。

最後，我木然地問，「你說的“內線交易”是什麼意思？」

「我一直認為，有效管理 IT 不只是一種關鍵競爭力，更是一項預測公司業績的重要指標。」他解釋，「這段日子，我想要創建一個對沖基金，做多那些 IT 運行良好的公司，做空那些事事受到 IT 牽制的公司，另外，長期持有那些 IT 組織健全的好公司。我相信，這個基金一定大賺錢。要讓新一代 CEO 真正重視 IT，還有比這更好的方法嗎？」

他繼續說，「如果我擔任這些公司的董事，就會處處受到束縛，無法隨心所欲地買賣股票，進出市場，這可不是聰明的做法，證交會對內線交易總是從嚴認定，嚴苛規範。」

「啊。」我恍然大悟地說。

「嘿，抱歉打斷你們，」約翰插話，「我想對你表示祝賀，並且表達我由衷的敬意。」然後伸出手想和埃瑞克握手，說道，「您也是，先生。」

埃瑞克略過他的手，從頭到腳仔細打量他好一會兒，然後，笑著握住約翰的手，說道，「你已經進步很多，約翰，幹得好，順便一提，我喜歡你的新造型，很有歐洲夜店風。」

「謝謝你，埃爾凱爾。」約翰不動聲色地說，「要是沒有你，我不可能做到這些事情，我由衷感激。」

「不客氣。」埃瑞克愉快地說，「只是別和稽核人員過從甚密，那對大家都沒好處。」

約翰輕輕搖頭，欣然表示同意，回去參加派對。埃瑞克轉向我，悄聲說道，「轉變可真大，不是嗎？」

我回頭看看約翰，他正大笑地和韋斯相互調侃著。

「那麼，」埃瑞克打斷我的思緒，說道，「你對 IT 部門的其他人有何打算？有鑑於這次晉升，你的部門有些職缺需要補上。」

我回頭對埃瑞克說，「嗯，我從沒想過會有這樣的事情。」埃瑞克輕蔑地哼了一聲，我裝作沒聽見，繼續說，「韋斯、帕蒂和我曾經就此深入聊過，我想我會拔擢帕蒂擔任 IT 運維部的副總，就 IT 運維部而言，她是最接近“廠長”角色的人選，而且她一定會做得很出色。」我微笑著說。

「很好的選擇。」他回答，「她看起來肯定不像你們那種典型的 IT 運維部經理人 ... 那韋斯呢？」

「信不信由你，韋斯明確表示，他不想當 IT 運維部的副總。」我回答，又不大確定地說，「如果我應該在兩年後騰出 CIO 的職位，我想韋斯就得做抉擇，假如我能夠揮舞魔法棒，他就要接替帕蒂成為 IT 運維部的領導人，而帕蒂就會成為下一任 CIO。不過，如果史蒂夫繼續給我增加職責，我要怎樣才能讓每個人都做好準備呢？」

埃瑞克轉了轉眼珠，「饒了我吧，你目前的工作真的太無聊，是吧？不過，別擔心，很快就不會了。記住，你身邊有很多經驗豐富的人，他們也曾踏上同樣的征途，所以你可別因為不去找人幫忙，而變成一個失敗的傻瓜啊。」

他正轉身準備離開，卻又目光炯炯地看著我說，「說到幫助人，我想，你欠我一些人情，對吧。」

「當然，」我由衷地回答，但突然開始懷疑，自己是不是從一開始就被他算計了，「若有什麼需要，就儘管說吧。」

「我需要你幫助我提升組織管理 IT 技術的實踐水準，讓我們好好面對這件事。在遭受那麼多誤解與不當管理之下，IT 人的職涯實在糟透了。當人們意識到自己對改變結果無能為力時，就會覺得吃力不討好，並且沮喪懊惱，那就像是一場永無止境、沒完沒了的恐怖電影，如果這還稱不上尊嚴盡失，我實在不知道應該怎麼來形容。現在，改變的時候到了。」他興奮地說，「我希望在五年內改善百萬 IT 從業人員的生活，某個智者曾經告訴過我“救世主固然好，但白紙黑字的福音更有用”。

他說，「我要你寫一本書，講述“三步工作法”，以及別人應該如何複製你們在無極限零件公司所做的轉變，書名就叫作《開發運維指導書》，說明 IT 部門如何才能重獲業務部門的信賴，終結幾十年來一直存在的部門衝突。你能夠為我做這件事嗎？」

寫一本書？他肯定不是認真的。

我回答，「我可不是作家，我從沒寫過書，事實上，這十年來，我從沒寫過比電子郵件更長的東西。」

他一臉不快，嚴厲地說，「去學。」

有那麼一會兒，我不停地搖頭，最終說道，「當然，在我投身職業生涯中可能最具挑戰性的三年期間，為你撰寫《開發運維指導書》會是我莫大的榮幸。

「非常好，那將是一本偉大的書籍。」他笑著說，再次拍拍我的肩膀，「好好享受這個夜晚，這是你應得的。」

我環顧四周，看到大家都發自內心地玩得很開心，彼此相處融洽。我手裡拿著飲料，思忖著我們已經走了多遠。在鳳凰專案上線時，我懷疑這裡有任何人會想到，自己將成為這個超級部落的一份子，這個超級部落比開發部、運維部和資訊安全部都更龐大。最近，我們越來越常聽到這個用詞：「開發運維」。或許，參加這場派對的每個人都是開發運維的一部分，但我猜想，那是一種涵義更豐富的東西，是產品管理部門、開發部門、IT 運維部門，甚至資訊安全部門的協同合作，以及相互支援。甚至連史蒂夫也是其中的一份子。

此刻，我由衷地為在場的每個人感到驕傲，我們已經獲取不凡的成就，而且，儘管我的未來比職業生涯的任何階段都充滿更多不確定性，然而，我還是對接下來幾年即將迎接的挑戰感到無比興奮。

我喝了一口啤酒，某件事迅速地吸引了我的目光，幾個下屬開始看手機，片刻之後，在房間的另一邊，布倫特旁邊的一個開發人員也盯著自己的手機，大家都圍繞在他身邊。

一種熟悉的感覺又回來了，我急切地四處尋找帕蒂，她正直直向我走來，手機已經握在她的手裡。

「首先，恭喜你，老大。」她面帶微笑地說，「你想先聽壞消息，還是先聽好消息？」

我轉向她，內心平靜而沉著地詢問，「帕蒂，請說，發生什麼事？」

致謝

首先，感謝愛妻瑪格麗特，謝謝她的支持與包容，還有我兒里德、派克與格蘭特。

我要感謝陶德・薩德斯頓、提姆・格拉爾、馬里多恩・德克勒及凱特・桑治，謝謝他們在本書撰寫過程中給我極大的幫助和支持。同樣地，對於惠普公司的保羅・穆勒、高德納公司的保羅・普羅克特、RSA 的布蘭登・威廉姆斯、約翰霍普金斯大學的湯姆・朗斯塔夫博士，卡耐基梅隆大學軟體工程研究所（SEI/CMU）的萊莉亞・艾倫、網飛公司（Netflix）的阿德里安・考克羅夫特、BMC 的克里斯多夫・里特、ITSM 學院的鮑勃・麥卡錫與麗莎・施瓦茨、Joyent 的詹妮弗・巴尤與班・洛克伍德，阿卡邁技術公司（Akamai）的喬什・科爾曼、玩偶實驗室（Puppet Labs）的詹姆斯・特恩布林、企業管理協會的查理・貝茨、普度大學 CERIAS 中心的吉恩・斯帕福德博士、Tripwire 公司的德威恩・米蘭康以及 Asuret 的邁克爾・克里格斯曼，深深感謝他們持續提供寶貴的意見與詳實的審查。

還要感謝我的《開發運維指導書》（The DevOps Cookbook）的共同作者，派翠克・德布瓦、約翰・威爾斯以及麥克・奧爾岑對本書提供的寶貴觀點。除此之外，他們更幫助我明確化“三步工作法”的實務作為。

我要感謝約翰・阿爾斯帕瓦、保羅・哈蒙德和傑茲・亨伯爾，謝謝他們在闡述如何實現快速流動之 IT 價值流方面所做的開創性貢獻。

還要感謝其他審稿人，謝謝他們協助本書初稿的成形：戴維・艾倫、戴維・比爾斯、基普・博爾、謝恩・卡爾森、卡洛斯・卡薩諾瓦、斯科特・克勞福德、艾莉絲・卡爾佩波、麥克・達恩、克里斯・恩、保羅・法雷爾、丹尼爾・法蘭西斯科、凱文・胡德、馬特・胡珀、湯姆・霍華斯、凱文・肯南、保羅・勒夫、諾曼・馬克斯、湯姆・麥克安德魯、阿里・米勒、戴維・莫特曼、溫迪・蘭舍、麥克爾・力加、約翰・皮爾斯、鄧尼斯・拉文內爾、莎夏・羅曼諾斯基、蘇珊・瑞恩、弗雷德・紹爾、「猛男」勞倫斯・希茨、比爾・辛恩、亞當・肖斯達克、艾麗爾・希爾弗斯通、丹・斯萬森、「獨行俠」喬・特拉費西、簡・佛羅芒以及萊尼・策爾特西。

在本書中，用來計算迪克之組織關鍵績效指標（KPI），並將其與 IT 活動關聯起來的那套方法論，係奠基於高德納顧問公司的保羅·普羅克特與邁克爾·史密斯開發的「經風險調整的價值管理™」方法。

用以界定具體內部稽核控制目標及具體 IT 控制的工具叫作 GAIT，是由內部稽核師協會開發的。

衷心感謝我的助手漢娜・肯加尼，她讓我能夠專心寫作並且順利完成此書，並且幫助我完成最後的編輯工作。

還要感謝提姆・菲利斯以及「和服小組」的其他夥伴，謝謝你們幫助我瞭解圖書發行的理論和實踐。

基恩・金

寫於俄勒岡州，波特蘭，2012 年 6 月 10 日

我要感謝我的妻子艾瑞卡及女兒艾米麗和蕾切爾，謝謝她們對我選擇的職業給予的無比耐心和體諒，因為我的工作需要經常出差。特別感謝本書另外兩位充滿正能量的共同作者，謝謝他們超高的配合度，並且容忍我的喋喋不休。

這些年來，我有幸和一些極具創意、才華洋溢的CXO們一起共事，譬如說，部會健康公司的CIO「普雷方丹」威爾·韋德、約翰林肯健康網的CIO羅伯特·史萊賓，Cognosec的CEO奧利弗·埃克爾、Transdermal的CFO羅布·萊希、光源系統公司（Radiant Systems）的副總傑夫·休斯以及柯茲納國際公司的CEO保羅·奧尼爾與COO奈奈·帕爾默。謝謝你們教導我許多寶貴的知識，讓我勇於嘗試並且從根本上大幅提升IT生產力。

最後，我要感謝我的好友兼搭檔 — Assemblage Pointe公司的高級專案經理約翰·鄧寧，謝謝你陪我一同經歷許多改善學習。

凱文·貝爾

寫於賓夕法尼亞州，蘭開斯特，2012年6月1日

從《Visible Ops》到《When IT Fails》，我越來越尊敬及欣賞基恩與凱文。在本書撰寫過程中，我們遇到許多困難的挑戰並且進行大量的交流，這些東西試煉著我們，最終將我們在IT產業的親身經驗與集體智慧成功轉化成文字。

兩位紳士，非常感謝！

最重要的是，感謝我親愛的另一半羅威娜，謝謝你給我堅定不移的愛、鼓勵、支持與無比耐心。感謝我的孩子保羅、艾麗莎和艾瑞卡，謝謝你們無私包容我那既混亂又滿檔的行程，甚至是在度假期間。感謝我的爸媽阿爾法與卡羅，謝謝你們培養我對學習的無比熱情，並且幫助我在各個領域中不斷提升自己，上下求索，無窮無盡。

喬治·斯帕福德

寫於密蘇里州，聖約瑟夫，2012年6月1日

本書資源指南

簡介

謹代表本書所有共同作者，萬分感謝您的閱讀。

本書闡釋了長期存在於開發部與IT運維部之間的核心衝突為何導致整個IT組織及所屬企業的失敗，若不加以抑制，這些衝突終會大幅拉長開發部的產品上線時間，並且在功能發佈期間導致時間更久、問題更多的部署工作，大幅增加嚴重級別1的服務中斷，IT運維部則要進行越來越多的計畫外工作，因而無法清償不斷累積的技術債。

我們現在知道，開發部和IT運維部之間的衝突完全是可以化解的，證據是，諸如亞馬遜、谷歌、推特、Etsy和網飛等高績效公司，正在採用一套我們稱之為「開發運維」（DevOps）的技術，他們每天都要部署成百上千個產品變更，同時保持世界最頂尖的可靠性、穩定性及安全性。透過建構一套文化典範、流程以及實務，這些績效卓越的企業獲取了空前的成功。

另外，他們能夠快速地完成更新，將程式碼部署前置時間[1]縮短為幾分鐘或幾個小時，並且能夠憑藉著更高的產品品質和更好的客戶服務，在市場中脫穎而出，持續地創新、突破以及提升競爭力。

為什麼需要開發運維

開發運維這種能力能夠創造巨大的競爭優勢，讓產品功能更快進入市場，並且提升客戶滿意度、市占率、員工生產力以及工作幸福感，還能讓企業在市場上贏得勝利，為什麼？因為科技已經變成最主要的價值創造流程，並且變成大多數公司開發客戶與維繫客戶的主要手段（往往是首要的），而且重要性越來越高。

相較之下，需要耗時幾週乃至幾個月來部署軟體的公司，在市場上往往處於非常不利的位置。

公司	部署頻率	部署前置時間	可靠性	客戶回應性
亞馬遜	23,000 次 / 天	數分鐘	高	高
谷歌	5,500 次 / 天	數分鐘	高	高
網飛	500 次 / 天	數分鐘	高	高
Facebook	1 次 / 天	數小時	高	高
Twitter[2]	3 次 / 週	數小時	高	高
一般企業	9 個月 1 次	數月或數季	低 / 中	低 / 中

任何領域的佼佼者都有一個特點，就是他們永遠能夠「脫穎而出」，也就是說，第一名總是比其他人做得更好。

這種持續不間斷的效能改善也適用於開發運維的領域。在 2009 年，一天 10 個部署就算很快，但在現今只能算是平均水準。在 2012 年，亞馬遜公司宣佈平均每天能夠進行 23,000 個部署。

採用開發運維原則的商業價值

在玩偶實驗室 2012 年的「開發運維報告書」<3> 中，為了更清楚地理解企業在採用開發運維原則的各個階段的情況和習慣，我們透過一套基準來衡量 4,039 個 IT 組織。

第一個出人意表的重點是，就敏捷性指標（agility metrics）而言，運用開發運維原則的高績效公司遠勝過平庸的同業：

- 程式碼部署頻率快 30 倍
- 程式碼部署前置時間快 8,000 倍

還有可靠性指標：

- 變更成功率高 2 倍
- 平均修復時間（MTTR，Mean Time To Repair）快 12 倍

換言之，他們比較敏捷。程式碼的部署頻率提升 30 倍，從「程式碼提交」到「成功上線運行」的速度改善 8,000 倍，績效卓越之企業的部署前置時間以分鐘或小時計，而表現較差之企業的部署前置時間則以週、月、乃至季來計算。

這些企業不僅做更多工作，獲得的成效也好很多：卓越企業的變更與程式碼部署成功率是其他公司的 2 倍（亦即，未導致服務中斷或故障），而且，萬一變更失敗引發事故，排除障礙的速度也快 12 倍。

這個研究結果特別令人興奮，因為它表明，這些長期存在的核心衝突是可以化解的：卓越企業更快速地部署功能，同時提供世界一流的可靠性、穩定性及安全性，從而在市場上勝過競爭對手。另外，還有一項更驚人的事實是：更高的可靠性其實需要更頻繁的變更！

在 2014 年的研究中 [4]，我們還發現，這些卓越企業不僅具有較好的 IT 效能，公司的整體業績也明顯更突出，在獲利能力、市占率及生產力目標上，勝出業界的可能性也高出 2 倍，而且跡象顯示，他們在資本市場上的表現也非常出色（就像本書最後一章，埃瑞克想要創立對沖基金時所做的預測）。

生活在開發運維世界的感覺如何？

想像你置身於開發運維的世界，在這裡，產品負責人、開發部、QA、IT 運維部以及資訊安全部合作無間，努力不懈地幫助彼此及整個企業取得勝利，快速完成上線計畫（譬如每天完成幾十個、幾百個、乃至幾千個程式碼部署），同時保有世界一流的穩定性、可靠性、可用性及安全性。

上游的開發團隊不再給下游的工作中心（例如 QA、IT 運維部及資訊安全部）添麻煩，開發部將 20% 的時間用於幫忙確保工作順利通過整個價值流（value stream），加速自動化測試，改進部署基礎架構，並且確保所有應用程式均能創造有用的產品遙測（production telemetry）。

為什麼？因為每個人都需要快速的反饋迴路，防止問題程式碼進入上線環境，並且讓程式碼能夠快速地部署上線及運作，從而迅速地發現與修復任何產品問題。

在這個價值流中，所有人共享相同的文化，不僅重視彼此的時間與貢獻，而且為了提升整個組織的學習與改善成效，持續不斷地向工作系統注入壓力，讓大家都能夠把汲取的經驗與教訓應用到實務上以及償還技術債。每個人重視非功能性需求（譬如品質、可擴展性、可管理性、安全性與可操作性等）的程度就像功能性需求一樣，為什麼？因為非功能性需求對實現業務目標也是同樣重要。

我們擁有一種高度信任、合作無間的文化，每個人都勇於對其工作品質負責，不同於低信任度的指揮控制管理文化，我們倚賴同儕審查（peer review）來確保每個人都對程式碼的品質充滿信心。

更且，還有一種假說驅動（hypothesis-driven）的文化，要求每個人都成為科學家，拒絕將任何假設視為理所當然，未經評量絕不草率行事，為什麼？因為我們知道時間寶貴，我們不會耗費幾年時間去建構客戶實際上不想要的功能，部署無用的程式碼，或者浪費力氣去維修那些根本沒問題的東西。這一切讓我們能夠推出令人興奮的新功能，既讓客戶滿意，又讓公司獲利。

矛盾的是，執行程式碼部署變得平淡無奇，而且是例行性的，部署工作不再是在充滿壓力與混亂的深夜或週末進行的，而是在尋常工作日進行的，大部分人甚至不會察覺，而且由於程式碼部署發生在平日下午，而非週末，幾十年來，IT 運維人員終於能跟其他人一樣，在正常上班時間進行他們的工作。

程式碼部署究竟是怎樣變成例行性的？因為開發人員不斷在工作中獲得迅速的反饋：在撰寫程式碼時，在進行自動化單元測試，驗收測試和整合測試的期間，我們持續讓程式碼在類上線環境中運行，因而有機會不斷地確認程式碼與環境會按照預先設計的那樣運行，而且我們總是隨時處於可部署的狀態。在程式碼部署後，一般化的上線指標顯示部署成功，而且客戶也獲取他們需要的價值。

甚至連風險最高的功能發佈也變成是例行性的，怎麼回事？因為在產品發佈時，交付新功能的程式碼已經存在於上線環境中。在產品發佈前的幾個月，開發部就持續將程式碼部署在上線環境中，客戶看不到，但內部人員可以運行及測試相關的功能。

在功能啟用的最後一刻，不再有新程式碼被投入上線環境，相反地，我們只要切換功能開關或者改變組態設定即可，接著，新功能慢慢開放給一小部分客戶，如果故障發生，就自動進行回滾（rollback）。

只有在確定功能已經按照設計運行時，我們才會將它開放給另一部分客戶，以一種可控制、可預測、可逆且壓力很小的方式逐漸推出，不斷重複，直到每個人都能夠使用這項功能。

這樣做，不僅大幅降低部署風險，而且提高達成預期業務績效的可能性。因為可以迅速部署，我們才能夠在上線環境中進行試驗，針對我們建構的每一項功能驗證相關的業務假設。我們可以反覆測試，並且利用數月乃至數年來的客戶回饋，在上線環境中改進各項功能。

難怪我們超越競爭對手，在市場中過關斬將，無往不利。

透過開發運維，這一切得以實現。開發運維是一種新方法，藉此，開發、測試、IT 運維與 IT 價值流的其他部分合作無間，協力齊心。

開發運維是這個時代的製造革命

開發運維工作模式背後的原理與改變製造業的原理相同。代替最佳化製造廠將原物料轉變為成品的機制，開發運維闡述的是如何最佳化 IT 價值流，以及如何把業務需求轉換成為客戶提供價值的能力與服務。

1980 年代，製造業曾經出現過一次非常著名的長期核心衝突：

- 維護銷售承諾
- 控制製造成本

為了維護銷售承諾，產品銷售人員希望手邊擁有大量庫存，讓客戶總是能夠在需要時很快拿到產品，然而，為了降低成本，製造廠經理則希望盡可能降低庫存水準和在製品數量。

由於無法在製造廠內既提高又降低庫存水準，銷售經理和製造廠經理持續在一場長期衝突中僵持不下。

事實上，他們可以透過精實原則（Lean principles）化解這個衝突，包括降低批次規模、減少在製品數量以及縮短並增強反饋迴路，結果，工廠生產力、產品品質以及客戶滿意度急劇提升。[5]

1980 年代，平均的訂單前置時間是 6 個星期[6]，準時出貨的訂單不到 70%。到了 2005 年，平均的產品前置時間已經縮短到 3 個星期以內，準時出貨的訂單超過 95%。無法實現這些績效突破的企業，即使未被踢出市場，也已經嚴重流失市占率。[7]

開發運維從何而來

> 百年之後，歷史學家將回顧這十年，並且對這段時間的巨大變革驚嘆不已：開發和 IT 運維的工作方式徹頭徹尾地改變 ... 我預測，歷史學家會把這十年稱為「IT 產業的寒武紀大爆發」，一個充滿革新與進化的驚人時代，在電腦科技誕生五十年之後，我們終於明白科技究竟應該怎麼運用，用於何處。
>
> 約翰・利斯，「DevOps Cafe」播客的共同主持人

「開發運維」這個術語最初是在 2008 年 <8> 由派翠克・德布瓦和安德魯・謝弗提出的，並於 2009 年，因為約翰・阿斯帕爾瓦和保羅・哈蒙德那場著名的演講，「每天超過十次部署：Flickr 的開發部與運維部合作無間」（10+ Deploys Per Day: Dev and Ops Cooperation at Flickr），而在 Velocity Conference 技術大會上廣為流傳。<9>

在本書中，我們認為「開發運維」是在IT價值流中應用精實理論的結果，這些原則係奠基於超過一世紀的健全管理實務，不過，代替實體物品的轉化，我們運用這些原則，加速產品管理部、開發部、測試部、IT運維部及資訊安全部之間的工作流。

開發運維高度受益於「敏捷社群」開展的成果：高度相互信任的小團隊，小量批次規模以及較小範圍、更頻繁的軟體發佈，能夠大幅提升開發運維部的生產力。事實上，在開發運維的歷史上，許多關鍵時刻均發生在敏捷開發的研討會，以及活力十足的DevOpsDays活動中，這個活動於2009年首次舉行，此後便在世界各地展開。

當然，開發運維衍生自馬克·伯吉斯博士發起的「基礎架構即程式碼」實務，以及傑茲·亨伯爾與大衛·法利開展的持續整合與持續部署，這些是實現快速部署流的基礎與前提要件。

開發運維同樣受益於一些管理新思潮的驚人融合，譬如說，精實創業、創新文化、豐田形學（Toyota Kata）、加固型計算（rugged computing）以及Velocity社群，這些思維相互補強，產生強大的凝聚力，加速人們採用開發運維的原則。

關於三步工作法

在本書中，我們說明所有開發運維模式的基礎原則皆可從“三步工作法”（The Three Ways）推衍出來。三步工作法可用以闡述指導開發運維之流程與實務的價值觀與理念。

第一步工作法（The First Way）關乎從開發到IT運維再到客戶，從左到右的整個工作流（flow of work）。為了讓流量最大化，我們需要「小」的批次規模與「短」的工作間隔，絕對不讓缺陷流向下游的工作中心，而且，為了讓整體性目標持續最佳化（相對於局部性目標，諸如開發功能完成率、測試發現率 / 修復率或者運維有效性指標等）。

必要的實務作為包括連續建置、整合及部署，隨需建立環境，嚴控在製品以及建構能夠安全進行變更的系統和組織。

第二步工作法（The Second Way）是關於在價值流各個階段中，由右至左持續流動的快速回饋，放大其效益，確保能夠防止問題再次發生，或者更快速地發現及修復問題。如此一來，我們就能在需要的地方建立或融入知識，從源頭開始確保品質。

必要的實務作為包括：當我們的建置與測試在部署管道中發生失敗時，「停止生產線」；每天持續改善日常工作；建立快速的自動化測試組，確保程式碼總是處於可部署狀態；在開發與 IT 運維之間建立共同的目標以及同甘共苦的文化；建立普遍性的產品遙測機制，讓每個人都能看到程式碼和環境是否按照設計運行，以及是否達到客戶的目標。

第三步工作法（The Third Way）是關於創造公司文化，形成兩種風氣：持續不斷地實驗，這需要承擔風險並且從成功和失敗中汲取經驗和教訓；體認反覆和練習是達成精通的基本前提。

實驗與承擔風險讓我們能夠持續不斷地改善工作系統，這經常需要我們採用一些與過去數十年來大不相同的做法，一旦出問題，不斷的反覆與日常的操演便能提供足夠的技能和經驗，讓我們回復到安全區域並且恢復正常運作。

必要的實務作為包括：建立創新、勇於冒險（相對於畏懼或盲目服從命令）以及高度信任的文化（相對於低信任度的指揮控制文化），把至少 20% 的開發和 IT 運維週期分配給非功能性需求，並且持續強化及鼓勵大家進行改善活動。

開發運維的主要迷思

一如任何顛覆性的變革運動，開發運維也常被誤會或扭曲，下列是一些關於開發運維的主要誤解。

開發運維取代敏捷開發

開發運維與敏捷開發完全相容。事實上，開發運維是始於 2001 年之敏捷開發的合理延伸，因為我們現在瞭解「完成」的真實定義並不是開發部完成撰碼，相反地，只有在程式碼充分測試過並且按照設計地在上線環境中運行才算「完成」（注意，敏捷開發並不是採用開發運維的先決條件）。

開發運維取代 ITIL

雖然某些人可能把開發運維視作 ITIL（IT Infrastructure Library，資訊技術基礎架構庫）或 ITSM（IT Service Management，資訊技術服務管理）的反動，然而，開發運維與 ITIL 也是可以兼容的。ITIL 和 ITSM 仍然是支撐 IT 運維的最佳流程彙整，並且實際描述 IT 運維必須具備的諸多能力，以便支持開發運維風格的工作流。

為了配合開發運維，達成更短的前置時間與更高的部署頻率，ITIL 流程的諸多面向都需要自動化，尤其是變更、組態與發佈流程。

因為在發生服務故障時，我們同樣必須快速地檢測和修復問題，所以關於服務設計以及事故 / 問題管理的 ITIL 準則仍然跟過去一樣重要。

開發運維表示無需運維

有時候，「開發運維」被誤解為「無須運維」（例如，IT 運維部整個被取消），然而，更準確地說，開發運維通常會讓開發部承擔更多關於程式碼部署以及維護服務水準的責任，事實上，這只不過表示，開發部接管了 IT 運維部的一部分工作與職責。

為了支援快速交付並且讓開發人員提高生產力，開發運維確實需要將許多 IT 運維任務變成自助服務，也就是說，不再是開發部開啟一張工單，然後等著 IT 運維部完成工作，很多這類活動都將自動化，允許開發人員自行完成（例如，建置類上線的開發環境，為產品遙測添加功能指標）。

開發運維只適用於開源碼軟體

儘管很多開發運維成功案例皆使用 LAMP stack 之類的軟體[10]，但仍有許多組織使用 Microsoft .NET，SAP，甚至將開發運維的模式植入跑在大型主機上的 COBOL 應用程式，以及惠普雷射印表機的韌體上！

開發運維的原理是普遍通用的，基本上獨立於底層採用的技術，當然，某些開發運維模式具有特定技術要求（例如，能夠支援自動測試，可將組態簽入版本控制等），這種情況在開源碼軟體中更為普遍。

開發運維只是「基礎架構即程式碼」或自動化

儘管本書展示的許多開發運維模式要求自動化，然而，在整個 IT 價值流中，開發運維也需要每個人擁有共同的目標，能夠同甘共苦，一起解決問題，這遠非單單自動化所能涵蓋的範疇。

開發運維僅適用於新創公司和「獨角獸公司」【譯註】

開發運維適用於任何必須提高流經開發部之計畫工作流，同時為客戶保持品質、可靠性及安全性的企業。

事實上，我們認為開發運維對馬駒公司（一般公司）的重要性更甚於「獨角獸公司」，畢竟，如理查・福斯特所言，「在 1955 年的財星 500 大企業中，有 87% 已經消失。在 1958 年，財星 500 大企業的平均壽命為 61 年，但現在只有 18 年。[11]」我們知道，幾乎每一個 IT 組織均呈現螺旋式下降的態勢，但大多數公司的 IT 組織都會提出無數個理由，堅持他們無法採納開發運維，或者開發運維對他們並不重要。

一般公司最主要的反對意見之一就是：所有獨角獸公司（例如當初的谷歌、亞馬遜、推特、Etsy）都是生來如此，換言之，獨角獸公司打從一開始就已經採納開發運維。

事實上，幾乎每一家採用開發運維的獨角獸公司都曾經只是一般公司，都曾經遭遇一般公司面臨的一切問題。

- 在 2001 年之前，亞馬遜一直在運行 OBID OS 內容交付系統，這個系統後來變得問題重重，很難維護，於是，亞馬遜公司的 CTO 沃納・威格爾決定把整個組織和程式碼都改成服務導向的架構。[12]
- 在 2009 年，推特拼命設法擴充以 Ruby on Rails 打造的單體式（monolithic）前端系統，為了逐步重構並且替換這個系統，他們啟動一個耗時多年的大型專案。[13]
- LinkedIn，在 2011 年成功首次公開發行股票（IPO）之後的六個月，為了有問題的產品部署嘗盡苦頭，於是發起「逆向運維」的行動 — 為期兩個月的功能凍結，因而能夠徹底檢修他們的電腦環境、部署和架構。[14]
- 在 2009 年，Etsy — 套用邁克爾・倫巴西的話，「正深陷自身的工程問題泥沼，必須認真看待問題，全心全力因應。」— 面臨著問

【譯註】 獨角獸公司意指市值超過 10 億美元的成功新創公司。

題重重的軟體部署與龐大的技術債，於是他們著手進行一場徹底的公司文化轉型。[15]

- 在 2009 年，Facebook 基礎架構的運維工作近乎崩潰，快要無法跟上使用者的增長速度，程式碼的部署工作日益凶險，各方人員馬不停蹄到處救火，因此，傑伊·帕里克和佩德羅·甘納胡帝決心展開一場變革，讓程式碼能夠再次安全無虞地成功部署。[16]

簡言之，所有的獨角獸公司都曾經是一般公司，如果一匹平庸的馬駒想要蛻變成獨角獸，就得好好學習開發運維。事實上，採用開發運維的企業目前正持續增加中：

- 財務服務：紐約梅隆銀行、美國銀行、世界銀行、沛齊公司以及美國國家保險公司。
- 零售業：蓋普、諾德斯特姆、REI、梅西百貨、遊戲驛站以及塔吉特百貨。
- 高等教育機構：斯騰山大學、堪薩斯州立大學以及英屬哥倫比亞大學。
- 政府機構：英國政府和美國國土安全部。

克里斯多夫·立特爾表示，「如果說有什麼事情是所有一般公司都討厭聽到的，那就是關於獨角獸的故事，這真的很奇怪，因為一般馬駒和獨角獸可能都是相同的物種，而獨角獸只是長出一隻角的馬駒。」

四種工作類型

由於分派工作的途徑比以往都更多（例如電子郵件、電話、走廊上的談話、簡訊、工單系統、會議等），所以我們希望具體地看到現有的任務。

埃瑞克告訴比爾，IT 人員處理四種工作。

業務專案

這些是大多數開發專案處理的業務計畫，通常隸屬於專案管理辦公室。專案管理辦公室管理公司所有的正式專案。

IT 內部專案

這些包括可能由業務專案衍生出來的基礎架構或 IT 運維專案，以及內部生成的改善專案（例如，建立新環境和部署自動化）。這些專案經常未被集中管理，而是隸屬於預算所有者（例如，資料庫經理、儲存管理和分散式系統的經理）。

當 IT 開發運維形成瓶頸時，這會產生問題，因為沒辦法輕易查明到底已經在內部專案中投注多少生產能力。

變更

這些通常是由上述兩種類型的工作引起的，往往透過工單系統被追蹤（例如，IT 運維補救措施、JIRA、或者用於開發的敏捷計畫工具）。假如在價值流的兩個部分存在兩個工作追蹤系統，那會引起問題，尤其是在交接工作的時候。

偶爾，在某些兼負功能開發與服務交付責任的專職團隊中，所有工作皆存在於同一個系統，這樣做有一些好處，因為運維層面的故障會跟功能缺陷及新功能一起被記錄在待處理工作清單中，並且呈現「處理中」的狀態。

計畫外工作或救火工作

這類工作包括運維的事故和問題，通常由上述三類工作導致，而且往往以犧牲其他計畫內工作作為代價。

為什麼需要以視覺化的方式呈現 IT 工作並且控管在製品？

在本書中，我最喜歡的一張圖（也是唯一一張）將等待時間表示為工作中心之資源忙碌程度的函數，埃瑞克使用這張圖，說明為什麼布倫特的 30 分鐘簡單變更竟要耗費幾個星期才能完成，原因顯然是，身為所有工作的瓶頸，布倫特的使用率一直是 100%，甚至超過 100%，因此，每次交辦給他的工作都只能在佇列裡枯枯守候，若不特意加速或升級，就無法被處理。

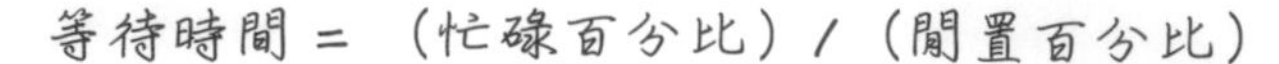

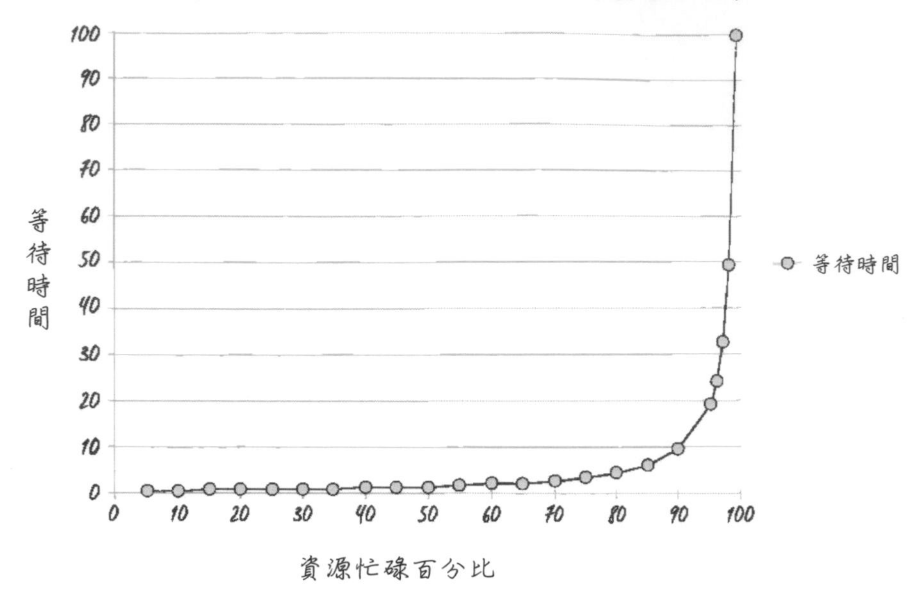

圖表顯示：橫軸是工作中心的資源忙碌百分比，縱軸是大致的等待時間（或者，更確切地說，就是佇列長度）。根據曲線的形狀，當資源使用率超過 80% 時，等待時間就會直線飆升。

在本書中，比爾及其團隊意識到，他們對專案管理辦公室承諾的前置時間會因為這樣的遲滯特性而產生災難性的後果。

> 我告訴他們，埃瑞克在 MRP-8 對我說過，等待時間取決於資源使用率，「等待時間是"忙碌時間的百分比"除以"閒置時間的百分比"，也就是說，如果某個資源的忙碌時間百分比是 50%，那麼，它的閒置時間百分比也是 50%，因此，等待時間就是 50% 除以 50%，也就是 1 個時間單位，例如，就說是 1 小時吧，所以，平均而言，一個任務在被處理之前的排隊等待時間為一小時。」
>
> 「另一方面，如果某個資源 90% 的時間是忙碌的，等待時間就是"90% 除以 10%"，也就是 9 個時間單位，或者說 9 個小時。換言之，任務排隊等待處理的時間將是忙碌百分比 50% 之資源的 9 倍。」

我得出結論，「因此，對這個鳳凰專案任務來說，假設有 7 個交接步驟，而且每一個資源都有 90% 的時間是忙碌的，那麼，這個任務排隊等候處理的總時間就是 9 小時乘以 7...」

「什麼？單單排隊等待的時間就要 63 個小時？」韋斯充滿疑惑地說，「這怎麼可能！」

帕蒂似笑非笑地說，「喔，當然了，因為輸入字元只需要 30 秒，對吧？」

比爾及其團隊發現，那個 30 分鐘的簡單任務實際上需要 7 個交接步驟（牽涉到伺服器團隊，網路維護團隊，資料庫團隊，虛擬化團隊，當然還有布倫特，布倫特，布倫特）。假設所有工作中心都有 90% 的時間是忙碌的，那麼，根據這張圖，每一個工作中心的平均等待時間是 9 個小時（或 9 個單位）— 由於這個工作必須經過 7 個工作中心，所以總等待時間就是 7 x 9 個小時，亦即 63 個小時。

也就是說，「總加值時間」（有時也稱作「加工時間」）只佔總前置時間的 0.16%（30 分鐘除以 63 小時），那表示，在總前置時間的 99.8% 中，工作只是排在佇列中等著被執行（例如在工單系統或電子郵件中）。

我的共同作者喬治・斯帕福德和我一起在華盛頓州立大學參加詹姆斯・霍爾特博士的 EM 526 約束管理課程（<延伸閱讀>中有較詳細的介紹），在課堂上，我們首次見到這張圖，它如此清楚地顯現出，高資源使用率導致的長佇列等待時間蘊含著嚴重的破壞性本質。

遺憾的是，我不曉得這張圖的確切來歷。有些人跟我一樣，相信這張圖是利特爾法則（Little's Law）的簡化版，在這個法則中，我們假設單一工作中心，均勻的工作佇列（亦即，所有任務的完成時間都相同）以及工作之間沒有額外的延遲等。

在這張圖中，我相信「等待時間」其實代表「佇列長度」，換言之，因為它並非使用經歷的時間，因此根本沒有時間單位（也就是說，既不是分鐘，也不是小時或天）。

關於這一點（及其合理性 / 不合理性）的最佳討論可以在 LinkedIn 網站的本書頁面上看到[17]，儘管這些討論有時候略顯尖酸，但確實充滿智慧的光芒。

我的看法？科學的目標在於運用最少的原則解釋最多的現象，並且揭露驚人的洞察與內涵，我認為，這張圖相當能夠滿足這個目的，非常有效地闡釋過度壓榨 IT 工作者的災難性後果，以及在 IT 運維部門使用傳統專案管理技術的謬誤。

延伸閱讀

關於本書，最受各方青睞的熱切要求之一，就是一份列出推薦讀物與延伸資源的清單，好讓讀者們更深入瞭解本書運用的觀念、工具以及技能。在實際規劃及建構這本小說的過程中，我參考諸多資源，並且多方諮詢，受訓成為約束理論的顧問，看板理論的實踐者，豐田形學的服膺者；將視覺化運維的觀念融入本書。在這裡，我要提供一份詳列相關資源與其他指南的清單，好讓你複製出比爾藉由埃瑞克的幫助，在無極限零部件公司中成功實現的那種奇妙的轉變。

《目標：持續改善的流程》

1984 年，伊利雅胡．高德拉特博士寫下他的重要著作《目標：持續改善的流程》(The Goal: A Process of Ongoing Improvement)【譯註】，這是一本蘇格拉底式的小說，主角是一位名叫艾歷克斯．羅戈的工廠經理，

【譯註】 請參考《目標：簡單有效的常識管理》(天下文化)

他必須在 90 天內解決控制成本與按時交貨的問題，否則工廠就要關門大吉。這本書被納入很多 MBA 課程，影響了好幾個世代的企業領導者，迄今已經售出六百萬冊。

我的共同作者與我研究這本書將近十年，為撰寫《鳳凰專案》做準備。我認為，這本書在很多面向上都是在向《目標》致敬，我們試著將那本書中的大部分架構與情節要素都反映出來，同時讓本書內容更現代化、更貼切、也更具戲劇張力（我想，假如高德拉特博士是在現今撰寫《目標》，而且小說的寫作指導者是塔倫蒂諾或斯科塞斯，那麼，《鳳凰專案》正是他會寫出的小說）。

在《目標》中，高德拉特博士清楚闡述約束理論（Theory of Constraints，下文簡稱 TOC）的幾個步驟。簡單來說，原始的五個 TOC 步驟如下：

- 識別約束點
- 充分利用約束點
- 讓所有其他活動配合約束點
- 把約束點提升到新的水準（不再是約束）
- 尋找下一個約束點

在《目標》中，約束點起初是著名的 NCX-10 機器人，然後變成熱處理爐，接著變成市場需求。在《鳳凰專案》中，約束點起初是布倫特，因為他總是在處理計畫外的工作，接著變成應用程式部署流程，然後轉移到組織外部，因為專案需要用到的 MRP 應用程式支援已經被外包出去。

高德拉特博士在他的下一本書《絕不是靠運氣》（It's Not Luck）中，闡述了他稱作「思維過程」（Thinking Processes）的內容，那是一套了不起的方法論（但有點難做到，且成效往往非常緩慢），教導組織如何識別長期核心衝突、瞭解現狀、描述理想的未來，並且提供多種增加成功機率的規劃技術。

目前為止，關於 TOC、「思維過程」以及高德拉特博士的整個知識體系的最佳概述是一本有聲讀物（Beyond The Goal），內容囊括高德拉特博士自 2005 年以來的所有演講錄音，並且帶領讀者們瞻仰及領略高德拉特博士精彩的人生旅途，清楚闡述他的種種貢獻、工具和案例研究。

眾所周知，「思維過程」是他用來建構《目標》的工具與技術，因此，八年前，我的共同作者和我試著更深入瞭解它，但是，除了高德拉特博士的著作之外，我們找不到任何能夠參加的培訓，或者可以購買的書籍，上網搜索也遍尋不著有用（或正確）的範例，自那時起，事情有了極大的變化。

對有志成為 TOC 和「思維過程」專家的人，我衷心推薦詹姆斯・霍爾特博士的 EM 526 約束管理與 EM 530 約束管理應用這兩門課程，它們是華盛頓州立大學開的線上課程，專為培養學生成為這個理論的「高級顧問」（Jonah），就像《目標》中類似「尤達大師」那樣的人物 — 那顯然是高德拉特博士的化身。[18]

如果想要更深入學習「思維過程」，我推薦威廉·德特曼博士所寫的教科書《邏輯化思維過程》，但這本書相當不容易閱讀，而且，許多取巧的捷徑被發展出來，而這些觀念其實並未反映在德特曼博士的著作中，使得這本書的閱讀過程存在著一定的危險性。

《團隊領導的五大障礙：關於領導統御的寓言》

在本書第二部分的第 18 章中，無極限零件公司 CEO 史蒂夫採用的技巧便是參照派翠克・蘭西奧尼在《團隊領導的五大障礙：關於領導統御的寓言》（The Five Dysfunctions of a Team: A Leadership Fable）一書中描述的方法，他認為團隊無法達成目標的核心因素之一就是缺乏信任。在這本書中，五大障礙被描述為：

- 缺乏信任 — 不願在團隊中顯示弱點。
- 害怕衝突 — 尋求表面的和諧，重於建設性的激情辯論。
- 缺乏擔當 — 假意認同團隊的決策，在整個組織中形成模棱兩可的文化。
- 規避問責 — 對同儕的失職行為，不表態，不追責，致使團隊的工作標準降低。

- 漠視結果 — 只聚焦於個人的成就、地位和自我價值，超過團隊的成敗。

考慮到開發與 IT 運維之間，甚至 IT 與業務之間，長期存在著痛苦而劇烈的鬥爭，我想我們非常需要蘭西奧尼先生的教誨，才能達成理想的開發運維。

通常，在運用蘭西奧尼先生的方法論時，第一步就是讓領導人展示自己的脆弱點（或者，至少從塑造示弱行為著手）[19]。在《鳳凰專案》中，史蒂夫多年來已經將這項實務技能內化於心，並且實際主導了一場關於個人歷程的分享活動。[20]

我有幸能夠親身觀察並且受益於這項技巧。我以前的老闆吉姆．B.．強森在他剛加入 Tripwire 公司擔任 CEO 時就用了這種技巧，說實話，我當時深受震撼，吉姆分享了自身的一段經歷，非常私密，也非常感人，整個管理團隊為之動容，（幾乎）每個人都熱淚盈眶。

我們每個人都必須依序分享自己的故事，互相展示脆弱點，這個過程讓我們不再害怕衝突。吉姆要求大家卸下心防，坦誠相待，真的，這項舉措改變了我們的行為與做事態度，也讓我們的運作更像真正的團隊。

這也許是我最重要的人生經驗之一，現在，我熱切地希望自己在生活的各個層面都不要懼怕衝突，不怕說出真相，不怕說出真實的想法。當然，要想完全做到這一點，恐怕是癡心妄想，但我認為，這仍然是一個值得不斷追求的目標。

我曾經遇過這樣的情況，領導團隊長期陷入業績不振與持續爭鬥之中，因為團隊成員完全無法互相信賴。一旦領導階層彼此不信任，幾乎可以肯定，各自的團隊也無法彼此信賴。

從我的工作經驗來看，不願面對衝突，無法就眾所周知的問題進行開誠布公的討論，絕對會付出難以想像的昂貴代價及嚴重後果。處理這個盲點需要痛下決心，革除根深蒂固的積習弊病，但一切都是值得的。

《豐田形學：持續改善與教育式領導的關鍵智慧》

另一本深深影響我們的書籍是新鄉獎（Shingo Prize）得主邁克．羅瑟所著的《豐田形學：持續改善與教育式領導的關鍵智慧》（Toyota Kata: Managing People for Improvement, Adaptiveness and Superior Results）。[21] 我曾經有幸與邁克會晤，並且參加他在密西根大學開設的三天課程，「改善形與指導形」（Improvement Kata and Coaching Kata），在這門課程中，我們在一家真實的製造廠裡進行為期兩天的實地研究。

我想冒味地用自己的話來描述一下羅瑟先生的歷程，那要從二十多年前他跟一組研究人員與美國汽車業高階主管一同造訪豐田工廠開始講起，他在書中講到，那次造訪是關於豐田管理實務的掠影與彙整，正是這些因素讓豐田公司與眾不同，市場績效領先群倫。

然而，當他回顧職涯的那個階段時，會將它描繪成只是教導人們如何模仿在豐田工廠觀察到的做法，而漏掉塑造豐田管理實務最重要、最關鍵的企業文化與價值觀。

聽他描述這件事，總有點雲淡風輕，就像是他將自己協助打造「精實社群的重要部分」描述成只是一種「貨物崇拜」（cargo cult）。[22]

羅瑟先生的寶貴經驗已經被彙整到《豐田形學》一書，闡明實現 PDCA 精實循環（Plan-Do-Check-Act，即計劃、執行、查核與行動）所需的思維過程與文化。我相信，這是流程改善領域中最卓越的貢獻之一。

豐田形最常見的表現形式就是為期兩週的改善循環，也就是說，每個工作中心主管每兩週都必須改善某件事（任何事都可以！）。引用羅瑟先生的話，「形的練習是訓練某種模式的行動，使之成為我們的第二天性。豐田公司在日常管理活動中教授一種工作方法 — 形（Kata）— 幫助該公司在過去六十年來取得不凡的成就。」

為了養成習慣、改變結果，需要每日反覆訓練，現在，這種觀念被充分落實在各種領域，包括運動訓練、樂器學習、特種部隊操練以及現代化的製造，構成了埃瑞克的第三步工作法的基礎。他解釋道，「它關乎如何建立一種文化，既能鼓勵實驗與探索，從失敗中汲取教訓，又能理解反覆練習是達到精通的先決條件。」

豐田形

透過良好的管理激發我們的創造力

邁克·羅瑟，2010 年 2 月

> 形的練習是訓練某種模式的行動，使之成為我們的第二天性。
>
> 豐田公司在日常管理活動中教授一種工作方法 — 形— 幫助該公司在過去六十年來取得不凡的成就。
>
> 豐田公司的「改善形」是我們在基準量測中忽略的事情，為了理解豐田公司的故事，我們應該多學習一些這方面的知識。

美國密西根州，安那堡市，包德溫大道，1217 號，48104。
電話：(734) 665-5411。mrother@umich.edu

我認為，帕蒂的 ITIL/ITSM 改革運動很像羅瑟先生形容的那種永遠無法複製豐田績效的精實理論實踐者，為什麼？因為他們一年進行一次精實改善活動，然後在其餘的日子裡將它拋諸腦後，排除在日常運作之外。

為了透過 ITIL/ITSM，精實理論或其他方法論來達成預期的績效提升，我們必須建立羅瑟先生描述的那種持續改善文化。

形會在以下幾個面向影響你的組織：

- 提供一種系統化、科學化的例行性活動，可適用於任何問題或挑戰。
- 讓組織成員以共通的方式發展解決方案。
- 透過讓經理人練習指導週期（coaching cycle），讓他們轉變成教練和導師的角色。
- 透過讓人們每天一小步一小步地進行，形成 PDCA 循環。

這些為期兩週的改善循環持續向系統施壓，迫使其改善，羅瑟先生認為，如果系統沒有持續改善，那麼，結果並不是一種穩態，相反地，因為熵（entropy）的關係，組織績效會越來越低。

在一個最驚人的案例研究中，羅瑟先生描述了他的觀察：某個工作中心如何將工作人數從 6 個減少為 4 個，但在六個星期之後，工作人數又逐步恢復成 6 個。熵之故也。

類似網飛（Netflix）文化的那些模式，例如，永不止息的改善與創新，毫不猶豫地根除變異，以及不斷在上線環境中注入挑剔因素（例如著名的 Chaos Monkey 等類似工具），這些都是羅瑟先生所述「改善形」的完美體現。

《持續交付：利用自動化的建置、測試與部署創造可信賴的軟體發佈》

埃瑞克的第一步工作法強調系統整體績效的重要性，而非特定工作或小組的表現 － 大到部門（例如開發部或 IT 運維部），小到個人（例如開發人員或系統管理員），都是如此。

在 IT 價值流中，這完全關乎由左至右、從開發部到 IT 運維部的工作流。傑茲．亨伯爾和大衛．法利的重要著作《持續交付：利用自動化的建置、測試與部署創造可信賴的軟體發佈》可能是這項工作的最佳體現。

他們在書中彙整了約翰．阿爾斯帕瓦與保羅．哈蒙德在 Velocity Conference 2009 那場驚天動地的演講（10+ Deploys Per Day: Dev and Ops Cooperation at Flickr）中提到的諸多必備技術，以及敏捷系統管理運動的相關內容。[23]

持續交付是持續整合的延伸，這些都是開發部門的實務工作，包括持續建置、持續測試、每日將開發分支整合回到主幹、在複製的上線環境中進行測試等。持續交付技術能夠將上述流程全部擴展到上線環境中。

（我在閱讀這本書的時候有一種相見恨晚的感覺，因為我發覺，假如提早四年讀到這本書，就能避免很多痛苦和錯誤決策，當時，我正在某家軟體公司服務，建置系統竟然損壞超過一年。沒有自動化建置，就無法進行自動化測試，而沒有自動化測試，各個開發分支的整合工作就註定變得痛苦不堪，導致比較不頻繁的交付和比較痛苦的整合，陷入一種惡性循環中，拖慢功能交付，並且降低軟體品質。)

傑茲．亨伯爾告訴我，我在本書第 31 章提到的比爾及其團隊所經歷的價值流，與他書中的主角法利的經歷幾乎如出一轍，聽到他這樣說，你可以想見我有多興奮。真的太棒了！

持續交付是第一步、第二步和第三步工作法的完美體現，強調小量的批次規模（例如每天簽入主幹），在發生問題時停止生產線（譬如說，一旦建置、測試或部署失敗，就不允許引進新工作；提升整個工作系統的一致性，重於工作本身），而且必須持續進行驗證測試，避免在上線環境中發生失敗，或者，至少能夠迅速檢測及修復故障（例如，從手動流程審核變成自動化測試，特別是在 ITSM 發佈、變更和組態流程的領域。)

持續部署是實現高部署率的先決條件，而高部署率正是開發運維的重要特質，因此，持續部署是現代化開發運維實踐者的必備技能，也是這一代 ITSM 實踐者的救星。建議你好好閱讀這本書。

《*Release It!: Design and Deploy Production-Ready Software*》

在 Velocity Conference 技術大會上，關於谷歌、網飛、亞馬遜、推特、Pinterest 等公司如何開發大規模運行的程式碼與環境設置的講座上，經常會聽到麥克爾．T．力加在其傑作《Release It!: Design and Deploy Production-Ready Software》中率先提出的諸多觀念。[24]

這本書有助於跨越開發與 IT 運維之間的鴻溝，告訴開發者和架構師如何建置良好的應用程式，即便是在最惡劣的環境中，也能夠部署、管理並且持續運作下去。在閱讀這本書的過程中，你會從他的模式和經驗學習中看到自己過往的慘痛經歷。

IT 運維的從業人員也必須閱讀這本書，好將特定開發決策如何導致過去所遭遇之不良生產結果聯繫起來。更重要的是，讀完這本書之後，他們便能夠在參加架構或開發會議時，就今後將如何避免上述問題而提出具體的建議。

在《鳳凰專案》中，當克里斯及其團隊部署獨角獸專案時，這個專案在上線環境中表現得相當出色，他們顯然有讀過力加先生寫的這本書。

講個小故事：2010 年，我在山景城的 DevOpsDays 大會上看到力加先生做的 Ignite 簡報，這是我聽過最精彩的演講之一。他講到一次非常逼真且扣人心弦的應用程式部署，那是一場大災難，IT 運維部耗費整整兩週的時間，力挽狂瀾，才讓它回歸正常。至今，我仍然真切地希望，本書中關於鳳凰專案部署失敗的描述能夠像當時在聽力加先生的演講那樣，充滿緊張感。

《*Visible Ops and ITIL Service Support*》

1999 年，凱文．貝爾和我開始研究高績效的 IT 組織，我們發現，這些組織同時具備「最高的 IT 服務等級（例如，MTTR、MTBF、變更成功率等）、最早將資訊安全整合到軟體 / 服務的開發週期中、最好的合規性（例如，重複發生的稽核發現最少），而且令人驚訝的是，還有最好的 IT 效率（例如，伺服器 / 系統管理員的比率）」。[25]

我們研究了 11 個高績效的 IT 組織，其中包括銀行、證券交易所、無線帳單服務、網域名稱服務提供者以及兩個 IT 服務提供者。

凱文和我一起努力研究這些公司如何完成「從優秀到卓越」的 IT 轉變，並且將這種轉變彙整到《視覺化運維手冊：實作 ITIL 的四個可稽核實務步驟》（The Visible Ops Handbook: Implementing ITIL in 4 Practical and Auditable Steps）和《視覺化運維安全：達成資訊安全與 IT 運維目標的四個實務步驟》（Visible Ops Security: Achieving Common Security and IT Operations Objectives in 4 Practical Steps）中，這兩本書的寫作團隊與《鳳凰專案》相同。

我們所有的歷程都離不開一個關鍵部分 —《ITIL 服務支援書（第 2 版）》（ITIL Service Support Book（v2）），少了這本書，所有的 IT 運維討論都是不完整的。2000 年第一次讀到這本書時，我就愛不釋手，因為它對高績效 IT 組織應該具備的關鍵流程做了清楚的分類與標準化。不過，ITIL 還是一種描述性框架，而組織不做描述性框架 — 他們做的是專案。

我們的目標是透過視覺化運維（Visible Ops）系列的叢書，建立一套有規範、有秩序的步驟（專案）來複刻我們從高績效公司觀察到的成果。（順便一提，這正是我們在即將推出的《開發運維指導書》（DevOps Cookbook）當中要做的事情。）

關於看板的兩本好書

到目前為止，希望我已經說服你們相信我的觀點：IT 當中存在太多在製品或半成品會衍生出相當可怕的災難。關於這一點，許多從業人員相信，看板是最有效、最簡單的因應措施之一。

有兩本關於看板的書是我的最愛，即便是那些對看板沒什麼興趣的人，我也會極力向他們推薦這兩本。

第一本書是吉姆・班森和托尼安妮・德馬里亞・巴里所著的《Personal Kanban: Mapping Work | Navigating Life》，與其說是一本關於複雜價值流的書，不如說是一本關於個人生產力的書。事實上，我認為這本書是大衛・艾倫的著作《搞定！：工作效率大師教你，事情再多照樣做好的搞定 5 步驟》的現代版。

艾倫討論的是工作的本質，時程表對於按時完成工作的重要性，歸檔和文中提到的「待辦事項」清單的相關理論；而班森和托尼安妮討論的是把所有工作視覺化並且控制半成品數量的必要性，他們主張，每個人都應該建立自己的看板圖，簡單列出三欄：待辦、處理中、已完成。[26]

儘管我一直是大衛・艾倫的時間管理方法學的忠實粉絲，但在讀完《Personal Kanban》之後，出於對看板的喜愛，很快便放棄已經使用近十年的「待辦事項」清單。我發現，看板在許多方面解決了時間管理方法學中最具爭議的一項內容：每週執行審核（weekly executive review），在當中，我們應該重新排序手上的任務、精簡我們的待辦事項清單等等。我已經好幾年沒弄過這項活動了。

另一方面，有了看板圖，所有工作皆可視覺化，並且可以加上在製品的限制，防止在製品的數量超過限額。我曾經在吉姆．班森的辦公室裡看到他的看板圖，他的在製品處理限額為 4（也就是說，在「處理中」那一欄，不允許出現 4 張以上的卡片）。

我要推薦的第二本書是戴維．J．安德森的《Kanban: Successful Evolutionary Change for Your Technology Business》。這本書更具體地說明了組織如何使用看板圖。

對我來說，讀到此書是意外之喜，因為它針對我在 EM 526 約束管理課程上選用的微軟 IT 案例研究做了進一步的整理，那是 2005 年的一篇論文，名為《From Worst to Best in 9 Months: Implementing a Drum-Buffer-Rope Solution in Microsoft's IT Department》，作者是戴維．J.．安德森和德拉戈什．杜密特里烏。<27> 世界真小，對不對？

當時安德森和杜密特里烏兩人都在微軟，他們談到以前那種糟糕透頂的狀態。我相信，大多數 IT 從業人員對那種狀態都再熟悉不過了。

- 完成業務部門要求的工作耗費過長的時間：平均前置時間是 155 天。
- 對延誤和冗長前置時間的不滿，迫使 IT 管理人員得做「更多工作預估」，逼得管理人員不得不把全部時間都用來做 PPT （因為業務部門的結論是他們沒有做好正確的工作預估），而不是拿來幹實事。
- 不管業務部門提出什麼要求，答覆永遠是「做這件事情需要 5 個月」。
- 每一項任務都被預估 20 天內完成，但沒人知道另外那 135 天去哪兒了。

杜密特里烏在他們的工單系統（實際上是微軟的缺陷追蹤系統）中建立一個名叫「等待德拉戈什」的新欄位，以便及時發覺工作阻塞的情況出現。他很快得出結論，專案團隊 70% 的時間都卡在別人那裡 — 也就是說，有 70% 的時間，工作都排在佇列中等候處理。

杜密特里烏認為，他的團隊一個月只能完成 3 項工作，按照這個速度，需要三年才能完成所有的工作。以下是他提出的對策及其驚人的結果：

- 他們不再預估工作，而改用根據歷史資料得到的實際時間 — 他們的工單系統裡有 80 個人年的工作 — 這樣做使得開發與測試的生產力立即提升 30%。
- 他們不再採用成本核算，而改用簡單的「基於預算貢獻的 ROI（Return on Investment，投資報酬率）」。節省下來的時間讓 PM 的工作容量立刻提高 20%。
- 在瞭解約束點是開發部之後，PM 接管許多開發任務，把開發容量提高 20%，這樣做也讓開發人員更高興，因為他們終於可以專心寫程式，不用再做一堆任務預估。
- 他們引進一名可用性專家來修改變更請求清單（他打趣說，「我們得填完 4 頁的表單，才能弄到一杯水；我們把 4 頁表單換成 2 頁，上面還有很多自由格式的欄位，目的是確保處理這項工作的人能夠拿到需要的全部資訊。」）。
- 接著，他們減少系統允許的在製品數量：原來的平均值為 40 到 60 個，他們將這個數量減到 5 個。
- 然後，他們建立了工作緩衝區，任何被阻塞到的開發或測試人員皆可處理緩衝區的工作。
- 前置時間從 155 天下降到 22 天。這麼短的前置時間讓他們創造出新的 SLA（服務等級協定）保證，才 25 天（哇！）。
- 另一波生產力大爆發源自於增加開發人員，因為兩天的開發工作，需要搭配一天的測試工作，他們答應拔擢願意往開發領域發展的測試人員，把開發人員和測試人員的比例從 1:1 調整到 2:1。
- 這一切的結果是什麼？他們在 9 個月裡完成整整積壓 3 年的工作；外部對他們的服務的需求也增加，然後，他們繼續交付每個月需要交付的工作；不僅沒有人被解雇，而且很多人還被升職。

杜密特里烏說，「我們成功了，因為我們致力聚焦於降低前置時間，而不是開發和測試本身的最佳化。」

這個故事只是被詳細描述下來的眾多驚人轉變之一。難以置信，這些轉變主要不是基於自動化，相反地，這種不可思議的改善來自於工作系統調整與在製品控制的相關策略，確保組織能夠擁有高績效的跨職能團隊，讓一切都能夠配合約束點，並且妥善管理工作的交接。

順便一提，安德森在他的書中，記述了他對於 IT 價值流控制方式的思維轉變。顯然，他曾經是高德拉特博士的著作（例如約束理論與限制驅導式排程法）的忠實追隨者，但他得到的結論是，看板圖的使用能夠藉由一些新的特性，讓使用者獲益更大。

我強力推薦大家閱讀這本書，因為它記錄了安德森在斯普林特（Sprint）、摩托羅拉、微軟和科比斯（Corbis）等公司所貢獻的實質改善。

注釋

1. 程式碼部署前置時間是指從開發部「將變更提交至版本控制」到「在上線環境中成功運行」所需要的時間。

2. 用於以 Ruby on Rails 建構的單體式前端。

3. Jez Humble，Gene Kim 與 Puppet Labs，"2013 State of DevOps Infographic"，Puppet Labs 網站，2014 年 7 月 14 日瀏覽，*https://puppetlabs.com/2013-state-of-devops-infographic/*。

4. Jez Humble，Nigel Kersten，Gene Kim 與 Nicole Forsgren Velasquez，"2014 State of DevOps Report"，Puppet Labs 網站，2014 年 7 月 15 日瀏覽，*http://puppetlabs.com/2014-devops-report*。

5. 伴隨著精實原則，豐田生產系統、精實製造、約束理論、六個標準差等技術也廣泛被採用。

6. 訂單前置時間是指從「工廠經理人接受訂單」到「訂單交付給客戶」所需的時間。

7. Eliyahu Goldratt 博 士，《Beyond the Goal: Eliyahu Goldratt Speaks on the Theory of Constraints》（Prince Frederick, Maryland: Gildan Media Corporation，2005）。

8. John Willis，"The Convergence of DevOps"，2012 年，IT Revolution Press（部落格），2014 年 7 月 14 日瀏覽，*http://itrevolution.com/the-convergence-of-devops/*。

9. John Allspaw 與 Paul Hammond，"10+ Deploys Per Day: Dev and Ops Cooperation at Flickr"，O'Reilly Velocity Conference 網站，2009 年 6 月 23 日，2014 年 7 月 14 日瀏覽，*http://velocityconf.com/velocity2009/public/schedule/detail/7641*。

10. LAMP 是 "Linux, Apache web server, MySQL database, PHP or Python or Perl" 的縮寫。

11. Richard Foster 與 Sarah Kaplan，《Creative Destruction: Why Companies That Are Built to Last Underperform the Market—and How to Successfully Transform Them》（New York: Broadway Books, 2001）。

12. Jim Gray，"A Conversation with Werner Vogels: Learning from the Amazon Technology Platform,"，Association for Computing Machinery 網 站，2006 年 6 月 20 日，*http://queue.acm.org/detail.cfm?id=1142065*。

13. Raffi Krikorian，"Real-Time Systems at Twitter"（Velocity Conference 演講），Slideshare 網站，2012 年 6 月 26 日，*http://www.slideshare.net/raffikrikorian/realtime-systems-at-twitter*。

14. Ashlee Vance，"Inside Operation InVersion, the Code Freeze That Saved LinkedIn"，Enterprise Tech（部落格），Bloomberg BusinessWeek，2013 年 4 月 10 日，*http://www.businessweek.com/articles/2013-04-10/inside-operation-inversion-the-code-freeze-that-saved-linkedin*。

15. Michael Rembetsy 與 Patrick McDonnell，"Continuously Deploying Culture: Scaling Culture at Etsy"（Velocity Europe Conference 演

講），Sideshare 網站，2012 年 10 月 4 日，*http://www.slideshare.net/mcdonnps/continuously-deploying-culture-scaling-culture-at-etsy-14588485*。

16. Pedro Canahuati，"From the Few to the Many: Scaling Ops at Facebook"，（OmniTI Surge Conference 演講），2013 年 9 月 12 日，*http://surge.omniti.com/2013/speakerslides/surge13_Scaling-Operations-Organization-at-Facebook_Canahuati.pdf*。

17. Shane H.，"Wait time = (% busy) / (% idle)"，The Phoenix Project 討論群組，LinkedIn 網站，2013 年 3 月 29 日，*https://www.linkedin.com/groups/Wait-time-busy-idle-4865747.S.227406165?trk=groups_most_popular-0-b-ttl&qid=ab4853b8-10a5-4adf-a666-038c0a65471e&goback=.gmp_4865747*。

18. 「訓練有素的顧問師」（Jonah trained）實際上是一個過時的術語。現在，約束理論國際認證組織有開設一些官方認證計劃。在本書出版時，霍爾特博士仍在教授這些課程，讀者可在線上取得教學大綱。參見 "EM 526 Constraints Management"（課程），華盛頓州立大學網站，2014 年 7 月 15 日瀏覽，*http://public.wsu.edu/~engrmgmt/holt/em526/em526syl.htm*。參見 "EM 530 Applications in Constraints Management"（課程），華盛頓州立大學網站，2014 年 7 月 15 日瀏覽，*http://public.wsu.edu/~engrmgmt/holt/em530/index.htm*。

19. 參見 "Teamwork"，Table Group 網站，2014 年 7 月 15 日瀏覽，*http://www.tablegroup.com/teamwork*。

20. 參見 "Personal History Exercise"，Table Group 網站，2014 年 7 月 15 日瀏覽，*http://www.tablegroup.com/imo/media/doc/Personal%20Histories%20Exercise.pdf*。

21. 新鄉獎（Shingo Prize）經常被稱作「製造業的諾貝爾獎」，羅瑟先生曾經三次獲此殊榮。

22. 這個術語是指第二次世界大戰結束後不久，新幾內亞和密克羅尼西亞一些尚未進入工業化之部落的行為。二戰期間，這些部落的人目睹美國和日本的士兵投放大量的物資，而戰爭結束後，物資供應也隨之終止，他們感到迷惑不解。為了重新獲得物資，這些部落的人模仿他們所見過的美軍工程師的做法，仿造了飛機跑道和無線電設備。儘管如此，運送物資的飛機從未歸來，原因很明顯。

23. 參考 John Willis，"The Convergence of DevOps"，IT Revolution Press（部落格），2012 年，*http://itrevolution.com/the-convergence-of-devops/*。

24. 事實上，我清楚地記得，在某個 Velocity Conferencc 的講座上，我坐在 Adrian Cockcroft 旁邊，當他聽到演講中關於力加（Nygard）模式的語句時，竟然一口氣背誦出許多相關章節和段落。那個演講者應該讀讀這本書的。

25. Kevin Behr，Gene Kim 與 George Spafford，《The Visible Ops Handbook: Implementing ITIL in 4 Practical and Auditable Steps》，（Information Process Technology Institute, 2005）。

26. Jim Benson，"Building Your First Personal Kanban"，Personal Kanban（部落格），2009 年 8 月 23 日，*http://www.personalkanban.com/pk/primers/building-your-first-personal-kanban/#sthash.XBF0Tntz.JhxVWjGG.dpbs*。

27. David J. Anderson 與 Dragos Dumitriu，《From Worst to Best in 9 Months: Implementing a Drum-Buffer-Rope Solution in Microsoft's IT Department》，由微軟與約束理論國際認證組織出版，2005 年 11 月，*http://images.itrevolution.com/images/kanbans/From_Worst_to_Best_in_9_Months_Final_1_3-aw.pdf*。很抱歉，我在 PDF 中劃了一些重點 — 我怎麼也找不到原始檔案，手頭上只有被我注釋過的版本，你可以想見，我在 2007 年閱讀這本書時有多興奮。

鳳凰專案｜看 IT 部門如何讓公司從谷底翻身的傳奇故事

作　　者：Gene Kim, Kevin Behr, George Spafford
譯　　者：楊仁和
企劃編輯：蔡彤孟
文字編輯：江雅鈴
設計裝幀：張寶莉
發 行 人：廖文良

發 行 所：碁峰資訊股份有限公司
地　　址：台北市南港區三重路 66 號 7 樓之 6
電　　話：(02)2788-2408
傳　　真：(02)8192-4433
網　　站：www.gotop.com.tw
書　　號：ACL049500
版　　次：2017 年 09 月初版
2024 年 09 月初版十七刷
建議售價：NT$480

國家圖書館出版品預行編目資料

鳳凰專案：看 IT 部門如何讓公司從谷底翻身的傳奇故事 / Gene Kim, Kevin Behr, George Spafford 原著；楊仁和譯. -- 初版. -- 臺北市：碁峰資訊, 2017.09
面；　公分
譯自：The Phoenix Project：a novel about IT, DevOps, and helping your business win
ISBN 978-986-476-586-7(平裝)
874.57　　106015737